DER RISS IM EIS

Ben Hammott

DER RISS IM EIS

Ben Hammott

Actionreicher Sci-Fi-Horror in der Antarktis

ISBN: 9781520916446

Unter folgender E-Mail-Adresse kann der Autor kontaktiert werden:
benhammott@gmail.com.

www.benhammottbooks.com

ANMERKUNGEN

Ich möchte der National Aeronautics and Space Administration (NASA) – Goddard Space Flight Center (GSFC) – Messaging Extraterrestrial Intelligence (METI) – Earth Remote Sensing Data Analysis Center (ERSDAC) – Japan Resources Observation System and Space Utilization Organization (JAROS) und dem US/Japan ASTER Science Team für ihre Unterstützung bei der Bereitstellung von Informationen über den antarktischen Riss im Eis auf dem Pine-Island-Gletscher danken und jedem, der mich hinsichtlich der extremen Wetterbedingungen und Gefahren beim Durchqueren der entlegenen Gebiete der Antarktis beraten hat. Für jegliche Fehler oder Freiheiten mit diesen Informationen bin ich selbst verantwortlich.

NOTE FROM AUTHOR

Ich wollte schon immer ein Buch in den abgelegenen Weiten der Antarktis spielen lassen. Als ich von dem riesigen Riss im Eis erfuhr, der schließlich einen Eisberg von der Größe Manhattans freisetzte, kam mir die Idee für dieses Buch.

Das Ergebnis ist teilweise eine Hommage an Filme die ich mag, wie etwa *Alien* und *The Thing*, und Autoren, die ich bewundere, unter anderem Matthew Riley, Michael Crichton und Clive Cussler sowie James Rollins.

Der Riss im Eis ist die Art von Buch, die ich selbst gerne lese, und ich hoffe, du findest es genauso aufregend und spannend.

Rückmeldungen und Einschätzungen, sowohl positive als auch negative, sind immer willkommen, da sie mir helfen, meinen Schreibstil weiter zu verbessern.

Wenn du meinem E-Mail-Verteiler hinzugefügt werden möchtest und Benachrichtigungen zu meinen neuen Büchern, eine beschränkte Anzahl kostenloser Rezensionsexemplare und gelegentlich kostenlose Bücher erhalten willst, ein Feedback oder einfach ein paar Zeilen schicken möchtest, kontaktiere mich bitte per Mail: benhammott@gmail.com

Deine Kontaktdaten werden mit niemandem geteilt und können jederzeit gelöscht werden, indem du die Löschung über die oben genannte E-Mail-Adresse anforderst.

Um ein paar konzeptionelle Bilder einiger Schauplätze aus diesem Buch anzusehen, gehe auf *Der Riss im Eis Infos und Bilder:* **www.benhammottbooks.com/ice-rift-info**

Ben Hammott

Genauere Informationen zu all meinen Büchern findest du
auf benhammottbooks.com

Wenn du irgendwelche Fragen oder Anmerkungen zu diesem
Buch oder irgendeiner meiner anderen Veröffentlichungen
hast, schreibe mir bitte an benhammott@gmail.com

Wie immer, vielen Dank für deine Unterstützung.

Ben Hammott

Planet DX666
In ferne Vergangenheit

VON ALLEN SPEZIES AUF dem Planeten war keine so gefürchtet wie die weibliche Kreatur in den Bergen. Teilweise lag das an ihrem bösartigen Wesen. Aber der eigentliche Grund, warum sie als so gefürchtete und geschickte Jägerin galt, war ihre besondere Fähigkeit, die Laute und Gestalt aller Tiere nachzuahmen, denen sie begegnete oder die sie hörte. Sie konnte sich in alles und jeden verwandeln. Diese Gabe setzte die Gestaltenwandlerin mit dem mordlüsternen Ziel ein, ihre Beute anzulocken; und sie scheiterte nie daran, ein Opfer zu fangen.

Das Summen von Nachtwesen, die durch die Luft huschten, und das entfernte Schreien, Kreischen und Heulen, das klang wie von gespenstischen Bluthunden, die die Fährte ihrer Beute aufgenommen hatten, kündigten an, dass die nachtaktiven Raubtiere dieses Planeten erwachten, und rissen die Gestaltenwandlerin aus ihrem Schlaf.

Ein junges sechsbeiniges Geschöpf mit struppiger Körperbehaarung und kleinen Hörnern auf dem stämmigen Kopf sprang mit sicherem Schritt von Felsen zu Felsen. Es hielt inne und starrte in einen Höhleneingang. Die Unheil verkündende Dunkelheit in der Höhle war fast greifbar, aber das Wesen ignorierte die Gefahr. Es war hungrig. Vor dem Eingang sah es einen verlockenden Strauch mit blauen Beeren und saftigen orangefarbenen Blättern, hüpfte darauf zu und biss in einen Zweig voller Früchte.

Aus der Höhle drang das ferne Schaben von Krallen über Fels. Ein Zeichen, dass sich die gefürchtete Kreatur aus den Bergen näherte. Zwei rote Augen tauchten mitten in der spürbaren Finsternis des Höhleneingangs auf und fokussierten das Tier. Die Gestaltenwandlerin veränderte ihre Form und sickerte aus der Höhle wie ein pestartiger Schatten, der von einer Welt in die nächste kriecht, um auf seine grässliche und brutale Art Tod und Verderben zu verbreiten.

Das Lebewesen wurde von dem tödlichen Schatten eingehüllt, schmerzhaft zusammengepresst und gewürgt. Es gelang ihm weder zu fliehen noch zu schreien.

Wenige Augenblicke später löste die Mörderin den Griff um ihr Opfer. Sie hatte alles verschlungen bis auf die Knochen, die nun zu einem leblosen Haufen zusammensanken. In unbestimmter Gestalt, weder Mensch noch Tier, erhob sie sich vom Boden und verwandelte sich in eine Kreatur, der selbst Albträume nur widerwillig Einlass gewähren würden.

Die Gestaltenwandlerin blickte hinauf zu dem hellen Feuerball, der durch den Nachthimmel streifte. Zuerst schenkte sie ihm nicht viel Beachtung; er war nur ein weiterer Gesteinsbrocken, der vom Himmel fiel. Sie hatte sich zwar schon oft gefragt, wo sie herkamen und was für ein Lebewesen stark genug war, um die Gesteine so weit zu werfen, aber sie stellten keine Gefahr dar und daher konnte sie sie getrost ignorieren. Gerade wollte sie ihren Blick abwenden, als etwas Ungewöhnliches passierte: Das Feuer am Himmel änderte seine Richtung. Das war bisher noch nie geschehen. Das Objekt wendete in einem großen Bogen, richtete sich wieder nach vorne aus und steuerte geradewegs auf den Berg zu, auf dem die Gestaltenwandlerin lebte. Als das Feuer am Himmel aus ihrem Blickfeld verschwand, suchte die Gestaltenwandlerin einen erhöhten Aussichtspunkt auf. Sie kletterte den steinigen Berg hinauf und setzte sich auf einen großen Felsbrocken. Ihre Augen fixierten das fremdartige Objekt, das nun aufgehört hatte zu leuchten und knapp über den Baumwipfeln entlangflog. Die Bäume ächzten protestierend, als das Objekt mit seinem Sog eine Schneise aus Blättern und Zweigen hinter sich herausriss und mit sich davontrug. Die Schreie der Baumlebewesen, die dadurch aufgeschreckt wurden, begleiteten den Flug. Der rasende Lärm des raschelnden Blattwerks schwoll an, als das Objekt noch näher heranflog und dem steilen Hang hinauffolgte.

Die Gestaltenwandlerin war wachsam, empfand aber keine Angst, als sie von unten das Objekt betrachtete, das über sie hinwegraste. Die Lichter an seiner Unterseite spiegelten sich in den Augen der Gestaltenwandlerin wider, während sie sich umdrehte, um seinen Weg mit ihrem Blick zu folgen. Sie war derart von dem außergewöhnlichen Objekt fasziniert, dass sie den Sturm aus Geröll kaum bemerkte, der über sie hinwegfegte. Im Inneren des seltsamen Dings hatte sie etwas gesehen – etwas Lebendiges!

Für einen Moment dachte die Gestaltenwandlerin über das nach, was sie eben gesehen hatte. Sie wusste, dass es nicht von ihrem Heimatplaneten stammte. Sie wusste auch, dass sie so etwas noch nie gesehen hatte. Aus Neugierde verschob sie ihre Jagd. Zunächst wollte sie die Neuankunft untersuchen. Sie sprang über die Steine und verschwand hinter dem Berg.

*****

Der Kopilot warf dem Captain einen Seitenblick zu und seufzte erleichtert. In der Kabine hinter dem abgetrennten Cockpit verließen sich drei Männer auf die kleine Frachtmaschine und auf ihre Flugkünste.

Der Captain untersuchte die Kontrollelemente und lächelte zufrieden. Keines der Warnlämpchen leuchtete. Das

Schiff hatte den turbulenten Eintritt in die Atmosphäre eines anderen Planeten unbeschadet überstanden. Diesen Teil der Planetenmissionen hassten er und seine Crew am meisten. Sie waren bereits auf ihrer siebten. Das protestierende Knarren, Ächzen und Klappern des alten Luftschiffs, die jede anstrengende Ankunft auf einem neuen Planeten begleiteten, erinnerten immer wieder aufs Neue daran, was für ein hartes und hektisches Leben die alte Maschine hinter sich hatte. Jeder Eintritt konnte der letzte sein und den Tod für alle an Bord bedeuten. Wenn er und seine Mannschaft aber ehrlich zu sich waren, genossen sie es, neue Welten zu besuchen – egal welcher Gefahr sie sich damit aussetzten. Es durchbrach die eintönige Zeit, die sie nicht im Hyperschlaf verbrachten, bevor die nächste Gruppe nach Ablauf der fünfjährigen Schicht übernehmen würde.

Durch die Aussichtsluken betrachtete der Captain die dunkle Landschaft, die unter dem Raumschiff vorbeischoss. Das rote Glimmen flüssigen Gesteins, Flammen und heiße Asche, die in der Ferne aus wütenden Vulkanen gespuckt wurden, erhellten den Nachthimmel. Wegen dieser vulkanischen Aktivität, die es auf dem halben Planeten gab, kam dieser Ort nicht für ihre wichtigste Mission infrage: einen neuen Lebensraum zu finden, der sich für eine Besiedlung eignete. Sie waren dennoch hierhergekommen, weil sie auf einer Aufnahme des Planeten, den sie DX666 nannten, eine riesige Bestie entdeckt hatten, die eine willkommene Abwechslung auf dem Speiseplan der Besatzung an Bord des Mutterschiffs sein würde, das gerade den Planeten umkreiste.

In den Frontscheinwerfern des Fahrzeugs nahm der Captain wahr, wie die Grün-, Rot- und Brauntöne des dichten Waldes, der einen Großteil der Oberfläche des Planeten bedeckte, vorbeihuschten. Dort lebte auch die Bestie, die er suchte. Er schaltete die Landebeleuchtung des Raumschiffs ein und hielt Ausschau nach einem geeigneten Platz zum Aufsetzen. Im Wald entdeckte er eine Lichtung und zeigte sie seinem Kopiloten. »Setz uns dort ab, Seb. Und bleib im Schiff, während der Rest von uns auf die Jagd geht.« Er stieg aus seinem Sitz und verließ das Cockpit.

*****

Die Gestaltenwandlerin hielt auf der Spitze eines Felsvorsprungs an, der sich gefährlich über einen steilen Abhang streckte, und beobachtete das fliegende Objekt, das sich wie ein gigantischer, anmutiger Vogel in einem Sturzflug dem Boden näherte.

Es schwebte einen Moment über einer Lichtung in der Luft, bevor es langsam auf die Erde herabsank. Eine Wolke aus Staub und Schmutz stieg vom Waldboden auf.

Voller Vorfreude, sich diese Besonderheit anzusehen, ließ sich die Gestaltenwandlerin ins Nichts fallen und stürzte der Erde entgegen. Ihre ausgestreckten Arme verwandelten sich in die Flügel eines Dämons. Mit ihnen glitt sie in einer leichten Kurve durch die Luft, dem Wald weit unter ihr entgegen. Sie tauchte durch die Baumkronen und schwang sich durch die alten Bäume. Als sie einen kurzen Blick auf das Ding vor ihr erhaschte, schoss sie den Stamm eines dicken Baumes hinauf und landete sanft auf einem Ast. Er knarrte unter ihrem Gewicht, als sie ihre Flügel in Arme zurückverwandelte und zur Spitze des Zweiges lief. Dort schob sie einen Ast zur Seite, damit sie eine bessere Sicht auf das fremde Objekt hatte, aus dem vier Lebewesen in einem merkwürdigen Ding erschienen. Dieses Ding schwebte über dem Boden und steuerte tiefer in den Wald. Sie fragte sich zwar, warum sie hier waren, folgte ihnen aber nicht. Sie würden ohnehin zurückkehren. Was sie viel mehr interessierte, war das, was sie zurückgelassen hatten: das Ding, das fliegen konnte.

Sie sah hinauf zum Himmel, der von der Morgendämmerung und den langsam blasser werdenden Sternen erhellt wurde, und fragte sich, von welchem Planeten die Neuankömmlinge stammten. Aus ihrer Welt waren sie nicht. Gab es noch andere Welten dort oben? Falls ja, wollte sie dorthin. Sie richtete ihren Blick wieder auf das Objekt, das sie an jene Orte bringen konnte, und wartete auf eine Gelegenheit, sich hineinzuschleichen.

*****

Die donnernden Schritte der Bestie, die ihn verfolgte, begleiteten den Sprint des Captains durch das dichte Unterholz. Sein Atem ging schwer. Er riskierte einen Blick zurück. Er konnte ihr Gebrüll und ihre laute Jagd durch den Wald hören, war aber dankbar, dass sie offensichtlich noch so weit entfernt war, dass er sie nicht sehen konnte. Das riesige Monstrum war schneller, als er erwartet hatte. In der Hoffnung, dass der geringe Abstand zwischen den knorrigen Baumstümpfen und den dicken Baumstämmen das Ding abbremsen würde, wich er von dem ausgetretenen Pfad ab.

Er rannte durch eine Lichtung und warf einen Blick nach oben. In dem orangefarbenen Schimmern des Mondes, der diesen Planeten umkreiste, waren große achtbeinige Kreaturen erkennbar, die drohend in den Zweigen herumschlichen und ihn beobachteten. Die Wesen in den Bäumen brachten ihn auf eine Idee. Ohne seinen Sprint zu unterbrechen, zog er die kleine Waffe aus dem Holster an seiner Hüfte, zielte auf eine der Baumkreaturen und schoss. Die kleine Kugel aus blauem Licht traf ihr Ziel. Während das tote Tier durch die Zweige krachte, wich der Captain einem der großen Bäume aus und war wieder auf dem Trampelpfad. Er blickte zurück und sah, wie das riesige Monster in die Lichtung stürzte, die er gerade verlassen hatte, und das Tier mit seinem gewaltigen Kiefer und den langen, dicken Zähnen aus der Luft schnappte. Knochen brachen und Blut spritzte, als das Tier entzweigerissen wurde.

Der Captain hatte genug gesehen. Während das Monster die Baumkreatur verschlang, rannte er über den Pfad zurück. Keuchend und außer Atem von seiner Flucht durch den Wald, lehnte er sich an einen Baumstamm und starrte in die Richtung, aus der er gekommen war. In diesem Moment tauchte die Bestie auf. Sie knallte gegen einen

Baum, fand ihr Gleichgewicht wieder und glotzte den Captain mit hungrigen Augen an.

Ein nervöses Lächeln umspielte die Lippen des Captains, als das Monster auf ihn zuraste. Ein furchterregender Schrei ließ die Luft erzittern. Blutige Kiefer versprachen einen schmerzvollen Tod. Der Boden bebte, als sechs gigantische Beine die Bestie ihrer Beute stampfend näher brachten.

Die Kreaturen in den Bäumen waren ganz aufgeregt bei dem Gedanken an das bevorstehende Blutvergießen. Sie kreischten auf ihren hohen Ästen und schüttelten wie wild an den Zweigen, während sie beobachteten, was sich unter ihnen abspielte.

Als es näher herankam, konnte der Captain seine eigene Spiegelung in den großen Augen des Monsters erkennen. Ein lautes Krachen ertönte. Erde und Blätter wurden in die Luft gewirbelt, als ein Netz vom Boden hochschnellte und sich um das Biest wickelte. Seine Beine wurden aneinandergedrückt und sein Kiefer gewaltsam verschlossen. Es stolperte zu Boden und schob eine Welle aus Erde und Schmutz vor sich her, während es auf den Captain zurutschte. Der Captain hob einen Fuß, als der Kopf der Bestie nur wenige Zentimeter vor ihm zum Stillstand kam, und setzte ihn auf ihre große, flache Schnauze.

Er sah dem Monster direkt in die Augen. Das Monster starrte zurück. »Du hast dich ganz gut angestellt«, sagte er zur Bestie. »Ein- oder zweimal hättest du mich fast erwischt. Vielleicht werde ich zu alt für diese Spielerei?« Er grinste. »Was meinst du?«

Das Biest knurrte böse durch seine verschlossenen Kiefer.

»Ach, nicht doch! Vielen Dank. Ja, ich sehe wirklich jünger aus, als ich bin.« Er hob den Blick. Zwei seiner Mannschaftsmitglieder waren aufgetaucht. »Lasst uns dieses Ding hier aufladen und zum Schiff zurückkehren.«

Während die Männer das Monster für den Transport vorbereiteten, schaute der Captain hoch zu den Kreaturen in den Bäumen. Im Moment schienen sie zufrieden damit zu sein, zu beobachten, was vor sich ging. Da er die Anwesenheit anderer Lebewesen wahrnahm, starrte er angestrengt in den düsteren Wald und sah, dass sich etwas im Schatten bewegte.

Eines der Besatzungsmitglieder lief hinter die Bestie und hob ein langes Seil auf, das am Netz befestigt war. Der andere Mann blickte nach rechts und pfiff. Fast augenblicklich erschien aus dem Wald ein Fahrzeug mit vier Sitzen, das einige Zentimeter über der Erde schwebte.

Der Fahrer gehörte nicht der gleichen Spezies an wie der Rest der Crew. Die anderen waren über zwei Meter groß, er kaum neunzig Zentimeter. Seine Haut war fahl und er trug nicht die graue und hellbraune Uniform der anderen, sondern eine braune Jacke und eine dazu passende Hose.

Das Fahrzeug war ein Schwerlasttransporter (SLT), der durch einen Repulsorlift-Antrieb vom Boden gehoben wurde. Für die Vorgängermodelle gab es Anhänger, aber bei diesem war das nicht notwendig. Er wurde für sperrige und unhandliche Lasten verwendet.

Der Fahrer lenkte den SLT zum Monster, sah zuerst zu dem gefangenen Tier und dann zum Captain. »Wieder eine erfolgreiche Jagd, Captain.«

Dieser starrte die riesige Bestie an und lächelte. »Ja, Haax. Von all den Kreaturen, die wir auf den verschiedenen Planeten gefangen haben, ist das mit Abstand die größte. Das wird eine willkommene Abwechslung zu unserer üblichen Kost.«

Während Haax mit dem Schiff rückwärts nahe genug an das gefangene Tier heranfuhr, damit das Kabel am Fahrzeug eingesteckt werden konnte, verbanden zwei der Männer einige kleine Repulsorlift-Antriebe mit dem Netz und steckten das Kabel, das die Antriebe verband, an der Rückseite des SLTs an. Als sie damit fertig waren, kletterten der Captain und die beiden Männer an Bord des Transporters.

Haax warf dem Captain, der neben ihm saß, einen Blick zu. »Zurück zum Schiff?« Der Captain nickte und Haax startete das Fahrzeug.

Das Monster wurde hinter ihnen über den Boden geschleift und stöhnte.

Betroffen schüttelte der Captain seinen Kopf, tippte Haax auf die Schulter und deutete mit dem Daumen nach hinten zur Fracht. »Hast du nicht etwas vergessen?«

Haax schaute hinter zur Ladung. »Tut mir leid, Captain.« Er drückte auf eine Taste im Kontrollpult. Die Lichter der Repulsorlift-Antriebe gingen an und die Bestie hob ein Stück vom Boden ab. Die Männer machten sich auf den Weg, der sich durch den alten Wald schlängelte.

Als sich der SLT dem Schiff näherte, glitt die große Ladeluke am hinteren Teil des Raumschiffs nach oben und eine Rampe fuhr aus.

Die Gestaltenwandlerin witterte ihre Chance. Während sie auf das Schiff zusteuerte, wechselte sie ständig ihre Tarnung, um unsichtbar zu bleiben. Als der Transporter mit seiner großen Fracht im Schlepptau die Rampe hinaufschwebte, schwang sich die Gestaltenwandlerin auf den Rücken der Bestie. Sofort imitierte sie sowohl deren Hautfarbe und Struktur als auch die Beschaffenheit des Netzes, mit dem das Monster gefangen war.

Der SLT stoppte und der Fahrer blickte nach hinten, um sicherzustellen, dass die gigantische Kreatur vollständig im Frachtraum war. Er betätigte einen Schalter im Cockpit. Die Rampe wurde wieder eingezogen und die Luke schloss sich.

Mit einer weiteren Taste senkte er den SLT samt Bestie behutsam zu Boden.

Der Captain und seine Crew stiegen aus dem Fahrzeug und Haax schaltete es ab.

»Haax, mach die Kreatur bereit für den Transport«, wies ihn der Captain an.

Haax salutierte halbherzig. »Jawohl.«

Als der Captain und sein Team auf eine Tür in der Nähe zusteuerten, die in den vorderen Teil des Frachters führte, schlenderte Haax einmal um das Monster herum;

noch nie zuvor hatte er eine so gewaltige Kreatur gesehen. Er fragte sich, ob das Tier wohl zu groß war für die automatische Fleischverarbeitungseinheit im Mutterschiff. Als er zu seinem Kopf lief, richtete es seine Augen auf ihn. Haax lächelte freundlich. Die Bestie knurrte wütend. Haax konnte den Zorn verstehen. Auch er war von seinem Heimatplaneten weggerissen und gezwungen worden, anderen zu dienen. Allerdings würde diese Bestie der Mannschaft auf andere Art dienen – nämlich als Abendessen.

Haax wählte einen Gegenstand aus einem Regal an der Schiffswand, legte ihn am Hals des Monsters an und drückte den Kolben hinunter. Zischend strömte die blaue Flüssigkeit aus dem durchsichtigen Zylinder in das Tier. Einen Augenblick später schloss es seine Augen. Nachdem er das Beruhigungsmittel zurück ins Regal gestellt hatte, ging er zu einem Schaltpult in der Nähe. Per Knopfdruck wurden zwei Gurte aktiviert, die aus dem Boden kamen und sich um die Bestie schlangen, um sie zu fixieren. Nachdem Haax seinen Befehl ausgeführt hatte, verließ er den Frachtraum.

Die Gestaltenwandlerin sah sich in der fremden Umgebung um. Sie spürte Bewegung. Was auch immer dieses Ding war, das sie betreten hatte, es bewegte sich. Sie stellte sich vor, wie es durch die Luft flog. Sicher würden sie ihre Welt verlassen. Sie fragte sich, wohin sie gebracht wurde, und war schon ganz aufgeregt es herauszufinden. Sie wurde sichtbar, sprang von dem Monster und versteckte sich in einer Ecke. Dort wartete sie darauf, zu erfahren, was als Nächstes geschehen würde.

PROLOG 2

Die Arktis - 2010

TROTZ MEHRERER SCHICHTEN THERMOBEKLEIDUNG, die sie in eine warme Umarmung schlossen, schnappte Jane nach Luft, als ein eisiger Windstoß sie mit seinen frostigen Fingern packte und die Wärme aus ihrem Körper presste. *Es hat bestimmt mindestens minus 50 Grad.* Noch nie hatte sie etwas derart Kaltes und Ungemütliches erlebt. Ein Zug am Seil, das an ihrem Klettergurt befestigt war, brachte sie ins Taumeln. Sie hielt an und wischte das Eis weg, das sich auf ihrer Schutzbrille angesammelt hatte. Zwischen all dem Schnee und dem Eis, das vom Wind herangetragen wurde und ihre Sicht behinderte, erhaschte sie einige Meter weiter vorne einen kurzen Blick auf eine verschwommene rote Gestalt. Der kleine Schatten einer getönten Skibrille deutete darauf hin, dass Kyle zu ihr zurücksah. Obwohl sein Gesicht, genau wie ihres, zum Schutz gegen die beißende Kälte völlig verhüllt war, wusste sie, dass er besorgt die Stirn in Falten gelegt hatte. Um ihn zu beruhigen, hob Jane einen Arm als Zeichen, dass es ihr gut ging. Unter diesen Bedingungen waren Worte nichts als verschwendeter Atem, egal, wie laut sie rufen würde. Der Wind würde sie davontragen, sobald sie ihre Lippen verließen, die schon bald einfrieren würden, wenn sie die Thermoschutzmaske abnahm.

Kyle winkte zurück, drehte sich um und lief weiter. Jane folgte ihm mit so viel Abstand, dass das Sicherheitsseil, das sie und ihren Verlobten miteinander verband, locker zwischen ihnen hing. Meilenweit war der hellrote Ton ihrer zueinanderpassenden Schneeanzüge der einzige Farbklecks in der weißen arktischen Wildnis.

In dem Wetterbericht, den sie sich vor ihrer Expedition angesehen hatten, war der Schneesturm nicht vorhergesagt worden, der rasend schnell aufgekommen war und sie nun in seine wilde Umarmung aus Wind und Eis einschloss. Es war eine Laune der Arktis, für all jene, die ihre Eiswüste durchquerten, Überraschungen bereitzuhalten. Sobald die ersten Anzeichen des aufkommenden Schneesturms erkennbar waren, hatten sie sofort aufgehört, den gefrorenen Wasserfall hinaufzuklettern. Noch nie zuvor hatte Jane eine Klettertour an einem Eisfall miterlebt und Kyle wollte diesen Kick unbedingt mit ihr teilen. Er war derjenige gewesen, der diese Reise als Überraschung organisiert hatte, um das einjährige Jubiläum ihrer Verlobung zu feiern.

Vor achtzehn Monaten, im Alter von dreißig Jahren, hatte Jane ihre Prüfungen zur Glaziologin mit Auszeichnung bestanden; eine Karriereoption, die sie erst spät ergriffen hatte, nachdem sie von ihrem Job als Marktanalytikerin enttäuscht worden war. Sie hatte sich danach gesehnt, aus dem einengenden Büroumfeld herauszukommen und etwas Konstruktives mit ihrem Leben anzufangen. Es war die globale Erwärmung, die ihre neue Karrierewahl angetrieben hatte. Um ihren Erfolg zu feiern und die dringend benötigte Praxiserfahrung auf dem Eis zu sammeln, hatte sie sich einer Exkursion nach Island angeschlossen. Dort war sie dem rauen, dunkelhaarigen, gutaussehenden Kletterer begegnet, der, wie sie bald herausgefunden hatte, Brite, drei Jahre älter als sie und Geologe war. Es war zwar nicht Liebe auf den ersten Blick, aber sie hatten beide eine starke Anziehung zueinander gespürt. Am Ende der zweiwöchigen Reise hatte er ihr Bett geteilt und kurze Zeit später ihre Liebe und ihr Leben. Seitdem waren sie immer zusammen.

Gemeinsam hatten sie viele Eiswanderungen und Klettertouren unternommen. Kyle erwies sich als guter Lehrer und Jane wurde bald eine fast genauso geschickte

Kletterin wie ihr Ausbilder. Sie hatte viel von ihm und seinen geduldigen Anweisungen gelernt, sowohl auf dem Eis und an Felswänden als auch im Bett. Die Erinnerung an den Sex mit ihm schickte warme Wellen durch ihren Körper. Sie hatte das Verlangen, mit ihm ins Bett zu steigen und sich unter der Decke an seinen warmen nackten Körper zu kuscheln, um die klirrende Kälte zu vertreiben, die sie gerade erlebte. Ihrer Einschätzung zufolge lagen noch gut drei Kilometer vor ihnen, bevor sie diesen wundervollen Gedanken in die Tat umsetzen konnte. Schon wieder rutschte sie auf einer gefrorenen Unebenheit im Eis aus, fand ihr Gleichgewicht aber schnell wieder und kämpfte sich weiter durch den starken Wind und die Eis- und Schneemengen, die ihr unentwegt entgegenschlugen. Trotz dieser Härte liebte sie es, in dieser Umgebung zu sein.

Mit einem Wischen ihrer behandschuhten Hand entfernte sie den Eisfilm, der sich neu gebildet hatte und ihre Sicht verschleierte. *Jemand sollte beheizbare Skibrillen erfinden oder welche mit kleinen Scheibenwischern.* Dieser Gedanke brachte sie zum Schmunzeln und sie wusste, dass Kyle auch grinsen würde, wenn sie es ihm nachher erzählte. Bei etwas weniger dichtem Schneetreiben erkannte sie das beruhigende Rot seiner hellen Kleidung. Sie fragte sich, wie er sich unter diesen Bedingungen zurechtfand, vertraute ihm jedoch völlig. Kyle hatte einen ausgezeichneten Orientierungssinn.

Etwa zehn Minuten später wurde Jane von einem heftigen Zug am Seil zu Boden gerissen. Sie sauste über das Eis. Die Angst vor dem, was geschehen war, ließ sie für einen Moment erstarren. Schnell schob sie das Gefühl beiseite. Sie musste Kyle retten. Mit festem Griff hielt sie den Eispickel und stieß ihn ins Eis. Er blieb stecken. Sie drehte ihren Körper so, dass ihre Füße in die Richtung des Seils zeigten. Als Kyles Gewicht die Sicherungsleine spannte, rammte sie die Klettereisen an ihren Stiefeln ins Eis. Sie hatten keine Zeit gehabt, sie abzunehmen, als der Sturm sie überrascht hatte. Es half nicht wirklich, den Zug an ihrem Arm zu verringern, mit dem sie sich am verankerten Eispickel

Ben Hammott

festklammerte. Sie stöhnte vor Schmerz, weigerte sich aber
loszulassen. Sie drehte den Kopf und sah am Seil entlang,
das an ihrem Körper zerrte. Es verschwand im Eis. Ihre
schlimmste Angst war Realität geworden: Kyle war in eine
Gletscherspalte gefallen.

Sie kämpfte gegen die Panik an, die sie lahmzulegen
drohte, und dachte an das Training zurück, das sie von Kyle
erhalten hatte. Sie überprüfte, ob der Eispickel immer noch
fest im Eis verankert war; das war er. Im Moment waren sie
beide gesichert. Dank Kyles Unterricht konnte sie ihren
ersten Impuls ignorieren, am Seil zu ziehen, um ihm
hochzuhelfen. Dadurch konnte sie seinen unsicheren Halt
auf dem Eis gefährden. Sie wusste außerdem, dass Kyle,
genau wie sie, noch immer seine Klettereisen an den Stiefeln
hatte, und dass er in der Lage sein sollte, herauszuklettern,
wenn er beim Sturz nicht verletzt worden war.

Wenige Augenblicke später löste sich der Druck an
ihrem Arm. Kyle ging es gut. Ihr Seufzer der Erleichterung
drang durch ihren Gesichtsschutz und bildete Eiskristalle,
die vom Wind davongetragen wurden. Sie rappelte sich hoch
auf ihre Knie, zog behutsam das Seil straff, nahm einen
Karabinerhaken von ihrem Gürtel an der Taille, befestigte ihn
am Eispickel und fädelte das Seil hindurch. Der
provisorische Anker würde Kyle davor bewahren, zu tief zu
fallen, falls er ausrutschte. Erst als sie sich davon überzeugt
hatte, dass das Seil und der Eispickel gesichert waren, löste
sie das Seil von ihrem Klettergurt und schob sich zur Kante
der Gletscherspalte. Sie legte sich flach auf das Eis und
spähte in die Tiefe. Ein erleichtertes Lächeln breitete sich auf
ihren Lippen aus. Kyle kletterte die Wand der Gletscherspalte
herauf. Nur noch wenige Meter und sie konnte ihn berühren.

Kyle spürte ihre Anwesenheit und legte den Kopf in
den Nacken. Das Lächeln, das Jane zwar nicht sehen konnte,
aber von dem sie wusste, dass es auf seinen Lippen lag,
wurde mit einem ermutigenden Nicken ausgedrückt.

Das Warten war kaum auszuhalten, als ihr Geliebter
Zentimeter für Zentimeter näher herankletterte. Sie sah zu,
wie er den Eispickel aus dem Eis zog, ausholte und ihn

weiter oben erneut ins Eis rammte. Dann hob er einen Fuß und trat die Klettereisen ins Eis. Seine Hände suchten an der fast senkrechten glatten Wand einen sicheren Halt. Jane konnte nicht anders, als das Geschick und die Stärke zu bewundern, als seine Finger eine Unebenheit im Eis gefunden hatten, an der er sich festhalten konnte. Er sicherte stets drei Ankerpunkte im Eis. Er ließ einen los, um den nächsten zu finden. So kletterte er langsam die Gletscherspalte hoch. Als er nah genug war, dass sie ihn berühren konnte, wollte sie ihre Hand nach ihm ausstrecken und ihn in Sicherheit ziehen, aber sie zwang sich zu warten.

Sobald er über der Kante auftauchte und seinen Eispickel eine Armeslänge entfernt in das Eis schlug, konnte sie nicht mehr widerstehen. Sie fasste ihn am Arm und zog ihn aufs Eis. Als er in Sicherheit war, rollte sie sich herum und setzte sich rittlings auf ihn. Sie küsste ihn durch die Skimasken und kämpfte gegen die Tränen an, von denen sie wusste, dass sie sich in ihrer Skibrille sammeln und gefrieren würden. Er legte seine Arme um sie und zog sie fest an sich.

Jane fühlte Kyles Anspannung. Irgendetwas stimmte nicht. Ohne Vorwarnung stieß er sie weg. Als sie sich abrollte, sah sie einen riesigen Eisbären im Schneetreiben auftauchen. Er richtete sich auf seine Hinterbeine auf und brüllte wütend. Ein roter Schatten erregte ihre Aufmerksamkeit. Mit erhobenem Eispickel stürmte Kyle auf die Bedrohung zu.

»Neeeein!«, schrie sie, aber ihre Warnung wurde vom Wind gedämpft und davongetragen.

Kyle prallte gegen den Bären und schlug ihm den Eispickel in die große Brust. Blut strömte aus der Wunde, färbte das weiße Fell rot und gefror. Überrascht von dem unerwarteten Angriff taumelte der Bär zur Seite. Seine Tatze kam an der Kante der Gletscherspalte zum Stehen. Das Eis konnte dem Gewicht des Bären nicht standhalten, brach und das Tier stürzte in den Abgrund. Es wusste nicht, wie ihm geschah, und schlug nach seinem Angreifer aus. Die Krallen seiner großen Pranke schnitten durch Kyles Jacke und die darunterliegende Haut wie durch Papier. Das Blut, das aus der Wunde floss, erstarrte sofort. Die Krallen verhakten sich im Reißverschluss und Kyle wurde mit in die Tiefe gezogen.

Jane schrie auf und hastete zur Kante. Sie blickte zum Seil, das immer noch an Kyle befestigt war und an dem verankerten Eispickel hing. Noch bestand die Chance, dass Kyle überleben würde. Sie rappelte sich auf und hechtete zum Eispickel, als das Gewicht von Kyle und dem Eisbären die Leine ruckartig straffzog und den Eispickel herausriss. Sie bekam ihn zu fassen. Da sie sich nirgends festhalten konnte, wurde sie unaufhaltsam zum Abgrund gezerrt. Ihre Klettereisen zeichneten zwei Spuren ins Eis, während sie erfolglos nach Halt suchten. Ihre Augen füllten sich mit Tränen, als ihr bewusst wurde, dass sie sich nur retten konnte, indem sie ihn losließ.

Widerwillig lösten ihre Hände den Griff um den Eispickel.

Schlitternd kam sie zum Stehen, den Blick nach unten in die Gletscherspalte gerichtet. Sie sah, wie Kyle in die Tiefe fiel. Er sah zu ihr hoch und warf ihr einen Luftkuss zu, während er durch die eisige Luft stürzte und in der Schlucht verschwand.

Er war weg. Sie rollte sich zu einer Kugel zusammen und schluchzte.

Nach fünf Minuten riss sie sich zusammen und kam wieder auf die Beine.

Wenn sie hierblieb, würde sie sterben. So würde sie das Opfer ihres Geliebten nicht vergeuden. Sie musste einen Pfad auf die andere Seite der Gletscherspalte suchen.

Sie brauchte drei Stunden, um einen Weg über den Abgrund zu finden und die Eisstation zu erreichen.

Sobald sich der Schneesturm am nächsten Tag verzogen hatte, kehrte sie mit einer Rettungsmannschaft zurück. Man hatte sie gewarnt, dass Kyles Leiche möglicherweise so tief in die Gletscherspalte gefallen war, dass man sie nicht bergen konnte, aber sie hatte darauf bestanden, es wenigstens zu versuchen. Sie konnte den Gedanken nicht ertragen, dass er dort unten war, allein und für immer im Eis gefangen.

Der Rettungstrupp, der in den Riss hinabgestiegen war, fand Kyles Leiche auf einem kleinen Eisvorsprung. Die Stellung seines Kopfes verriet, dass sein Genick beim Fall gebrochen war. Der tote Eisbär wurde weiter unten in der Gletscherspalte gefunden, eingeklemmt zwischen den nach unten hin enger werdenden Eiswänden.

Jane fand nur wenig Trost darin, dass Kyles Tod schnell eingetreten war.

Sie begleitete Kyles Leichnam, als er zwei Tage später nach Hause geflogen wurde.

Die Flugbegleiterin schob den Wagen neben Janes Sitz, sah sie an und bemerkte die vom Weinen geröteten Augen der Passagierin, in denen sich bereits neue Tränen sammelten, die ihr jeden Moment übers Gesicht laufen würden. Das Plastiktablett mit dem Essen war kaum angerührt. Die Stewardess wusste, dass die Passagierin mit dem Leichnam im Frachtraum in Beziehung stand und empfand aufrichtiges Mitgefühl für ihren Verlust. »Sind Sie mit dem Essen fertig?«, fragte sie sanft.

Jane schaute sie an und nickte.

Die Flugbegleiterin räumte den Teller weg. »Gibt es sonst noch etwas, was ich Ihnen bringen kann?«

»Nein, danke«, antwortete Jane.

Als die Stewardess zur nächsten Sitzreihe ging, starrte Jane wieder durch das Fenster nach draußen und fragte sich, wie sie ihr Leben weiterführen sollte, jetzt, wo der Mann, mit dem sie den Rest ihres Lebens hatte verbringen wollen, nicht mehr da war. Tränen liefen ihre Wange hinab.

Nach Kyles Beerdigung zwang sich Jane, mit ihrem Leben weiterzumachen. Kyle hätte es so gewollt.

Die nächsten Jahre verbrachte sie damit, sich in ihre Arbeit zu stürzen. Schon bald wurde sie in ihrem Fachgebiet eine angesehene Wissenschaftlerin. Doch obwohl der Schmerz mit der Zeit nachließ, blieben die Erinnerungen an Kyle und an ihre kurze gemeinsame Zeit so lebhaft wie an den Tagen, an denen sie entstanden waren.

PROLOG 3

Eisschelf des Pine-Island-Gletschers - 2011

ES GAB WEDER BERGE oder Hügel, die den Horizont verdeckten, noch Gebäude, die die Eintönigkeit des Eises durchbrachen. Als hätte eine gigantische Planierraupe alles abgetragen und eine trostlose Eisplatte hinterlassen. Die blauen Flecken am Himmel zwischen der weitgestreckten grauen Wolkendecke waren die einzigen Farbtupfer in der weißen Palette, mit der die Natur diesen Anblick gemalt hatte, der sich bis zum Horizont erstreckte. Der Schnee und das Eis, die vom omnipräsenten Wind der Antarktis über die Eisdecke gejagt wurden, klangen wie die winzigen Schritte tausender Insekten. Obwohl der Ort verlassen wirkte, bot er doch einen wunderschönen und trügerisch friedlichen Anblick.

Der aufheulende Motor eines sich nähernden Schneemobils störte die relative Ruhe, die diese Szene ausstrahlte. Sein leuchtend orange-schwarzes Fahrgestell und der blaue Thermoanzug, in den der Fahrer gehüllt war, hoben sich grell von der Blässe der Umgebung ab.

Der Fahrer, der den Motorschlitten über das unebene und riskante Gelände steuerte, war Grant Tilbury, Mitglied der Vorhut, die geschickt worden war, um einen geeigneten Standort für das geplante Basislager auf dem Pine-Island-Gletscher auszukundschaften. Dies war seine erste Reise in die Antarktis.

Angetrieben von zwei Ketten mit starkem Profil, das dem Fahrzeug Halt auf dem Eis ermöglichte, raste das Schneemobil eine kleine Anhöhe hinauf und auf der anderen Seite wieder hinunter. Die vorderen Kufen hüpften und schlitterten auf dem Eis. Für den Fahrer war das ziemlich ungemütlich.

Versteckt hinter einer dunkel getönten Skibrille wanderten Grants Augen zu dem tragbaren GPS-Gerät, das in der Mitte des Lenkers mit Klebeband befestigt war und unkontrolliert wackelte. Er korrigierte den Kurs und starrte geradeaus. Knapp zwei Kilometer lagen noch vor ihm. Er war bereits ein Stück weit gefahren, als er etwas Ungewöhnliches vor sich bemerkte. Der Schnee und das Eis, die vom Wind getragen wurden, schienen in den Boden zu tauchen und im Eis zu verschwinden. Mit angestrengtem Blick versuchte er aus den merkwürdigen Schneeverhältnissen schlau zu werden. Erst nachdem er näher herangefahren war, erkannte er die Bedrohung: eine Gletscherspalte, die das Schneemobil samt Fahrer augenblicklich verschlucken konnte – ohne große Überlebenschance für Mensch und Maschine.

Er trat kräftig auf die Bremse und wendete das Fahrzeug.

Der Motorschlitten drehte sich ruckartig und rutschte über das Eis.

Zu einer Seitwärtsbewegung gezwungen, schabten die Kufen eine Welle aus Eis auf, bis die Maschine schließlich ruckelnd und stockend zum Stillstand kam.

Grant drehte den Kopf. Die Hälfte der Antriebsketten hing über der Kante des tiefen Abgrunds. Das Eis unter dem Fahrzeug krachte unter dem Gewicht. Das Schneemobil kippte. Grant ließ den Motor aufheulen. Das Fahrzeug mühte sich die schräge Eisplatte hinauf und landete federnd auf festem Boden. Er hielt mit sicherem Abstand zur Kante an, stieg ab und ging zur Gletscherspalte. Voller Ehrfurcht betrachtete er den tiefen, breiten Riss, der sich in beide Richtungen kilometerweit erstreckte.

Ben Hammott

Der Riss im Eis – 2015

KAPITEL 1

Betrug

SCHON WIEDER KAM BARRY Gleg zu spät zur Arbeit. Er lenkte sein altes Auto auf den Parkplatz der Britischen Forschungsgesellschaft für Glaziologie (BFGG) und suchte die Reihen der parkenden Autos nach einer Lücke ab. Er fand eine und fuhr darauf zu. Ein kleines Stück hinter der Parklücke hielt er an, wählte den Rückwärtsgang und schlug das Lenkrad ein, um rückwärts in die Lücke zu fahren. Jemand hupte laut. Barry trat das Bremspedal durch. Kaffee schwappte aus dem halbvollen Pappbecher im Becherhalter auf seine Kleidung. Barry fluchte und warf einen Blick in den Rückspiegel. Ein roter Sportwagen fuhr in seine Parklücke.

Barry kannte den Fahrer des Wagens nur zu gut: Richard Whorley. Der Mann war ihm ständig ein Dorn im Auge. Offenbar sollte es heute nicht anders sein. Sein Erzfeind trat aus dem Auto und sah ihn kurz mit dem üblichen Gesichtsausdruck an, einem überheblichen, selbstgefälligen Lächeln, bevor er zum Eingang des BFGG-Gebäudes ging. Wütend starrte Barry dem sorgfältig geschniegelten Kollegen hinterher, der in seinem teuren maßgeschneiderten Anzug mit selbstsicheren Gang davonschritt. Alles an diesem Mann nervte ihn. Zum Teil wusste er auch sehr gut, wieso. Richard war das genaue Gegenteil von Barry: gutaussehend, erfolgreich, stilvoll gekleidet. Dieses Gesamtpaket traf den Geschmack vieler Frauen, denen der notgeile Kerl begegnete, einschließlich der Tochter des Chefs, mit der er sich erst kürzlich verlobt hatte.

Barry seufzte. Er hätte diesen nervigen Scheißkerl zwar gerne zur Rede gestellt, wusste aber, dass es reine Zeitverschwendung wäre. Er fuhr weiter, um nach einer anderen Parklücke zu suchen.

Als Barry fünf Minuten später das Gebäude betrat, flirtete sein Feind gerade mit der jungen Empfangsdame. Richard hatte seinen Blick schamlos auf das üppige Dekolleté gerichtet, das keine dreißig Zentimeter von seiner makellos geformten Nase entfernt war. Dem Lächeln auf ihrem Gesicht zufolge genoss die Dame die Aufmerksamkeit.

Richard flirtete bereits seit zwei Wochen mit Samantha und heute Abend würde er ihr in dem Hotel, in dem sie sich verabredet hatten, ein paar Drinks spendieren und mit ihr ins Bett gehen. Als er das Geräusch billiger Schuhe auf dem Marmorboden hörte, riss er seinen Blick von der wundervollen Ansicht los und sah Barry an, der sich näherte. Richard fand, dass Barrys zweitklassiger Anzug von der Stange noch mehr Falten hatte als sonst – insofern das überhaupt möglich war. Sein Kollege, der langsam kahl wurde, funkelte ihn finster an. Offensichtlich war er angepisst. An sich war das für Richard kein Grund zur Sorge, allerdings konnte eine Auseinandersetzung in Gegenwart der hübschen Rezeptionistin peinlich für ihn werden. Er wollte nichts riskieren, wodurch sie ihn in weniger vorteilhaftem Licht sah, richtete sich auf und schenkte der jungen Frau ein Lächeln. »Also, Puppe, ich muss los.« In einem verschwörerischen Flüsterton fügte er hinzu: »Ich hol dich heute Abend so um acht ab. Denk dran, das ist unser kleines Geheimnis – und keine Unterwäsche!«

Die junge Frau lächelte neckisch. »Du bist ein böser, böser Mann, Richard.«

Richard warf ihr ein kurzes verschmitztes Grinsen zu und ging zum Aufzug. Heute Abend würde sie sehen, wie böse er sein konnte. Just in dem Moment, als er den Fahrstuhl erreichte, wurde er von den sich öffnenden Türen begrüßt. Er schob sich an den drei aussteigenden Fahrgästen vorbei und drückte rasch auf die Taste für den fünften Stock. Ein kurzer Blick durch die immer schmaler werdende Lücke zwischen den sich schließenden Türen zeigte, dass Barry auf den Fahrstuhl zurannte.

Richard lächelte und winkte. »Zu langsam, alter Mann«, rief er, kurz bevor sich die Türen in der Mitte trafen.

Barry stoppte und starrte die Nummern der Stockwerke an, die nacheinander aufleuchteten, während der Aufzug jede Etage passierte.

»Dieser Typ ist ein absolutes Arschloch.«

Barry drehte sich um und sah einen anderen Mitarbeiter näher kommen. Diese Kollegin mochte er.

»Morgen, Jane. Ja, er ist ein preisverdächtiges Arschloch.«

Beide lächelten.

Barry drückte auf die Taste, um den Aufzug zu rufen.

Jane warf einen Blick auf die große Uhr an der Wand. »Ich dachte, du hast ein Meeting mit Jerrod um neun?«

Barry seufzte. »Habe ich auch. Ich bin mal wieder zu spät dran.«

»Macht Betsy Ärger?«

Barry nickte. »Es gefällt mir gar nicht, sie loszuwerden, aber ich brauche wirklich ein neues Auto.«

»Versprich mir bitte, dass du dir keinen Sportwagen anschaffst.«

»Ein Sportwagen! Bei meinem Gehalt kann ich froh sein, wenn ich mir ein Fahrrad leisten kann.«

Jane lachte. »Ich kann mir dich nicht auf einem Rad vorstellen.«

Barry lächelte traurig. »Ich auch nicht. Aber vielleicht habe ich keine andere Wahl. Ich war auf die Beförderung und die Gehaltserhöhung angewiesen.«

»Die Stelle, die Richard dir weggeschnappt hat.«

Barry nickte. »Ich bin mir sicher, dass die Beziehung mit Jerrods Tochter nur Fassade ist, damit er sich die Karriereleiter hochschummelt.«

»Wenn das sein Plan ist, scheint er zu funktionieren.«

Der Fahrstuhl kam und sie stiegen ein.

»Genug von meinen Problemen. Für dich geht es schon bald in die Antarktis.«

Jane nickte. »Nächste Woche.«

Barry fiel ihr besorgter Gesichtsausdruck auf. »Du wirkst nicht gerade begeistert.«

»Oh, doch, das bin ich. Ich kann es kaum erwarten, wieder auf dem Eis zu sein. Es ist nur ...«

Schlagartig begriff Barry, warum sie so traurig aussah. »Aber natürlich. Es muss nun fast fünf Jahre her sein, seit ...«

»Ja«, antwortete Jane. »Vermutlich ist es an der Zeit, dass ich über ihn hinwegkomme und weitermache. Kyle hätte das so gewollt.«

Barry legte behutsam seine Hand auf ihren Arm. »Das wirst du, wenn der richtige Zeitpunkt kommt.«

Im fünften Stock stiegen sie aus dem Aufzug. Jerrod, ihr Vorgesetzter, stand vor seiner Bürotür und ließ den Blick über die Schreibtischreihen wandern wie ein Aasgeier auf der Suche nach einem Kadaver, den er fressen konnte. Als er Barry sah, verfinsterte sich sein Blick. Er tippte auf seine Armbanduhr, drehte sich auf dem Absatz um und verschwand in seinem Büro.

»Ich schätze, ich sollte ihm wohl lieber folgen und sehen, was der alte Mann von mir will.«

»Alles klar. Wir sehen uns später.« Jane sah zu, wie Barry widerwillig zum Büro ihres Vorgesetzten ging.

»Du siehst wie immer umwerfend aus, Jane.«

Sie drehte sich um und sah Richard neben sich stehen. Dieser Typ hatte das unheimliche Talent, sich lautlos anzuschleichen; er wäre ein ausgezeichneter Einbrecher. Offensichtlich zog er sie mit seinen Blicken aus. Sie erschauderte bei dem Gedanken. »Herzlichen Glückwunsch zu deiner Verlobung, Richard.«

Er lächelte. »Danke. Jerrod war dem Vorschlag gegenüber sehr aufgeschlossen, als ich um seine Zustimmung bat.«

»War das bevor oder nachdem du dir Barrys Beförderung unter den Nagel gerissen hast?«

Richards Lächeln hielt der spitzen Bemerkung stand. »Ich habe mir gar nichts unter den Nagel gerissen. Die Beförderung hat derjenige bekommen, der am besten qualifiziert ist – ich. Wenn du wissen willst, warum er sich die Beförderung nicht sichern konnte, dann sieh dir den Chaoten doch mal an. Hast du Barrys Anzug heute gesehen? Kaffeeflecken und mehr Falten als ein hundertjähriger Mann. Er muss erstmal sein Leben auf die Reihe kriegen, wenn er – wie ich – aufsteigen will.«

»Oder einfach die Tochter des Chefs heiraten. Ich hoffe, die arme Frau weiß, worauf sie sich einlässt.« Jane schüttelte den Kopf und ging weiter.

Sie saß bereits zwanzig Minuten an ihrem Schreibtisch, als Barry zu ihr kam.

»Jane, der Chef will dich sehen.«

Jane hörte auf zu tippen, wandte sich um und sah Barry an. »Weißt du, warum?«

Barry nickte. »Es geht um deine Reise in die Antarktis nächste Woche. Ich denke, du bekommst doch noch die Gelegenheit, diesen Riss im Eis zu untersuchen. Die NASA hat auf ihrem letzten Scan eine Anomalie entdeckt.«

Jane kniff die Augenbrauen zusammen. »Was für eine Anomalie?«

»Deswegen wollte mich der alte Mann sehen. Er hat mir den Scan gezeigt. Der ganze Riss ist völlig scharf, aber an einer Stelle ist das Bild verschwommen. Zuerst dachten die NASA-Techniker die Ausrüstung sei defekt. Als aber ein zweiter Scan zum gleichen Ergebnis führte, war klar, dass es kein technisches Problem sein konnte.«

»Seltsam«, meinte Jane.

»Das habe ich auch gesagt. Ich habe keine Ahnung, was die Ursache sein könnte. Der Grund liegt wahrscheinlich unter dem Eis begraben, an genau jener Stelle des Risses.«

»Und die NASA will, dass unser Team das mal unter die Lupe nimmt, wenn wir nächste Woche vor Ort sind?«

»Ich denke schon. Ich bin mir sicher, dass Jerrod dich über die ganzen Details informieren wird. Am besten lässt du ihn nicht warten – so wie ich.«

»Okay, danke.« Jane stand auf.

»Eine Warnung habe ich noch: Ich glaube, Richard versucht alles, um an der Expedition teilzunehmen. Pass also auf.«

»Wie kommst du darauf? Er hat keinen Grund mitzukommen, und er ist der letzte Mensch, mit dem ich in der Antarktis festsitzen will.«

»Jerrod hat mich gefragt, ob ich glaube, dass das Team davon profitieren könnte, wenn Richard auch an der Reise teilnehmen und dazu beitragen würde, die Ursache für die Anomalie herauszufinden. Natürlich habe ich nur in den höchsten Tönen von dir geschwärmt und meinte, dass deine Expertise von unschätzbarem Wert für das Team sei, egal was die Ursache für die Anomalie ist.«

Jane hüpfte vor Freude und umarmte Barry. »Danke. Ich schulde dir was.«

»Gern geschehen. Wie ich Jerrod gesagt habe, du bist wesentlich besser qualifiziert als Richard, völlig egal, was dort gefunden wird.«

»Meine Mutter ist besser qualifiziert als Richard.« Sie machte sich auf den Weg zu Jerrod Sandbergs Büro.

Sie klopfte an die Tür und trat ein. Obwohl Barry sie vor ihm gewarnt hatte, war sie überrascht, Richard dort sitzen zu sehen.

Jerrod lächelte sie freundlich an. »Hallo, Jane. Kommen Sie doch bitte herein.«

Sie schloss die Tür und setzte sich auf einen Stuhl neben Richard.

»Wie Sie vielleicht schon von Barry gehört haben, hat die NASA seitlich am Riss etwas entdeckt und will, dass unser Forschungsteam das nächste Woche überprüft. Da wir ein Teammitglied hinschicken und sie einen Teil dieser Mission finanzieren, kamen sie uns entgegen und haben uns im Voraus nähere Informationen zur Anomalie geschickt, die wir vorab untersuchen können.« Er schob ein Bild über den Tisch.

Jane nahm es in die Hand und blickte erstaunt auf einen Abschnitt der Gletscherspalte. Das Bild war von einem Flugzeug aus aufgenommen worden, das über das Eis geflogen war. Sie fokussierte ihren Blick auf die unscharfe Stelle, die die NASA so stutzig gemacht hatte. Sie sah zu ihrem Vorgesetzten hoch. »Wie ich bereits in meinen Berichten an Sie erwähnt habe, Sir, bin ich mir sicher, dass wir viel von diesem Riss lernen können. Auch wenn es unsere Hauptaufgabe ist, Tests auf dem Pine-Valley-Gletscher durchzuführen, wäre es eine ideale Gelegenheit auch ohne teure Bohranlagen unkompliziert Kernproben tief aus dem Eis zu entnehmen und unzählige weitere Tests durchzuführen. Jetzt, da diese Anomalie entdeckt wurde, ist es sogar noch spannender. Vielleicht ist es eine Höhle, die seit Hunderten oder Tausenden von Jahren im Eis eingeschlossen ist. Obwohl das allein nicht die Anomalie auf dem NASA-Scan verursachen würde.«

»Aber ein Meteorit könnte das?«, warf Richard ein.

Jane schaute Richard kurz an. Wie immer hatte er diesen selbstgefälligen Ausdruck. Als wäre er ihm ins Gesicht gemeißelt. *So will er sich also einen Platz im Team erschleichen.* »Ich bezweifle sehr, dass ein Meteorit für die Anomalie verantwortlich ist«, widersprach sie nachdrücklich.

»Aber du kannst die Möglichkeit nicht völlig ausschließen?«, hakte Richard nach.

Jane fühlte sich in die Ecke gedrängt. »Ich schätze, möglich ist wohl alles, auch wenn die Wahrscheinlichkeit sehr gering ist, dass es sich am Ende bewahrheitet.«

»Wie dem auch sei«, sagte Jerrod bestimmt, »ich habe meine Entscheidung getroffen. Richard wird mitfliegen.«

Innerlich seufzte Jane. Zwei Monate lang mit Richard eingepfercht zu sein wäre die reinste Folter. Sie vermied es,

Richard anzusehen; sie wusste, dass er grinste. »Ist jemand abgesprungen? Ich dachte nämlich, die Expedition sei bereits voll ausgelastet.«

»Das ist sie auch. Ich glaube, Sie haben mich missverstanden, Jane. Richard bekommt Ihren Platz im Team.«

Jane fiel die Kinnlade herunter. Es war eine schwierige Aufgabe gewesen, die Forschungsreise vorzubereiten, und es war monatelange Planung mit den anderen Teammitgliedern nötig gewesen, um alles fertigzustellen. Der Pine-Island-Gletscher lag 650 Kilometer von der nächsten Eisstation, der Byrd-Station, entfernt, wo zunächst eine kleine Landebahn gebaut werden musste, damit die Wissenschaftler und ihre Ausrüstung mit C-130-Flugzeugen von der 1600 Kilometer entfernten McMurdo-Eisstation eingeflogen werden konnten. Dann musste die Ausrüstung 650 Kilometer über schwer befahrbares Gelände voller Spalten zum Gletscher gebracht werden. Die ganze Arbeit konnte man nur während des kurzen antarktischen Sommers erledigen, zwischen Ende Oktober und Ende Januar. Es hatte zwei Jahre gedauert, bis das Team ein kleines Basislager neben dem Riss geplant und eingerichtet hatte. Und nun würde sie es nie zu Gesicht bekommen.

»Alles in Ordnung, Jane?«, fragte Jerrod, als sie einige Augenblicke lang nichts gesagt hatte.

»Wie bitte?!«, gab Jane aufgebracht zurück. »Ich kann nicht glauben, dass Sie Richard an meiner Stelle mitschicken.«

»Das ergibt absolut Sinn«, beharrte Richard.

»Für mich verdammt noch mal nicht!«

»Ich weiß, dass Sie sich auf die Expedition gefreut haben, Jane«, sagte Jerrod mit einem Hauch von schlechtem Gewissen in der Stimme. »Aber angesichts der Tatsache, dass nun diese Anomalie in der Rechnung aufgetaucht ist, müssen wir auf jede Eventualität vorbereitet sein. Wir haben bereits einen anderen Glaziologen im Team, allerdings keinen Experten für Meteoriten. Sie wissen, wie abgeschieden der Pine-Island-Gletscher ist und wie schwierig es sich gestaltet, dorthin zu kommen. Falls sich herausstellt, dass es sich tatsächlich um einen Meteoriten handelt, ist Richard direkt vor Ort, um ihn zu untersuchen.«

Jane fühlte sich, als hätte ihr gerade jemand in den Magen getreten. »Die Wahrscheinlichkeit ist größer, dass der Weihnachtsmann und seine Elfen für die Anomalie verantwortlich sind als ein Meteorit.«

»Jedenfalls ist die Antarktis kein geeigneter Ort für eine Frau.«

Jane konnte nicht glauben, was der aufgeblasene Arsch gerade gesagt hatte. Sie starrte Richard wütend an und stellte sich vor, wie sie seine blöde Zunge aus seinem blöden Maul riss. »Kein geeigneter Ort für eine Frau! Die Antarktis ist schon lange keine Männerdomäne mehr. Frauen machen schon seit Jahren Expeditionen dorthin.« Jane kochte vor Wut.

Jerrod witterte die explosive Stimmung und schickte sie umgehend hinaus. »Das wäre dann alles, Jane.«

Benommen stand sie auf, verließ das Büro und schloss leise die Tür hinter sich. Am liebsten hätte Jane sie laut zugeschlagen. Sie hörte Richard lachen. Zweifellos ging der Witz auf ihre Kosten. Sie ging zurück zu ihrem Schreibtisch.

Barry fing sie ab. »Wie ist es gelaufen?« Dann fiel ihm auf, wie niedergeschlagen sie wirkte. »Was ist los?«

»Ich werde nicht mit in die Antarktis fliegen. Richard bekommt meinen Platz.«

»Was? Das verstehe ich nicht. Ich habe Jerrod gesagt, dass du mit Abstand die beste Kandidatin bist.«

»Aber ich heirate nicht seine Tochter, stimmt's?«

»Das tut mir so leid, Jane. Richard hat es nicht verdient mitzugehen. Du schon.«

»Du kannst ja nichts dafür, Barry. Richard konnte Jerrod davon überzeugen, dass ein Meteorit die Ursache für die Anomalie sei, und als Experte für Meteoriten ist er eben derjenige, der mitfliegen sollte.«

»Das ist doch absurd!«

»Natürlich ist es absurd, Aber da Jerrod glaubt, es sei möglich, fliegt Richard mit. Ich muss jetzt los. Wir sehen uns später.«

Barry sah ihr nach und drehte sich um, als Richard aus Jerrods Büro trat. Er hatte ein zufriedenes Lächeln auf den Lippen. Wütend beobachtete Barry, wie er zu dem Büro am Ende des Gangs lief, zu jenem Büro, an dem eigentlich Barrys Name hätte stehen sollen. Ein Lächeln löste den verärgerten Ausdruck auf seinem Gesicht ab. Mach dir keine Sorgen, Jane. Ich kümmere mich darum, dass Richard genau das kriegt, was er verdient.

KAPITEL 2

Antarktis

JANE SAß AN IHREM Schreibtisch, als ein Piepston sie drei Tage später darüber benachrichtigte, dass sie eine neue E-Mail erhalten hatte. Die Mitteilung war von Barry. Sie öffnete die Nachricht und las.

Keine Sorge, Jane. Cinderella geht zum Ball.

Häng deinen Bikini in den Schrank und pack deine Tasche mit Klamotten für richtig kaltes Klima.

:-) Barry

Jane stand auf und spähte über die Nischen des Großraumbüros. Barry sah sie mit einem breiten Grinsen auf dem Gesicht an. Er zwinkerte ihr zu, bevor er sich setzte und aus ihrem Blickfeld verschwand.

Was hast du vor, Barry?

Damit Barrys Plan funktionierte, war das perfekte Timing notwendig. Er warf einen Blick auf die Uhr. Zum Glück war Richard in so mancher Hinsicht ein Gewohnheitstier. Die Kaffeezufuhr um 15 Uhr war eine seiner regelmäßigen Rituale. Barry zählte runter: »Fünf, vier, drei, zwei, eins.« Er starrte zu Richards Tür. Wenige Sekunden später tauchte er auf. Barry beobachtete, wie er zur Kaffeemaschine ging und eilte ihm hinterher. »Hi, Richard.«

Richard stellte einen Becher auf die Ablage des Kaffeevollautomaten, drückte auf den Startknopf und warf seinem Kollegen einen Blick zu. »Du wirkst heute glücklich.«

»Warum auch nicht? Morgen fliegst du in die Antarktis und ich bin dich für zwei Monate los. Das wird wie Urlaub.«

Richard schnaubte. »Ich bin dich genauso los.«

Barry sah zu, wie sich Richards Becher langsam mit Kaffee füllte. »Mit etwas Glück wirst du von einem Eisbären gefressen.« Er ließ ein hoffnungsvolles Grinsen aufblitzen.

»Du bist so ein Vollpfosten, Barry. In der Antarktis gibt es keine Eisbären.«

Der Becher war fast voll.

Barry streckte betont auffällig seinen Hals an Richard vorbei und pfiff leise.

»Wow! Sieh dir diese Titten an.«

Er wusste, dass Richard unmöglich widerstehen konnte. Er wurde nicht enttäuscht. Richards Kopf drehte sich so schnell, dass er fast verschwamm wie auf einem Foto, wenn das Motiv sich ruckartig bewegte. Ebenso flink schnellte Barrys Hand nach vorne und kippte den Inhalt einer kleinen Glasflasche in Richards Kaffee.

»Wo?« Richards Augen suchten verzweifelt den Raum ab.

Barry gab ihm einen Klaps auf den Rücken. »Zu spät. Sie ist schon weg. Du warst zu langsam, alter Mann.« Mit einem fröhlichen Lied auf den Lippen ging Barry davon.

*****

Am nächsten Tag trat Jane ihren British-Airways-Flug von London Heathrow nach Christchurch in Neuseeland an. Von dort aus würde sie mit einer Militärmaschine in die Antarktis fliegen und mit einer C-130 weitere 1600 Kilometer zur Byrd-Eisstation. Mit einem kleinen Flugzeug würde sie schließlich die letzte Etappe ihrer Reise bewältigen: 650 Kilometer zum Basislager der Expedition am Riss im Eis auf dem Eisschelf des Pine-Valley-Gletschers.

Sie lehnte sich in den bequemen Sitz in der Business-Class zurück, den Richard seinem künftigen Schwiegervater abgeluchst hatte. Sie konnte es kaum glauben, dass sie morgen in der Antarktis sein würde. Sie nahm zwar an, dass sie Barry ihr Glück und Richards mysteriösen Anfall von Bauchschmerzen und Durchfall zu verdanken hatte, wusste aber, dass sie ohnehin besser für diesen Job geeignet war, selbst wenn der unmögliche Fall eintrat, dass sie einen Meteoriten fanden. Im Team waren zwei Geologen, die weitaus erfahrener und kompetenter waren als Richard, der, ihrer Erfahrung nach, nicht mal seinen Hintern von seinem Ellenbogen unterscheiden konnte, wenn es darum ging, wissenschaftliche Daten auszuwerten. Wie er seinen Abschluss geschafft hatte, war nicht nur für sie ein Rätsel.

»Möchten Sie einen Drink, Miss Harper?«, erkundigte sich eine Stewardess mit strahlendem Lächeln.

Jane dachte an den vierzehnstündigen Flug, der vor ihr lag, und daran, dass sie ihr Glück feiern sollte, und lächelte zurück. »Ja, ich denke schon. Wodka mit Cola und Eis, bitte.«

Vier Flüge, tausende Kilometer und viele Stunden später starrte Jane durch das Fenster eines kleinen Flugzeugs, das dem Piloten Jack Hawkins gehörte, auf die weitläufige Eisfläche unter ihnen. Max Boyle, der einzige weitere Passagier, musterte die Frau, die auf der anderen Seite des Gangs saß. Ihre langen braunen Haare rahmten das etwas runde, aber hübsche Gesicht ein. Als er die Liste mit Fotos aller Teammitglieder erhalten hatte, hatte er eine gewisse Traurigkeit in ihren großen braunen Augen gespürt. Er löste seinen anerkennenden Blick und sah aus dem Fenster auf die weiße Wildnis. »Ein atemberaubender Anblick.«

»Das ist er wirklich«, stimmte Jane zu.

»Ist das Ihr erster Trip in die Antarktis?«

Jane riss ihren Blick von der faszinierenden Landschaft los und sah ihren Kollegen an. Max war vierundvierzig Jahre alt, hatte volles, dunkles, etwas ungekämmtes Haar und ein markantes Gesicht, das sie an Walter Matthau mit einer Spur Anthony Hopkins erinnerte. »Ja, aber ich war schon ein paarmal in der Arktis.« Sie spürte einen traurigen Stich im Herzen, als Kyles Gesicht in ihrer Erinnerung auftauchte. »Sie sind schon mal hier gewesen, nehme ich an?«

Max nickte. »Dies ist mein zweiter Besuch. Der erste war vor drei Jahren.«

»Wie ist es so?«

»Kalt, verdammt kalt. Aber das kann man am kältesten Ort der Erde ja auch erwarten.«

»Dann hätte ich meinen knappen Bikini gar nicht einpacken müssen?«

Max lachte. »Oh, ich weiß nicht, er könnte sich als nützlich erweisen. Es gibt diese antarktische Tradition, eine Art Aufnahmeritual für Neulinge. Dabei rennt man raus aufs Eis, und zwar *nackt*. Aber vielleicht kommen sie Ihnen entgegen und Sie dürfen den Bikini anziehen – zumindest die untere Hälfte.«

Jane war sich nicht sicher, ob Max es ernst meinte oder sie auf den Arm nahm. Das Grinsen auf seinem Gesicht konnte beides bedeuten.

»Das ist tatsächlich die Wahrheit«, sagte er. »Außerdem bietet das eine gute Möglichkeit, das Zusammengehörigkeitsgefühl der Gruppe zu stärken.«

»Ich bin ja sehr für Zusammengehörigkeit, aber im Evakostüm in die Kälte zu rennen und mich dabei von einer Gruppe Männer angaffen zu lassen, ist nicht gerade das, was ich unter Zusammengehörigkeitsgefühl verstehe.«

»Na ja, überlegen Sie es sich noch einmal. Ich bin mir sicher, dass es zur Sprache kommen wird, sobald die anderen erfahren, dass Sie eine antarktische Jungfrau sind.«

»Haben Sie das auch hinter sich?«

»Natürlich. So schlimm ist das nicht. Ein kurzer Sprint in die Kälte und dann zurück ins Warme. Eigentlich ist es ziemlich erfrischend. Allerdings bin ich ein Mann und das Team bestand nur aus Männern.«

»Ich werde ganz bestimmt nicht erwähnen, dass es mein erstes Mal ist. Hoffentlich fragt niemand. Immerhin haben wir einen vollen Terminplan.«

Max lächelte. »Oh, sie werden nachfragen, glauben Sie mir, das werden sie.«

Jane starrte aus dem Fenster. Sie sah nichts als Eis und Schnee. Es sah sehr kalt aus. »Wussten Sie, dass im August 2010 ein Satellit der NASA die kälteste Temperatur, die je gemessen wurde, in der Antarktis verzeichnete? Sie erreichte minus 94,7 Grad Celsius, das entspricht 135,8 Grad Fahrenheit. Ich kann mir nichts vorstellen, was so kalt ist.«

»Wie gesagt, verdammt kalt. Aber ich denke, so niedrige Temperaturen werden wir hier nicht erleben.«

»Der Riss ist jeden Moment sichtbar«, kündigte der Pilot an. »Ich werde über den Riss fliegen, bis wir euer Basislager erreicht haben, dann könnt ihr ihn euch ansehen.«

Jane und Max suchten das Eis mit ihren Blicken ab.

»Ich seh ihn!«, rief Jane.

Max löste seinen Gurt, ging auf die andere Seite des Gangs, setzte sich in einen Sitz hinter Jane und beobachtete fasziniert, wie der Riss im Eis näher kam.

Wenige Augenblicke später drehte sich die kleine Maschine und folgte der weiten, tiefen Gletscherspalte.

Jane starrte in die Tiefe des Risses. »Die Fotos werden diesem Anblick nicht gerecht.«

»Da bin ich ganz Ihrer Meinung«, stimmte Max zu. »Mit einer Länge von fast dreißig Kilometern und einer durchschnittlichen Breite von achtzig Metern ist das die größte Gletscherspalte, die je entdeckt wurde. Wenn sie bricht, hätte die schwimmende Eisinsel eine Fläche von dreiunddreißig mal zwanzig Kilometer. Groß genug, dass Manhattan darauf passen würde und es wäre sogar noch Platz übrig.«

Schweigend betrachteten sie den Riss, der unter ihnen vorbeizog, bis das Flugzeug die Richtung änderte und wieder über die Eisdecke flog.

»Basislager voraus«, rief der Pilot einige Minuten später.

Die beiden Fluggäste erhaschten ihren ersten Blick auf den Ort, der in den nächsten zwei Monaten ihr Zuhause sein würde. Etwa achthundert Meter vom Riss entfernt bildete die kleine Gruppierung von Gebäuden ein Fleckchen Zivilisation in der weißen Wildnis.

Die Passagiere betrachteten die vorgefertigten Hütten mit Unterkünften für zehn Personen, einer kleinen Krankenstation, gut ausgestatteten Laboren, einer Küche, Duschen, einem Funkraum, einem Aufenthaltsraum und einem Lager. Abgetrennt vom Hauptgebäude lag eine Werkstatt, eine Garage für zwei Pistenwalzen und zwei Schneemobile, ein Maschinenraum und eine Lagerhalle. Alle waren zum Schutz gegen die eisigen Temperaturen gut isoliert. Obwohl Jane bereits bei der Planung beteiligt gewesen war, fand sie es unfassbar, dass das Basislager in so einem abgeschiedenen Gebiet im Eis Realität geworden war. Die Spuren von Schneefahrzeugen führten vom Camp aus in verschiedene Richtungen. Als sie über das Lager flogen, unterbrachen drei Personen in roten und orangenen Schneeanzügen ihre Arbeit und sahen hinauf zu dem Flugzeug, das sich näherte. Die kleine Maschine, die wegen des ständigen Windes schwankte, wendete und setzte zum Landeanflug an. Jane sah zu, wie das Eis immer näherkam; ihr fiel auf, dass es nicht so glatt war, wie es von weiter oben ausgesehen hatte. Ein starker Ruck ging durch das Flugzeug, als die Kufen auf das harte Eis aufsetzten. Die Maschine hüpfte zweimal und schlitterte über die Schneeverwehungen auf der dicken Eisschicht. Die Erschütterungen, die das Flugzeug samt seinen Passagieren durchrüttelten, wurden schwächer, als das Flugzeug bremste und auf das Lager zusteuerte, und verebbten, als es wenige Meter entfernt zum Stillstand kam.

Jack drehte sich um und lächelte seine beiden Fluggäste an. »Wir sind da, Leute.«

Jane und Max lösten ihre Gurte, standen auf und zogen ihre gefütterten Thermojacken an.

Jack kletterte in den hinteren Teil des Flugzeugs und öffnete die Tür. Als ein eisiger Windhauch in die beheizte Kabine wehte, zog Jane den Reißverschluss ihres Parkas bis unters Kinn zu.

»Steigt aus, dann reiche ich euch eure Taschen runter«, sagte Jack.

Jane betrat das Eis als Erste. Sie zitterte, als eine kalte Windböe durch ihr Haar wehte und ihr die mit Pelz gefütterte Kapuze vom Kopf riss.

Max ging von Bord und lächelte sie an. »Ich habe Ihnen ja gesagt, dass es kalt ist.«

»Ich werde mich bald daran gewöhnen«, antwortete Jane und zog die Kapuze weiter zu.

»Daran werden Sie sich nie gewöhnen«, meinte Max. Er sah zum Hauptgebäude, aus dem soeben jemand heraustrat. »Hier kommt unser Begrüßungskommando.«

Jane lächelte den Mann an, der sich ihnen näherte. Seine Kapuze verdeckte den größten Teil seines Gesichts, aber Jane erkannte ihn trotzdem an dem weißen Bart, den sie auf dem Foto in dem Infomaterial über das Team gesehen hatte. Henry Sandberg, 56 Jahre alt, ein Veteran auf dem Eis, Experte auf vielen Gebieten und der Leiter dieser Forschungsreise. Jane fand, dass er ein gutmütiges Gesicht hatte. Seine Frau Martha hatte fast ein Jahr gegen den Krebs gekämpft, an dem sie schließlich vor zwei Monate gestorben war. Sie hatte Henry das Versprechen abgerungen, dass er in die Antarktis reisen würde, egal ob sie am Leben war oder nicht. Jane, Henry und Max waren die einzigen Engländer; der Rest des Teams kam aus Amerika.

»Willkommen in der Antarktis, Jane.« Henry zog einen Handschuh aus und streckte ihr eine Hand entgegen. Jane schüttelte sie.

»Hallo, Henry. Es ist schön, Sie endlich kennenzulernen.«

»Die Freude liegt ganz auf meiner Seite.« Er wandte sich Max zu und schüttelte ihm die Hand. »Willkommen, Max.«

»Danke, Henry.«

»Nehmt eure Taschen. Wir holen uns einen Kaffee und dann stelle ich euch den Rest der Truppe vor.«

Er wandte sich zwei Männern zu, die vor der Garage damit beschäftigt waren, den Tank eines Motorschlittens zu füllen. »Eli, Theo, könnt ihr das Flugzeug entladen und die Lieferung einräumen?«

Einer der Männer winkte zur Bestätigung.

»Hi, Henry.«

Henry antwortete dem Piloten, der sich aus der Flugzeugtür lehnte: »Hallo, Jack. Bleibst du auf eine Tasse Kaffee?«

Jack betrachtete die grauen Wolken, die über ihnen zusammenzogen. »Diesmal nicht. Es sieht so aus, als könnte das Wetter jeden Moment umschlagen. Ich helfe beim Entladen, fülle den Tank wieder auf und verschwinde. Wenn ich nicht gleich fliege, könnte ich eine Weile hier festsitzen.«

»Dann einen guten Flug.« Henry wandte sich zu den beiden Neuankömmlingen. »Folgt mir, ihr beiden.«

Jane lächelte dem attraktiven Piloten zu. *Mir würde es nichts ausmachen, ein paar Tage mit ihm hier festzusitzen.* Bei diesem Gedanken errötete sie. »Danke fürs Herfliegen, Jack.«

»Gern geschehen. Ich hoffe, dass du deinen Aufenthalt hier genießt.«

»Danke, das werde ich bestimmt.« Sie folgte Henry und Max zum Hauptgebäude.

Henry schaute zurück zu ihr. »Ist das deine erste Reise in die Antarktis, Jane?«

Sie konnte Max' Gesicht nicht sehen, war sich aber sicher, dass er schmunzelte. Sie wollte gerade antworten, als einer der Männer sie unterbrach, die gerade das Flugzeug entluden.

»Henry, soll dieses Zeug in die Garage oder ins Lager?«

Henry rief zurück: »Ins Lager, Theo. Das sind die zusätzliche Kletterausrüstung, Taschenlampen und der andere Kram, den ich angefordert habe, um die NASA-Anomalie zu untersuchen.«

Mit einer Handbewegung stimmte Theo zu.

Henry richtete sich wieder an die beiden Neuen. »Also, wo waren wir?«

»Kaffee«, platzte Jane heraus.

»Ach stimmt, Kaffee. Folgt mir.«

Max grinste Jane unauffällig an und flüsterte: »Das war knapp.«

»Willkommen in unserem Zuhause auf Zeit.« Henry öffnete die Tür und sie folgten ihm hinein.

Damit die Kälte nicht ins Hauptgebäude drang, gab es im Eingangsbereich eine Schleuse. Die innere Tür, die aussah wie die eines gewerblich genutzten Kühlschranks, wurde erst geöffnet, wenn die äußere Tür geschlossen war. Eine angenehme Wärme schlug ihnen entgegen, als Henry sie öffnete. Ein langer Korridor mit kleinen, dreifach verglasten Fenstern auf der linken und einigen Türen auf der rechten Seite erstreckte sich über die gesamte Länge der Hütte.

»Hier drinnen ist es wärmer, als ich gedacht habe«, bemerkte Jane, während sie die innere Tür hinter sich schloss.

»Das liegt an den gut neunzig Zentimetern Isoliermaterial an den Außenwänden, dem Boden und der Decke«, erklärte ihr Henry. »Das hält die Kälte draußen und die Wärme drin.« Er deutete zu einer Garderobe an der Längsseite. »Hängt eure Thermojacken dort auf und währenddessen schenke ich uns allen einen Kaffee ein.«

Jane und Max schlüpften aus ihren Mänteln, hängten sie an freie Haken und gingen durch die Tür, durch die Henry verschwunden war. Sie sahen sich um. Ein großer Tisch mit zehn Stühlen stand auf der einen Seite des Raumes. Ein paar gemütlich aussehende Sessel und ein dazu passendes Sofa waren zu einer Art Ruhezone zusammengestellt. Zwei Männer mit vom Wind gegerbten Gesichtern waren gerade in den Film *The Thing* vertieft, der auf dem großen Flachbildfernseher an der hinteren Wand lief. Ein kleiner Bereich rechts vom großen Tisch, der die Kaffee- und Teeutensilien beherbergte, war im Moment von Henry besetzt. Abgetrennt wurde die Küche vom

Wohnbereich durch eine Arbeitsplatte, die sich nahezu über die gesamte Breite des Raumes erstreckte. Auf dem Herd blubberte eine große Pfanne vor sich hin und erfüllte den Raum mit einem einladenden Duft. Jane dachte, sie könne in der Luft einen Hauch Chili wahrnehmen.

Henry drehte sich zu den Neuen um. »Milch und Zucker?«

»Nur Milch, kein Zucker«, antwortete Max.

»Für mich bitte viel Milch und zwei Stück Zucker, Henry.«

»Nehmt Platz, ich bring euch den Kaffee gleich.«

Jane und Max setzten sich an den Tisch.

Jane empfand die Atmosphäre als freundlich und behaglich. Ihre Begeisterung darüber, hier zu sein, erinnerte sie an einen Schulausflug nach Frankreich mit ihren Freunden. Damals war, genau wie jetzt, alles fremd, neu und aufregend gewesen.

Henry stellte die Heißgetränke vor ihnen ab, bevor er sich auf der gegenüberliegenden Seite auf einem Stuhl niederließ. »Ich führe euch gleich herum und zeige euch eure Schlafplätze.« Er sah Jane an. »Es freut dich sicherlich zu hören, dass du hier nicht die einzige Frau bist. Lucy Jones promoviert gerade in Biologie. Ihr Spezialgebiet sind Mikroorganismen. Sie hofft, Spuren in den unteren Bereichen des Risses konserviert im Eis zu finden. Als klar wurde, dass wir den Riss untersuchen würden, nahm sie Kontakt zu mir auf und fragte, ob sie sich uns anschließen dürfe. Dank ihrem Enthusiasmus konnte sie mich zu einer Zusage überreden. Außerdem hatten wir in deinem Zimmer noch ein Bett frei. Sie kam gestern an.«

»Okay, gut«, meinte Jane. »Sind nun alle da?«

»Ja, alle acht.« Er nickte hinüber zu den zwei Männern, die fernsahen. »Wahrscheinlich erkennt ihr sie vom Infomaterial, das ich herumgeschickt habe, aber noch mal zur Erinnerung: Pike, unser Wartungstechniker, ist gleichzeitig unser Koch und sogar ein sehr guter.«

Pike hielt den Film an. »Habe ich da etwa gehört, dass du meine Kochkünste lobst, Henry?«

Die beiden Männer durchquerten den Raum und begrüßten die neuen Teammitglieder.

»Nur weil du die Worte gehört hast, heißt das nicht, dass ich sie auch so gemeint habe.« Henry deutete auf den zweiten Mann; er war muskulös und breitschultrig. »Und das ist Scott, unser Mechaniker. Kein großer Redner, aber er repariert alles und ist ein unschätzbar wertvolles Mitglied unseres Teams. Genau wie ihr alle.«

Pike und Scott schüttelten Jane und Max die Hände.

»Pike ist ein ungewöhnlicher Name«, merkte Max an, als er dessen Hand schüttelte.

»Das ist mein Nachname. Getauft wurde ich auf den Namen Jesse, aber ich bevorzuge Pike.«

Mit seiner großen Hand fuhr Scott spielerisch durch Pikes Haar. »Er denkt, dass das weniger feminin klingt.«

Pike schlug seine Hand weg und wechselte das Thema. »Henry beschwert sich über meine Kochkünste und trotzdem isst er immer alles bis auf den letzten Bissen auf«, sagte er grinsend.

Henry verdrehte die Augen.

»Wir sehen uns später«, meinte Pike.

Die beiden Männer gingen zurück zum Fernseher, um sich den Rest des Filmes anzusehen.

Henry schüttelte den Kopf. »Wir sind erst seit zwei Wochen hier, aber ich bin mir sicher, dass sie den Film schon zum dritten Mal anschauen.«

Pike drehte sich um. »Er übertreibt. Wir haben den Film erst zweimal gesehen. Das, was wir uns gerade anschauen, ist *The Thing* aus dem Jahr 2011, ein Prequel zu John Carpenters Original von 1982.

»Na ja, für mich sehen beide gleich aus.« Henry wandte sich an Jane und Max. »Also gut, wenn ihr mit eurem Kaffee fertig seid, führe ich euch herum und stelle euch die anderen vor.«

Hastig tranken Jane und Max die letzten Schlucke ihrer warmen Getränke und folgten Henry aus dem Raum.

Abstieg

DIE ACHT TEAMMITGLIEDER SAßEN am Tisch, Henry wie üblich auf seinem Stuhl am Tischende. Sie hatten gerade Chili con Carne mit Ofenkartoffeln und danach als Dessert Apfelkuchen mit Vanillesoße genossen.

»Wie ihr alle wisst, planen wir diese Forschungsreise schon seit zwei Jahren. Der Pine-Island-Gletscher ist einer der größten Eisströme der Antarktis, durch den eine Menge Wasser vom Westantarktischen Eisschild abfließt, und weil er tief ins Meer ragt, ist er gefährdet, vom Grund an abzuschmelzen. Satellitenmessungen haben gezeigt, dass das Becken des Pine-Island-Gletschers mehr Schmelzwasser ins Meer abgibt als jedes andere Becken weltweit. Durch die aktuell erhöhte Fließgeschwindigkeit des Eisstroms hat das noch zugenommen. Eine unserer Aufgaben für diese Mission ist zu versuchen, den Grund für die plötzliche Beschleunigung des Eisstroms herauszufinden und zu ermitteln, ob er in Zukunft weiter ansteigen wird.«

»Die breite Palette an Tests, die wir durchführen werden, ist wichtig, um das Verhalten des Pine-Islands-Gletschers, liebevoll PIG genannt, zu verstehen. Bevor wir allerdings mit unserem geplanten Ablauf beginnen können, besteht die NASA darauf, dass wir zuerst diese Anomalie überprüfen, über die wir alle in den letzten Tagen schon diskutiert haben und auf die ich, um ehrlich zu sein, neugierig bin.«

Ein paar Teammitglieder nickten zustimmend.

»Damit die NASA uns in Ruhe lässt und wir uns auf das konzentrieren können, weshalb wir eigentlich hergekommen sind, habe ich zugestimmt, dass wir den Riss gleich morgen untersuchen werden. Für diese Aufgabe muss jemand in den Riss hinabsteigen und sich umsehen. Ich schlage vor, dass ein Glaziologe den Anfang macht, die Stabilität des Eises bestimmt und prüft, ob dort unten irgendetwas Ungewöhnliches ist. Jane und Theo, als unsere Glaziologen solltet ihr unter euch ausmachen, wer hinunterklettert.«

»Für mich ist es kein Problem, dort runterzusteigen«, begann Theo, »und ich glaube, dass unsere Qualifikationen vergleichbar sind, aber Jane ist mit Abstand die bessere Kletterin. Wenn sie dazu bereit ist, sollte sie die Ehre haben.«

Jane lächelte Theo dankbar zu. »Vielen Dank. Natürlich bin ich dazu bereit!«

Henry sah zu der anderen Frau im Team. »Lucy, für dich wäre das eine ideale Gelegenheit, die Gletscherspalte zu untersuchen. Ich weiß, dass du klettern kannst. Während wir also die ganze Ausrüstung vorbereiten, kannst du Lucy begleiten. Vorausgesetzt sie hat keine Einwände«

»Lucy kann gerne mitkommen. Mir würde die Begleitung gefallen«, meinte Jane.

»In Ordnung, dann wäre das geklärt«, sagte Henry. »Jack hat die von mir angeforderten Sachen mitgebracht, als er Jane und Max hierherflog. Wir müssten nun alles haben, was wir benötigen. Ich habe auch ein paar Taschenlampen bestellt, weil ich mir nicht sicher bin, wie viel Licht bis zum Boden des Risses dringt und was wir dort unten finden werden. Wenn diese Anomalie eine Höhle im Eis ist, brauchen wir die Taschenlampen vielleicht. Ich denke, das war's für heute, das heißt den Rest des Abends können wir entspannen.«

»Ich werde einen Film einlegen, falls jemand Interesse hat«, verkündete Scott.

Henry stöhnte. »Ich hoffe, es ist nicht schon wieder *The Thing*?«

»Nein, Henry, ist es nicht. Sondern *Alien*!«

Am nächsten Tag kontrollierte Henry, ob Jane und Lucy sicher mit den Seilen verbunden waren, bevor er ihnen die Erlaubnis gab, loszuklettern.

»Nehmt euch vor herabfallendem Eis in Acht«, warnte Max. »Auch wenn das Eis stabil aussieht, kann es jederzeit ohne einen ersichtlichen Grund brechen.«

»Das werden wir«, versicherte ihm Jane.

Während sich die beiden Frauen mit dem Rücken voran der breiten Spalte im Eis näherten, sah Jane kurz zu den Metallpflöcken, an denen ihre Seile festgebunden waren.

Max fiel ihr Blick auf. »Keine Sorge, Jane. Das Eis ist hart wie Beton. Die Pflöcke sind fest hineingeschraubt und werden sich nicht bewegen.«

Jane lächelte ihn an. »Danke für die beruhigenden Worte.« Sie zog die getönte Skibrille über die Augen und sah ihre Kletterbegleitung an. »Bereit?«

»Los geht's«, antwortete Lucy voller Vorfreude darauf, mit der Probenentnahme zu beginnen.

Die beiden Frauen lehnten sich an der tiefsten Stelle der Gletscherspalte nach hinten und fingen an, in den Riss hinabzusteigen. Der Boden war fast sechzig Meter unter ihnen. Ein paar Meter weiter erreichten sie einen kleinen Eisvorsprung. Vorsichtig tasteten sie sich rückwärts an die Kante und stiegen weiter hinab.

Jane schaute nach oben. Die Gesichter der anderen Teammitglieder spähten von oben auf sie herab. Henry winkte. Wenige Augenblicke später, als sie sich in die V-förmige Gletscherspalte herabgelassen hatten, versperrte der Vorsprung den Zuschauern die Sicht. Jetzt konnten sie nur noch per Walkie-Talkie miteinander kommunizieren.

Obwohl der Wind im Riss wie in einem Trichter konzentriert wurde und ständig gegen die beiden Kletterinnen stieß, war er nicht heftig genug, um ein wirkliches Problem darzustellen. Jane warf einen Blick in die Tiefe, aber der Schnee und das Eis, die vom Wind aufgewirbelt wurden, behinderten ihre Sicht.

Das Aufheulen eines Motors durchbrach die relative Stille. Henry drehte sich um, Pike näherte sich auf einem Schneemobil.

Er hielt das Schneefahrzeug neben dem Team an und hob seine Schutzbrille. »Ich habe heiße Schokolade dabei für jeden, der will.«

Die Männer versammelten sich um den Anhänger, der vom Motorschlitten gezogen wurde, und nahmen gerne einen Thermobecher heiße Schokolade.

Pike sah hinüber zum Riss. »Sind die Mädels schon unten?«

Henry nickte. »Je nachdem, was sie finden, verbringen sie da unten wahrscheinlich ein bis zwei Stunden.«

Vorsichtig, um der Kante nicht zu nahe zu kommen, näherte sich Pike dem Riss und blickte hinab. »Besser die als ich.« Sobald jeder seine Portion getrunken hatte, sammelte Pike die Becher wieder ein. »Ich fahre zurück zum Basislager. Dort ist es warm.«

»Danke für die Heißgetränke«, sagte Henry.

Die anderen bedankten sich ebenfalls. Pike stieg auf das Schneemobil und fuhr los. Als er das Fahrzeug wendete, rutschte der Anhänger ein Stück seitwärts. Die linke Ecke traf einen der Metallpflöcke, an denen die Kletterseile befestigt waren, und veränderte dessen Winkel. Ohne zu realisieren, was gerade geschehen war, fuhr Pike auf seinem Motorschlitten in Richtung des Basislagers davon.

Als die beiden Frauen tiefer hinabstiegen, bekam das Eis einen blauen Schimmer. Zusammengepresst vom Gewicht des Schnees aus vielen Hunderten von Jahren war das Eis kristallklar. Beide konnten darin kleine Lufteinschlüsse erkennen. Winzige Blasen jahrhundertealter Luft, die möglicherweise die Mikroorganismen enthielt, die Lucy zu finden hoffte.

»Fast da«, rief Lucy laut genug, um trotz des Windes gehört zu werden.

Jane spähte hinab. Noch etwa achtzehn Meter, dann würden sie den Boden berühren. Als sie durch die Sohlen ihrer Kletterstiefel, die sie fest gegen das Eis stemmte, eine Erschütterung spürte, sah sie Lucy an. »Hast du das gemerkt?«

Lucy nickte. »Sollten wir uns Sorgen machen?«

»Ich glaube nicht. Es ist nur das Schelfeis, das sich auf seiner Reise hinaus aufs Meer bewegt. Nichts, worüber wir uns Sorgen machen müssen. Es ist ständig in Bewegung.«

Als die Erschütterungen plötzlich stärker wurden, begriff Jane, dass sie sich irrte.

Die beiden Kletterinnen pressten sich gegen die Eiswand und machten sich so klein wie möglich, um sich vor den Eisstücken, die um sie herum herabregneten, zu schützen. Ein Krachen, so laut wie eine Explosion, hallte durch den Riss.

Sie schauten nach unten. Die beiden Eiswände bewegten sich auseinander und der Riss wurde immer tiefer.

*****

Als die Vibrationen intensiver wurden und das laute Krachen ertönte, wichen die Männer auf dem Eis von der Kante zurück.

Mit sorgenvollem Gesicht sah Henry zu den beiden Seilen, die hinunter in den Riss hingen. Der Zeitpunkt hätte ungünstiger nicht sein können. Die Eiswand auf der anderen Seite der Gletscherspalte bebte; Eisbrocken brachen ab und stürzten in die Tiefe. Das Eis hatte sich zwar vorher auch schon bewegt, aber noch nie so stark wie jetzt.

Aus Angst, die Kante könne wegbrechen, wich Max noch einen weiteren Schritt zurück. »Was ist da los?«

»Das ist der Riss«, erklärte Henry. »Er öffnet sich.« Er legte seine Hände zusammen und bewegte sie dann auseinander, um seine Worte zu veranschaulichen.

»Was, komplett?«, fragte Theo.

Henry zuckte mit den Schulten. »Ich hoffe nicht.«

»Was ist mit Jane und Lucy? Sollen wir sie rausziehen?«

Henry sah zuerst zu den beiden Seilen und dann zu Eli. »Nein. Sie sind beide erfahrene Kletterinnen, sie werden sich vor dem Eisschlag schützen. Wenn wir an dem Seil ziehen, könnten wir sie in Gefahr bringen.« Er überlegte kurz die Walkie-Talkies zu benutzen, um Kontakt zu ihnen aufzunehmen, verwarf den Gedanken aber schnell wieder. Sie konnten gerade keine Ablenkung gebrauchen und würden selbst Kontakt suchen, wenn die Gefahr vorüber war.

Plötzlich bebte das Eis so heftig, dass die Männer fast von den Füßen gerissen wurden. Alle warfen Henry besorgte Blicke zu, aber niemand von ihnen konnte etwas tun. Bis sich das Eis beruhigt hatte, waren die Frauen auf sich allein gestellt.

Theo sah Max an. »Glaubst du, es geht den Mädels gut?«

Max wollte gerade antworten, als Theo von etwas seitlich am Kopf getroffen wurde, was dann im Riss verschwand. Theo fiel hin, aber Max fing ihn auf und legte ihn vorsichtig auf den Boden. Er fragte sich, wovon Theo getroffen worden war. Als er sich umsah, stellte er voller Entsetzen fest, dass die Eisschraube, mit der sie Janes Seil gesichert hatten, nicht mehr da war.

Jane schrie, während sie in die Tiefe stürzte.

Kyles Unterricht schoss ihr durch den Kopf. Sie schlug den Eispickel in die vor ihr vorbeisausende Eisplatte.

Eissplitter stoben von der Klinge, die eine tiefe Furche in die Eiswand grub, herunter auf ihr Gesicht. Aber es half kaum, ihren schnellen Fall zu verlangsamen. Ein großer Eisbrocken prallte neben ihr von der Wand ab und stürzte in die Tiefe.

Lucy sah, wie Jane fiel. Sie griff nach dem fallenden Seil ihrer Freundin, aber es war zu weit weg. Sie war gerade dabei, sich hinüberzuschwingen, um es zu greifen, als ein Geräusch sie aufblicken ließ. Die Spitze der korkenzieherförmigen Eisschraube, an der Janes Seil befestigt war, flog direkt auf sie zu. Schnell schwang sie sich aus dem Weg. Sie schoss an ihr vorbei und verfehlte sie nur um wenige Zentimeter.

Die Erschütterungen beruhigten sich so schnell, wie sie begonnen hatten.

Hilflos sah Lucy zu, wie ihre Freundin stürzte, bis der Nebel aus Schnee und Eis, der durch den Riss gewirbelt wurde, sie verschluckte. Falls ein Wunder geschah und Jane den Absturz überlebte, würde sie ernsthaft verletzt sein. Lucy kletterte hinunter.

Das Einzige, was Jane tun konnte, war, einen klaren Kopf zu behalten und nicht in Panik zu verfallen. Als ihr bewusst wurde, dass der Eispickel sie nicht retten würde, bereitete sie sich auf die Landung vor. Sie war schon Fallschirm gesprungen, daher wusste sie, dass sie den Aufprall abfangen konnte, indem sie ihre Knie anwinkelte und sich abrollte, sobald sie den Boden berührte. Auch wenn sie nicht davon überzeugt war, dass ihr das in dieser Situation helfen würde, bereitete sie sich darauf vor, ihre Knie beim Bodenkontakt zu beugen, und wartete auf den Aufschlag. Sie nahm an, dass sie sich mindestens beide Beine brechen würde; der Schmerz wäre äußerst qualvoll. Sie sah nach unten und erhaschte einen Blick auf den Boden und auf etwas Schwarzes direkt unter ihr.

Der Schmerz, den sie beim Aufschlag erwartetet hatte, blieb aus. Ebenso das Ende ihres Sturzes. Eis rauschte an ihrem Gesicht vorbei und dann: nichts als

Schwärze. Sie sah hinunter. Auch um sie herum nur Dunkelheit. Einen Moment lang war sie verwirrt und schaute nach oben. Das Ende ihres Seils verschwand in einem Ring aus Licht; sie war durch das Eis in einen Hohlraum gefallen. Der Eisblock, der an ihr vorbeigestürzt war, musste durch das Dach der Höhle gekracht sein. Sie bezweifelte, dass sie den Sturz jetzt noch überleben konnte. Mehr als nur ihre Beine würden brechen, sobald was auch immer unter ihr lag, ihren Sturz beendete.

Aus dem Walkie-Talkie in ihrer Tasche knackte Henrys besorgte Stimme. »Jane, alles in Ordnung? Over.«

Auf einmal nahm Janes Sturz durch die Dunkelheit ein abruptes Ende.

Als Max ihm mitteilte, dass Janes Sicherung versagt hatte und Theo verletzt wurde, versuchte Henry Jane über das Walkie-Talkie zu erreichen, während sich Max und Eli um Theo kümmerten. Es bestand eine Chance, dass sie und Lucy sich gesichert und darauf gewartet hatten, dass das Beben sich beruhigte.

Theo war nicht ernsthaft verletzt. Die Eisschraube hatte ihn lediglich gestreift, ohne die Haut aufzureißen. Max und Eli halfen ihm auf die Beine. Die besorgten Männer versammelten sich um Henry, der seinen Finger gerade von der Sprechtaste löste und wartete. Er bekam keine Antwort.

Er versuchte es noch einmal: »Jane, Lucy, bitte beschreibt eure Lage. Over.«

Notgedrungen hörte Lucy auf zu klettern, als ihr das Seil ausging. Die Gletscherspalte hatte nicht so tief ausgesehen, als sie mit ihrem Abstieg begonnen hatten; dennoch konnte sie den Boden immer noch nicht sehen. Lucy fischte das zusätzliche Seil aus ihrem Rucksack und band es an ihre Sicherheitsleine. Nachdem sie das Abseilgerät am neuen Seilstück angebracht hatte, setzte sie ihren Abstieg fort. Es beunruhigte sie, dass sie keine Schreie gehört hatte. Das bedeutete, dass Jane entweder bewusstlos oder beim Aufprall ums Leben gekommen war.

Etwa dreißig Meter tiefer im Riss überwand Lucy einen Eisvorsprung und konnte endlich den Boden sehen. Es gab kein Lebenszeichen von Jane, aber die Eisschraube, an der noch immer Janes Seil hing, steckte quer über einem Loch im Eis. Sie wollte sich gerade abseilen, als Henrys Stimme in ihrer Tasche knackte.

Die Männer starten besorgt auf das Kommunikationsgerät, als Henry erneut versuchte, Kontakt aufzunehmen. Kurz darauf brach Lucys Stimme die qualvolle Stille.

»Mir geht es gut, aber Jane ist durch ein Loch im Boden des Risses gefallen, das mindestens weitere dreißig Meter tief ist. Ich werde nach ihr sehen und halte euch auf dem Laufenden. Over.«

»Sei vorsichtig, Lucy. Over.« Henry sah in die besorgten Gesichter um ihn herum. »Max, Theo, ihr geht runter. Nehmt den Erste-Hilfe-Kasten und zusätzliche Seile mit. Wenn Lucy bis zu eurer Ankunft noch keinen Kontakt aufgenommen hat, setzt mich sofort über die Lage in Kenntnis.«

Sobald Lucys Füße sicheren Boden berührten, hastete sie zu dem Loch und befestige ihr Seil an Janes. Erst dann spähte sie durch die Öffnung, die in die sechzig Zentimeter dicke Eiswand geschlagen worden war. Es wäre ein Wunder, wenn Jane nicht verletzt oder tot war. Das Seil, das mit der Eisschraube verbunden war, verschwand in der Dunkelheit, die Jane vor ihrem Blick verbarg. Sie griff nach dem schwingenden Seil und spürte das Gewicht an seinem Ende. Hoffnung flackerte in ihr auf. Wäre Jane auf dem Boden aufgeschlagen, würde es schlaff durchhängen. Aber das bedeutete noch nicht, dass sie nicht auf dem Weg nach unten verletzt oder getötet worden war.

Auch wenn es manchmal übertrieben schien, wie sehr Henry auf Sicherheit bestand, erwies sich seine große Erfahrung in der Erforschung von Eiswüsten wie hier in der Antarktis manchmal – so wie jetzt – als von unschätzbarem Wert. Lucy zog die LED-Stirnlampe, ein Teil der Ausrüstung, auf die Henry bestanden hatte und die jeder mitnehmen musste, wenn er sich aufs Eis wagte, aus ihrer Tasche, schaltete sie auf die hellste Stufe und leuchtete in die schwarzen Tiefen unter dem Loch. Sie sah, wie Jane ihren Kopf bewegte, um sich einen Überblick über die Umgebung zu verschaffen, als sie in den Lichtkegel der Taschenlampe pendelte. Jane lebte. »Geht's dir gut?«, rief Lucy.

Jane schwang durch die Dunkelheit. Sie war sich darüber im Klaren, dass sie Glück hatte, noch am Leben zu sein. Das Kletterseil war zwar so elastisch, dass es sich bis zu einem gewissen Grad in Situationen wie dieser dehnte, aber sie hatte bezweifelt, dass es solch einem langen Sturz standhalten würde. Durch die Wucht der plötzlichen Vollbremsung schnitt der Klettergurt schmerzhaft in ihre Haut. Aber Schmerzen und ein bisschen wundgescheuerte Haut konnte sie aushalten – den Tod eher weniger. Als sie ihre Skibrille hochschob, um herauszufinden, wo sie war, streifte sie ein Lichtstrahl. Lucy rief etwas. Sie schaute hinauf. Ihre Freundin wurde von der Öffnung fünfundzwanzig Meter weiter oben eingerahmt. Das Licht der Taschenlampe, das auf sie gerichtet war, blendete sie, als sie durch den Lichtkegel pendelte. »Ich habe Schmerzen und wahrscheinlich Quetschungen, dort wo der Gurt einschneidet, aber ansonsten geht es mir gut und ich bin froh, noch am Leben zu sein. Was ist passiert?«

Lucy sah den Metallpflock an, der quer über dem Loch lag, bevor sie antwortete. »Deine Eisschraube hat sich gelöst«, rief sie. »Ich habe dich an meinem Seil gesichert, damit du nicht weiterfällst, aber ich brauche noch ein Seil, um dir herauszuhelfen. Ich gebe den anderen Bescheid, was passiert ist, und sage ihnen, dass sie nach unten kommen sollen, um zu helfen.«

»Okay«, rief Jane zurück.

Lucy zog das Walkie-Talkie aus ihrer Tasche. »Henry, bist du da? Over.«

Henry antwortete sofort: »Ja, Lucy. Geht es Jane gut?«

»Jane geht es gut. Wiederhole: Jane geht es gut. Over.«

»Das sind großartige Neuigkeiten. Over.«

»Ich denke, sie hat einen Teil der NASA-Anomalie entdeckt. Sie ist durch das Eis in einen großen Hohlraum gefallen. Ich habe ihr Seil gesichert, aber ich brauche Hilfe, um ein weiteres Seil daran zu befestigen, damit sie herausgezogen werden kann. Over.«

»Max und Theo sind schon auf dem Weg nach unten. Over.«

»Ich halte dich auf dem Laufenden. Over.« Sie steckte das Walkie-Talkie zurück in die Tasche und spähte in die Höhle. »Konntest du mithören, Jane?«

Jane sah herauf. »Ja, ich habe alles mitbekommen. Danke.«

Lucy bewegte ihr Licht durch die Dunkelheit. »Was für ein Ort ist das?«

»Es muss die Anomalie sein, die wir untersuchen sollen, auch wenn ich keine Ahnung habe, warum das den Scan der NASA beeinflussen sollte.«

»Ich habe schon von der Entdeckung solcher Höhlen gehört, aber ich hätte nie gedacht, dass ich selbst mal eine sehen würde. Dort unten könnte alles Mögliche sein.« Lucys Aufregung war kaum zu überhören. Leider war das Licht ihrer Taschenlampe zu schwach, um weit in die Dunkelheit vorzudringen. »Hoffentlich lässt Henry sie uns erkunden.«

»Das wird er bestimmt«, meinte Jane. »Ich sehe mal, ob ich mit meiner Lampe mehr erkennen kann.« Sie angelte die Stirnlampe aus ihrer Tasche, schaltete sie ein und leuchtete nach unten. Der zerschmetterte Eisblock nur wenige Meter unter ihr führte ihr vor Augen, wie viel Glück sie gehabt hatte. Als sie die Taschenlampe herumschwenkte, funkelten der Boden und die Wände, als wären sie mit Glitzer bestreut. Ihr Blick erfasste die Ausmaße der Höhle, auf die sie gestoßen war. Wasser tropfte von einer Stelle, die ihre schwache Taschenlampe nicht ausleuchten konnte. In den ungleichmäßigen Eiswänden waren schmutzige Streifen. Obwohl das Licht nicht ausreichte, um die tiefe Schwärze um sie herum besonders weit zu durchdringen, nahm Jane große Hohlräume wahr, die im Schatten verborgen waren.

Sie sah zu Lucy hinauf. »Ich werde jetzt runterklettern. Ist das Seil sicher?«

Lucy wusste, dass es klüger wäre, auf die Ankunft und Unterstützung von Max und Theo zu warten, aber Jane war so nah am Boden, dass ihr nichts passieren konnte, selbst wenn sie abstürzen würde. Außerdem war sie genauso gespannt wie Jane, was sich in der Dunkelheit unter ihnen versteckte. »Es ist sicher.«

Jane seilte sich die kurze Distanz bis zum Höhlenboden ab und stöhnte, als der Gurt über ihre wunde Haut schürfte. Sie ließ ihren Lichtkegel durch die Dunkelheit streifen; der Schein wurde von den Wänden aus massivem Eis reflektiert. Sie hatten muschelförmige Vertiefungen, als hätte jemand mit einem riesigen Eisportionierer Kugeln herausgeschabt. Die glatte Oberfläche wirkte beinahe surreal.

»Hallo!«, rief sie. Ihre Stimme hallte durch den gigantischen Raum. *Er muss so groß wie eine Kathedrale sein.*

Ein Geräusch wie tropfendes Wasser zog ihre Aufmerksamkeit auf sich. Hellblaues Licht leuchtete aus der Dunkelheit, wurde an den Tausenden von Facetten im geformten Eis reflektiert und erhellte kurz Teile der Höhle. Fasziniert sah Jane zu, wie das blaue Licht nicht weit von ihr Kreise über eine Wasseroberfläche zog. Sie hob ihren Kopf und sagte zu Lucy: »Was war das? Es war wunderschön!«

Lucy hatte zwar wegen des kleinen Lochs und der dicken Eisschicht nur eine begrenzte Sicht, trotzdem hatte sie mitbekommen, wie das blaue Licht aufgetaucht war und sich ausgebreitet hatte. Sie hatte nicht sehen können, wo es hergekommen war, aber eine Vermutung zu seiner

Entstehung. »Löse dein Seil und geh beiseite. Ich komme runter.«

Da Jane ohnehin bezweifelte, dass sie irgendwas sagen konnte, was die aufgeregte Mikrobiologin davon abhalten würde, ihr hier unten Gesellschaft zu leisten, befolgte sie die Anweisungen und legte bei der Gelegenheit auch gleich den scheuernden Gurt ab. »Das Seil gehört dir.«

Lucy nahm die Eisschraube, die noch immer quer über dem Loch lag, und schraubte sie einige Meter entfernt ins Eis. Nachdem sie beide Seile von ihrem Klettergurt gelöst hatte, band sie Janes Seil an die Eisschraube. Mit einem kräftigen Ruck vergewisserte sie sich, dass der Schaft sicher im Eis verankert war. Während sie das Seil an ihrem Klettergurt befestigte, rieselten kleine Eissplitter die Gletscherspalte herunter. Sie sah auf. Durch den Schneesturm erhaschte sie einen kurzen Blick auf die undeutlichen Umrisse von Max und Theo, zwei Farbflecken vor weißem Hintergrund. Sie waren etwa auf halber Höhe. Sie benutzte ihr Funkgerät, um alle über die Lage zu informieren. »Ihr werdet es nicht glauben, aber Jane hat eine unterirdische Höhle mit einem Gewässer entdeckt. Ich werde zu ihr nach unten gehen, damit wir das weiter erkunden können. Over.«

Es überraschte Lucy nicht, dass Henry versuchte, sie davon abzuhalten. »Das klingt nach einer bedeutsamen Entdeckung, aber betrete die Höhle nicht, bevor wir beurteilen können, ob das sicher ist. Die Höhle könnte instabil sein. Außerdem könntest du ein geschlossenes Ökosystem kontaminieren. Over.«

»Henry, diese Höhle gibt es vermutlich schon seit Tausenden von Jahren. Die Wahrscheinlichkeit, dass sie genau dann einstürzt, wenn wir sie erforschen wollen, ist verschwindend gering. Außerdem hat Jane sie schon kontaminiert, als sie hineingefallen ist. Ich will diese Chance nicht verpassen und klettere rein. Over.«

»Davon rate ich dir dringend ab, aber da ich zu weit entfernt bin, um dich davon abzuhalten, sei bitte wenigstens vorsichtig und fasse nichts an, beobachte nur. Over.«

Lucy hatte das Funkgerät bereits in ihre Tasche gleiten lassen und ihre Stirnlampe über den Kopf gezogen. Sie setzte sich auf die Kante der Öffnung, kletterte hindurch und seilte sich zügig auf den Boden der Höhle ab. Jane wartete in der Nähe. Lucy löste sich vom Seil und ging zu ihr.

»Wow! Dieser Ort ist verdammt cool.« Lucy ließ wie Jane ihren Lichtkegel durch die Umgebung wandern. Auf den Knien untersuchte sie einen Flecken grünen Schleims, der einige der Steine bedeckte, die verstreut auf dem Eis lagen. »Ich glaube, das sind Algen, vielleicht sogar eine neue Art.«

Jane schmunzelte über Lucys aufgeregte Begeisterung. »So spannend, wie sich das aus deinem Mund auch anhört, ich interessiere mich mehr für das Wasser und das blaue Licht.«

Lucy stand auf. »Los, sehen wir nach.«

Sie blieben am Ufer des Sees stehen, wo der felsige Untergrund flach in das leicht trübe Wasser abfiel, und leuchteten mit ihren Taschenlampen über die Wasseroberfläche. Die Strahlen wurden in der Tiefe gebrochen. Ein feiner Nebel stieg aus dem See. Das bedeutete, dass das Wasser etwas wärmer war als die Umgebung.

»Wie ist das blaue Licht entstanden?«, wollte Jane wissen.

»Ich denke, es muss eine Art planktonischer Dinoflagellat gewesen sein, wahrscheinlich Noctiluca scintillans.«

Mit einem verwirrten Gesichtsausdruck warf Jane der jungen Frau einen Seitenblick zu.

»Das sagt mir überhaupt nichts.«

Lucy lachte. »Vereinfacht ausgedrückt ist das eine Art Meerestier, und zwar Plankton, das Biolumineszenz erzeugt, wenn es gestört wird. Ich zeig's dir.« Lucy hob einen kleinen Eisklumpen vom Boden und warf ihn in den See. Wie zuvor erschien das blaue fluoreszierende Licht und zog ausgehend von dem Punkt, wo das Eis in den See gefallen war, Kreise über die Wasseroberfläche.

»Also verursachen Käfer diesen spektakulären Anblick?«, fragte Jane.

»Na ja, Plankton eben. Es ist ungewöhnlich, dass es in geschlossenen Systemen wie hier Plankton gibt, aber andererseits ist dies auch, soweit ich weiß, das erste Mal, dass eines so weit unter dem Eis erforscht wird. Vielleicht handelt es sich hierbei sogar um eine neue Art.«

Sie starrten noch eine Weile auf das Wasser, bis Jane sage: »Henry war nicht sonderlich begeistert davon, dass du hier runterkommst.«

Lucy lächelte. »Er kommt darüber weg. Er macht sich Sorgen um uns. Das ist alles. Auf einer seiner bisherigen Forschungsreisen sind zwei Menschen ums Leben gekommen. Er macht sich Vorwürfe, aber es war nicht seine Schuld.«

»Wirklich? Was ist passiert?«

»Henry führte eine Gruppe durch das Eis, als wie aus dem Nichts ein Schneesturm um sie herum aufzog. Die beiden Männer am Ende hatten bereits zuvor Bedenken geäußert, hinterhergezogen zu werden, falls die Teammitglieder weiter vorne in eine Gletscherspalte fallen würden. Sie lösten sich von der Sicherungsleine und wurden von den anderen getrennt. Henry suchte nach ihnen, aber weder sie noch ihre Leichen wurden jemals gefunden.«

Janes Gedanken schweiften zurück zu dem Tag, an dem sie Kyle verloren hatte. »Das ist schrecklich«, sagte sie. »Das erklärt, warum Henry so überfürsorglich ist.«

Sie leuchteten beide mit ihren Taschenlampen über das Wasser. Die Lichtstrahlen waren zu schwach, um das andere Ende des Sees zu erreichen. »Wir brauchen bessere Taschenlampen, um diese Höhle richtig erforschen zu können«, stellte Jane fest.

»Du wirst Henry bitten müssen, dass jemand welche aus dem Basislager holt. Außerdem brauchen wir Probengläser, einen Geologenhammer und alles, was ihm sonst noch Nützliches einfällt. Ich habe eine Kamera dabei, aber eine zweite wäre praktisch, und zusätzlich eine Videokamera, um das Ganze hier zu filmen.«

»Alles klar, ich frage ihn.« Per Walkie-Talkie nahm Jane Kontakt mit Henry auf.

Henry ging auf und ab. Er wusste, dass es leichtsinnig von Lucy gewesen war, die Höhle zu betreten, aber er konnte ihr wegen ihres jugendlichen Tatendrangs keinen Vorwurf machen; in ihrem Alter war er genauso gewesen. Sie verstand nicht, dass die Antarktis unentwegt Gefahren für ihre Besucher barg, vor allem dann, wenn überstürzte Entscheidungen getroffen wurden. Er hatte selbst die schmerzliche Erfahrung gemacht, dass der Tod in entlegenen, unwirtlichen Gegenden wie dieser nie weit entfernt war.

»Henry, bist du da? Over.«

Obwohl der Empfang schlecht war und es Störgeräusche im Hintergrund gab, konnte Henry die Worte verstehen und die Stimme erkennen. »Jane, es ist schön, deine Stimme zu hören. Geht es dir gut? Over.«

»Ja, Papa, es geht mir gut. Over.«

Henry musste grinsen. »Das freut mich. Wir haben uns alle große Sorgen gemacht. Wie ist es in der Höhle? Over.«

»Es ist fantastisch! Zumindest das bisschen, was wir gesehen haben. Es gibt einen See voll von leuchtendem Plankton – Lucy ist ganz begeistert davon. Ich habe allerdings noch nichts gesehen, was die Ursache für die Anomalie auf dem NASA-Scan sein könnte. Die Höhle allein kann nicht der Grund sein, aber wir können weder sagen, wie groß sie ist, noch uns hier unten genauer umsehen, bis wir nicht stärkere Taschenlampen haben. Wir brauchen auch noch ein paar andere Dinge, um Proben entnehmen zu können. Over.«

»Zuerst das Wichtigste, Jane. Ist die Höhle stabil? Over.«

»Danach zu urteilen, was ich bisher gesehen habe, ist sie stabil. Die Decke ist gewölbt wie ein Eisenbahntunnel, scheint aber an der Spitze, dem Boden des Risses, dünner zu sein. Ein Eisbrocken, der durch die Erschütterungen gelöst wurde, hat ein Loch in die Decke geschlagen, durch das ich dann gefallen bin. Das hat mir wahrscheinlich das Leben gerettet. Over.«

»Du hattest großes Glück. Ich habe Lucy zwar nur widerwillig erlaubt die Höhle zu betreten, sehe aber durchaus die Vorteile für die Wissenschaft und für unser Verständnis des Gletschers, das wir erhalten, wenn wir solch einen einzigartigen Ort erforschen. Wegen des instabilen Zustandes des Eisschelfs können wir es uns nicht leisten, alles nach Vorschrift zu machen. Außerdem brenne ich darauf, die Höhle mit eigenen Augen zu sehen. Sag mir, was ihr braucht. Ich schicke Eli zurück zum Basislager, um die Ausrüstung zu holen und komme dann zu euch. Ich bin nicht der beste Kletterer, also sag Max und Theo, dass sie oben auf mich warten sollen, um mir beim Abseilen zu helfen.«

Jane zählte die Dinge auf, die sie brauchten, und beendete den Kontakt.

Eli hatte die Unterhaltung zwischen Henry und Jane mitangehört. »Klingt nach einer faszinierenden Entdeckung.«

Henry nickte. »Das tut es. Und nach einer einzigartigen Gelegenheit, ein Ökosystem zu untersuchen, das weiß der Herr wie lange schon vom Rest der Welt abgetrennt war.« Henry blickte hinüber zur anderen Seite des Risses. »Was mir Sorgen bereitet ist, dass die auseinanderdriftenden Eisplatten unberechenbar sind. Das Eis könnte jeden Moment brechen.«

»Vielleicht ist es das Risiko wert«, warf Eli ein.

»Keine wissenschaftliche Entdeckung ist es wert, Menschenleben zu riskieren. Das war das dritte Beben, das wir erlebt haben, seit wir hier angekommen sind und das Basislager eingerichtet haben. Die ersten beiden lagen vierzehn Tage auseinander. Zwölf Tage später folgte das dritte. Wenn es bei diesem Zeitrahmen bleibt, würde ich sagen, dass wir ein sicheres Zeitfenster von acht bis zehn Tagen haben, bis das nächste Beben kommt. Um sicherzugehen, sollten wir innerhalb von fünf Tagen wieder aus dem Riss draußen sein.«

»Das ist nicht viel Zeit, um etwas so Einzigartiges zu erkunden.«

»Dessen bin ich mir bewusst und ich wünschte, wir hätten mehr Zeit, aber wir müssen mit dem zurechtkommen, was wir haben. Ich beabsichtige nicht, unnötige Risiken einzugehen. Wir werden reingehen, versuchen die Ursache der Anomalie zu bestimmen, Proben entnehmen, so viel wir können dokumentieren und aufzeichnen und dann wieder gehen.«

»Okay, Henry, ich vertraue deinem Urteil. Ich habe gehört, was Jane will. Ich fahre schnell zurück zum Basislager und hole die Sachen. Gibt es sonst noch etwas, das du brauchst?«

Nachdem Henry Eli alles mitgeteilt hatte, was er benötigte, fuhr Eli in einer der Pistenraupen zurück zum Lager. Henry hatte Essen und Getränke mit auf die Liste gesetzt. Er hatte das Gefühl, wenn sie einmal drin waren, wären sie nicht gerade versessen darauf, die Höhle zu verlassen, ehe das Eis sie dazu zwang.

KAPITEL 4

Unerwarteter Besuch

JANE UND LUCY KONNTEN IHRE Augen kaum von der riesigen Wasserfläche abwenden; beide stellten sich vor, welche Lebensformen es wohl darin gab.

»Mir ist gerade etwas bewusst geworden«, sagte Lucy. »Wir schreiben Geschichte. Wir sind die ersten Menschen, die jemals einen vorzeitlichen See unter dem antarktischen Eis gesehen haben.«

Jane lächelte. »Cool, oder?«

»Auf jeden Fall.« Lucy ließ ihren Blick durch die Höhle schweifen. »Was meinst du, wie alt dieser Ort ist?«

»Grob geschätzt mehrere Tausend Jahre. Wie du sicherlich weißt, wurden durch Satellitenaufnahmen schon viele Seen unter dem Eis entdeckt. Der berühmteste ist der Wostok-See, bei dem russische Forscher in das Eis bohrten, um eine Wasserprobe zu entnehmen. Jedenfalls lag er gut drei Kilometer unter dem Eis und man ging davon aus, dass er seit fünfzehn Millionen Jahren eingeschlossen war.« Jane schaute zum Wasser. »Dieser See ist nur etwa hundertzwanzig Meter unter der Oberfläche und daher wesentlich jünger, etwa zwischen fünf- und siebentausend Jahre.«

»Für mich klingt das trotzdem uralt.«

»Das Alter von Eis zu bestimmen ist so ähnlich, wie die Ringe eines Baumes zu zählen. Die Tiefe des Eises hängt von der Schneemenge ab, die in einem bestimmten Jahr gefallen ist. In einigen Jahren gibt es sehr wenig Schnee und in anderen sehr viel. Der Schnee wird zu Eis, das nach und nach verdichtet wird, wenn mehr Schnee fällt, dann gefriert und wiederum von den folgenden Schneeschichten zusammengedrückt wird. So geht das immer weiter. Je tiefer die Eisschichten liegen, die man untersucht, desto komprimierter ist das Eis. Dadurch wird es extrem schwierig, die einzelnen Schichten zu zählen.« Jane richtete ihre Taschenlampe auf die nächstgelegene Wand. »Hier kann man Streifen erkennen. Jeder steht für ein bestimmtes Jahr, in dem sich Schnee oben auf dem Gletscher gesammelt hat und mit der Zeit zu Eis verdichtet wurde. So wurde der Gletscher immer dicker.« Sie bewegte den Lichtkegel, um auf ein weiteres Detail im Eis hinzuweisen. »Dreckige, graue Streifen im Eis, so wie diese hier, enthalten Asche von Vulkanausbrüchen. Wahrscheinlich von Mount Erebus auf Ross Island, nach Mount Sidley dem zweithöchsten Vulkan der Antarktis, oder vielleicht von Mount Terror, Mount Bird oder Mount Terra Nova. Mittlerweile sind aber alle drei inaktiv.«

»Und das ist wirklich sicher?«

Die beiden Frauen drehten sich in die Richtung, aus der Henrys Stimme ertönte. Seine Beine baumelten durch das Loch in der Decke.

Max' Gesicht tauchte in dem Höhleneingang auf. »Ja, Henry, ich verspreche dir: Es ist wirklich sicher und das Seil ist fest verankert.«

»Das hat er auch von meinem Seil behauptet, Henry«, spottete Jane.

Henry spähte hinunter zu den Frauen, seine Stirnlampe drang kaum durch die Dunkelheit. »Macht euch schon einmal bereit, mich zu fangen, falls ich stürze«, scherzte er. »Ich komme jetzt runter.«

Henry schob sich durch das Loch und einen Augenblick lang pendelte er einfach am Seil.

Max lehnte sich nach vorne und deutete auf das Abseilgerät. »Du musst diesen Hebel drücken, um vorwärtszukommen.«

»Ich bin ja kein Vollidiot.« Plötzlich schoss Henry am Seil hinunter. Gerade als die anderen dachten, er würde auf dem Boden aufschlagen, wurde er langsamer und kam elegant auf dem Boden zum Stehen.

Die beiden Frauen lachten und applaudierten.

»Netter Auftritt, Mister Sandberg«, bemerkte Lucy anerkennend.

Henry löste das Seil und verbeugte sich kurz. Er schaute zum Loch, das nun weit über ihm war. »Herunterkommen ist leicht. Wieder hinaufzukommen ist das, was ich schwierig finde.« Er sah sich in der dunklen Höhle um. »Selbst gemessen an dem bisschen, was ich erkennen kann, ist die Höhle größer, als ich mir vorgestellt hatte.«

»Sobald wir die helleren Taschenlampen haben, bekommen wir eine Vorstellung von der tatsächlichen Größe und können uns ansehen, was es hier unten alles gibt«, meinte Jane.

»Alles, was wir brauchen, ist bereits auf dem Weg.« Henry stellte sich zu ihnen. »Habt ihr schon viel erkundet?«

»Noch nicht«, antwortete Lucy, »obwohl wir schon ganz versessen darauf waren. Aber wir dachten, wir warten lieber, bis der Rest des Teams auch hier ist, damit wir die Höhle gemeinsam erforschen können.«

Henry lächelte. »Das war sehr selbstlos von euch. Viele meiner Kollegen wären nicht so großzügig gewesen. Den meisten wäre es wichtig, dass sie die Ersten sind, die hier unten eine Entdeckung machen und ihr einen Namen geben.«

»Wie du schon in deiner Ansprache gesagt hast, Henry: Es ist Teamarbeit und wir teilen die Erkenntnisse und Entdeckungen gleichermaßen.«

»Danke, Jane, und dir auch, Lucy. Es ist schön zu wissen, dass es Menschen gibt, die tatsächlich zuhören, wenn ich etwas sage.« Er sah zu der Öffnung hinauf. »Das ist mehr, als ich von jedem anderen im Team behaupten kann.

Ben Hammott

Eli und Max sollten mittlerweile damit begonnen haben, die Ausrüstung und Vorräte herunterzulassen.«

Eli band die letzte Kiste Ladung ans Seil und schob sie über die Kante des Risses, etwas entfernt von der Stelle, an der Jane und Lucy nach unten geklettert waren, um den Eisvorsprung einige Meter weiter unten zu umgehen. Er griff nach seinem Walkie-Talkie, das oben auf der Kiste lag, und drückte den Sprechknopf, um mit Theo am Boden des Risses zu sprechen. »Die letzte Kiste ist unterwegs. Over.«

»Okay. Ich sag Henry Bescheid. Over«, antwortete Theo.

Eli ließ das Funkgerät in seine Tasche gleiten, hielt das Seil straff, stieß die Kiste mit dem Fuß über die Kante und ließ sie langsam in die Gletscherspalte hinab. Ein kalter Windstoß wehte durch den Pelzbesatz seiner Kapuze. Er wandte seinen Kopf in die Richtung, aus der der Luftzug gekommen war. Beim Anblick der grauen Wolken in der Ferne runzelte er die Stirn. Sie waren ein sicheres Anzeichen, dass ein Sturm sich näherte.

Max legte den Kopf in den Nacken und betrachtete die herabfallenden Schnee- und Eisbrocken, die von der an der Eiswand herunterrutschenden Kiste gelöst wurden. Er zwängte sich an den drei Kisten vorbei, die bereitstanden, um in die Höhle abgeseilt zu werden, kniete sich neben das Loch und steckte seinen Kopf durch. »Eli schickt die letzte Kiste runter. Sobald wir die haben, seilen wir die ganze Ladung zu euch ab.«

»Okay«, rief Henry zurück.

Als alle vier Kisten dreißig Minuten später in die Höhle hinuntergelassen waren, hatte der Wind, der durch den Riss wehte, zugenommen und peitschte gefrorenen Schnee in ihre Gesichter. Max fiel auf, dass der Himmel mit grauen Wolken bedeckt war und zunehmend dunkler wurde. »Ein Sturm zieht in unsere Richtung.«

Theo war zur gleichen Erkenntnis gekommen. »Unten werden wir davon nichts mitbekommen.«

Max ließ seine Beine durch die Öffnung baumeln. »Ich mache mir nicht um uns Sorgen, sondern um Eli da oben.«

»Im Moment sieht es nicht allzu schlimm aus. Hoffentlich legt der Sturm sich bald wieder.«

»Ich hoffe, du hast recht.« Max ließ sich in die Höhle fallen.

Sobald die erste Kiste vom Seil befreit war, öffnete Henry sie und nahm eine Flasche mit heißer Schokolade und einen Stapel Plastikbecher heraus. Da die Höhle wärmer und windgeschützt war, mussten sie nicht aus Thermobechern trinken, damit die heiße Flüssigkeit nicht gefror.

»Will jemand heiße Schokolade? Ich habe Pike gebeten, noch eine Portion zu kochen.«

»Henry, ich könnte dich küssen«, antwortete Jane lächelnd.

Henry grinste. »Wäre ich dreißig Jahre jünger, würde ich darauf bestehen.« Er reichte ihr und Lucy je einen Becher und schenkte ihnen das dampfende Getränk ein.

Beide Frauen nahmen einen Schluck.

»Ahhhh«, seufzte Lucy genussvoll. »Besser als Sex.«

»Dann hast du dich mit den falschen Männern getroffen«, kommentierte Jane.

Lucy lachte. »Wie recht du doch hast.«

Max' Abstieg wurde von Schneeflocken begleitet, die durch die Öffnung wehten.

»Schlägt das Wetter um?«, fragte Henry.

Max hakte sich ab, damit Theo das Seil hochziehen konnte. »Ein Unwetter zieht auf.«

Lucy sah hinauf zu dem Loch, durch das Eis- und Schneekörner geweht wurden. »Sind wir hier unten sicher?«

»Ja, das sind wir«, versicherte ihr Henry.

Wenige Augenblicke später war Theo bei ihnen.

»Okay«, begann Henry, »da wir nun alle hier sind, wie wäre es, wenn wir die Taschenlampen auspacken und anfangen, diese großartige Höhle zu erkunden?«

Ohne jeglichen Unterschlupf war Eli dem peitschenden Wind ausgeliefert, der an seiner Kapuze zerrte. Wenn der Sturm noch heftiger wurde, bliebe ihm nichts anderes übrig, als zum Basislager zurückzukehren. Obwohl es zu Henrys Vorsichtsmaßnahmen gehörte, dass eine Person auf dem Eis blieb, während das Team in der Gletscherspalte war, konnte nicht einmal Henry erwarten, dass irgendjemand bei diesem Wetter ungeschützt auf dem Eis wartete. Vorübergehend könnte er in der Pistenwalze Zuflucht finden. Bei laufendem Motor konnte man die Heizung nutzen, aber wenn der Sturm besonders kalt wurde und mehrere Tage anhielt, könnte ihm das Benzin ausgehen und er würde erfrieren.

Sogar durch mehrere Schichten Thermobekleidung spürte Eli, wie ihm der eisige Wind seine Körperwärme raubte. Mit behandschuhten Fingern wischte er die Schneeablagerungen von seiner Skibrille und schaute in Richtung Norden. Schwarze Wolken rollten direkt auf ihn zu. Er hatte zwar selbst noch keine Gletscherwinde erlebt, aber von den Fallwinden gehört, die durch schwere, kalte Luft verursacht wurden und wie Flutwellen den Gletscher hinunterrasten. Man nannte sie auch *Höllenwinde*. Nicht, weil sie so heiß waren – ganz im Gegenteil –, sondern wegen ihrer Geschwindigkeit von bis zu dreihundertzwanzig Kilometern pro Stunde, die jeden, der das Pech hatte, ihnen in die Quere zu kommen, die Hölle auf Erden erleben ließ oder ihn direkt in die Hölle schickte.

Er drehte sich um, sah zum Basislager und dann zurück zum Schneesturm, der über das Eis wütete. Das Unwetter näherte sich zu schnell, als dass er mit der Pistenraupe entkommen könnte; ihm blieb nur eine Möglichkeit. Er schnappte sich eines der Kletterseile, die in den Riss führten und lief bis zur Kante. Gerade als er hinabsteigen wollte, hörte er ein Geräusch, das vom Wind herangetragen wurde. Es klang wie ein kleines Flugzeug. Ein schneller Blick zum Himmel offenbarte nichts als dunkle Wolken. Er musste sich wohl verhört haben. Kein Pilot würde sich bei diesem Wetter in die Luft wagen. Eli kletterte hinunter.

Jack kämpfte mit der Steuerung; der starke Wind stieß die kleine Maschine spielerisch in alle Richtungen. Aus Protest heulte der Motor auf, als Jack das Flugzeug zwang, auf stabiler Höhe zu bleiben. Er verfluchte seine Geldgier, seine miese Entscheidung und den verängstigten Passagier, der ihm das Vierfache seines üblichen Preises geboten hatte, wenn er das Risiko einging, ihn am Basislager abzusetzen, bevor das Wetter schlechter wurde. Der Schneesturm war früher als erwartet aufgekommen und jagte gerade ihren Schwanz. Fairerweise musste er zugeben, dass es auch die Aussicht war, Jane wiederzusehen, die dazu beigetragen hatte, dass er sich überreden ließ, den Flug zu riskieren. Auch wenn man ihm mehr als einmal vorgeworfen hatte, sein Herz auf der Zunge zu tragen, was in einigen traurigen Trennungen endete einschließlich einer, bei der er dachte, sie würde ihm das Herz brechen, war es ihm schon eine ganze Weile nicht mehr passiert. Aber bei Jane nun doch. Diesmal, allerdings, war es anders. Es war mehr als die Anziehung, die er in bisherigen Beziehungen gespürt hatte. *Liebe auf den ersten Blick vielleicht?* Was auch immer es bedeutete, er war verknallt.

»Kann dieses verfluchte Ding nicht schneller fliegen?«, rief der einzige Fluggast und Hauptgrund für die Gefahr, der sie beide ausgesetzt waren.

Jack ignorierte die dumme Frage. Das Flugzeug lief bereits am Limit, aber sie schafften es trotzdem nicht, vor dem Sturm zu bleiben, der sie jagte. Mit einem schnellen, prüfenden Blick suchte Jack den Boden ab. Wenn sie überleben wollten, würde er notlanden müssen, aber sie waren immer noch zu weit vom Basislager der Wissenschaftler entfernt, um dort Zuflucht vor dem rauen antarktischen Wetter zu finden. Sein Blick blieb an dem weiten, klaffenden Riss hängen. Das war ihre einzige Chance. Er senkte die Nase des Flugzeugs und hielt direkt darauf zu.

»Landen wir?«, fragte der Passagier hoffnungsvoll. Ihm war übel von den ruckartigen Bewegungen der Maschine.

»Wenn wir hier landen, überleben wir nicht. Wir müssen uns vor dem Schneesturm schützen und das können wir nur im Basislager. Ich werde jetzt in den Riss fliegen. Die Eiswände sollten uns vor der ungebremsten Gewalt der Seitenwinde abschirmen. Ich hoffe, dass ich ausreichend beschleunigen kann, um so lange vor der vollen Kraft des Sturmes zu bleiben, bis wir das Lager der Wissenschaftler erreicht haben.«

Ängstlich warf der Fluggast einen Blick durchs Fenster. Nur kurz bekam er den Riss durch den dichten Schneefall zu sehen; er betete, dass der Pilot wusste, was er tat. »Werden wir es schaffen?«

Der Pilot hörte die Angst in seiner Stimme, empfand aber kein Mitleid. »Du bist der Zweite, der das herausfinden wird.«

Diese Antwort beruhigte den Passagier ganz und gar nicht.

Eli tastete sich rückwärts über den kleinen Eisvorsprung und wollte gerade über die Kante klettern, als ihm einfiel, dass er vergessen hatte, die Pistenwalze zu sichern. Der heftige Wind, den er gerade erlebt hatte, war nichts im Vergleich zu der Stärke des Sturmes, der noch bevorstand. Wenn er nicht hochkletterte und das Fahrzeug im Eis verankerte, war es wahrscheinlich, dass der Wind es mit sich riss. Vielleicht sogar in die Gletscherspalte. Er fluchte. Widerwillig ging er zurück zur Eiswand und fing an, wieder hinaufzusteigen.

Der Schneesturm erreichte das Basislager. Scott und Pike waren gerade damit fertig geworden, die Garage und die Türen der Nebengebäude zu sichern und dafür zu sorgen, dass alles, was der Wind vom Boden heben und durch die Luft schleudern konnte, sicher verstaut war.

Scott starrte in die Richtung, in der die anderen waren, aber das starke Schneetreiben behinderte seine Sicht. »Denkst du, es geht ihnen gut?«, schrie er, um trotz des Lärmes gehört zu werden, der vom heulenden Wind und den flatternden Fahnen, die die Überlandleitungen und die Lagergrenzen markierten, verursacht wurde.

»Es geht ihnen bestimmt gut«, meinte Pike. »Allerdings hätte ich erwartet, dass Eli bereits zurück ist. Bei diesem Sturm kann er nicht lange draußen bleiben.«

»Komm, wir gehen rein, bevor der Wind uns wegfegt, und funken die anderen an.«

Bevor die Wand aus Schnee und Eis, getragen von dem hundertsechzig Stundenkilometer schnellen Orkan, das Basislager erreichte, traf sie zuerst auf die beiden Pistenraupen, die an der Gletscherspalte parkten. Das Fahrzeug, das Max und Theo mithilfe von stabilen Zurrgurten an tief verankerten Eisschrauben fixiert hatten, schlitterte über das Eis, bis es von der Sicherung gestoppt wurde. Die Gurte spannten, hielten der Belastung aber stand und verhinderten, dass der starke Wind die Pistenwalze mit sich riss.

Die zweite Pistenraupe, mit der Eli die Vorräte und Ausrüstung aus dem Basislager geholt hatte, war nicht gesichert. Der Wind hielt sie fest umklammert und stieß sie über das Eis. Sie kippte auf die Kante ihrer Ketten, als der Wind nach der größten Angriffsfläche – die Seite des Fahrzeugs – suchte, um mit all seiner Kraft dagegen zu stoßen und sie zum Rand der Gletscherspalte zu schieben.

Eli verfluchte seine Vergesslichkeit, als erneut ein Windstoß so heftig an ihm rüttelte, dass er seinen Stand verlor. Er fand wieder Halt und kletterte weiter; die Pistenwalze war zu wertvoll, als dass er ihren Verlust in Kauf nehmen konnte. Als er einen Blick nach oben warf, um zu prüfen, wie weit er schon gekommen war, sah er eine Ecke des ungesicherten Fahrzeugs über der Kante auftauchen. Er fluchte noch einmal. Wenn er sich beeilte, konnte er es noch retten. Er behielt die Pistenraupe im Auge, die langsam anfing zu schwanken, während er alles daransetzte schneller zu klettern. Allmählich erschien immer mehr der Pistenwalze in seinem Blickfeld. Der unerbittliche Wind drängte sie über den Rand. Eli sah ein, dass jede Rettung zu spät kam, und seilte sich ab.

Ein gewaltiger Windstoß schob die Pistenraupe über die Kante der Gletscherspalte. Sie kippte und stürzte direkt auf Eli zu. Um nicht zerquetscht zu werden, tat Eli das einzig Mögliche – er ließ das Seil los.

Jack kämpfte gegen die volle Wucht des Schneesturms an, der das Flugzeug schließlich doch erreicht hatte. Wie durch einen Trichter verstärkt erfasste der Orkan das Flugzeug und schob es in einer Geschwindigkeit, die der kleine Motor selbst nie erreichen konnte. Jack warf einen kurzen Blick über die Schulter zu seinem Passagier. Dieser krallte sich an seinem Sitz fest und starrte nach draußen zu der vorbeirasenden Eiswand. Noch nie hatte er so viel Furcht im Gesicht eines Menschen gesehen wie in dem seines Fluggasts. Er musste über den verängstigten Mann lächeln. »Halt dich gut fest, gleich wird es turbulent.«

Der Passagier war kreidebleich und zitterte vor Angst. Er schaute erst zum Piloten und dann zu dem Schnee und Eis, die unentwegt gegen die Frontscheibe der kleinen Maschine schlugen. Er war erstaunt, dass der Pilot überhaupt genug sehen konnte, um das Flugzeug zwischen den beiden Eiswänden zu steuern. Falls er heute sterben sollte, hoffte er, dass er einen schnellen und schmerzlosen Tod fand. Er schloss die Augen.

Obwohl Jack wusste, dass die Wände der Gletscherspalte sie vor der vollen Stärke des Sturms abschirmten, war es bei der sekündlich schlechter werdenden Sicht nur eine Frage der Zeit, bis sie abstürzten. Bei diesen unerträglichen Wetterbedingungen ließ es sich zwar nicht mit Sicherheit sagen, aber er dachte, dass sie in der Nähe des Basislagers sein mussten. Dort anzukommen war ihre einzige Chance, den Schneesturm zu überleben. Daher blieb ihm keine andere Wahl, als dem Orkan zu trotzen und zu hoffen, dass sie die Landung überlebten.

Sobald Elis Füße den Eisvorsprung berührten, warf er sich zur Seite und rollte aus dem Weg. Mit einem lauten metallischen Krachen schlug die Pistenwalze aufs Eis. Genau an der Stelle, wo er gerade noch gestanden hatte. Unglücklicherweise stürzte sich Eli bei seinem panischen Versuch, der Gefahr zu entkommen, gleich in die nächste. Er rollte zu weit und rutschte in die Spalte. Er schnappte nach einem der Seile, die über die Kante hingen. Er streifte eines mit den Fingern und packte fest zu. Mit einem Arm schwang er sich an die Eiswand. Für einen kurzen Moment glaubte er, wieder das Geräusch eines Flugzeugs zu hören.

Durch die Wucht hüpfte die Pistenraupe beim Aufprall auf dem Eis hoch und mit dem Quietschen von sich verbiegendem Metall federte das gewaltige Fahrzeug über den Eisvorsprung.

Jack versuchte das Flugzeug aus der Gletscherspalte zu zwingen, aber der feste Griff des Sturms gab die Maschine nicht frei. Mit aller Gewalt riss er den Steuerknüppel zurück, um die Nase des Flugzeugs anzuheben, und ganz langsam begann sie, in Richtung Himmel zu zeigen. Aus dem linken Fenster erhaschte er einen flüchtigen Blick auf einen roten Schimmer. Das Flugzeug wurde von etwas getroffen und kippte zur Seite. Die beiden Männer beobachteten, wie eine der Tragflächen vom Flugzeug gerissen wurde, an den Fenstern entlangschrammte und aus ihrem Sichtfeld verschwand.

Jack fluchte.

Der Passagier schrie.

Eli seufzte erleichtert, als die Pistenwalze knapp über ihn weghüpfte. Dann hörte er wieder das Motorengeräusch. Diesmal wesentlich lauter. Er drehte seinen Kopf und war sprachlos, als aus dem Sturm unter ihm ein Flugzeug auftauchte. Nervös beobachtete er, wie es blitzschnell näherkam, und konnte flüchtig Jack erkennen, der mit der Steuerung kämpfte. Voller Angst um die Insassen sah er, wie die Pistenraupe in eine der Tragflächen krachte und sie abtrennte, als wäre sie aus Papier. Der Flügel knickte ein und schlug gegen die Seite der Maschine, bevor sie vom Wind angehoben und in die Höhe getragen wurde, während die Pistenwalze in die Gletscherspalte fiel und aus seinem Blickfeld verschwand.

Mit einer Tragfläche weniger kippte das Flugzeug zu einer Seite; der noch vorhandene Flügel zeigte nach unten. Quietschend kratzte die metallene Unterseite des Flugzeugs an der Eiswand entlang. Die Kufen wurden abgerissen, die Maschine neigte sich und stürzte tiefer in den Abgrund. Das kreischende Metall erklang ohrenbetäubend laut im Inneren des Flugzeugs – das der Passagier nun als seinen Sarg betrachtete.

Jack hatte den Steuerknüppel so fest umklammert, dass seine Knöchel weiß hervortraten. Er löste den Griff. Es war zwecklos, ihr Schicksal lag nicht mehr in seiner Hand. Er bereitete sich auf den bevorstehenden Aufprall vor. Während der Rumpf der Maschine an der Eiswand entlangschrammte, spürte er, wie das Flugzeug sich drehte.

Er bekam die enge Lücke zwischen den Eiswänden kurz zu sehen, bevor der vom Wind getragene Schnee ihm wieder die Sicht nahm. Ein weiteres protestierendes Quietschen erfüllte die kleine Maschine, als die Oberseite des Flugzeugs das Eis berührte und daran entlangschrammte. Der Pilot und sein Passagier sahen sprachlos zu, wie der Rumpf abknickte. Das Geräusch zerreißenden Metalls verkündete den Verlust der zweiten Tragfläche. Die Ober- und Unterseite des Flugzeugs berührten gleichzeitig das Eis, als eine hervorstehende Eiskante sich durch die dünne Aluminiumhaut bohrte. Eissplitter prasselten hinunter auf den verängstigten Fluggast, der seine Augen fest auf die Eiswand gerichtet hielt, die nur wenige Zentimeter vor seinem Gesicht vorbeirauschte. Insofern das überhaupt möglich war, empfand er noch mehr Angst als zuvor.

Das Flugzeug näherte sich unaufhörlich dem Boden des Risses, bis es schließlich zwischen den nach unten hin enger werdenden Eiswänden eingezwängt wurde. Die Ober- und Unterseite wurden eingedrückt. Dadurch, dass die Maschine sich in der engen Spalte verkeilte, wurde ihr Schwung abgebremst. Ein Funken Hoffnung keimte in den Insassen auf, dass sie den Absturz tatsächlich überleben würden. Nach einer gefühlten Ewigkeit, seit die Katastrophe begonnen hatte, was in Wirklichkeit nur wenige Sekunden her war, fand ihre Qual ein Ende, als das Flugzeug langsam und ruckelnd zum Stillstand kam. Nach einigem Knarren und Ächzen wurde es bis auf das Unwetter, das draußen tobte, und die heftig pochenden Herzen der beiden Insassen still.

»Wir haben es geschafft! Wir haben es wirklich geschafft!«

Jack drehte sich zu seinem Passagier um. »Du schuldest mir ein neues Flugzeug.«

»Du kannst ja versuchen, mich zu verklagen, nach allem, was ich gerade wegen dir durchgemacht habe.«

Jack seufzte. Er würde diesen Punkt später ausdiskutieren. Sie waren noch nicht außer Gefahr, sie mussten noch immer mit der eisigen Kälte fertigwerden. Wenn sie im Flugzeug blieben, würden sie bald erfrieren.

Wenn sie das Flugzeug verließen, hatten sie keine Ausrüstung, um aus der Gletscherspalte zu klettern und Schutz im nahegelegenen Basislager zu suchen. Er griff nach dem Funkgerät – die Leitung war tot.

»Was machen wir jetzt?«, fragte sein Fluggast.

Sobald er sich von seinem Schock erholt hatte, kletterte Eli zum Boden des Risses hinunter und machte sich in die Richtung auf, in der er das Flugzeug zuletzt gesehen hatte, bevor es im Schneesturm verschwunden war. Falls es Überlebende gab, was er bezweifelte, würden sie Hilfe brauchen. Dieses Unwetter konnte niemand lange überstehen. Nach etwa einhundert Metern stieß er auf das Wrack. Die Tragflächen waren abgerissen und der Rumpf eingedrückt und verbeult. Er hoffte, dass es den Insassen besser ergangen war. Er lief los, um es herauszufinden.

»Also ... was machen wir jetzt? Wenn wir in dieser Blechkiste sitzen bleiben, erfrieren wir.«

Zum ersten Mal, seit er im Besitz seiner Pilotenlizenz war, hätte es Jack nichts ausgemacht, wenn einer seiner Fluggäste gestorben wäre. »Sei still, ich denke nach.«

»Na dann denk ein bisschen schneller, meine Füße werden kalt.«

Gerade als Jack ihn daran erinnern wollte, wer daran Schuld hatte, dass sie hier gelandet waren, begann das Flugzeug zu beben.

Die Angst des Passagiers kehrte augenblicklich zurück. »Scheiße, wir stürzen ab!«

Schritte bewegten sich über das Flugzeug und drückten die Metallhaut an den Stellen ein, wo sie durch Gewicht belastet wurde. Der Griff bewegte sich, als jemand versuchte die Tür zu öffnen. Als das nicht gelang, wischten behandschuhte Finger eine Eisschicht von einem der Fenster und ein Gesicht schaute hinein. Die Augen des Mannes huschten zu den Insassen, die zu ihm zurückstarrten. »Hey, ziemlich turbulente Landung, was?«

Jack erkannte die Stimme. »Hi, Eli. Ist das Flugzeug sicher?«

»Sicher? Kann man wohl sagen. So wie die Maschine verkeilt ist, braucht man schwerste Ausrüstung, um sie zu bewegen.«

Jack löste seinen Gurt, sprang auf die Seitenwand des Flugzeugs und ging zur Tür.

»Sie klemmt«, erklärte Eli. »Ich versuche sie mit meinem Eispickel freizuklopfen.«

Jack nickte. »Okay.«

Laute Schläge dröhnten durch das Flugzeug, als Eli versuchte, die Spitze des Eispickels zwischen die Tür und den Rahmen zu zwängen. Beim dritten Versuch hatte er Erfolg. Schnee wehte durch die schmale Lücke, die an der Seite der Tür auftauchte.

»Versuch sie von innen aufzudrücken, Jack«, rief Eli.

Jack legte seine Schulter an die Tür und drückte.

Während die beiden Männer damit kämpften, die Tür zu öffnen, stützte sich der Passagier gegen die Seite des Flugzeugs, öffnete seinen Gurt und glitt vom Sitz. Anstatt den anderen mit der Tür zu helfen, kroch er in den hinteren Teil des Flugzeugs und schleifte einen großen blauen Rucksack hinter sich her. Dann hockte er sich hin und wartete.

Jack warf seine Schulter gegen die Tür, sie bewegte sich minimal. Beim zweiten Versuch brach die Tür auf. Schnee und Eis wirbelten in die Maschine. Fröstelnd streckte Jack eine Hand aus. »Danke, Eli.«

Eli schüttelte die angebotene Hand. »Kein Problem. Ich kam gerade vorbei und dachte, ich schau mal rein.« Er blickte ins Flugzeug und nickte zu dem Mann darin. »Nur der eine Passagier?«

»Ja, nur er!« Jack sah seinen Fluggast finster an. »Lass den Rucksack hier. Wir können ihn holen, wenn der Schneesturm vorbei ist.«

»Der Rucksack kommt mit«, beharrte er.

Jack schüttelte den Kopf. »Okay, aber du trägst ihn.«

»Glaubst du, ich würde ihn dir nach so einem Flug anvertrauen?«

»Arrrgh, bevor ich dich getroffen habe, hatte ich noch nie das Verlangen, jemanden umzubringen.«

Der Mann lächelte. »Du bist nicht der Erste, der das sagt.«

»Wieso überrascht mich das nicht?« Jack öffnete ein Fach, zog einen Thermoparka und ein paar Handschuhe heraus und zog sie an. »Ich gehe zuerst und du reichst mir deinen Rucksack raus, sofern es okay für dich ist, wenn ich ihn anfasse?«

»Du hast keinen Grund, sarkastisch zu sein.«

Wieder starrte Jack ihn wütend an. »Glaub mir, Kumpel, das habe ich.«

Eli half Jack heraus. »Schwieriger Passagier?«

»Du ahnst nicht einmal annähernd wie schwierig.« Jack packte den blauen Rucksack, schaute zum Boden einige Meter unter ihnen und warf den Rucksack hinunter. Er lächelte Eli an.

»Du hoffst, dass da etwas Zerbrechliches drin ist.«

Jack grinste. »Hoffen? Ich bete, dass es so ist.«

»Ich könnte etwas Hilfe gebrauchen.«

Jack verdrehte die Augen und half seinem Passagier aus dem Flugzeug.

Dem Fluggast fiel auf, dass sein Rucksack unten auf dem Eis lag und sah aufgebracht in Jacks feixendes Gesicht.

»Er ist mir aus der Hand gerutscht«, erklärte Jack.

»Du lügst so gut, wie du fliegst – nämlich ziemlich schlecht.« Der Mann rutschte über das Eis nach unten und hob seinen Rucksack auf.

»Siehst du, womit ich mich rumschlagen musste?« Jack schlug die Tür zu, um zu verhindern, dass das Flugzeug sich mit Schnee und Eis füllte.

Eli lachte.

Jack sah nach oben. Schnee und Eis sausten über den Riss. »Wie kommen wir hier raus?«

»Gar nicht. Nicht, ehe der Schneesturm vorbeigezogen ist.«

»Okay ...«, Jack ahnte, dass es eine Alternative gab, »... wo gehen wir hin?«

»Wir klettern runter. Folgt mir, ihr werdet schon sehen.« Eli rutschte zum Boden.

Jack fragte sich, warum Eli so geheimnisvoll tat, und folgte ihm.

»Hier entlang, meine Herren.« Eli ging voran.

Jack beobachtete, wie sein lästiger Passagier sich den riesigen Rucksack auf die Schultern hievte und Eli folgte. Bevor Jack sich ihnen anschloss, warf er einen letzten Blick auf sein Flugzeug und seufzte. Obwohl es ein Totalschaden war, hatte er die Pflicht, es entfernen zu lassen. Der Antarktisvertrag legte fest, dass weder Abfall noch Verunreinigungen jeglicher Art auf dem Eis zurückgelassen werden durften. Das würde ein heikles und teures Unterfangen werden. Er betete, dass seine Versicherung dafür aufkommen würde.

Auf ihrem Weg kamen sie an Teilen von Jacks zerschelltem Flugzeug vorbei, die in der Gletscherspalte herumlagen. Sie alle würde man später entfernen müssen.

Jack hielt an, als er die Pistenwalze auf der Seite liegend eingekeilt zwischen zwei Eiswänden sah. »Das hat mich also getroffen?«

Eli sah Jack an. »Tut mir leid. Der Wind hat sie in den Riss geweht, bevor ich die Möglichkeit hatte, sie zu sichern.«

»Siehst du, es war nicht meine Schuld, dass du abgestürzt bist«, warf sein Passagier selbstgefällig ein. Er nickte in Elis Richtung. »Soll er doch dafür zahlen.«

Jack schenkte ihm keine Beachtung. Seine Zähne fingen an zu klappern. Er war für einen längeren Aufenthalt in der Antarktis nicht so passend gekleidet wie die anderen beiden. Er stampfte mit den Füßen und klatschte in die Hände, um die Blutzirkulation anzutreiben und Frostbeulen vorzubeugen. »Ist es noch weit, Eli?«

»Ich glaube nicht. Es müsste hier irgendwo sein.« Eli führte sie einige Schritte weiter durch den Riss.

Als sie unter der Pistenraupe hindurchgingen, sah jeder von ihnen hoch zu dem Fahrzeug, das nicht gerade stabil über ihnen hing.

Seile, die hinunter in den Riss führten, flatterten im Wind. Zwei an verankerten Eisschrauben festgebundene Sicherungsleinen spannten sich über einige Meter und verschwanden in einem kleinen Loch.

Eli wandte sich zu den beiden Männern. »Wir sind da.«

Alle drei spähten durch die Öffnung.

»Das ist eine unterirdische Höhle«, erklärte Eli. »Die anderen sind schon drin und erkunden sie.«

»Ich gehe als Erster«, sagte Jacks Passagier. Er stieß Jack mit seinem geliebten Rucksack, als er sich umdrehte, um ein Seil auszuwählen.

Jack taumelte nach vorn, fast wäre er in das Loch gefallen, ehe er sein Gleichgewicht wiederfand.

»Wir könnten ihn reinschubsen«, schlug Eli vor, »und sagen, er sei ausgerutscht.«

Jack starrte den Mann mit finsterem Blick an, der gerade einen Klettergurt anlegte und ihn an einem der Seile befestigte. Entweder er hatte nicht mitbekommen, was er gerade getan hatte, oder es war ihm egal. »Ich ziehe es in Erwägung, Eli. Ich ziehe es ernsthaft in Erwägung.«

Jacks Passagier ging zu dem Loch, setzte sich und ließ seine Beine in die Höhle baumeln.

»Zieht das Seil hoch, sobald ich unten bin, und schickt mir meinen Rucksack runter. Ich lasse den Klettergurt dran, damit ihr beide ihn auch nutzen könnt.« Ohne auf eine Antwort zu warten, rutschte er in die Höhle.

Max öffnete die Kiste mit den Taschenlampen und reichte sie herum, bis jeder eine hatte. Henrys Vorschlag war, dass alle sie gleichzeitig einschalteten, damit sie gemeinsam entdecken würden, was das helle Licht zum Vorschein brachte.

»Okay«, begann Henry. »Ich schlage vor, wir schauen alle in die gleiche Richtung, wenn wir sie anmachen.«

»Lasst sie uns zuerst auf den See richten«, sagte Lucy. »Ich möchte wissen, wie groß er ist.«

Henry zählte runter: »Drei, zwei, eins, an!«

Fünf helle Lichtkegel vertrieben die Dunkelheit, die das Gewässer verhüllt hatte. Der Moment war zu atemberaubend, um ihn mit Worten zu ruinieren. Ihre Augen nahmen all die Details auf, die erst jetzt offenbart wurden.

Der See erstreckte sich über etwa fünfzig Meter, bis er eine circa zehn Meter hohe Eiswand erreichte, die mit einer Wölbung in die Höhlendecke überging. Stalagmiten aus Eis wuchsen aus dem Ufer an der anderen Seite und reichten fast bis zu den Stalaktiten direkt über ihnen. Einige berührten sich bereits und bildeten einen Wald aus dicken Eissäulen. Ihre feucht glänzende Oberfläche schimmerte in den Lichtkegeln, die sich über sie bewegten. Zwei Wassertropfen platschten in das Becken und sendeten zwei Ringe lumineszierenden blauen Lichts aus, das sich an den Eisformationen und in den Gesichtern der Zuschauer spiegelte, die dieses wundersame Phänomen gebannt beobachteten.

»Ich glaube, ich habe noch nie etwas Faszinierenderes gesehen, als das, was sich gerade vor meinen Augen abspielt«, staunte Henry.

Jane legte eine Hand auf Henrys Arm. »Es ist wirklich wundervoll.«

»Und wir sind die Einzigen, die das je gesehen haben«, fügte Lucy hinzu. Ihre Begeisterung war kaum zu überhören.

Max schwenkte seinen Lichtstrahl zu der Seite des Sees, die nicht an der Höhlenwand lag. Der Schein erhellte einen Tunnel im Eis. »In diese Richtung scheint die Höhle weiterzugehen«

»Schwer zu entscheiden, wo wir am besten anfangen sollen«, sagte Theo. »Ich wüsste nicht, dass etwas Vergleichbares unter dem Eis schon einmal erforscht worden ist.«

»Aber wie ist es entstanden?«, fragte Lucy.

»Ohne weitere Informationen lässt sich das kaum sagen«, antwortete Jane, »aber vielleicht ist ein Hotspot dafür verantwortlich.«

»Ich würde vorschlagen, wir erkunden zunächst die Fläche, um die tatsächliche Größe zu bestimmen und um festzustellen, was es hier unten alles gibt. Dann können wir uns in Teams aufteilen und anfangen, Proben zu nehmen, zu messen und alles mit Fotos und Filmen zu dokumentieren und aufzuzeichnen.«

»Für fünf Tage ist das ganz schön viel«, gab Max zu bedenken.

»Und wir müssen noch immer die Ursache der NASA-Anomalie herausfinden«, erinnerte sie Jane.

»Dann legen wir mal besser los«, antwortete Henry. »Max, führe uns durch den Tunnel, damit wir sehen, welche weiteren Wunder uns erwarten.«

Sie liefen am See entlang zu dem Eistunnel, bis sie von Stimmen unterbrochen wurden. Sie drehten sich um und sahen, wie sich jemand, der einen blauen Thermoanzug trug, abseilte.

»Wer ist das?«, fragte Henry. »Keiner von uns hat einen blauen Anzug.«

Nachdem der Mann aus dem Klettergurt gestiegen war, wurde der Gurt nach oben gezogen und wenige Augenblicke später ein blauer Rucksack heruntergelassen. Die blau gekleidete Gestalt löste den Rucksack vom Seil und stellte ihn beiseite, bevor er zu ihnen herüberkam. Er schob seine Kapuze zurück, nahm die Skibrille ab und grinste. »Hallo, Jane.«

Jane war sprachlos. »Richard!«

»Höchstpersönlich.« Er lächelte. »Du hast doch nicht gedacht, dass ich dir den ganzen Spaß überlasse?«

Henry schaute Jane an. »Du kennst ihn?«

Jane seufzte. »Ja, leider. Wir sind Kollegen.«

Richard streckte Henry seine Hand entgegen. »Richard Whorley.«

Etwas fassungslos, weil dieser Mann so unerwartet aufgetaucht war, schüttelte Henry Richards Hand. »Henry Sandberg. Aber warum sind Sie hier? Wir haben bereits ein vollständiges Team.«

Richard sah sich in der Höhle um. »So wie diese Entdeckung aussieht, könnt ihr jede Hilfe gebrauchen, die ihr kriegen könnt.«

Jane stöhnte. Richard würde sicherlich versuchen, sich die ein oder andere Entdeckung unter den Nagel zu reißen, um sich einen Namen zu machen und, wenn möglich, Profit daraus zu schlagen. »Das ist eine Gemeinschaftsleistung, Richard. Wir teilen alle Entdeckungen gleichmäßig auf.«

»Natürlich, Jane. Es überrascht mich, dass du es für nötig hältst, das zu erwähnen. Du weißt doch, ich ein Teamplayer.«

Jane wusste, dass er das ganz und gar nicht war, und wollte diese Tatsache gerade ansprechen, als Max das Wort ergriff.

»Da kommt noch jemand.«

Richard warf einen finsteren Blick zu dem Mann, der sich gerade abseilte. »Das ist der Pilot, auch wenn es mir ein Rätsel ist, wie der seine Fluglizenz bekommen hat. Er hat das verdammte Flugzeug zum Absturz gebracht und mich beinahe getötet.«

Jane, die nur allzu gut wusste, wie egoistisch und nervig Richard sein konnte, fragte sich, ob der Pilot das Flugzeug absichtlich hatte abstürzen lassen. Falls ja, sah es Richard ganz ähnlich, dass er überlebt hatte.

»Wie meinst du das, er hat das Flugzeug zum Absturz gebracht?«, fragte Lucy.

Erst jetzt war ihm Lucy aufgefallen. Er schenkte ihr ein anerkennendes Lächeln, während er mit einem anzüglichen Blick versuchte, die tolle Figur zu erkennen, von der er annahm, dass sie sich unter den Schichten dicker Kleidung verbarg.

»Hallo, du Schöne. Dich habe ich ja noch gar nicht gesehen.«

Jane verdrehte die Augen. »Richard, du bist verlobt. Jede hübsche Frau, die du siehst, anzubaggern, ist deiner zukünftigen Braut gegenüber nicht fair. Gott steh ihr bei.«

Richard funkelte Jane böse an. »Was ich wann mit wem mache, geht dich nichts an. Du bist nur eifersüchtig, weil ich dir nicht genauso viel Aufmerksamkeit schenke.«

»Es reicht, *Kumpel*«, sagte Max und trat einen Schritt nach vorn, um dem Neuankömmling die Stirn zu bieten.

»Was zur Hölle passiert gerade?«, sagte Henry. »Sie, Richard, sind erst seit wenigen Minuten hier und verstimmen bereits die ganze Gruppe.«

»Versuch mal in einem Flugzeug mit ihm festzusitzen, dann verstehst du die wahre Bedeutung von Folter.«

Alle sahen zu dem grinsenden Piloten.

Jane warf ihm ein Lächeln zu. Sie hatte zwar gehofft Jack wiederzusehen, allerdings nicht unter diesen Umständen.

»Der Komiker ist da«, stichelte Richard.

Henry betrachtete ihn aufgebracht. »Noch jemand, den Sie verstimmt haben.«

Richard zuckte mit den Schultern und sah zu Jane. »Zumindest habe ich niemandem etwas verabreicht, um seinen Platz im Team zu bekommen, wie Miss Gutmensch hier es mit mir getan hat.«

»Das ist eine Lüge und das weißt du verdammt gut«, erwiderte Jane.

»Es reicht mit diesem Gezanke«, sagte Henry. »Ich habe Sie gerade erst getroffen und würde Ihnen am liebsten etwas verabreichen, damit Sie endlich die Klappe halten.«

»Alles klar, alle verbünden sich gegen mich.«

Eli schloss sich ihnen an. »Ein Schneesturm ist aufgekommen und zwar ein heftiger. Ich hatte keine Zeit, rechtzeitig das Basislager zu erreichen, also dachte ich, ich bin euch behilflich.«

»Du bist hier willkommen, Eli.« Henry konzentrierte sich wieder auf Richard. »Niemand verbündet sich gegen Sie, Richard. Das haben Sie sich selbst zuzuschreiben.« Er atmete tief durch, um seine aufkochende Wut zu mindern. »Um der Expedition willen, denke ich, es wäre am besten noch einmal von vorne anzufangen. Vergessen wir alles, was vor diesem Zeitpunkt geschehen ist. Sie sind jetzt hier und wir haben keine andere Wahl, als mit Ihnen auszukommen. Wenn Sie bereit sind, ein vollständiges Mitglied unseres Teams zu werden, können Sie sich uns anschließen und diesen faszinierenden Ort erkunden. Falls nicht, warten Sie hier, bis der Schneesturm vorbeigezogen ist. Dann können Sie zurück zum Basislager gehen und warten, bis Ihr Rücktransport nach Hause organisiert werden kann. Die Entscheidung liegt bei Ihnen.«

»Ich würde mich gern dem Team anschließen«, antwortete Richard kleinlaut.

»Gut. Wir haben nicht genügend Taschenlampen für jeden, also werden Sie sich damit begnügen müssen, sich jemandem anzuschließen.« Henry drehte ihm den Rücken zu. »Lasst uns die Höhle erkunden.«

Max führte die Gruppe rechts am See entlang.

Theo reichte Richard seine Stirnlampe. »Besser als nichts.«

Richard bildete das Schlusslicht. Er schäumte vor Wut über die Demütigung, für die er allein Jane verantwortlich machte, und war fest entschlossen, ihr und dem Team eins auszuwischen. Auf irgendeinem Ding in dieser einzigartigen Umgebung stand sein Name geschrieben. Wenn er es fand, würde er die Entdeckung nicht teilen. Sie würde allein ihm gehören und ihm die Chance bieten, sich einen Namen zu machen. Er lächelte, als er sich sein attraktives Gesicht auf der Titelseite des Time Magazines vorstellte.

Jane gab Jack ihre Stirnlampe. »Ich hätte nicht gedacht, dass ich dich so schnell wiedersehe.«

Jack zog sich die Lampe auf den Kopf. »Lass die Frauen im Ungewissen, das ist mein Motto«, sagte er mit einem Grinsen.

Henry warf einen Blick zurück. »Bleiben Sie dran, Richard. Wir wollen Sie nicht verlieren.«

»Sprich nicht für andere«, witzelte Jane.

Zornig starrte Richard auf ihren Hinterkopf.

*****

Scott saß mit sorgenvoll gerunzelter Stirn im Funkraum. Er hatte soeben den aktuellen Wetterbericht von der McMurdo-Eisstation erhalten. Für das Team draußen auf dem Eis waren das keine guten Neuigkeiten. Er hatte versucht sie zu kontaktieren, um sie über die Lage zu informieren, aber wegen des tosenden Schneesturms und weil sie in der Höhle unter dem Eis waren, gelang es ihm nicht, sie zu erreichen. Außerdem bereitete es ihm Sorgen, dass er auch Eli nicht erreichen konnte und die Byrd-Station hatte ihn angefunkt, um sich zu erkundigen, ob Jack und sein Passagier sicher angekommen waren.

Pike steckte seinen Kopf durch die Tür. »Glück gehabt?«

Scott schüttelte den Kopf. »Eli muss sich wohl den anderen im Riss angeschlossen haben, sonst wäre er schon längst hier.«

»Ihnen geht es gut. Wenigstens sind sie in der Höhle vor dem Sturm geschützt und sie haben genug Verpflegung, die eine Weile ausreichen wird.«

»McMurdo sagt, dass der Sturm stärker wird und einige Tage, vielleicht eine Woche oder noch länger andauern könnte.«

»Oh, Scheiße!«, rief Pike. »Sie könnten dort unten festsitzen, wenn ein weiteres Beben auftritt. Die Höhle könnte einstürzen.«

Die Anomalie

VON DEM STURM, DER über ihnen toste, bekamen sie nichts mit, als sie den Tunnel aus funkelndem Eis passierten, an dessen Wände das Licht ihrer Taschenlampen reflektiert wurde.

Als Max sie um eine Biegung führte, erreichten sie einen Weg, der in die Dunkelheit abfiel. Die Neigung war zwar abschüssig, aber nicht so steil, dass es sie davon abholten konnte, sicher voranzukommen.

»Es wird wärmer«, bemerkte Max und fragte sich warum.

»Das könnte an einem Hotspot liegen«, vermutete Jane. Etwas anderes konnte sie sich nicht vorstellen, was diese Wärme verursachen würde.

Nachdem sie sich einige Minuten abgemüht hatten, den abfallenden Pfad hinunterzusteigen, wurde er wieder flacher und mündete in eine Linkskurve.

Worauf sie nach der Biegung stießen, erstaunte sie alle. Sie waren sprachlos.

Es war Max, der das Schweigen brach, das sich über die Gruppe gebannter Zuschauer gelegt hatte. »Was zur Hölle ist das?«

Sie starrten auf die große, metallene Öffnung mit abgerundeten Kanten. Es war, als würden sie in die leere Augenhöhle eines Totenkopfs blicken.

Max leuchtete mit seiner Taschenlampe in das lange Rohr, das sich steil nach unten bog, und erkannte etwas am Ende des Lichtstrahls. »Ich denke, ich sehe den Boden.«

Theo zog einen Handschuh aus und fühlte in die Luft. »Was auch immer dieses Ding ist, es produziert eine leichte, warme Strömung.«

Fasziniert prüfte auch Jane die Luft mit der bloßen Hand: Sie war einige Grad wärmer als die Umgebungstemperatur. »Wahrscheinlich ist die Höhle dadurch entstanden.«

»Und das Schmelzwasser bildete den See«, fügte Lucy hinzu.

Eli, der um die Ecke des bizarren Objekts gegangen war, rief: »Kommt her und seht euch das an! Das werdet ihr nicht glauben.«

Von Elis Aufregung angezogen folgten die anderen ihm. Sie gingen um die seltsame Metallöffnung und starrten auf die zweite unerwartete Entdeckung. Die gebogene Kante von irgendetwas ragte aus dem Gletscher.

Als Eli mit seinem Eispickel darauf klopfte, ertönte ein dumpfes Geräusch. »Es ist aus Metall.«

Henry trat nach vorn und strich mit seinen behandschuhten Fingern eine dünne Eisschicht weg, um die glatte, schwarz schimmernde Oberfläche des Objekts freizulegen. »Offensichtlich ist es von Menschenhand gemacht.« Er trat zurück, um seinen Blick über die unerwartete Entdeckung streifen zu lassen. »Nicht so offensichtlich ist allerdings, was es ist und wie es so tief im Eis begraben werden konnte.«

»Um so tief im Eis eingeschlossen zu werden, muss es vor etwa acht- bis zehntausend Jahren hier angelangt sein«, erklärte Jane verwirrt über das merkwürdige Objekt.

»Wenn das stimmt, wurde es nicht von Menschen konstruiert«, meinte Theo.

In Gedanken versunken untersuchte Max die ungewöhnliche Konstruktion. »Meiner Meinung nach gibt es nur zwei mögliche Erklärungen, wieso dieses Ding hier ist.«

Damit zog er die Aufmerksamkeit der anderen auf sich; alle drehten sich zu ihm.

Max fuhr fort: »Entweder hat jemand das Eis untertunnelt, um dieses Teil zu konstruieren, oder es war schon da, bevor es vom Eis eingeschlossen wurde.«

»Vielleicht gehört es zu der geheimen Untergrundbasis, die die Nazis Gerüchten zufolge während des Zweiten Weltkriegs in der Antarktis errichtet haben?«, mutmaßte Eli.

»Soll die nicht angeblich in der Queen-Maud-Region gewesen sein?«, entgegnete Theo. »Das ist nicht einmal in der Nähe.«

»Vielleicht war das eine List, damit niemand den wahren Aufenthaltsort fand«, antwortete Eli.

Max teilte den anderen seine Überlegungen mit. »Es ist zwar möglich, dass jemand dieses Ding – was auch immer es ist – gebaut hat. Die Deutschen zum Beispiel hatten sicherlich die entsprechende Motivation, Arbeitskräfte und Mittel. Aber ich halte das für höchst unwahrscheinlich. Ich glaube nicht, dass es von Menschen konstruiert worden ist. Es ist ein Raumschiff.« Er richtete den Lichtkegel seiner Taschenlampe auf das obere Ende der geriffelten, zylinderförmigen Konstruktion, auf deren Öffnung sie zuerst gestoßen waren.

»Schaut euch das an. Was seht ihr?«

Jack betrachtete das Rohr. »Es könnte eine Art Auslass eines Hilfstriebwerks sein.«

»Genau!«, stimmte Max zu. »Und ich glaube, wenn die andere Seite nicht im Eis liegen würde, könnten wir dort einen zweiten finden.«

Das Team verfiel in fassungsloses Schweigen, während jeder Einzelne von ihnen über die Möglichkeit nachdachte, dass sie etwas betrachteten, was von einer

Spezies eines anderen Planeten erstellt worden war. Max entgingen die skeptischen Gesichtsausdrücke nicht. »Ich denke, am anderen Ende des Auslasses gibt es einen Beweis dafür, dass das Ding nicht von dieser Welt ist. Irgendwo muss der warme Luftstrom herkommen, und ich denke, dieses Irgendwo ist das Raumschiff. Ich brauche aber jemanden, der mich hinunterlässt.«

Theo und Jack meldeten sich freiwillig.

Bald darauf trug Max einen Klettergurt, der an einem Seil befestigt war, das Theo und Jack festhielten, um ihn langsam den Tunnel hinunterzulassen.

Max untersuchte das glatte Rohr, in dem er sich befand. Es gab weder Kohlenstoffablagerungen noch Anzeichen, dass es von der Hitze in Mitleidenschaft gezogen wurde. Daher fragte er sich, was für eine Art von Antrieb das Schiff mit Energie versorgte, falls es sich bei diesem Rohr tatsächlich um einen Auslass handelte. Bald tauchte er aus dem Rohr mit den abgerundeten Ecken auf und landete auf dem Boden. Ein paar Schritte durch das Eis führten ihn zu dem Metallrumpf des Raumschiffs, das er zu finden vermutet hatte – frostfrei gehalten durch den warmen Luftstrom, der dem Teil des Auslasses entwich, der immer noch mit dem Rumpf verbunden war. Er schlüpfte aus dem Klettergurt und schaute durch das Rohr hinauf zu den Gesichtern, die um die Öffnung versammelt waren.

»Wie ich gesagt habe, es ist ein Raumschiff. Vielleicht gibt es einen Weg ins Innere, ich werde mich umsehen.«

»Sei vorsichtig«, rief Henry und versuchte zu verdauen, was Max gerade gesagt hatte.

Max näherte sich der dunklen Stelle an der Seite des Rumpfes, die ihm zuvor aufgefallen war. Eine metallene Stützstrebe, die an einem aufgerissenen Bereich in der fünf Zentimeter dicken Metallwand steckte, und verbunden war mit dem Stück des Auslasses, das immer noch am Rumpf hing. In gespannter Vorfreude schob er den Kopf durch den Bruch und ließ den Schein seiner Taschenlampe über den Innenraum wandern. Ihm fiel nichts auf, was eine unmittelbare Gefahr darstellte. Vorsichtig, damit er seine

Kleidung nicht an dem scharfkantigen Metall des aufgebrochenen Rumpfes verhakte, kletterte er durch den Riss und kostete das Gefühl aus, der erste Mensch zu sein, der einen Fuß an Bord eines außerirdischen Raumschiffs setzte. Er hatte keine Zweifel mehr daran, dass es wirklich ein Raumschiff war. Er zitterte fast vor Anspannung. Wie beim ersten Mann auf dem Mond, würde man sich in der Geschichte der Menschheit an seinen Namen erinnern. Seine aufgeregten Atemzüge wurden in der Kälte sichtbar und stiegen als weißer Hauch langsam zur Öffnung auf, durch die die undeutlichen, von dem Auslassrohr gebündelten Stimmen der anderen zu hören waren. Sie spekulierten darüber, um was es sich bei dieser seltsamen Entdeckung handelte und ob es wirklich ein außerirdisches Luftfahrzeug sein konnte.

Zufrieden damit, noch einige Minuten länger alleine an Bord des fremdartigen Schiffs zu sein, ließ er seinen Blick über den düsteren Raum streifen, der ein Maschinenraum zu sein schien, falls der sonderbare, mit Schläuchen und anderen undefinierbaren Gerätschaften übersäte Apparat, der von der Decke hing, tatsächlich das war, was das Schiff angetrieben hatte. Seine Schritte knirschten auf der dünnen Eisschicht, die den Boden bedeckte, als er bis zur Mitte des Raumes ging.

Die riesige Maschine füllte das Zentrum der gewaltigen Kammer aus und streckte sich so weit von der Decke, dass sie fast den Boden berührte. Auch wenn es keine offensichtlichen Hinweise gab, dass der Motor funktionsfähig war, – weder Lichter noch Teile, die sich bewegten, – bewies das tiefe Summen, dass er noch aktiv war. Wahrscheinlich war er auch die Ursache für die Wärme, die durch das Auslassrohr strömte. Max' Blick folgte dem Lichtkegel, den er über die unglaublichen Teile der Anlage bewegte. Sie war bedeckt von abstehenden Teilen, die scheinbar wahllos und ohne Sinn für Ästhetik hinzugefügt worden waren. Oben war der Motor breiter und nach unten hin verjüngte er sich extrem, wodurch er aussah wie eine auf dem Kopf stehende Pyramide aus einem Sammelsurium von Maschinenteilen:

eine Auswahl verschieden großer Schläuche, dicker und dünner Kabel und Leitungssystemen verbunden mit anderen Bereichen der umliegenden Anlage.

Max ging um den Motor herum und stieß auf einen Wald aus durchsichtigen Behältern, gut zweieinhalb Meter hoch, knapp einen Meter breit und am Boden befestigt. Einige waren leer, andere enthielten unterschiedliche Mengen einer türkisfarbenen Flüssigkeit, viele waren voll. Der Schein seiner Taschenlampe folgte einem der einzelnen Schläuche, die oben in jeden Zylinder mündeten. Alle waren mit einem etwas dickeren Schlauch verbunden, der an der Decke entlang zu der zentralen Apparatur führte. *Das muss der Treibstoff sein, der den Motor antreibt.*

Er erschrak, als eine Luftblase an die Oberfläche der zähen Flüssigkeit im nächstgelegenen Zylinder gluckerte. Ihm fiel auf, wie angespannt er war. Das Raumschiff hatte die Atmosphäre eines abgeschiedenen, verlassenen Hauses, in dem es angeblich spukte.

Henrys gedämpfte Stimme drang in den Raum. »Was hast du gefunden, Max? Und ist es sicher?«

Max durchquerte den Raum, kletterte durch den Riss und rief als Antwort: »Es ist sicher und es ist hundertprozentig außerirdisch. Kommt und seht es euch an.« Er bemerkte, dass der Gurt bereits durch das Rohr nach oben gezogen worden war. Er wartete an der Öffnung darauf, dass die anderen ankamen.

Lucy war die Erste. Die Begeisterung stand ihr ins Gesicht geschrieben. »Wie ist es?«

Max lächelte. »Fantastisch, aber weil ich gestern Abend *Alien* gesehen habe, auch gruselig, verdammt gruselig.«

Lucy lächelte und steckte ihren Kopf durch den Spalt ins Schiff. Auch wenn ihre Taschenlampe nicht viel mehr als einen kleinen Teil des im Dunkeln liegenden Raumes beleuchten konnte, nahm sie seine ungeheure Größe wahr.

»Ich denke, das ist der Maschinenraum«, erklärte ihr Max und blickte dann zu Henry, der gerade aus dem Ende des Rohrs gespuckt wurde und ein Stück über das Eis schlitterte. »Alles okay, alter Mann?« Henry richtete sich auf und löste den Klettergurt, der sofort für die nächste Person durch das Rohr nach oben gezogen wurde.

»Mir geht's gut. Es ist genau wie eine dieser Rutschen im Erlebnisbad. Nur das Wasser für die sanfte Landung fehlt offensichtlich.«

Er sah zu dem Riss, durch den Lucy gerade spähte. »Hast du drinnen irgendwas Interessantes gesehen, Max?«

»Ja, das habe ich. Es wurde definitiv nicht von Menschen konstruiert. Der Spalt führt zu einem Maschinenraum und wie durch ein Wunder scheint der Motor noch immer zu laufen; vielleicht aber nur im Ruhemodus.« Henry blickte zu dem kleinen Bereich der Konstruktion, die nicht von Eis bedeckt war, und glaubte immer mehr daran, dass dieses Objekt nicht auf der Erde entstanden war.

»Wenn es wirklich seit Tausenden von Jahren hier unten ist, ist es erstaunlich, dass es noch immer funktioniert.« Er sah zur Seite des schwarzen Rumpfes, der um den Riss herum leicht verzogen war. »In welchem Zustand befindet sich das Schiff?«

»Ich bin kein Experte, aber es scheint in Ordnung zu sein.« Max deutete auf den Spalt. »Das ist der einzige Schaden, den ich gesehen habe. Ich denke, als das Schiff hier landete, wurde der Auslass abgerissen und die Strebe zerstörte einen Teil der Außenwand des Rumpfes.«

Kurz darauf kamen auch die anderen an. Völlig gespannt darauf, das Raumschiff zu erkunden, kletterten sie hinein.

Die insektengroße Kreatur, die sich auf einem der vielen Rohre niedergelassen hatte und zu klein war, um von den Besuchern unter ihr bemerkt zu werden, hatte die neue Lebensform interessiert beobachtet. In den vielen Jahren, seit das Schiff auf diesem Planeten gelandet war, hatten andere ihrer Art abwechselnd Wache gehalten, um Alarm zu schlagen, wenn Veränderungen eintraten, die eine potenzielle

Gefahr darstellten. Die Anwesenheit dieser neuen Lebensform war solch ein Ereignis. Als mehr von ihnen eintraten, huschte sie über das Rohr, die Wand hinauf und in einen Lüftungsschacht. Ihre sechs winzigen, mit Krallen versehenen Beine machten auf dem Metall kaum ein Geräusch, als sie hastig durch den langen Tunnel eilten. Sie bog um eine Ecke, steuerte auf das Gitter auf der anderen Seite zu und krabbelte hinaus. Sie sprang auf den Boden und durchquerte den kleinen, dunklen Raum. Sie kletterte auf ein kleines Schaltpult neben der Schlafkammer und hüpfte auf einen Knopf. Eine Tür mit einem kleinen Fenster glitt in die Wand und enthüllte das schlafende Wesen.

Sie kletterte auf den Kopf der Kreatur, nahm die Gestalt an, die bereits andere ihrer Art während des Ruhezustands eingenommen hatten, und schlug Alarm, um die Gestaltenwandlerin zu wecken.

Nachdem das Team die nächsten dreißig Minuten damit verbracht hatte, den höhlenartigen Maschinenraum zu erkunden, waren alle davon überzeugt, sich an Bord eines außerirdischen Schiffes zu befinden. Sie staunten über die Konstruktion des Motors und die unglaubliche Energie, die nötig wäre, um das Schiff in die Luft zu kriegen.

»Ich weiß, dass es wahr ist, und trotzdem kann ich nicht glauben, dass ich tatsächlich in einem außerirdischen Raumschiff bin«, sagte Theo, dessen Blick ununterbrochen über die sonderbare Maschinerie wanderte, von der die Gruppe umgeben war.

»Ich dachte, die Eishöhle, den Fluss und das, was vielleicht eine neue Spezies von planktonischen Dinoflagellaten sein könnte, zu entdecken sei aufregend, aber all das verliert an Bedeutung verglichen mit einer Entdeckung in dieser Größenordnung.« Lucy strahlte die anderen an. »Wir werden alle berühmt.«

»Das ist sicherlich ein Kandidat für die Entdeckung des Jahrhunderts«, sagte Henry.

»Oder des Jahrtausends«, fügte Eli hinzu. »Allein schon dieses Raumschiff, egal ob wir die Überreste der außerirdischen Crew finden oder nicht, ist der ultimative Beweis, dass es auch auf anderen Planeten intelligentes Leben gibt.«

»Ich schätze, wir haben die Ursache für die NASA-Anomalie gefunden«, meinte Jane. Sie sah Richard geringschätzig an. »Und es ist kein Meteorit!«

Es kümmerte Richard nicht, dass er falsch gelegen hatte. Er zuckte die Schultern. In diesem Fall war er froh, dass er sich geirrt hatte. Er konnte sein Glück nicht fassen. Raumschiff oder nicht, diese Entdeckung würde die Aufmerksamkeit der Öffentlichkeit wesentlich mehr erregen als ein Meteorit, das wusste er. Auch die unterirdische Höhle, der See und die Lebensformen, die man darin fand, wären eher für die wissenschaftliche Gemeinschaft von Interesse, nicht für die Allgemeinheit. Das hier, was auch immer es war, würde auf allen Titelseiten rund um den Globus erscheinen. Er stellte sich die Schlagzeilen vor. *Außerirdisches Raumschiff in der Antarktis entdeckt?* Oder so ähnlich. Er würde schon sicherstellen, dass er seinen gerechten Anteil – oder mehr – Anerkennung als einer der Entdecker bekam.

»Das Raumschiff muss eine Art Abschirmung besitzen und hat so den NASA-Scan beeinträchtigt und verhindert, dass man auf dem Scan erkennt, dass etwas Metallenes unter dem Eis begraben ist«, spekulierte Max.

»Ein Kraftfeld?«, mutmaßte Theo.

Max zuckte die Achseln. »Oder eine Tarnvorrichtung.«

»Ich bin mir nicht sicher, was das Kraftfeld oder die Tarnvorrichtung betrifft, aber obwohl ein paar von uns anfangs skeptisch waren, scheinen wir uns jetzt alle einig zu sein, dass das hier ein Raumschiff von einem anderen Planeten ist«, fasste Lucy zusammen.

»Ich für meinen Teil wüsste keine Alternative«, antwortete Theo. »Die Deutschen haben während des Krieges zwar viele technische Fortschritte gemacht, aber so etwas hatten sie sicher nicht. Wenn doch, würden sie in der Zwischenzeit bestimmt die Welt regieren.«

»Oder das Universum«, fügte Eli scherzend hinzu.

»Ich bin Theos Meinung«, sagte Max. »Dieses Ding ist weitaus fortschrittlicher als alles, was wir heutzutage konstruieren können. Und, im Gegensatz zu den Deutschen damals, war die Menschheit mittlerweile im Weltraum. Keine der Raketen, die dabei zum Einsatz kamen, sah diesem Schiff ähnlich oder hatte solche Ausmaße. Ich kann mir nicht einmal vorstellen, wie viel Energie nötig ist, damit dieses Ding vom Boden abhebt, ganz zu schweigen von der Schubkraft, damit es aus der Atmosphäre eines Planeten austreten kann. Es steht außer Frage: Es muss sich um außerirdische Technologie handeln.«

»Wahrscheinlich war es nie dazu gedacht, einen Planeten zu verlassen«, mutmaßte Eli. »Ich kann mir vorstellen, dass ein Raumschiff dieser Größe – von dem wir erst einen kleinen Teil gesehen haben und ich nehme an, es gibt noch viel mehr zu entdecken – im Weltraum konstruiert wurde, wo Gewicht und Größe nicht solch ein Problem darstellen.«

»Ich wüsste gern, warum es hier ist«, sagte Lucy.

Richard wurde ungeduldig. Er wollte weiter durchs Raumschiff wandern und damit anfangen, es zu erkunden. »Egal welche Spekulationen euch jetzt noch so einfallen, bis wir es untersucht und uns umgesehen haben, bleiben sie genau das: Spekulationen. Wir müssen mit unserer Untersuchung beginnen. Erst dann bekommen wir Antworten. Ob es nun von den Nazis, jemand anderem oder von Aliens gebaut wurde, es ist und bleibt der Fund des Jahrhunderts.«

»Ich sage das wirklich nur ungern, aber diesmal stimme ich Richard zu«, meldete sich Jane zu Wort.

»Aber keiner von uns ist dazu qualifiziert«, argumentierte Henry. »Wir sind keine Weltraumwissenschaftler oder Raketeningenieure. Wir sind auf Geologie, Eis und Mikroben spezialisiert, nicht auf Raumschiffe. Das überlässt man besser den Leuten von der

NASA, die die nötige Expertise besitzen, so etwas zu untersuchen, nicht uns.«

Die Teammitglieder konnten ihre Enttäuschung nicht verbergen.

»Aber wir müssen es erforschen«, erwiderte Max. »Stell dir nur die fortschrittliche außerirdische Technologie vor, die in diesem Schiff nur darauf wartet, entdeckt zu werden, und an all die Vorteile, die sie der Wissenschaft bringen könnte. Dadurch könnten so viele Forschungsgebiete um Hunderte oder Tausende von Jahren vorangetrieben werden.«

»Was wir vielleicht in den nächsten Tagen lernen werden, könnte der Menschheit viel früher als erwartet ermöglichen in andere Welten zu reisen«, fügte Theo hinzu. »Ich denke, es ist unsere Bestimmung, dieses Raumschiff zu betreten. Zum Wohle der Menschheit.«

»Oder zu deren Vernichtung«, warf Jack ein, dem klar wurde, dass die Erkundung möglicherweise doch keine gute Idee war. »Auf einem außerirdischen Fahrzeug gibt es vielleicht außerirdische Keime, die die gesamte Menschheit auslöschen können.

»Wie es die Spanier mit den Inkas getan haben«, sagte Lucy. »Etwa fünfundneunzig Prozent von ihnen sind an europäischen Krankheiten gestorben.«

»Auch wenn ich nur ungern mit der Untersuchung fortfahren würde, glaube ich nicht, dass das hier zutrifft«, widersprach Henry. »Wenn eine außerirdische Rasse hochentwickelt genug war, ein Raumschiff zu bauen, mit dem man die Weiten des Weltalls durchqueren kann, dann bin ich mir sicher, dass sie medizinisch genauso fortschrittlich war. Ich denke, wenn hier irgendwelche Keime irgendeiner Spezies einer anderen schaden, dann sind es unsere, die für sie gefährlich sind.«

»Ich verstehe deine Bedenken, Henry«, begann Jane, »aber diese Entdeckung drängt sich uns regelrecht auf. Wegen des tosenden Sturms da oben können wir keine außenstehenden Experten oder Hilfe rufen. Der Riss im Eisschelf kann jederzeit durchbrechen und dieses Schiff mit sich reißen, bis es im Meer versinkt. Dadurch stehen wir unter Zeitdruck. Wenn wir in der begrenzten Zeit, die uns zur Verfügung steht, nicht so viel dokumentieren wie möglich, wird es niemand tun und dann ist all dies für immer verloren.«

Henry seufzte; er sah ein, dass Jane recht hatte. »Versteht mich nicht falsch, ich würde sehr gern mehr über dieses Fahrzeug und seine Geheimnisse herausfinden, aber ich weiß, wie schnell sich in der Antarktis das Blatt gegen einen wenden kann. Wenn allerdings alle der Meinung sind, dass wir dieses Schiff erkunden sollten, dann schließe ich mich gerne an.«

Sie waren sich einig und suchten nach einem Ausgang, der sie tiefer ins Innere führte.

Jack schlenderte zur anderen Seite des Raumes und fragte sich, was sie wohl bei der Erkundung finden würden. Sein Blick streifte über jedes Teil der fremdartigen Maschinerie und jedes Mal wollte er zu gern wissen, was für eine Funktion es hatte. Er erreichte die Wand und folgte ihr. Vor einer großen Silhouette blieb er stehen. Sie sah aus wie der Ausgang, nach dem sie suchten. Die Tür war in vier Segmente geteilt, zweieinhalb Meter hoch und eineinhalb Meter breit. Er fand den Knopf, mit der man sie bedienen konnte, neben der Tür auf einer Schalttafel, die etwas höher hing, als es für die Durchschnittsgröße eines Menschen üblich wäre. Zusammen mit den Maßen der Tür war das ein Indiz dafür, dass die Crew größer war, als Menschen es sind. Obwohl er nicht erwartete, dass die Tür aufgehen würde, drückte er einen der Knöpfe. Die vier Segmente glitten mit einem metallischen Kratzen in die Wand, das laut genug war, um die Aufmerksamkeit der anderen zu erregen und sie heranzulocken.

Bevor sie eintraten, starrten sie einige Momente lang durch den großen Eingang, der in einen dreieinhalb Meter hohen und zweieinhalb Meter breiten Gang führte. Der Schein ihrer Taschenlampen drang in die Dunkelheit, die lange hinter der verschlossenen Tür gefangen gewesen war, aber er erreichte das Ende des Korridors nicht.

An niemand Bestimmten gerichtet sagte Jane, die von der Größe und unbekannten Länge des gerade offengelegten Gangs genauso überrascht war wie die anderen: »Wie groß ist dieses Ding eigentlich?«

Die aufgeregte Mimik, die Max' Gesichtszüge zeichnete, offenbarte seine Vorfreude, es herauszufinden. »Von dem bisschen, was wir bis jetzt gesehen haben, denke ich, es ist viel größer, als wir uns vorstellen können.« Er ging als Erster durch die Tür.

Acht Augenpaare, die im Vergleich zu dem riesigen, für menschliche Maßstäbe abnorm überdimensionierten Korridor winzig wirkten, wanderten über die groteske Konstruktion. Die Lichtkegel enthüllten dunkle Metallstreben, deren Form an Knochen erinnerte und die in regelmäßigen Abständen an der Wand befestigt waren, was den Anschein erweckte, als würde man durch den Brustkorb einer seltsamen Kreatur blicken.

Henry strich mit der Hand über eine der schwarz glänzenden, skelettartigen Stützen. »Die Bauweise ist zwar etwas sonderbar, aber auch faszinierend.«

Theo dachte über die eigentümliche Bauweise nach. *Wieso sollte man die Stützstreben so seltsam gestalten, wenn es eine einfache, gerade oder runde Form auch getan hätte?* Es bestärkte ihn umso mehr, dass es von Außerirdischen geschaffen wurde. »Falls es zuvor noch Zweifel gegeben hatte, sind sie spätestens jetzt weg. Auf gar keinen Fall wurde dieses Ding von Menschen gebaut.«

Lucy war absolut seiner Meinung. »Vielleicht spiegelt die Größe des Korridors die Größe der Crew wider?«

Sie starrten zur hohen Decke hinauf.

»Riesen!«, rief Theo aus.

Prüfend blickte Lucy den Gang hinunter und fragte sich, von welchem Planeten das Raumschiff stammte und welcher Spezies die Mannschaft angehörte. Wenn noch immer Mannschaftsmitglieder an Bord waren, vielleicht von der extremen Kälte konserviert, würde sie eine Antwort auf ihre Fragen erhalten. Die Aussicht darauf, einer außerirdischen Spezies zu begegnen, bereitete ihr sowohl Aufregung als auch Sorgen. Jeder Gedanke an die planktonischen Dinoflagellaten, die sie vor Kurzem noch derart in Aufregung versetzt hatten, war völlig vergessen.

Jack ließ seinen Blick durch den Korridor streifen. Außerhalb von Science-Fiction-Filmen hatte er so etwas noch nie gesehen. Die höhlenartige, unterirdische Atmosphäre erinnerte ihn an ein Tunnelsystem, das er in seiner Jugend erforscht hatte. Es gab allerdings einen Unterschied zwischen diesen beiden Erfahrungen: Die Höhle in seiner Jugend war bereits zuvor erforscht worden, aber in diesem Schiff lauerte überall das Unbekannte. Er teilte zwar einige von Henrys Bedenken, aber das hier war eine Gelegenheit, die man nur einmal im Leben bekam, und die wollte er auf keinen Fall verpassen.

»Ich würde sagen, wir suchen den vorderen Teil des Schiffs«, schlug Max vor. »Es muss einen Kontrollraum geben und es ergäbe Sinn, dass der sich vorne befindet. Vielleicht schaffen wir es, das Schiff einzuschalten und ein paar Lichter anzumachen, falls das überhaupt noch möglich ist.«

»Es wäre zwar gut, etwas Licht zu haben«, meinte Henry, der immer noch nicht davon überzeugt war, dass es vernünftig wäre, in dem Schiff auf Erkundungstour zu gehen, »aber wir müssen vorsichtig sein, was wir anfassen. Planlos auf irgendwelchen Knöpfen herumzudrücken könnte sich als gefährlich erweisen.«

»Angesichts der Dauer, die dieses Ding schon eingeschlossen unter dem Eis liegt, bezweifle ich ohnehin, dass noch irgendetwas funktioniert«, entgegnete Richard.

»Die Wärme, die durch den Auslass entweicht und die funktionstüchtige Tür, durch die wir eben gegangen sind, sprechen aber eine andere Sprache«, argumentierte Theo.

»Wie wäre es, wenn wir einfach weiterlaufen?«, sagte Richard. »Wieso spekulieren, wenn wir auch mit Sicherheit feststellen können, was funktioniert und was nicht?«

Aufgeregt und mit leichten Bedenken machte sich das Team auf den Weg durch das außerirdische Fahrzeug.

Das enorme Gewicht des Eises, von dem es umgeben wurde, drückte auf die Hülle. Der Rumpf knarrte, ächzte und verstärkte jeden Ton, der von den Bewegungen des Eises erzeugt wurde, wie ein gigantischer, leerer Sarg, der förmlich nach Leichen schreit.

Ein kurzer Marsch durch den Korridor führte sie zu einer Tür, die in der Seitenwand eingelassen war. Max wollte herausfinden, was sich dahinter verbarg. Er drückte probehalber auf den Schalter neben der Tür, um zu sehen, ob sie sich öffnete. Sie stöhnte vor Protest, weil sie ihren eigentlichen Zweck schon so lange nicht mehr erfüllen musste, und die vier Segmente ratterten, aber weigerten sich, weiter auseinanderzugleiten als einen Fingerbreit. Muffige, abgestandene Luft mit dem Geruch von feuchtem Metall zischte kreischend durch den Spalt, als wäre sie erleichtert, aus ihrer langjährigen Gefangenschaft befreit zu werden. Sie wirbelte durch den Gang bis in den Maschinenraum und durch den Riss im Rumpf nach draußen.

»Der Raum muss unter Druck gestanden haben«, stellte Eli fest.

Max hakte seine Finger um die Kante eines der Türsegmente. »Kommt, wir versuchen sie aufzuzwängen.«

Theo, Jack und Eli legten ihre Hände um eines der beiden unteren Segmente und zogen daran. Mit einem Geräusch von schleifendem Metall bewegten sich die Türabschnitte ein kleines Stück, blieben aber gleich wieder stecken.

Theo schob seinen Kopf und die Taschenlampe durch die kreuzförmige Öffnung. Er musterte den riesigen Raum. In der Mitte leuchtete etwas grün. Er quetschte sich durch die Tür. Die anderen folgten ihm.

Als Lucy sich durchzwängte, erzitterten die Segmente und Rost rieselte auf sie herab. Von ihrer Angst beflügelt, beeilte sie sich, den Spalt zügig zu verlassen.

Richard, der Letzte in der Reihe, blieb im Gang stehen und starrte die Tür beunruhigt an. Er stelle sich vor, wie die Kanten zuknallten, während er noch mitten im Rachen der Tür steckte. Er verdrängte diesen unangenehmen

Gedanken und schlängelte sich schnell durch die Lücke. Er war noch nicht einmal halb durch, als die Tür begann, sich langsam zu schließen. Jemand packte seinen Arm und riss ihn mit einem Ruck in Sicherheit. Die Tür schrammte über die Sohle einer seiner Stiefel, als sie mit einem dröhnenden Knall von Metall auf Metall, der durch die riesige Kammer hallte, zukrachte. Er atmete erleichtert auf.

Jack ließ Richards Arm los. »Alles in Ordnung?«

Richard nickte. »Danke.«

»Gern geschehen. Aber ein Flugzeug schuldest du mir trotzdem noch.«

Richard schnaubte verächtlich.

»Das ist seltsam«, kommentierte Max.

Das ganze Schiff war seltsam. Mit diesem Gedanken drehten sich die anderen um. Sie wollten sehen, was Max so besonders außergewöhnlich fand. Ihre Blicke folgten seinem ausgestreckten Finger. Vier dünne, hohle Schläuche, aus denen eine zähe Flüssigkeit sickerte, hingen aus einem kleinen, rechteckigen Loch, wo eigentlich die Taste für die Tür sein sollte. Anders als Stromkabel konnte man die Schläuche nicht wieder befestigen, um die Tür zu öffnen.

Theo bückte sich und hob etwas vom Boden auf. Es war der fehlende Schalter. »Jemand hat ihn mit Absicht abgerissen!«

Die Kratzspuren am Loch im Rahmen verliehen seinen Worten Glaubwürdigkeit.

Sie untersuchten die verbogene Schalttafel mit der Taste in der Mitte.

Mit hochgezogener Augenbraue sah Jack zu, wie ein Tropfen der dicken Flüssigkeit auf den Boden spritzte. »Es ist beunruhigend, dass das anscheinend erst vor Kurzem gemacht wurde.«

»Aber warum und von wem?«, fragte Lucy nervös.

Richard sah sich ängstlich in dem dunklen Raum um. »Wahrscheinlich, um irgendetwas – und das schließt uns nun mit ein! – davon abzuhalten zu entkommen.«

Ihre Blicke suchten auch die finstersten Winkel der Kammer ab, da sich ein ungutes Gefühl unter den

Gruppenmitgliedern breitmachte. Sie fuhren vor Schreck zusammen, als Theo die kaputte Schalttafel fallen ließ und sie scheppernd auf den Boden polterte.

»So unheimlich dieser Ort auch sein mag, es ist unsere blühende Fantasie, die uns nervös macht. Was auch immer einst durch dieses Schiff wandelte, es ist schon lange tot«, beruhigte sie Henry. »Wenn wir Glück haben, finden wir ihre konservierten Leichen und können uns ansehen, wie die Mannschaft dieses Schiffes aussah. Zumindest Überreste ihrer Skelette sollten wir finden.«

Eli leuchtete mit seiner Taschenlampe durch den gigantischen Raum, der so groß war, dass der Lichtkegel die gegenüberliegende Wand nicht erreichen konnte. Sein umherstreifendes Licht pausierte auf der hohen Decke, die es gerade so erreichen konnte. Der Aufbau des Raumes erinnerte ihn an eine Kathedrale. Dicke, gebogene Streben, die aussahen wie aus Stein, aber angesichts der Rostspuren in Wirklichkeit aus Metall waren, erstreckten sich vom Boden bis zu einer runden, durchsichtigen Stelle in der Decke, die von rostigen Metallrahmen in Abschnitte unterteilt wurde. Einige der Metallrahmen waren kaputt und hingen in verbogenen Winkeln herunter. Eiszapfen bohrten sich durch die Abschnitte, in denen die durchsichtigen Scheiben fehlten. Schmelzwasser tropfte auf den Boden oder rann in dünnen Rinnsalen über die gewölbten Wände und hinterließ überall, wo es entlangfloss, Rostspuren. Zwischen den rippenartigen Stützen erinnerte die Wand an rauen, dunklen Fels. Ein Balkon, dessen Geländer aus kurzen, gewundenen, baumartigen Pfeilern bestand, führte beinahe einmal um den Raum herum. Der Boden war nicht aus glattem Metall wie die anderen, die sie bisher gesehen hatten. Passend zu den Wänden war auch er so gestaltet, dass er Fels imitierte, allerdings wesentlich glatteren. Brücken mit Seiten aus rauem Fels führten von dem grün leuchtenden Element in der Mitte nach außen. Eine davon zur Tür, durch die sie gerade gekommen waren.

Jack lief bis zur Kante der Brücke und wagte einen Blick in die Tiefe. Nebel hielt den Boden umklammert wie in einer festen Umarmung und verschleierte die Teile, die darunterlagen. Der moderige Gestank eines längst verlassenen Ortes wehte herauf aus der Dunkelheit, die den Raum darunter verhüllte. Seine Stirnlampe wanderte über den dichten, wirbelnden Nebel, der sich auch unter den Brücken ausbreitete, und schnellte mit einem Ruck zurück in die Ausgangsposition. Jack dachte, er hätte gesehen, wie sich etwas in dem Nebel bewegte.

Jane spähte über die Kante. »Was war das?«

Jack drehte sich mit einem Lächeln auf den Lippen um. »Nur meine Fantasie, die mir Streiche spielt.« Er bemerkte, dass die anderen die Brücke entlanggingen. »Das ist wirklich ein eigenartiges Raumschiff, weit entfernt von allem, was ich erwartet hätte.«

»Ich weiß, was du meinst. Es ist anders als die Art von Raumschiff, die normalerweise in Science-Fiction-Filmen wie *Star Trek* oder *Star Wars* gezeigt wird.«

Jack warf einen Blick auf die fremdartige Konstruktion und dann zurück in die neblige Tiefe. »Eher wie etwas aus dem Alienfilm, den wir uns gestern Abend angesehen haben.«

»Hoffen wir mal, dass uns keines dieser Aliens über den Weg läuft. Ich bin nicht Ripley.«

Jack lächelte. »Ich bin mir auch nicht so sicher, ob ich der Heldentyp bin.«

Jane berührte ihn am Arm und schenkte ihm ein Lächeln. »Ach, ich weiß nicht, ich kann mir gut vorstellen, wie du uns alle vor den schrecklichen außerirdischen Monstern rettest!«

»Kommt ihr zwei?«, rief Henry, der bereits in der Mitte der Brücke stand. Er legte Wert darauf, dass alle zusammenblieben.

Widerwillig ließ Jane Jacks Arm los und Seite an Seite machten sie sich auf den Weg, die anderen einzuholen.

Die Gruppe steuerte auf den grünen Schein zu, der von etwas im Zentrum des Raumes ausgestrahlt wurde. Sie waren sprachlos, als sie nah genug waren, um Einzelheiten zu erkennen. Rau gehauene Felsen aus Metall umgaben einen Sockel aus drei im Kreis aufgestellten viereinhalb Meter hohen, durchsichtigen Zylindern mit einem Durchmesser von einem Meter achtzig. Jeder davon war mit einer halb durchscheinenden, smaragdgrünen Flüssigkeit gefüllt und beherbergte ein außerirdisches Wesen, das fast den gesamten Behälter ausfüllte.

Die Gesichter der drei Kreaturen unterschieden sich, aber zweifelsohne gehörten sie derselben Spezies an. Obwohl sie für menschliche Maßstäbe zwar unglaublich dünn und groß waren, hatten sie eine gewisse humanoide Erscheinung. Die Details der Körperteile wirkten jedoch in keiner Weise menschlich. Lange, weiße, feine Haare wie Draht wuchsen aus dem Hinterkopf und schwebten durch die Flüssigkeit wie die Schlangen Medusas. Blutrote Haut spannte über das Gesicht, ging in grüne Schultern über und verblasste schließlich in straffer, pergamentartiger, silberner Haut, die den restlichen Körper bedeckte, bis auf die ebenfalls roten Handgelenke und Hände. Fünf lange, schlanke Finger mit einer Kralle an jeder Spitze wuchsen aus großen, schmalen Händen.

Interessiert betrachtete Jane die faszinierende Lebensform. »Auch wenn sie ein bisschen gruselig sind, kann man nicht leugnen, dass sie eine gewisse Eleganz besitzen.«

»Das finde ich auch«, stimmte Lucy zu. »Wegen ihrer skelettartigen Erscheinung bin ich mir aber nicht sicher, ob sie auch zu Lebzeiten so ausgehen haben oder ob wir uns gerade alte, zum Teil schon verweste Leichen anschauen.« Sie war gefesselt von den fremdartigen, außerirdischen Geschöpfen und drückte ihre Nase an einen der Zylinder, um sich ein Männchen genauer anzusehen.

»Die rote Haut auf den Gesichtern, an den Hälsen und Händen sieht so aus, als hätte jemand eine Hautschicht abgeschält«, fand Theo, der nicht so recht glauben konnte, was er da sah.

»Ist das die Mannschaft?«, fragte Richard, der etwas schockiert war von dem Aussehen, der Größe und vor allem der bloßen Existenz der Außerirdischen.

»Könnte man meinen«, antwortete Henry, »aber sie scheinen zu groß zu sein, um durch die Korridore und die Tür zu passen, durch die wir gekommen sind.«

»Vielleicht sind das Götter der Crew oder eine Spezies, die sie verehrt und angebetet haben«, schlug Eli vor. »Sie scheinen bedeutungsvoll zu sein, dass sie so in diesem kathedralenartigen Raum präsentiert werden.«

Jack blieb vor einem der weiblichen Aliens stehen und fuhr mit der Hand über eine der vier Kratzspuren in der Oberfläche des Behälters. Es sah aus, als hätten Krallen über den Zylinder gekratzt.

Max bemerkte Jacks besorgtes Stirnrunzeln. »Stimmt was nicht?«

Jack zeigte auf die Kratzer, die es offensichtlich an allen Zylindern gab. »Ich habe mich gefragt, wer die gemacht hat.«

Max zuckte die Schultern. »Hoffentlich etwas, das schon lange tot ist.«

»Zählt es als Erstkontakt, wenn die Außerirdischen tot sind?«, fragte Richard, der schnell den finanziellen Wert solch einer Entdeckung berechnete, während Lucy Fotos schoss.

»Ich denke schon«, sagte Henry, »weil bisher noch nie jemand Kontakt mit einer außerirdischen Spezies hatte und beweisen konnte, dass es sie gibt. Aber darüber mache ich mir gerade keine Gedanken.« Er wandte sich von der faszinierenden Lebensform ab und sah sich in dem großen Raum um. »Wir müssen einen Ausgang finden.«

Die anderen hörten nur ungern auf, die Außerirdischen zu untersuchen, schlossen sich aber Henry an, um einen Ausgang zu finden.

Der Gruppe fiel nicht auf, dass sie von dem hohen Balkon aus von gelben Augen beobachtet wurde. Sie streiften durch den Raum und machten bald eine weitere erstaunliche Entdeckung.

Am anderen Ende der Halle starrten sie in das gewaltige Gesicht einer furchterregenden außerirdischen Kreatur, die von ihren Taschenlampen beleuchtet wurde. Sie war völlig anders als die drei eleganten Lebewesen, die sie gerade gefunden hatten. Ihre Arme streckten sich ihnen von breiten Schultern aus entgegen. Eine Hand lag knapp oberhalb eines viereineinhalb Meter hohen, abgestuften Podests; die Finger waren angewinkelt und formten dadurch etwas, das aussah wie ein Stuhl. Die andere Hand lag flach auf dem Boden, die Handfläche zeigte nach oben. Eine Art Rampe führte den Arm entlang bis zu einer Öffnung in der Seite des außerirdischen Kopfes, wo sich bei einem Menschen das Ohr befindet. Das ganze Teil war professionell aus Metall konstruiert worden. Rostspuren, besonders heftig unter der Lippe, die ein böses Knurren zeigte, erweckten den Eindruck, als würde Blut zwischen den Zähnen durchsickern und aus dem offenen Maul tropfen. In Anbetracht des Skelett-Themas auf dem Schiff, hielten sie das durchaus für möglich. Die Augenhöhlen, ausdruckslos und leer, waren ausgefüllt von so einer tiefen Dunkelheit, dass man sich leicht einbilden konnte, etwas würde sich darin verstecken und einen anglotzen. Lange Bruchstücke gezackter Knochen verschiedener Längen und Stärken umringten den Schädel wie makabre Sonnenstrahlen.

»Also das sieht definitiv aus wie eine Gottheit!«, bemerkte Eli.

»Die Götter der Azteken waren furchteinflößend. Vielleicht auch die Götter der Crew dieses Schiffs?«, überlegte Henry.

»Lieber ist das ein Gott als eine Darstellung der Mannschaft«, meinte Jane. »Es strahlt nicht gerade Freundlichkeit aus. Wenn ich mir vorstelle, dass eine außerirdische Spezies, die so aussieht, durch den Weltraum reisen kann ... Das kann nichts Gutes für die Menschheit bedeuten.«

»Also so, wie es dargestellt wurde, wirkt es schon wie eine Gottheit«, fand Eli, der sich Lucy anschloss, den Raum durch die Blitzlichter seiner Kamera zu beleuchten, als er anfing, ein paar Fotos zu schießen.

Richard bereute es, dass er seine Kamera nicht mitgenommen hatte. Er hatte sie in seinem Rucksack in der

Höhle zurückgelassen. Fotografien von dem Schiff und den Dingen darin würden ein Vermögen wert sein. Sobald sich die Gelegenheit ergab, würde er zurückflitzen und sie holen, aber zuerst mussten sie einen Weg aus diesem Raum finden.

Drei Brücken, die sie noch nicht betreten hatten, führten zu Türen, aber alle drei Schalttafeln waren zerstört. Theo und Eli versuchten eine mit ihren Eispickeln aufzubrechen.

Auf der anderen Seite des Raumes, hoch oben auf dem Balkon, hatten sich zu dem gelben Augenpaar viele weitere dazugesellt. Der Duft der Neuankömmlinge hatte die hungrigen Kreaturen zu ihrer nächsten Mahlzeit gelockt. Sie kletterten über den Balkon und krabbelten die rauen Wände hinunter.

Andere Wesen, zwar kleiner, aber nicht weniger tödlich, hatten die Chance auf ein unerwartetes Mahl ebenso gewittert; sie waren bereits wesentlich näher.

Theo gab auf und trat einen Schritt von der Tür zurück. »Das bringt nichts. Der Spalt ist zu schmal. Die Spitze des Eispickels passt nicht dazwischen.«

Jack hörte ein leises Klicken und spähte über die Kante des Pfads. Er sah nichts als Dunkelheit und Nebel, der im Schein seiner Stirnlampe durch die Finsternis wirbelte.

Die anderen hatten das Geräusch ebenfalls gehört. Es kam aus der unteren Etage.

»Hast du was gesehen, Jack?«, fragte Max.

»Nichts, was diesen Ton verursacht haben könnte.« Jack legte sich auf den Boden, sein Kopf und seine Schulter hingen über die Kante. »Hält mal jemand meine Beine fest?«

Theo und Max packten Jacks Knöchel, während er sich weiter nach vorne und hinunter in die Leere lehnte. In dem Licht, das er unter die Brücke richtete, erkannte er Hunderte von kleinen Kreaturen, die so groß waren wie Mäuse und aussahen wie Insekten. Das Erste, was Jack auffiel, waren ihre Mäuler. Wie ein runder Schlund vollgepackt mit Hunderten kleiner, scharfer Zähne. Orangefarbene Stacheln reihten sich um die Mäuler und zuckten wie Fühler, während die Wesen vorankrabbelten.

Weiße, pupillenlose Augen auf Hautwucherungen schlossen sich, als sein Licht sie berührte. Die beiden Klauen an den zweifingrigen Händen, die aus Armen mit zwei Gelenken wuchsen, waren lang, gebogen und wie dazu gemacht, das Fleisch von ihren Opfern zu reißen. Ebenso tödlich waren ihre vier Beine mit Krallen, die sich gerade auf dem rauen Untergrund des Pfads festhakten. Das klickende Geräusch, das die Luft erfüllte, kam von Hunderten dieser winzigen, krallenbesetzten Gliedmaßen, die die Wände hinauf und über die Unterseiten der Brücken kletterten. Jack gab Theo und Max ein Zeichen, ihn hochzuziehen und erklärte schnell, welche Bedrohung er gesehen hatte.

Jane schrie, als eines von ihnen über die Kante kletterte.

Theo verzog das Gesicht und wich zurück, als das Insekt innehielt und seinen winzigen Kopf mit dem mit Reißzähnen gefüllten Maul nacheinander auf jeden von ihnen richtete, als würde es die richtige Speise aus dem angebotenen Buffet auswählen.

Jacks Fuß schoss nach vorn und schickte es zurück in die Tiefe.

Weitere Insekten, die über die Kante schwärmten, wichen aus und huschten den Weg entlang zur Mitte des Raumes, nur um sich einer neuen Gefahr gegenüberzusehen. Hunderte böser gelber Augen leuchteten in die Dunkelheit. Lichtkegel wurden auf die Krallen gerichtet, die über das Metall kratzten, und enthüllten eine Welle aus Pelz und Zähnen, die auf sie zurollte.

»Weltraumratten!«, rief Theo.

Eli musste zugeben, dass dieser Name zu den boshaften Kreaturen passte.

Jack riss seinen Blick von dem sich nähernden Unheil los und richtete seine Aufmerksamkeit auf die eiserne Götterstatue. »Die Rampe hoch, schnell!«

Richard, dessen Selbsterhaltungstrieb bei drohender Gefahr noch größer war als sein aufgeblasenes Ego, war bereits auf halbem Weg die Rampe hinauf.

Ben Hammott

Jack blickte zu den außerirdischen Insekten. Eine heimtückische, tödliche Lawine in Miniaturformat strömte über den Boden auf sie zu. Er wartete bis Jane und Lucy an ihm vorbei waren, bevor auch er um sein Leben rannte. Wenn es dort oben keinen Ausgang gab, würden sie den Angriff nicht überleben.

Als sie sich dem Ende der Rampe näherten, ertönte von unten ein entsetzliches schrilles Kreischen. Die beiden Spezies hatten das untere Ende der Rampe gleichzeitig erreicht und ein Kampf um die fliehende Beute brach aus. Die Weltraumratten waren größer, von stacheligem, grünen Fell bedeckt und ungefähr so groß wie ein kleiner Hund, aber wesentlich heimtückischer. Auf den ersten Blick sah es so aus, als könnten sie die kleine Insektenarmee vernichten. Ihre Mäuler mit den Reißzähnen und ihre krallenbesetzten Gliedmaßen zerbissen, zermalmten, zerrissen und zerquetschten viele ihrer kleineren Gegner und schnappten sie aus der Luft, wenn sie hochsprangen, um anzugreifen.

Die Insekten jedoch hatten eine Geheimwaffe. Als hätte jemand ein stummes Signal geschickt, erschien eine Kavallerie in Form ihrer Artgenossen, aber dreimal so groß und mit aufgeblähten Körpern, die von kleinen, weißen Kugeln bedeckt waren. Sie krabbelten über die Meute, die sich über den Boden erstreckte, und hielten kurz vor den größeren Bestien an. Die Kugeln schossen in die Luft und explodierten. Winzige Versionen der Insekten prasselten auf die Ratten herab. Mit rotierenden Mäulern und winzigen Zähnen bohrten sich die Nachkommen durch die Haut der Opfer. Sie fraßen, nagten und rissen sich ihren Weg durch die Innereien der Ratten, um wenige Augenblicke später, etwas größer als zuvor, in Blutfontänen wiederaufzutauchen. Während die Überreste ihrer Wirte auf dem Boden zusammensackten, sprangen die Parasiten auf das nächste lebende Biest, attackierten es wie wild und gruben sich ins Fleisch.

Die kannibalischen Ratten griffen ihre eigenen Artgenossen an, die gefallen oder verwundet worden waren, und fraßen sie auf. Verwirrt von dem Durcheinander des

Gefechts, wendeten sich einige Ratten gegen ihre Brüder, egal ob sie verletzt waren oder nicht.

Richard hatte davon nichts mitbekommen. Er war die Rampe hinaufgeeilt und durch das Loch in der Seite des gigantischen Schädels entkommen. Während seiner Pause, die er eingelegt hatte, um wieder zu Atem zu kommen, sah er sich in der seltsamen Kammer um. Die Augen waren zwar zu weit oben, als dass er sie erreichen konnte, aber der aufklaffende Mund bot ihm einen Ausblick in die große Halle. Die anderen hatten sich über den Sinn des riesigen Raumes die Köpfe zerbrochen. Die meisten waren zu dem Schluss gekommen, dass es wahrscheinlich eine Versammlungshalle war, vielleicht sogar ein Ort der Gottesverehrung. Richard war es völlig egal, wofür er benutzt worden war. Er lebte im Hier und Jetzt. Sie hatten eine einmalige Entdeckung gemacht, die die Welt verblüffen würde. Wenn es ihm nicht gelang, damit ein Vermögen zu machen, war er nicht so gewieft, wie er dachte. Wie dem auch sei, zuerst musste er überleben. Er blickte durch den offenen Mund zu den Kreaturen hinunter, die unter ihm kämpften. Ihre wilde Brutalität ließ ihn erschauern. Schritte, die die Rampe hinaufrannten, kündigten an, dass seine Teamkollegen jeden Moment ankamen. Ein Blick durch das Innere des Schädels offenbarte einen Durchlass an der Hinterseite. Er hetzte hindurch und entdeckte eine Treppe mit Stufen, die für eine Spezies mit längeren Beinen als die eines Menschen gemacht waren. Er hörte die anderen ankommen und rief: »Hier gibt es einen Weg nach unten!«

Die Ratten wussten aus eigener Erfahrung, dass ein Sieg unmöglich war, wenn die mit Eier beladenen Weibchen auftauchten. Sie wichen zurück und kletterten die Wände hinauf, um mit sicherem Abstand von den Balkonen aus zu beobachten.

Die Insekten, die nun ungestört ihre Jagd wieder aufnehmen konnten, drängten die Rampe hinauf.

Theo durchquerte den Ausgang am Hinterkopf des Schädels und leuchtete mit seiner Lampe die Treppen hinunter, bevor er sich Richard zuwandte: »Wo führt sie hin?«

Richard zuckte die Achseln. »Spielt das eine Rolle? Wir haben keine andere Wahl.« Richard sprang die erste Stufe hinunter.

Der Ansturm winziger Füße, die die Rampe hinaufrasten, begleitete ihren hastigen Abstieg tiefer in das Innere des fremdartigen außerirdischen Schiffes. Die Schatten, die ihre Taschenlampen unheimlich an die Wand warfen, verfolgten ihren Fortschritt. Unten angekommen, führte ein kurzer Korridor zu einer kleineren Tür mit intaktem Kontrollschalter. Richard schlug mit einer Hand auf den Knopf und betete, dass er funktionierte. Die Tür glitt mit einem metallischen Kratzen auf, das in ihrer aktuellen panischen Verfassung unheilvoll dröhnte. Während die Insekten die Treppen hinunterhasteten, trat das Team ins Ungewisse. Sobald der Letzte durchgegangen war, schloss Richard die Tür.

Die Insekten, die den Schwarm anführten, versuchten durch die sich verengende Lücke zu hechten. Nur eines schaffte es. Weißes Blut mit eitriger Konsistenz explodierte aus den Körpern, die zwischen der Kante der Tür und dem Rahmen zerquetscht wurden.

Eli schrie auf, als Klauen und Zähne durch seine Kleidung rissen und sich in seinem Bein verhakten. Blut spritzte über seine Finger, während er nach dem schnappenden Insekt griff und es auf den Boden schleuderte. Es zerplatzte, als Henry darauf trat und es in eine klebrige Masse aus weißem Blut und winzigen Körperteilen verwandelte.

Die Überreste der zerquetschten Insektenkörper tropften am Türspalt hinunter. Köpfe und Glieder, gefangen in der weißen, gallertartigen Flüssigkeit, weigerten sich ihr Schicksal zu akzeptieren und zappelten und schnappten halbherzig nach der Beute, die sie nicht hatten fangen können. Als sie den Boden erreichten, waren sie leblos.

Zitternd und bleich vom Angriff lehnte Eli sich gegen die Wand und sank zu Boden. Theo nahm den Erste-Hilfe-Koffer aus seinem Rucksack. Er reinigte und verband Elis Wunde.

»Wenn diese Dinger in dem Kathedralenraum nicht als Erstkontakt zählen, diese Begegnung tut es auf jeden Fall«, sagte Richard.

Als Theo die Wunde versorgt hatte, zündete sich Eli eine Zigarette an, um seine Nerven zu beruhigen.

Henry, besorgt und verwirrt von dem, was soeben passiert war, starrte zusammen mit den anderen auf die Tür, während die Insekten auf der anderen Seite daran kratzten. »Ich verstehe nicht, wie es überhaupt möglich ist, dass Außerirdische so lange unter dem Eis überleben konnten. Aber offensichtlich haben sie das und es könnte noch mehr von ihnen geben. Die Zeit des Erkundens ist vorbei. Wir müssen so schnell wie möglich aus diesem Raumschiff verschwinden, bevor einer von uns getötet wird.«

Sie verteilten sich, um den Raum nach einem weiteren Ausgang abzusuchen.

Eli verzog das Gesicht, als er das verwundete Bein ausstreckte. Seine anfängliche Begeisterung, das Raumschiff zu betreten, war restlos verflogen. Er lächelte, als er sich vorstellte, wie sein Sohn Michael, gerade im Teenageralter, reagieren würde, wenn er ihm von dieser Sache erzählte. Dann würde ihm sein Job nicht mehr so langweilig erscheinen.

Lucy zog einen Plastikbehälter aus ihrem Rucksack und benutzte einen kleinen hölzernen Spatel, um eine Probe der Insektenüberreste in ein Plastikglas zu schmieren. Sie schraubte den Verschluss fest zu. Als sie den Behälter zurück in ihren Rucksack packte, fiel ihr auf, dass Theo sie beobachtete und das Gesicht verzog. »Ich bin hier, um Proben zu sammeln. Jetzt habe ich eine eines außerirdischen Wesens. Wenn wir hier mit nichts anderem herauskommen, haben wir wenigstens einen Beweis.«

»So war das nicht gemeint. Was mich überrascht hat, war die Freude auf deinem Gesicht, als du dieses Ding aufgeschabt hast«

Lucy grinste. »Du bist ein Geologe und ich eine Mikrobiologin. Ich bin mir sicher, du hättest denselben

Gesichtsausdruck, wenn du eine Probe eines sonderbaren außerirdischen Gesteins nehmen würdest.«

Theo lächelte zurück. »Du hast recht. Das hätte ich.«

Henry sah sich in dem kleinen, schlichten Raum um, in dem es keinerlei Einrichtungsgegenstände gab. Daraus zog er die Schlussfolgerung, dass sich die Crew nicht längere Zeit darin aufgehalten hatte.

»Ich habe eine Tür gefunden«, rief Max, der durch einen gebogenen Durchgang neben der Mauernische gelaufen war.

Henry und die anderen kamen dazu, um es sich anzusehen.

Die Tür war, genau wie die, an der die Insekten gerade kratzten, anders als die vorherigen Türen, die sie gesehen hatten. Sie war etwas schmaler, aber genauso hoch und die vier Segmente fehlten.

Max' Hand schwebte über dem Kontrollschalter. »Meint ihr, es ist sicher, sie zu öffnen?«

Henry zuckte die Schultern. »Das werden wir gleich herausfinden.«

Die Tür glitt auf. Ängstliche Gesichter blickten prüfend in den Korridor, der dahinter auftauchte.

Max trat vor und leuchtete mit seiner Taschenlampe den Weg entlang. »Scheint sicher zu sein«, flüsterte er.

»Dann los«, wies Henry sie mit ebenfalls gedämpfter Stimme an. »Wir müssen einen Weg zurück zum Gang finden, der in den Maschinenraum führt.« Er betrat den Korridor. Der Kontrollschalter für eine Tür, nicht weit entfernt auf der linken Seite, die sie zurück zu dem gesuchten Korridor führen sollte, öffnete den Durchgang nicht, obwohl er unbeschädigt war. Das beschränkte ihre Auswahl an Richtungen auf exakt eine. Henry drehte sich nach rechts.

Vorsichtig folgten ihm die anderen, wobei Theo den humpelnden Eli stützte.

Jack warf einen Blick auf den defekten Knopf. Er hatte das Gefühl, dass sie in eine bestimmte Richtung getrieben wurden. Um das bereits verängstigte Team nicht mit zusätzlichen Sorgen zu belasten, behielt er seinen Verdacht für sich und hoffte, dass er sich irrte.

Keinem waren die beiden Augenpaare aufgefallen, die aus dem Lüftungsschacht in der Decke auf sie hinabspähten, als sie darunter durchgingen. Nach einigen leisen, kehligen Grunzlauten verschwand eines der Augenpaare. Die Klappe des Schachts hob sich und ein monströser Kopf starrte den fremden Eindringlingen hinterher, die den Korridor entlangliefen. Fast geräuschlos landete eine einzelne Kreatur auf dem Metallboden.

KAPITEL 6

Garten der Hölle

SIE BOGEN UM EINE Ecke des Gangs und stießen auf eine Tür, die ihnen den Weg versperrte. Die intakte Schalttafel bedeutete vielleicht, dass sie sich öffnen ließ. Wenn nicht, saßen sie fest. Einen anderen Ausweg gab es nicht.

Henry wartete bis alle ihn aufgeholt hatten. »Wenn sich die Tür öffnet und uns auf der anderen Seite etwas Schreckliches erwartet, rennen wir zurück!«

Unauffällig bewegte sich Richard ans Ende der Gruppe.

Die Lichtkegel und ihre nervösen Blicke waren auf die Tür gerichtet, als sie sich mit einem kratzenden Geräusch öffnete. Ihre erleichterten Seufzer begrüßten den Anblick eines weiteren Korridors, der im Skelettdesign gestaltet war und frei von jeglicher Bedrohung zu sein schien. Henry führte sie hindurch. An der Decke tauchten verstreut Lichter auf und hüllten sie in blaues Licht. Sie hielten an und verfielen in Stille, das einzige Geräusch waren ihre angstvollen Atemzüge und der knarzende Rumpf.

Max sprach die Frage aus, die ihnen allen auf der Zunge brannte: »Wer oder was hat das Licht angemacht?«

Theos Blick wanderte über die Decke, aber er konnte nicht finden, wonach er suchte. »Wahrscheinlich haben wir einen Sensor aktiviert. Das könnte bedeuten, dass dieser Teil des Schiffes noch mit Strom versorgt ist.«

Lucy blickte unruhig den Gang hinunter. »Besonders hell sind sie nicht, vielleicht sind die Lampen das Notlicht.«

Obwohl Henry es für möglich hielt, dass ein aktivierter Bewegungsmelder für das Licht verantwortlich war, bereitete ihm diese neue Entwicklung Sorgen. »Was auch immer der Grund ist, wir müssen weitergehen, denn zurück können wir nicht.«

Jane schaltete ihre Taschenlampe aus. »Wenigstens können wir jetzt Batterien sparen. Selbst das schwache Licht reicht aus, um zu sehen, wohin wir gehen.«

»Das ist eine gute Idee, Jane«, stimmte Henry zu. Wer wusste, wie lange sie hier feststecken würden, solange der Ausgang versperrt blieb. »Schaltet eure Lampen aus, aber haltet sie griffbereit für den Fall, dass es wieder dunkel wird.«

Sie gingen den Korridor entlang und entfernten sich immer weiter und weiter von dem Punkt, an dem sie ihn betreten hatten. Sie kamen an zwei Türen vorbei, entschieden sich jedoch gegen das Risiko, sie zu öffnen. Bis jetzt war der Gang frei von jeglicher Gefahr gewesen und möglicherweise war er mit dem Korridor verbunden, der sie zurück in den Maschinenraum führen würde.

Als sie an eine Kreuzung gelangten, stoppten sie, um die beiden Optionen abzuwägen. Vor ihnen führte eine Tür zum vorderen Teil des Schiffs und links von ihnen führte ein kurzer Weg zu einer weiteren Tür. Nach einer knappen Diskussion, in der sie versucht hatten sich zurechtzufinden, wurde beschlossen, zuerst die Tür auf der linken Seite auszuprobieren, da sie vielleicht zu einem Korridor führte, der sie auf einem Rundweg zurück zum Maschinenraum und dem Ausgang aus diesem Schiff brachte. Sie gingen zur Tür, öffneten und passierten sie. Als sie einen weiteren dunklen Gang betraten, leuchteten blaue Lichter auf. Henry führte sie an, aber nach nur wenigen Schritten hob er eine Hand als Zeichen, stehen zu bleiben.

Jack stellte sich neben ihn, bemerkte Henrys besorgt in Falten gelegte Stirn und flüsterte: »Was ist los, Henry?«

Ohne seine Augen von dem Anblick abzuwenden, der sich ihnen bot, antwortete Henry mit leiser Stimme: »Hör mal.«

Etwas donnerte auf dem Metallboden und wurde immer lauter. Schritte!

»Etwas nähert sich«, flüsterte Jack.

Ein riesiger Alien trat in den Schein eines der blauen Lichter und starrte sie mit eindringlichen, schwefelgelben Augen an; die Pupillen dunkler als die Nacht. Er kreischte.

Das gellende Geräusch war ohrenbetäubend – ein Zwischending aus einem hartnäckigen, schrillen Zahnarztbohrer und dem Kratzen von Metall über einen Schleifstein.

Richard lief ein Schauer über den Rücken, als ihn das außerirdische Geräusch durchdrang. Er rannte zurück zur Kreuzung und wog schnell seine Möglichkeiten ab. Eine Tür führte zurück zum Gang, durch den sie gekommen waren; aber wenn die Monster ihnen gefolgt waren, würden sie erneut auf die Insekten und Weltraumratten treffen. Das war kein Ereignis, das er gerne noch einmal erleben würde. Die einzige Alternative war die Tür, die ins Ungewisse führte. Um auf Nummer sicher zu gehen, beschloss er, beide Türen zu öffnen. Wenn das, was vor ihm lag, nicht gut aussah, würde er den anderen Weg nehmen. Er drückte die Tasten beider Kontrollschalter.

Die anderen kamen zu ihm, als die Türen aufglitten. Sie mussten würgen wegen des dicken, organischen Gestanks heißer, fauliger Verwesung und verrottender Vegetation, der aus dem Durchlass strömte und sie einhüllte; der Geruch war so dick, dass man das Gefühl hatte, man könne ihn mit der Hand fassen. Auf Hüfthöhe wehte Nebel aus dem sich immer weiter öffnenden Spalt. Die Schwaden kräuselten sich zart wie erkundende Finger. Eine Masse aus rot und lila schimmernden Pflanzententakeln blockierte den Eingang. Da sie mehr Platz witterten, den sie ausfüllen konnten, quollen schlangenähnliche Stängel in den

Durchlass und ließen jene Teammitglieder zusammenschrecken, die der Tür am nächsten standen.

Das sich nähernde Klacken von Krallen auf Metall durchbrach die Stille.

Jane warf einen flüchtigen Blick über die Schulter. Das Monster bereitete sich auf einen Angriff vor. Krümmend bewegte es sich abwechselnd durch Dunkelheit und blaue Lichtkegel. Dünne Fäden, die aussahen wie Spinnweben, hingen von seinem Körper und den Gliedmaßen. Eine Klaue schnitt durch die Luft und Speichel tropfte von seinen Zähnen in freudiger Erwartung auf eine Mahlzeit.

»Bleibt nicht stehen!«, schrie Jane. »Bleibt um Himmels Willen nicht stehen! Das Ding ist direkt hinter uns.«

Theo erhaschte einen Blick auf den langen Schatten von etwas am Ende des Korridors, durch den sie zuvor gegangen waren. Als es ins Licht trat, sah er, dass es sich um dieselbe Spezies handelte wie das Spinnwebenmonster hinter ihnen. Sie waren verfolgt worden und standen nun kurz davor, von zwei Seiten angegriffen zu werden. »Wir werden gejagt«, erklärte er den anderen. Er rempelte Richard beiseite, zerrte Eli durch den Eingang und bahnte sich einen Weg durch das Gewirr an Auswüchsen aus Ranken und Büschen. Schnell folgten die anderen seinem Pfad.

Um die Monster davon abzuhalten, ihnen zu folgen, drückte Jack auf den Schalter, mit dem man die Tür schloss. In einer scheinbar quälenden Langsamkeit begann die Tür sich zuzuschieben. Jack wandte sich ab, hielt aber inne, als sie wieder aufglitt. Er warf einen Blick auf die Ranken, die aus dem Durchlass herausragten. Sie verhinderten, dass die Tür zuging. Das Klicken von Krallen auf Metall lenkte seine Aufmerksamkeit durch die Türöffnung. Das Spinnwebenmonster raste auf ihn zu. Er schlug auf die Türkontrolltaste, packte die Ranken und zerrte sie in den Raum zurück. Die Tür war fast zu, das Monster nur wenige Meter entfernt. Nebelschwaden drängten verzweifelt durch den rasch enger werdenden Spalt. Jack fiel eine Ranke auf, die er nicht erwischt hatte und die noch immer durch die Türöffnung ragte. Er hatte versagt. Das Monster war zu nah, um die Pflanze zu entfernen und den Durchlass erneut zu schließen.

Die zugleitende Tür war nur einen Zentimeter von der Ranke entfernt, die gerade zurück in den Korridor wich. Sie rastete mit einem erleichternden dumpfen, metallischen Dröhnen ein. Ein Hämmern gegen die Tür folgte den gedämpften Schreien des frustriert kreischenden Aliens.

Jack löste seinen Griff um die steifen Pflanzenteile und sah Jane an, die gerade die Ranke losließ, die sie aus der Tür entfernt hatte. »Das war knapp. Danke.«

Besorgt runzelte sie die Stirn und fragte: »Wird die Tür es aufhalten?«

Jack legte ihr beruhigend eine Hand auf den Arm. »Sofern es den Schalter nicht bedienen kann, schon.«

»Beeilt euch ihr beiden«, rief Lucy. »Wir müssen die anderen einholen, bevor wir sie verlieren.«

Sie liefen in das penetrant stinkende Dickicht.

Schon zum dritten Mal hätte Richard Theo und Eli fast angerempelt. Der verletzte Mann hielt sie auf und würde sie noch alle umbringen. Er hatte schon überlegt, ob er Theo vorschlagen sollte Eli zurückzulassen, aber er wusste, dass er nicht auf ihn hören würde. Um seine Überlebenschance zu vergrößern, drängte er sich an den beiden Männern vorbei und übernahm die Führung.

Ihre Füße, unsichtbar in dem Nebel, der den Boden träge einhüllte, sanken in die verborgene Schicht verrottender Pflanzen, die die Erde bedeckte, und zerdrückten sie. Morsche Reben, Zweige und Wurzeln knackten unter ihren Schritten wie alte Knochen. Das grüne Gewirr aus Pflanzen, Kletterranken, Büschen und Ästen schien mit dünnen Zweigen wie mit dürren, knotigen Fingern nach ihnen zu greifen. Unerbittlich schlugen, drückten und bogen sie die Pflanzen beiseite, während sie weiter durch den Gang eilten.

Theo schrie auf, als ein großes, handähnliches Ding hervorsprang und nach seinem Gesicht griff. Er ließ Eli los, um das Ding wegzureißen.

Eli lachte. »Das ist nur ein Ast, den Richard aus dem Weg geschoben hat.«

Theo beruhigte sich und hielt den Trieb auf Armeslänge. Erleichtert atmete er auf. »Ich dachte, es sei ein außerirdischer Facehugger.«

»Das hast du davon, Alienfilme anzuschauen, bevor du ein außerirdisches Raumschiff betrittst«, neckte ihn Henry.

»Das hätte ich nicht getan, wenn ich gewusst hätte, dass das heute auf der Tagesordnung steht.«

Henrys Blick wanderte über die dichte Vegetation. Das Schiff hatte eine weitere Überraschung geboten. »Geht weiter. Dieser Ort ist mir nicht geheuer.«

Theo griff nach Eli, um ihn zu stützen, und stellte fest, dass Richard nirgends zu sehen war. Die beiden folgten dem kaum noch zu erkennenden Pfad, den der Mann durch die Büsche geschlagen hatte.

Richard, der ein wenig Vorsprung zur Gruppe hatte, hielt an und starrte angestrengt durch die Pflanzen, die ihm die Sicht versperrten. Er dachte, er hätte etwas gehört. Er verhielt sich ruhig und blieb still. Ein merkwürdiges Stöhnen – tief, schwermütig und äußerst bedrohlich – kam von irgendwo geradeaus und nicht weit entfernt. Die Angst hatte Richard fest in ihren Fängen. Das blaue Licht von oben, das zu schwach war, um mehr als wenige Meter durch das finstere Blattwerk zu dringen, war nutzlos. Es reichte nicht, um die Gefahr zu erkennen, die vor Richard lag. Falls dort ein weiteres dieser außerirdischen Monster, die sie verfolgten, oder ein anderer Albtraum lauerte, wäre es besser, die anderen würden es finden. Das Geräusch, mit dem sie sich hinter ihm durch das Unterholz bahnten, kam näher. Als er sich umdrehte, um zurückzuschauen, streifte sein Blick einen dunklen Umriss an der Wand des Korridors. Er zog einen belaubten Ast beiseite und die glatte Kante eines offenen Eingangs kam zum Vorschein. Sein angespanntes

Grinsen, weil er einen Ausweg gefunden hatte, wurde zu einer starren, boshaften Maske angesichts der Gelegenheit, die sich ihm bot. Das war seine Chance, einige seiner Konkurrenten aus dem Weg zu räumen und gleichzeitig die Aufmerksamkeit der Monster von ihm abzulenken, während er entkam. Er schlüpfte durch das dunkle Loch, ohne die anderen vor der Gefahr zu warnen, in die sie gerade rannten.

Frustriert, weil ihre Beute entkommen war, verharrte die Spinnwebenkreatur vor der Tür und sah zu ihrem Artgenossen, der sich ihr vor dem Eingang anschloss. Die Falle war nicht zugeschnappt. Ihr finsterer Blick wanderten zu dem Schalter, der, wie sie vor langer Zeit einmal gelernt hatte, die Schranke zwischen ihr und ihrer Beute öffnen würde. Aber sie zögerte, sie zu öffnen. In dem Wald auf der anderen Seite lebten Wesen einer anderen Art, und, genau wie sie selbst, hatten sie starke Reviensprüche und würden gnadenlos kämpfen, um ihr Territorium und alles, was sich darin befand, zu verteidigen. Die beiden Kreaturen knurrten einander an. Hunger siegte über Vorsicht. Eine von ihnen streckte eine krallenbesetzte Hand zum Schalter.

»Ich bin froh, wenn wir endlich aus dieser grünen Hölle draußen sind«, sagte Jane, während sie sich einen weiteren Zweig aus den Haaren zupfte, der sich darin verfangen hatte.

Gedämpft durch die dichte Vegetation, die den Weg zwischen ihnen und den anderen versperrte, folgte auf den alarmierenden Schrei, der sie erstarren ließ, eine panische Stimme. Ein zweiter Schrei, voll von Schmerz und Entsetzen, jagte ihnen einen Schauer über den Rücken.

»Das war Eli«, stellte Lucy zitternd fest.

Aus Angst vor dem, was sie erwartete und auf der Suche nach Trost, griff Jane nach Jacks Arm und lauschte dem lauten Geraschel, das ihre Freunde verursachten, als sie panisch von dem Ding wegstürmten, dem sie begegnet waren.

»Da vorn muss noch eins dieser Monster sein«, sagte Jack.

Die Geräusche verstummten.

Ein Monster schrie auf. Dann wieder Stille.

»Es klingt anders als das im Korridor«, fand Lucy.

Suchend blickte Jane ins Dickicht, angestrengt achteten ihre Ohren auf Laute, die sich ihnen näherten. »Vielleicht eine andere Spezies, aber es hört sich genauso gefährlich an.«

Jack wandte sich den beiden verängstigten Frauen zu. »Es ist nicht sicher, weiterzugehen«, flüsterte er.

»Es ist nicht sicher, zurückzugehen«, antwortete Jane unruhig.

Als wollte es ihre Worte unterstreichen, hörten sie, wie sich die Tür hinter ihnen mit einem metallenen Kratzen öffnete und sich etwas durch die Büsche auf sie zubewegte.

Sie saßen in der Falle!

Jack fragte sich, ob die Spinnwebenmonster zusammenarbeiteten, denn es sah ganz danach aus.

Lucy deutete auf etwas zu ihrer Rechten. »Ist das ein Durchgang?«

Jack schob das Laub beiseite und starrte auf den dunklen Umriss, den Lucy in der Wand entdeckt hatte. Es war ein Durchlass und ihre einzige Überlebenschance. »Bleibt so ruhig wie möglich und folgt mir.«

Richard war allein und hatte Angst; Angst vor jedem einzelnen Ding in dieser Umgebung. Das Gestrüpp schien lebendig und raschelte, als ein unendliches Gewirr aus Ranken drohte ihn einzuholen. Seine Angst war so groß, dass er nicht einmal mit Sicherheit sagen konnte, ob das laute, pulsierende Pochen sein eigener Herzschlag war oder das Blut, das durch die sehnigen Reben um ihn herum gepumpt wurde. Er legte die Hände auf die Ohren, um die schrecklichen Geräusche der unbekannten Geschöpfe auszuschalten, von denen er dachte, dass sie ihn jagten. Eingebildet oder real, er war sich nicht mehr sicher.

Wäre ich nur in England geblieben. Wäre ich nur niemals hierhergekommen.

Er lehnte sich an den Stamm eines schwarzen, knorrigen Baumes und sank zu Boden. Ein zitterndes Häufchen Elend. Der Gestank, der von dem nasskalten Boden ausströmte, legte sich wie ein muffig-feuchtes Grabtuch über seine Nasenlöcher und drohte, ihm den Sauerstoff aus der Lunge zu saugen. Er hatte Angst zu hyperventilieren und zwang sich ruhig zu bleiben. *Ich bilde mir das bloß ein. Da ist nichts. Die Ranken sind nur Pflanzen, weiter nichts.* Er nahm einige tiefe Atemzüge, bis er die Kontrolle über seine vor Angst getrübten Sinne – zumindest ein bisschen – wiedererlangt hatte.

Er nahm die Hände von den Ohren.

Er versuchte sich einzureden, dass das leise Rascheln im Unterholz von einem Luftzug kam, der durch das Schiff wehte. Es war nichts Unheimliches. Er zwang seinen Körper aufzustehen und spähte durch die unzähligen Schichten von Pflanzen, die von dem viel zu schwachen Schein seiner Stirnlampe, die er bei seiner Flucht vor dem Monster eingeschaltet hatte, angeleuchtet wurden. Er hatte Eli schreien gehört und vermutete, dass er getötet worden war. Fast hätte es ihn getroffen. Er musste einen Ausgang finden. Bei seinem panischen Sprint durch diesen Dschungel hatte er die Orientierung verloren. Unfähig zu sagen, aus welcher Richtung er gekommen war oder in welche er jetzt gehen sollte, suchte er mit angsterfüllten Augen nach einem Hinweis, der ihm den richtigen Weg zeigte. Er sah nichts als die dicken Schichten nicht enden wollenden Dickichts und eine Finsternis, die eine tiefe Verzweiflung ausstrahlte.

Etwas Hartes kratzte über den Ast direkt über ihm. Was auch immer es war, es spürte, wie seine Furcht, die er unterdrückt, aber nicht besiegt hatte, neue Höhen erreichte. Zögernd drehte sich sein Kopf, um die Splitter abgeriebener Rinde zu betrachten, die auf seiner Schulter landeten. Von panischer Angst erfasst, blieb er wie angewurzelt stehen –

genauso starr wie der Baum, unter dem er stand. Seine Beine schlotterten und sein Herz pochte so schnell, dass es ihn nicht überrascht hätte, wenn es ihm aus der Brust gesprungen wäre.

Obwohl es das Letzte war, was er tun wollte, neigte Richard seinen Kopf nach hinten und schaute den Baumstamm hinauf. Etwas, das auf einem Zweig kauerte, erschien im schwachen Schein seiner Lampe und starrte auf ihn herab. Etwas, das gar nicht existieren dürfte. Etwas, das bedeckt war von braun-grauer, fleckiger, nass aussehender Haut, gespickt mit Schläuchen verschiedener Größe, als lägen seine Blutgefäße auf der Außenseite. Rebenähnliche Schläuche hingen von seinen Wangen, seinem Kinn und seinem Hals und drangen in seine Brust. Richard konzentrierte sich auf sein offenes Maul, auf die einen Zentimeter langen Zähne darin und auf die größeren Reißzähne, die von seinen Lippen hervorragten. Es war ein Monster. Es war der Tod. Die kleinen, gelben Augen der Kreatur, mit Pupillen in der Farbe menschlichen Blutes, fokussierten seine Beute, während es langsam den Baum herunterpirschte.

Es schrie.

Ein Wimmern entfuhr Richards zitterndem Körper. Er wusste jetzt, was ein Schrei war, der einem das Blut in den Adern gefrieren ließ, ein Ausdruck, der in vielen Horrorbüchern verwendet wurde; für ihn war er nicht länger nur ein Klischee. Warme Flüssigkeit durchnässte seinen Schritt und rann seine Beine hinab bis in die Stiefel. Richard entdeckte in den bösartigen Augen des Monsters das Spiegelbild seiner vor Schreck gelähmten Gestalt. Der Speicheltropfen, der aus dem zahnbesetzten Maul der Kreatur troff, schien wie in Zeitlupe zu fallen, ehe er mit einem feuchten Schmatzen auf seiner Stirn zerplatzte. Entsetzt sah er, wie sich Schmerz und Tod näherten.

Obwohl Eli der Erste gewesen war, der die Jagdbestie in dem mit Blattwerk verhangenen Gang gesehen hatte, war er der Letzte, der entkam. Er konnte es den anderen nicht vorwerfen, dass sie ihn zurückgelassen hatten. An ihrer Stelle hätte er das Gleiche getan. Im Angesicht solch furchterregender Schrecken siegte bei allen, außer den Mutigsten, der Selbsterhaltungstrieb über jeglichen Sinn für Loyalität. Die Angst und Schuld in Theos Augen waren offensichtlich, als er auf der Flucht zu seinem Freund zurückblickte, der in den Klauen der Kreatur gefangen war.

Eli schrie gleichermaßen aus Angst und Schmerz, als sich die Klauen tief in seine Schulter gruben. In einem panischen Versuch sich loszureißen, fiel er zu Boden und war vorübergehend unter der dicken, trägen Nebelschicht vor dem mörderischen Blick des Jägers versteckt. Als er davonkrabbelte, berührte seine Hand etwas Hartes: einen kurzen, dicken Ast. Seine Finger schlossen sich um ihn, während das Monster seinen sadistischen Kopf in den Nebel steckte, um nach seinem Opfer Ausschau zu halten. Auch wenn er bezweifelte, dass der Schlag der Bestie großen Schaden zufügen konnte, war Eli keine Mahlzeit, die beabsichtigte, kampflos aufzugeben. Eli schwang den Knüppel.

Die Jagdbestie kreischte.

Das Bild antiker Grabmäler mit verwesenden Leichen tauchte in Elis Gedanken auf, als der üble Geruch des fauligen Atems der Kreatur seine Sinne betäubte. Er beugte die Knie und schoss seine Füße nach vorn. Der Tritt traf die Kreatur an der Brust. Von der Wucht brach der Schmerz in seinem verwundeten Bein erneut los. Ebendiese Wucht war es aber auch, die das Monster wegschleuderte. Es krachte nicht weit entfernt ins Unterholz, was ihm die wenigen Sekunden Zeit verschaffte, die er brauchte, um davonzukriechen.

Eli folgte der Spur der anderen durch eine Türöffnung in einen Raum, der riesig zu sein schien, obwohl er das nicht mit Sicherheit sagen konnte, denn seine Taschenlampe hatte er beim Angriff der Bestie verloren. Mit ausgetreckten Armen bahnte er sich seinen Weg durch die Finsternis, was eine nervenaufreibende Erfahrung war. Mehr als einmal bildete er sich ein, dass seine Finger über die Haut eines Aliens strichen. Er eilte von der Türöffnung weg, denn das Wesen, da war er sich sicher, würde ihm folgen, sobald es sich erholt hatte. Zunächst rannte er so schnell er konnte, blind für seine Umgebung. Sein dringlichstes Ziel war es, schleunigst so viel Abstand zwischen sich und die Kreatur zu bringen, wie es in seinem verwundeten Zustand möglich war. Als er dachte, einen Moment in Sicherheit zu sein, verringerte er seine Geschwindigkeit. Einige tiefe Atemzüge brachten seinen überstrapazierten Nerven wieder ein wenig Ruhe. Vorsichtig schritt er voran. Er war sich bewusst, dass jedes Geräusch, das er verursachte, das Monster auf seine Position aufmerksam machen würde. In Anbetracht des Blutes, das aus seiner Wunde sickerte, fragte er sich, ob die Bestie in der Lage war, ihn durch den überwältigenden Gestank der verrottenden Pflanzen hinweg zu riechen. Ein entsetzliches Kreischen lenkte ihn von seinen Gedanken ab. Es hatte sich so nah angehört. Der Jäger kam. Ein Wimmern stoppte seinen Impuls, in die entgegengesetzte Richtung zu fliehen. Es hatte menschlich geklungen.

Das muss einer der anderen sein.

Das dichte Blattwerk machte es schwierig zu erkennen, aus welcher Richtung es gekommen war. Obwohl er die Aufmerksamkeit nicht auf seine Position lenken wollte, hatte die Möglichkeit, sich wieder seinen Freunden anzuschließen, Vorrang. Leise rief er: »Ist da jemand?«

Richard wusste, dass er losrennen sollte, aber seine Angst ließ ihn wie angewurzelt stehen bleiben.

Das Monster unterbrach seinen Abstieg. Sein Kopf huschte in die Richtung, aus der Elis Stimme kam. Auch wenn es riskant war, formte sich in Richards verschlagenem Gehirn rasch ein Plan, der ihm möglicherweise das Leben rettete. Hoffnung kurbelte seinen Mut an und mit gepresster Stimme, kaum mehr als ein verängstigtes Krächzen, antwortete er: »Hier drüben, Eli, bei dem schwarzen Baum.«

Das Rascheln von Blättern und Zweigen kündeten an, dass Eli sich näherte.

Richard schaute hoch zu dem Monster. Seine Aufmerksamkeit konzentrierte sich augenblicklich auf Elis Ankunft. Das gab ihm die kleine Chance, die er so dringend benötigte. Mit einer kleinen, vorsichtigen Bewegung nach der anderen rutschte er um den Baum.

Eli war erleichtert, als er zwischen den Sträuchern auftauchte und im Schein von Richards Stirnlampe ein vertrautes Gesicht erkannte.

»Richard! Ich bin froh, dich zu sehen.« Elis Erleichterung wurde schnell von Bedenken überschattet. Etwas stimmte nicht. Ganz und gar nicht. Richard zitterte, sein Rücken war an den Baumstamm gepresst und er sah gen Himmel. Eli legte den Kopf in den Nacken, um mit seinem Blick dem Schein von Richards Lampe zu folgen. Er rang nach Luft, als er die Jagdbestie, die auf dem Stamm kauerte, sah und das Blut an der Seite ihres Kopfes bemerkte. Sie waren sich schon einmal begegnet. Ihr Blick richtete sich auf das Blut, das aus Elis Wunde sickerte, und sie atmete mit tiefen Zügen das verführerische Aroma ein.

Der Jäger sprang vom Baum.

Eli wusste, dass er kein zweites Mal entkommen konnte. Er würde seinen Sohn und seine Frau nie wiedersehen. Der Jäger landete auf Elis Brust und warf ihn zu Boden. Eli schrie.

Richard wagte kaum zu atmen, als er sich geräuschlos um den Stamm schob. Elis Todesschreie vermischten sich mit dem wilden Kreischen der Kreatur. Es war schrecklich mitzuerleben, wie sein Körper auseinandergerissen wurde. Die Schreie verstummten, als sich schließlich der Tod über Eli gelegt hatte.

Richard bereute seine Tat nicht im Geringsten. Er war am Leben. Nur das zählte. Groteske Geräusche von Fleisch, das zerkaut, und Blut, das geschlürft wurde, erfüllten die Luft. Richard linste um den Baum. Die Kreatur kauerte über Elis Leichnam, der fressende Schädel dankbar im Nebel versteckt, der den Boden verdeckt. Rote Spritzer besudelten die umliegenden Büsche, von orange- und lilafarbenen Blättern troffen Blutstropfen. Richards Blick fiel auf Elis Rucksack, der aus dem Nebel herausragte; er lag knapp außerhalb seiner Reichweite. Die Kamera war darin und wahrscheinlich auch andere Utensilien, die er gebrauchen konnte. Obwohl er unbeschreibliche Angst hatte, spornte ihn die Gier nach den wertvollen Bildern an. Er streckte sich und legte seine zitternden Finger um einen der Gurte. Nicht ein einziges Mal wichen seine Augen von dem Rücken der Kreatur. Fleisch zerriss. Der Kopf des Monsters tauchte über dem Nebel auf. Richard erstarrte. Die Bestie kaute den blutig tropfenden Bissen, drehte den Kopf aber nicht. Als ihr Gesicht wieder im Nebel verschwand, um ein weiteres Stück aus dem Fleisch der Leiche zu reißen, schnappte sich Richard den Rucksack und rannte los.

Der Kopf des Jägers schnellte aus dem Nebel hervor. Er starrte in die Richtung, in die gerade etwas aus dem Wald floh. Er erkannte keine Bedrohung und richtete seine Aufmerksamkeit wieder auf das Mahl.

Richard ignorierte die Zweige, die ihm ins Gesicht schlugen, als er von dem Monster flüchtete, dass sich gerade über Eli hermachte. Er hoffte zwar, dass es seinen Hunger an Eli stillte, aber es schien nicht die Art von Wesen zu sein, die nur für Nahrung tötet. Eine Bewegung zu seiner Rechten forderte seine Aufmerksamkeit. Sein Lichtkegel fiel auf eine bebende, blasse Gestalt. Nur ein paar Kletterpflanzen, die er gestört hatte. Etwas traf ihn am Kopf und warf ihn zu Boden. Benommen blickte er durch den Nebel und starrte hoch zu dem Ast, der von seiner Stirnlampe beleuchtet wurde. Er war dagegen gelaufen und nun hing er ihm quer über die Stirn. Mit der Hand tastete er nach seinem Kopf und spürte die Beule, die sich gerade bildete. Wenigstens hatte er sich nicht geschnitten und es trat kein Blut aus, das die Waldbewohner anlocken könnte. Er rückte seine Stirnlampe zurecht und richtete sie auf das raschelnde Gewirr weicher Ranken. Sie wirkten näher.

Als die Vegetation spürte, dass sie entlarvt worden war, verwarf sie die Taktik der Heimlichtuerei und vereinte ihre sich windenden Tentakeln zu einer geschlossenen Gestalt. Organische Arme und Beine, geformt aus fest ineinander verschlungenen Kletterpflanzen, schlängelten aus der Masse hervor. Ein wirres Gewühl aus Ranken wurde zu einem bösartigen Kopf mit zwei rot leuchtenden Augen und einem Mund voller Zähne, perfekt, um Fleisch zu zerfetzen. Der Anblick, wie sich aus den gewundenen Schlingen eine Kreatur bildete, war gleichzeitig faszinierend und furchteinflößend. Als eine der Schlingen der Kletterpflanze sich nach Richard ausstreckte, wuchsen aus seinem Ende fünf Stängel und bildeten eine Hand mit langen Klauen.

Richard war wieder auf den Beinen und rannte los, noch bevor sie ihn packen konnte. Raschelnde Blätter und knackende Zweige hinter ihm ließen ihn wissen, dass die Kletterpflanze bereits auf dem Weg war. Richard stolperte, rollte einen kleinen Abhang hinunter und platschte in ein seichtes Gewässer.

Oben am Hang zog die Kletterpflanze mit ihren gigantischen Armen die Blätter und Zweige beiseite und starrte Richard direkt an.

Sie war zwar Teil der *Vegetation*, aber angesichts der üppigen Ausstattung scharfer Zähne war Richard davon überzeugt, dass sie kein *Vegetarier* war. Er richtete sich auf und rannte durch den Bach, in den er gestolpert war. Ein kurzer Blick nach hinten verriet ihm, dass seine Verfolgerin noch nicht aufgegeben hatte. Die Füße der fleischfressenden Kletterpflanze klatschten mit jedem hastigen Schritt ins Wasser, als sie ihrer Beute hinterherschlingerte. Trotz seiner Furcht wünschte Richard sich, er hätte Zeit, ein Foto zu schießen, denn niemand würde ihm seine Beschreibung solch einer bizarren Kreatur abkaufen. Dicke, dornige Wurzeln krochen dem Biest voraus und schlängelten sich bedrohlich durch das Wasser. Richard freute sich, als er realisierte, dass ihn seine Beine schneller trugen als die wurzeligen Anhängsel der Kletterpflanze. Er würde es locker schaffen, sie abzuhängen.

Gellende Schreie ertönten.

Zwei Spinnwebenmonster ließen sich vom Baum fallen und landeten direkt vor Richard.

Richard rutschte auf den nassen, glitschigen Steinen im Flussbett aus, als er versuchte zu vermeiden, in die ausgestreckten Klauen der Monster zu rennen. Richard hatte den höchsten Punkt seiner Angst bereits überwunden. Er wich zurück und lauschte mit einem Ohr nach hinten. Er begann zu zählen: »Fünf, vier, drei, ...«

Verwirrt von der Reaktion des Menschen, neigten die Kreaturen ihre Köpfe von einer Seite zur anderen und fragten sich, warum er nicht versuchte zu fliehen.

»... zwei, eins!« Richard hechtete zur Seite.

Die schnelle Reaktion eines der Spinnwebenmonster rettete der Kreatur das Leben; es sprang die Böschung hinauf und verschwand im Unterholz. Das andere hatte weniger Glück. Es sah die näher schlingernde tödliche Kletterpflanze zu spät. Es schrie vor Höllenqualen, als Ranken nach vorn schossen und sich in sein Fleisch bohrten. Es explodierte in einer einzigen Blutfontäne, als neue Triebe überall aus seinem Körper hervorbrachen. Der Großteil seines Angreifers löste sich ab und setzte seine Verfolgungsjagd fort.

Richard hatte den brutalen und zweifelsohne schmerzhaften Untergang des Monsters beobachtet, als die fleischfressende Kletterpflanze ihre Samen in den Wirt eingepflanzt hatte. Er hatte kein Interesse daran, dass ihn das gleiche Schicksal ereilte. In dem Versuch, allem zu entkommen, das vorhatte, ihn zur nächsten Mahlzeit zu machen, lief er die Böschung hinauf ins Unterholz. Er kam zu einer grasbedeckten Lichtung und wäre beinahe mit dem Spinnwebenmonster zusammengestoßen, das vor der wilden Kletterpflanze geflohen war. Während sie rannten, sahen sie einander an. Es knurrte. Richard schlug ihm schwungvoll den Rucksack gegen den Schädel. Es fiel zu Boden. Ranken von Kriechpflanzen schlängelten sich aus dem Unterholz. Richard ließ die Lichtung hinter sich, noch bevor das grausame Blattwerk auftauchen und weitere Samen pflanzen konnte.

Auch das Spinnwebenmonster spürte die drohende Gefahr.

Es rappelte sich auf und sprang in die Luft. Seine Arme streckten sich nach einem vorstehenden Ast aus. Die Pflanze peitschte mit einer ihrer Ranken. In seinem Todeskampf stieß das Spinnwebenmonster einen Schrei aus. Sein Körper explodierte in blutgetränkten Trieben.

Fest entschlossen, kein menschlicher Pflanzkübel zu werden, setzte Richard den Rucksack auf seiner Brust auf, damit er sich nicht an den Sträuchern, durch die er raste, verhakte, und rannte so schnell ihn sein müder Körper vorwärtstrieb. Da ihm dieses Ding dicht auf den Fersen war, bereitete es ihm zunächst große Sorgen, dass vor ihm die Metallwand auftauchte, die aussah wie Stein. Sie versperrte ihm den Weg. Seine Bedenken verwandelten sich rasch in Hoffnung, als ihm klar wurde, dass es in der Wand möglicherweise eine Tür gab; einen Ausgang aus diesem Höllenloch. Er hastete an dem Hindernis entlang und fand einen. Eine schnelle Suche unter dem Gestrüpp, das die Wand teilweise bedeckte, brachte den Kontrollschalter zum Vorschein. Der Ausgang öffnete sich und er rannte durch. Am liebsten hätte er die Tür zugeschlagen, aber das war unmöglich. Stattdessen schlug er auf den Schalter. Als der Ausgang zuglitt, preschte die fleischfressende Kletterpflanze auf ihn zu. Ihre armartigen Ranken griffen nach Bäumen und Büschen, um das Monster mit besorgniserregender Geschwindigkeit voranzutreiben. Es schlug gegen die Tür – einen Augenblick zu spät.

Dankbar, dem Höllengarten entkommen zu sein, seufzte Richard erleichtert. Er war völlig außer Atem von der hektischen Flucht und lehnte sich an die Wand. Zu müde, um sich darum zu scheren, ob irgendeine widerliche Kreatur aus den tiefsten Tiefen der Hölle kroch, um sein Fleisch zu fressen, rutschte er zu Boden und schloss die Augen.

Flucht aus dem Paradies

»WIR HÄTTEN ELI NICHT zurücklassen dürfen«, sagte Henry. Er hatte Schuldgefühle.

Theo legte ihm beruhigend die Hand auf die Schulter. »Es gab nichts, was wir hätten tun können. Das Monster hatte ihn. Wenn wir versucht hätten ihm zu helfen, wären wir alle tot.« Der Anblick des angstverzerrten Gesichts seines Freundes würde ihn für den Rest seines Lebens verfolgen.

»Ich weiß, dass du recht hast. Deswegen fühle ich mich aber nicht weniger schuldig.«

»Ich weiß, Henry, aber wir müssen uns darauf konzentrieren, hier rauszukommen, bevor uns dasselbe Schicksal ereilt.« Max suchte mit seiner Taschenlampe die Umgebung ab; in dem dunklen, zugewucherten Wald konnte er aber fast nichts erkennen. Sie mussten diesen Ort so schnell wie möglich verlassen und die anderen finden, bevor das Monster ein weiteres Opfer forderte. Außerdem war die Wahrscheinlichkeit groß, dass unter dem dichten Blattwerk weitere Gefahren lauerten, die nur darauf warteten, sie zu schnappen. In den Korridoren konnte man die Albträume wenigstens kommen sehen.

»Versuchen wir diese Richtung«, schlug Theo vor, der es nicht erwarten konnte, voranzukommen. »Vielleicht sind auf der anderen Seite weitere Ausgänge.«

Theo führte Henry und Max tiefer in die dichte Vegetation.

Es war schwer, sich durch den blätterbewachsenen Raum zu bewegen, aber allmählich kamen sie voran. Von den Schreien der Monster im Verborgenen, die gelegentlich die feuchte Luft durchdrangen, wurden sie unaufhörlich daran erinnert, dass sie nicht allein waren. Das unerwartete Geräusch ruhig plätschernden Wassers zog sie an. Sie manövrierten an einem moosbewachsenen Felsen vorbei und hielten am Ufer eines seichten Bachs an. Das Wasser sprudelte über die glatten Steine, die das Flussbett bedeckten. Grobe, graue Felsen, einige davon ziemlich groß, rahmten rechts und links die Seiten des ruhigen Gewässers ein, das nicht von Nebel eingehüllt war. Die Steine waren umschlungen von Ranken dünner Kletterpflanzen mit orangefarbenen Blättern, und rotes Moos wuchs auf ihrer schroffen Oberfläche. Sie nahmen den Bach, den sie gerade zum ersten Mal gesehen hatten, als Zeichen, dass sie auf dem Weg in die richtige Richtung waren: quer durch den Raum auf die andere Seite. Als sie den Bach überquerten, wurden sie von wildem Geplätscher im Wasser flussaufwärts unterbrochen. Sie wandten ihre Köpfe zum Geräusch. Ganz deutlich konnten sie Schreie hören.

»Was war das?«, fragte Theo.

»Spielt das eine Rolle?«, erwiderte Max. Er hatte Angst, dass, was auch immer diese Geräusche machte, auf sie zusteuern würde und schob Henry weiter. »Nicht stehen bleiben.«

Sie kletterten die ansteigende Böschung hinauf, bewegten sich zwischen ein paar Felsen hindurch und betraten wieder den Wald. Ihr Plan war es, in eine Richtung zu steuern, bis sie die Seite des Raumes erreichten, und entlang der Wand nach einem Ausgang zu suchen. Sie waren noch nicht weit gekommen, als die Dunkelheit nachließ. Sie blickten hinauf zu dem Ring aus leuchtenden Platten, die kreisförmig den gläsernen Teil des Daches einschlossen.

»Der Tag bricht an«, stellte Theo fest.

»Hoffentlich sind die Monster, die wir getroffen haben, nachtaktiv«, meinte Max.

Henry starrte zu dem kontinuierlich heller werdenden Licht, das zwischen dem dichten Blattwerk durchschimmerte. »Falls sie das sind, könnte das Licht eine Reihe neuer, tagaktiver Kreaturen auf den Plan rufen, die ebenfalls auf Nahrungssuche sind.«

Max seufzte. »Dann schlage ich vor, wir gehen weiter.«

Theo führte sie an.

*****

Jack hielt es für Selbstmord, durch diesen erstaunlichen Wald zu rennen und dadurch die Wesen, die darin lebten, auf ihre Anwesenheit aufmerksam zu machen. Nachdem er die Frauen weit genug geführt hatte, um einen, wie er fand, ausreichend großen Sicherheitsabstand zur Tür und den Monstern, die dadurch auftauchen konnten, zu erhalten, stießen sie auf eine Gruppe dichter Sträucher mit großen Blättern, die sich um den Stamm eines riesigen Baumes drängten. Vorübergehend würde das eine ideale Zuflucht abgeben. Sie versteckten sich darin, schalteten die Taschenlampen aus und lauschten dem Kreischen, Heulen und Umherirren der unbekannten Dinge, die sich durch die üppige außerirdische Vegetation bewegten, die dankenswerterweise frei von Käfern und anderen Insekten zu sein schien.

Nach einiger Zeit konnte Jane die Umrisse einzelner Blätter in der Dunkelheit erkennen und schob einen Zweig beiseite. »Es wird heller.«

Lucy und Jack spähten durch die Lücke.

»Als würde die Sonne aufgehen«, stellte Lucy erstaunt fest.

Jacks Blick suchte die Umgebung ab. Er sah nichts, was sich bewegte. »Wir haben schon eine Weile nichts mehr gehört, vielleicht ist es jetzt sicher, sich rauszuwagen.«

Sie verließen ihren kurzzeitigen Zufluchtsort und bahnten sich ihren Weg durch das Unterholz. Als sie eine kleine Lichtung betraten, hielten sie an und blickten hinauf zu den Leuchtfeldern weit über ihnen, deren Lichtintensität stetig zunahm und ihnen so zum ersten Mal einen Blick auf die Architektur des Raumes ermöglichte. Turmhohe Bögen aus etwas, das aussah wie Stein, erstreckten sich nach oben ins Zentrum bis zu einem runden, gläsernen Dach. Teile davon waren durch Lücken im Blätterdach sichtbar. Die Wandabschnitte zwischen den gebogenen Stützpfeilern waren von kantigem, zerklüftetem Fels bedeckt. Einige der größeren Felsvorsprünge ragten mehrere Meter in den Raum. Die unheilvollen Öffnungen über die Wände verstreuter Punkte, scheinbar Höhlen, regten die Fantasie an, sich die schändlichen Kreaturen vorzustellen, die darin hausten. Sie nahmen eine Bewegung wahr und beobachteten, wie eine der Jagdbestien die Wand hinaufkletterte und in einer der dunklen Öffnungen verschwand.

»Sie scheinen nachtaktiv zu sein, vielleicht sind wir jetzt in Sicherheit.« Jacks Augen suchten die Umgebung nach Anzeichen einer Bewegung ab, aber alles war ruhig.

Lucy vergaß ihre beängstigende, missliche Lage und sah sich fasziniert um. »Das muss eine Art Biosphäre sein.«

Ein großer, schroffer Felsbrocken, etwa zweieinhalb Meter hoch und dreieinhalb Meter breit, lag auf der anderen Seite der Lichtung. Eine efeuartige Pflanze mit blauen Blättern bedeckte den oberen Teil und hing über die zerklüfteten Seiten, und hellrotes Moos wuchs weiter unten. Der Nebel, der den Boden bedeckte – hier nur wenige Zentimeter tief –, wirbelte um ihre Knöchel, als sie zum Felsen hinübergingen, und gab die Sicht auf Teile des Steinbodens unter ihren Füßen frei.

Jack legte eine Hand auf den Stein. Er war kalt. Als er mit den Fingerknöcheln dagegenklopfte, ertönte ein dumpfes, metallisches Geräusch. »Er ist aus Metall.«

Jane untersuchte den Felsen. Sogar aus der Nähe betrachtet, imitierten die Struktur und Beschaffenheit der Metallkonstruktion überzeugend Fels.

Lucy fuhr mit der Hand über die seltsame Vegetation. »Ich würde gern eine Probe davon nehmen.«

Jacks Kopf wandte sich zu den raschelnden Blättern. Etwas näherte sich. Er brach eine blaue Efeuranke ab und reichte sie Lucy. »Los jetzt«, flüsterte er. Er führte sie um den Felsen herum. Bevor Lucy ihm folgte, schnappte sie sich eine Handvoll rotes Moos und stopfte es zusammen mit dem Efeu in die Tasche.

Als sie auf der anderen Seite des Felsens auftauchten, spitzte Jack die Ohren. »Könnt ihr auch Wasser hören?«

Sie verfielen in Schweigen und lauschten dem entfernten Geräusch plätschernden Wassers.

Jane deutete nach rechts. »Ich glaube, es kommt von dort.«

Ein paar Schritte führten sie zu einem Weg aus Steinen, die glitschig vor Nässe waren. Eine Vielzahl von Wurzeln, sowohl kleine als auch große, hatten sich über den Steinen ausgebreitet, um die verfügbare Feuchtigkeit aufzusaugen. Sie folgten dem Pfad, stiegen über die größeren Wurzeln von Bäumen in ihrem Weg und gingen unter hoch aufragenden Bäumen hindurch, die sich bis hinauf zum Dach weit über ihnen streckten. Der entspannende Klang rauschenden Wassers wurde lauter. Offenbar näherten sie sich seiner Quelle.

Die Quelle des plätschernden Wassers kam zum Vorschein, als Jack einen Zweig mit Blättern beiseiteschob und festhielt, damit die beiden Frauen vorbeigehen konnten.

»Was für ein wunderschöner Anblick!«, stellte Jane fest.

Die Kaskade, die aus einer kleinen Höhle fast ganz oben in der hohen Felswand entsprang, schlängelte sich die Felsen hinunter und fiel steil über einen Vorsprung in Bodennähe. Sie plätscherte in einen großen Teich, der über das Ufer trat und einen kleinen Flusslauf speiste, der in den

Raum hineinführte. Wasser tropfte von langen Eiszapfen, die durch einige der gebrochenen Scheiben an der Decke hingen, und fiel entweder in den Teich oder in die grüne Umgebung.

»Ich schätze, das Schmelzwasser erklärt, wie die Pflanzen immer noch bewässert werden«, meinte Lucy. »Wenn diese Pflanzen denen der Erde ähnlich sind, muss es ein System geben, mit dem der Sauerstoffzufluss kontrolliert und das sich anstauende Kohlenstoffdioxid abgeleitet wird. Sonst würden die Pflanzen sterben.«

Jane stieg über die vielen Wurzeln, die sich in den Teich gerankt hatten, um das Leben spendende Wasser aufzusaugen, und blickte prüfend in die Tiefe. Kleine, dunkle außerirdische Lebensformen schwammen in den tiefsten Bereich, bis wohin das Licht kaum durchdrang. Sie wandte sich ab und sah zu, wie Jack vorsichtig einen belaubten Zweig beiseiteschob und tiefer in das dichte Blattwerk spähte. Obwohl er dem Mann, den sie verloren hatte, äußerlich nicht ähnelte, hatte er doch viel mit Kyle gemeinsam. Beide sahen auf markante Art gut aus, waren fürsorglich und strahlten ein Gefühl der Sicherheit und des Vertrauens aus. Jack war nicht der Typ, der jemanden im Stich lassen würde, der seine Hilfe benötigte. Sie fühlte sich zwar schon seit ihrer ersten Begegnung zu ihm hingezogen, hatte aber dahingehend nichts unternommen. Sie kannte den Grund nur zu gut: Kyle. Auch wenn sie ihn schon vor vielen Jahren verloren hatte, konnte sie sich noch lebhaft daran erinnern – und auch an die wunderschönen gemeinsamen Erinnerungen. Sie betrachtete Jacks stoppeliges Kinn und wusste aus intimen Momenten mit Kyle, wenn er das Rasieren ein paar Tage vernachlässigt hatte, dass es kratzen würde, wenn sie sich küssten. Vielleicht rückte die Zeit, Kyle loszulassen, näher. Sie errötete und wandte schnell ihren Blick ab, als Jack sich umdrehte und sie ansah.

Jack hatte einen besorgten Gesichtsausdruck. »Ich glaube, wir werden verfolgt.«

Jane suchte das Gebiet nach einem Hinweis ab, der seine Angst erklärte.

Durch das Unterholz gedämpft war ein Schrei in der Ferne zu hören.

Die Kreatur hatte sich weit entfernt angehört und in der unmittelbaren Umgebung sah er nichts, was eine Bedrohung für sie darstellte, dennoch fühlte sich Jack unwohl. Mit all seinen Sinnen spürte er, dass Augen auf sie gerichtet waren. Raschelnde Blätter, nicht stärker als von einer zarten Brise bewegt, alarmierten ihn, dass da tatsächlich etwas war. Im Schiff gab es keinen Wind. Ein Killer war auf Beutezug. Er drehte sich zu seinen Begleiterinnen um, die in seinem Schatten kauerten und hieß sie mit einem Finger an den Lippen zu schweigen. Er deutete zurück in die Richtung, aus der sie gekommen waren und flüsterte: »Es ist dort drüben.«

Ein Knistern in den Zweigen bestätigte Jane, dass er recht hatte. Auf der Suche nach Trost und Zuversicht tastete Lucys zitternde Hand leicht nach ihrem Arm. Sie wusste nicht, ob sie ihr das ehrlich geben konnte, dennoch legte sie ihre Hand auf Lucys und drückte sie sanft. »Vielleicht ist es Henry oder einer der anderen?«, raunte sie.

Jack zuckte die Achseln. »Vielleicht. Aber ich will nicht unser Leben riskieren, um es herauszufinden. Wir weichen ihm aus.«

Lucy blickte starr in die Richtung, in der sie ein Geräusch gehört hatte. Etwas kroch durch das Unterholz. Die langsamen Bewegungen klangen entschlossen und unheilvoll. Als ihre Furcht drohte, ihr die Sinne zu vernebeln, zwang sie sich, nicht in Panik zu verfallen. »Was sollen wir tun?«, fragte sie nervös.

Jack hatte keine Ahnung, fand aber, sich ruhig zu verhalten und zu schweigen sei ein guter Anfang, bis sie die genaue Position ausgemacht hatten. Er vermittelte seinen beiden verängstigten Kolleginnen diesen Gedanken.

Alle drei wagten kaum zu atmen, während ihre Augen und Ohren die üppige Vegetation absuchten, um die Ursache ihrer Furcht zu lokalisieren. Die einzigen Geräusche kamen von ihren hämmernden Herzen und dem plätschernden Wasserfall, dessen Anblick nur wenige Augenblicke zuvor eine friedliche Idylle gezeichnet hatte, die über den Schrecken hinwegtäuschte, der ganz in der Nähe lauerte.

Der Drang des Monsters, seinen unbändigen Hunger zu stillen, stieg, als es die schwache Fährte der Eindringlinge aufnahm, und veranlasste die Bestie sie zu suchen, damit die Gier nicht unbefriedigt blieb. Aber das Monster war nicht in seinem Terrain. Die dunklen Korridore waren seinem üblichen Jagdgebiet gar nicht so unähnlich: dunkle Tunnel aus Stein und Erde. Dieser Ort, überwuchert von Pflanzen, behinderte seine Fähigkeiten mittels Echolot zu jagen. Hier konnte es seine bevorzugte Methode, die Beute zu orten, nicht anwenden. Zudem machten die starken Gerüche einiger Pflanzen und Bäume den Duft der Beute für seinen Geruchssinn unsichtbar. Es war jedoch nicht vollkommen eingeschränkt: Es hatte sein Gehör. Langsam drehte es den Kopf und versuchte die Beute zu lokalisieren. Bis auf das Geräusch fließenden Wassers, hörte es nichts. Seine Beute musste wohl herausgefunden haben, dass es hier war, und bewegungslos verharren. Es würde sie aufscheuchen müssen. Es bewegte sich zu der Stelle, wo es sie zuletzt wahrgenommen hatte.

Jack dachte, er hätte bemerkt, wie sich etwas durchs Unterholz bewegte; eine schreckliche, lauernde Bedrohung, die sich an die Beute anpirschte und auf eine günstige Gelegenheit wartete, um anzugreifen und zu töten. »Ich denke, es nähert sich von hinten«, flüsterte er. Ihm fiel Lucys angstverzerrtes Gesicht auf. »Alles okay?«

Matt schüttelte sie den Kopf. Noch nie hatte sie solch eine Angst empfunden. »Nicht wirklich.«

Jack wusste, wie sie sich fühlte. »Wir sollten weitergehen. So groß, wie der Raum ist, muss es irgendwo noch einen Ausgang geben. Schiebt euch so leise ihr könnt an mir vorbei und ich versuche zwischen euch und dem zu bleiben, was auch immer uns auf den Fersen ist.« Als die beiden Frauen nickten, wich er ins Gebüsch aus, um ihnen Platz zu machen, damit sie sich vorbeipressen konnten. Jane und Lucy schlugen den Weg durch die Sträucher ein und achteten darauf, dass das Blattwerk nicht mehr raschelte als unvermeidbar. Jack folgte ihnen in voller Alarmbereitschaft.

Obwohl er hinter sich gelegentlich ein Rascheln in den Blättern und Zweigen hörte, glaube Jack nicht, dass der Verfolger wusste, wo sie waren, sondern noch nach ihnen suchte. Ein Blick nach vorn zeigte einen Ast, unter dem sie sich hindurchducken mussten. Jane war die Erste. Vorsichtig platzierte sie ihre Füße zwischen die kräftigen Baumwurzeln, die sich von dem gewaltigen, knorrigen Stamm wegschlängelten. Als sie durch war, duckte sich Lucy und kroch vorwärts. Ihr Fuß rutschte auf einer Wurzel aus; sie fiel. Sie hatte zwar kaum einen Mucks gemacht, dennoch hatte es ausgereicht, um den Verfolger auf sie aufmerksam zu machen.

Jack wirbelte herum. Etwas krachte lautstark durch das Blattwerk auf sie zu. Die Vegetation versperrte ihm die Sicht auf das Wesen, aber die lauter werdenden Geräusche seiner erwartungsvollen Hetzjagd bedeuteten, dass es schon bald bei ihnen war. Er half Lucy auf die Beine, duckte sich unter dem Ast durch und schaute in ihr ängstliches Gesicht: »Lauf!«

Jane und Lucy drehten sich um und flohen.

Jack blieb. Er musste die Kreatur bremsen, sonst würde niemand von ihnen entkommen. Schnell untersuchte er den niedrigen Ast, ging an ihm entlang und packte ihn nahe an der Spitze. Als er ihn zurück zum Stamm bog, rutschten seine Füße von der Spannung über den feuchten, laubbedeckten Boden. Er fand wieder festen Halt und beugte den Zweig so weit zurück, wie er es für möglich hielt, ohne ihn zu brechen. Er wartete. Er strengte seine Muskeln an, um den Ast auf Spannung zu halten, während die Geräusche der sich nähernden Kreatur anschwollen. Er hatte nur eine Chance. Die Bestie tauchte zischen den Blättern auf, hielt inne, schnupperte in die Luft und betrachtete ihre Beute. Jack war so erschrocken vom Anblick des augenlosen

Gesichts, dass er vergaß den Ast loszulassen. Als die Luft von dem bösartigen Gebrüll der Bestie erzitterte, wurde er wieder Herr seiner Sinne und löste den Griff. Das Monster kreischte vor Schmerz, als ihm der Zweig ins Gesicht peitschte. Die Wucht warf es von den Füßen und schleuderte es ins Gebüsch.

Jack warf einen flüchtigen Blick auf das Monster. Es bewegte sich nicht. Er hoffte zwar, dass er es getötet hatte, aber wahrscheinlich war es nur bewusstlos. Er rannte los, um Jane und Lucy einzuholen.

Die beiden Frauen waren am anderen Ende des Raumes und versuchten erfolglos, sich an dem enormen Stamm eines dicken Baumes vorbeizuschieben, der beschlossen hatte, in dieser Ecke seinen Samen einzupflanzen. Ohne die Mannschaft, die ihn beschnitt, hatte er seine Chance ergriffen, mit schamloser Hingabe zu wachsen. Jane und Lucy hörten das Knacken dünner Zweigen und das Rascheln blätterbehangener Äste, verursacht von etwas, das sich schnell näherte. Sie hatten das Heulen der Kreatur gehört und befürchteten das Schlimmste – dass Jack getötet worden war. Beiden stand die Angst ins Gesicht geschrieben, als sie sich umdrehten, um der herannahenden Gefahr gegenüberzutreten. Erleichterung durchflutete sie, als Jack auftauchte und ihnen ein beruhigendes Lächeln schenkte.

Janes Blick huschte zu den Sträuchern hinter ihm. »Nähert es sich immer noch?«

»Ich denke, es ist bewusstlos, aber am besten trödeln wir nicht rum.«

»Wir kommen nicht zur Tür«, erklärte Lucy, der Hysterie nahe.

Jacks Augen erfassten rasch die Lücke zwischen dem Baumstamm und dem Ausgang, der von Ästen und Pflanzen versperrt wurde; dort würden sie niemals durchkommen. Mit einem Messer oder einer Machete könnten sie den Weg freimachen, aber sie hatten weder das eine noch das andere. Er war sich außerdem nicht sicher, wie lange es noch dauerte, bis das Monster aufwachte und wieder ihre Fährte aufnahm. Er blickte am Stamm hinauf und bemerkte Fenster in den Wänden, durch die man das überblicken konnte, was einmal ein grünes Paradies in dem Schiff aus hartem Metall und kompromissloser Konformität gewesen sein musste. Ein dicker Ast hatte sich auf der Suche nach einem Platz zum Wachsen durch eines der großen Fenster gedrückt. Das bot ihnen die Möglichkeit zur Flucht. »Wir klettern.«

Jane schaute kurz den Baum hinauf, um die Erfolgschance des Plans abzuwägen. Obwohl es ein schwieriger Aufstieg werden würde, befand sie, dass es machbar war. Die vielen Äste boten eine Reihe an Trittflächen, die sie nutzen konnten, um sicher nach oben zu gelangen. »Lucy, du zuerst.«

Lucy widersprach nicht. Jack hob sie etwas an, damit sie den niedrigsten Ast zu fassen bekam und sich daran hochziehen konnte.

»Halt nicht an, egal was passiert«, sagte Jack.

Lucy warf Jack einen besorgten Blick zu.

»Ich bin direkt hinter dir.«

Während Jane wartete, dass Lucy den untersten Ast räumte, studierte sie Jack, als wäre er ein Gemälde. Und zwar eines, das man besonders gern betrachtete. Selbst in Augenblicken plötzlicher und unmittelbarer Gefahr strahlte er eine außergewöhnliche Ruhe aus. »Gibt es überhaupt etwas, das dir Angst macht, Jack?«

Jack lächelte. »Lass dich nicht von meiner entspannten Fassade täuschen. Im Innern bin ich ein verängstigtes Wrack, bei dem sich die Panik direkt unter der Oberfläche versteckt hält.«

»Und dennoch bewahrst du einen kühlen Kopf.« Sie lehnte sich vor und gab ihm einen Kuss auf die Wange. Ja, es war, wie sie gedacht hatte, stoppelig.

Mit einem verblüfften Stirnrunzeln fragte Jack: »Wofür war das?«

Jane lächelte. »Dafür, dass du du bist.« Sie schaute am Baum hinauf. Lucy war nicht mehr auf dem ersten Zweig. »Wirst du mich nun hochheben oder den ganzen Tag dort stehen und mich angaffen? Du scheinst nicht sehr oft geküsst zu werden.«

Jack hob sie hoch. »Ich muss zugeben, es ist ziemlich lange her.« Sobald Jane weitergeklettert war, sprang er hoch, griff nach dem Ast und zog sich hinauf.

Einige der Zweige lagen weit auseinander, aber niemals zu weit, um ihren raschen Aufstieg zu behindern. Als sie etwas mehr als ein Drittel geklettert waren, tauchte die Kreatur aus dem hohen Unterholz auf. Jack mahnte die anderen, sich ruhig zu verhalten. Jane verharrte in einer unangenehmen Position, mit dem Körper halb über einem Ast hängend, und beobachtete das Monster, das unten am Baum schnüffelte. Fast zwei Meter hoch, von rosafarbener, schmieriger, haarloser und mit grünen Flecken gesprenkelter Haut bedeckt, mit sehnigen Gliedmaßen und Klauen an deren Enden und einem Kopf, der nach hinten spitz zu einem Stoßzahn zulief, bot es einen wahrhaft schrecklichen Anblick. Sein lippenloser, mit gebogenen Zähnen eingerahmter Kiefer öffnete sich nicht wie ein normaler, menschlicher Kiefer, sondern teilte sich senkrecht, indem er Haut und Muskelfasern dehnte und den dicken Speichel offenbarte, der von der Zunge troff, die von Zeit zu Zeit gierig über die boshaften Zähne glitt. Was es noch schrecklicher machte, war, dass es keine Augen hatte. Jane fragte sich, wie es jagen und sich durch den Wald bewegen konnte, ohne gegen irgendwas zu stoßen. Ihr entging auch das Ergebnis von Jacks Tat nicht: ein Schnitt auf der Stirn.

Auch Lucy beobachtete das Monster. Sie betete, dass es sie nicht entdeckte.

Die Kreatur schnupperte weiter am Baum hinauf, richtete seinen blinden Schädel nach oben in die Zweige und stieß eine Reihe von Klicklauten aus. Wie Fledermäuse nutzte es Schallwellen, um seine Beute zu orten und den Aufbau seiner Umgebung zu erkennen.

Janes unbequeme Position zehrte an ihren Kräften. Sie glaubte nicht, dass sie sich noch viel länger halten konnte. Obwohl es so schien, als würde das Monster abwechselnd von einem zum anderen starren, hatte es wohl

Schwierigkeiten, sie von den verästelten Konturen des Baumes zu unterschieden. Offenbar gab es sich damit zufrieden, dass seine Beute sich nicht in dem Baum befand, wandte sein schreckliches Gesicht ab und verschwand im Unterholz. Jacks Blick folgte ihm. Wegen der Blätter, die sich bewegten, konnte er erkennen, wie es sich entfernte. Jane konnte nicht mehr stillhalten – sie verlor den Halt. So leise sie konnte, kletterte sie auf den Ast.

Jack sah zu den beiden Frauen und flüsterte: »Ich denke, es ist weg. Klettert so leise ihr könnt.«

Sie setzten ihren Aufstieg fort.

KLICK! KLICK! KLICK!

Es hatte auf sie gewartet.

Ein Heulen ertönte.

»Klettert weiter!«, schrie Jack.

Lucy kreischte.

Jack folgte ihrem Blick.

Das Klickmonster sprang aus den Büschen, streckte seine Klauen aus und griff nach einem Ast. Jack wartete nicht, um noch mehr zu sehen, er kletterte weiter und drängte die anderen, sich zu beeilen.

Mehr als die Angst vor dem, was ihnen hinterherstieg, brauchte Lucy nicht als Motivator. Sie flitzte den Baum hinauf und erreichte schon bald den Ast, der durch das Fenster ragte. Ohne anzuhalten, hastete sie über den dicken Zweig, trat die zentimeterdicken scharfkantigen Glasscherben aus dem Rahmen und kletterte in den Raum.

Nachdem Jane wenige Momente später ebenfalls drin war, hob Lucy vorsichtig die größten der gläsernen Scherben auf und warf sie auf den Klicker. Eine prallte an seiner Schulter ab und schnitt eine Wunde in seinen Arm. Er heulte auf, aber die Wunde schien ihm weder Sorgen zu bereiten noch seine Geschwindigkeit zu drosseln.

Janes Blick streifte durch den großen Raum, in dem Tische und Stühle verstreut herumstanden. Das dämmrige Licht hob eine Ecke im hinteren Teil hervor, die scheinbar eine Kochnische war; offenbar hatte hier ein Teil der Mannschaft gegessen – in all diesem Chaos bot das unerwartete Normalität. Die Aussicht auf die Bäume, Sträucher und den Wasserfall hatte bei den Mahlzeiten sicher für ein entspannendes Ambiente gesorgt. Zwanzig Meter entfernt auf der rechten Seite entdeckte Jane einen Fluchtweg in Gestalt einer Tür.

Jack kletterte über den Ast und sprang auf den Boden.

Jane deutete zum Ausgang. »Dort können wir entkommen.«

Jack warf einen Blick hinunter zum Klicker. Gleich würde er da sein. »Wir müssen das Monster noch einmal bremsen. Es weiß, wie man Türen öffnet.« Er sah Lucy an. »Schau nach, ob sich die Tür öffnen lässt. Falls ja, warte dort und sobald wir durch sind, schließt du sie.«

Lucy rannte los, um Jacks Anweisungen zu befolgen.

Jane sah den tatkräftigen Mann an und wartete ab, um herauszufinden, was er vorhatte.

Jack blickte zu dem Küchenbereich am anderen Ende des langen Raumes. Er vermutete, dass es dort Messer geben würde, aber die Entfernung war zu weit. Er versuchte, einen Tisch anzuheben, aber er war fest mit dem Boden verschraubt. Bei einem Stuhl hatte er mehr Glück. Er war zwar schwer, aber für das, was er plante, würde er sich eignen. Er drehte ihn um, damit die Rückenlehne nach oben und vorne zeigte, und hob ihn über den Zweig.

Ohne dass man es ihr sagen musste, eilte Jane zur anderen Seite des Zweigs und fasste den Stuhl mit an. Sie lächelte Jack nervös an. »Sobald es das Fenster erreicht, rammen wir es, richtig?«

Jack nickte. »So stark wir können. Wahrscheinlich werden wir es nicht töten, aber wenn es uns gelingt, es vom Baum zu stoßen, bricht es sich vielleicht ein Bein. Das sollte uns wenigstens ein wenig Zeit verschaffen.«

Jane und Jack schauten durch den Raum, als sich die Tür öffnete. Als Zeichen, dass es geklappt hatte, hielt Lucy einen Daumen hoch. Sie richteten ihre Augen wieder auf das kaputte Fenster.

Der Klicker kletterte auf den Zweig, wandte sein Gesicht zur zerbrochenen Scheibe und schnupperte in die Luft.

Jane und Jack rührten sich nicht.

KLICK! KLICK! KLICK!

Seine scharfen Krallen hinterließen eine Spur aus Furchen in der Rinde, als er langsam heranschlich wie ein grotesker Panther. Als würde er die Gefahr wittern, hielt er am kaputten Fenster an und ließ sein augenloses Gesicht durch den Raum wandern.

KLICK! KLICK! KLICK!
KLICK! KLICK! KLICK!

Er starrte Jane an. Ein Speicheltropfen troff aus seinem Maul.

»Hier drüben, du widerlicher Mistkerl!«, schrie Lucy.

Der Kopf des Klickers zuckte in die Richtung der Stimme. KLICK! KLICK! KLICK! Er raste voran.

Mit dem Stuhl zwischen ihnen fest im Griff, stürzten sich Jack und Jane auf das Monster.

Die Kante der Rückenlehne rammte gegen die Brust des Klickers. Er taumelte zurück und rutschte vom Ast. Klauenbesetzte Arme schlugen um sich auf der Suche nach Halt. Sein Fall wurde gebremst, als die Klauen schließlich Äste zu greifen bekamen. Er begann wieder hinaufzuklettern.

Jack entriss Jane den Stuhl und warf ihn beiseite, sprang auf den Zweig, rauschte durch das Fenster und trampelte auf die Hände des Monsters. Eine der Klauen schnappte nach ihm. Bei jedem Tritt kreischte die Kreatur. Eine Klaue löste ihren Griff. Bald auch die zweite. Es prallte von Zweigen ab, an denen es sich nicht festhalten konnte, während es zu Boden stürzte. Zweige knackten, als es in einem Strauch landete und auf die Erde prallte.

Jack spähte hinunter zu dem Wesen, das bewegungslos dalag, und fragte sich, ob es tot war.

KLICK! KLICK! KLICK!

Das Monster bewegte sich.

Jack stieg wieder durch die Öffnung und folgte Jane, die durch den Raum zu der offenen Tür rannte. Sie sauste zu, als sie sie passiert hatten. Mit einem Hieb ihres Eispickels, den Lucy bereitgehalten hatte, zerschmetterte sie den Kontrollschalter, in der Hoffnung, dass das den Klicker abhalten würde, die Tür zu öffnen.

Sie rannten los.

*****

Max hob eine Hand als Zeichen, das seine beiden Kameraden anhalten sollten. Er deutete auf einen Busch zu seiner Rechten. »Seht ihr das?«

Als das künstliche Sonnenlicht heller wurde und sich über dem grünen Wald ausbreitete, blühten die Blumen auf, die von der Dämmerung geweckt wurden. Überall um sie herum entfalteten wunderschöne Blumen ihre Blütenblätter, um das Licht aufzunehmen. Es schien, als hätte jede Pflanzenart ihr eigenes Farbschema. Sie waren von roten, blauen, grünen, gelben, orangefarbenen, violetten und schwarzen Blüten umgeben. Ihre intensiven Düfte, von süßlich bis hin zu ekelhaft und Brechreiz erregend, erfüllten die Luft. Die Helligkeit und das Zusammenspiel der starken Gerüche waren das Signal für weitere Lebensformen, ebenso zu erwachen. Bald folgte das Summen der Insekten.

Theo, Max und Henry liefen weiter.

Ein lautes, energisches Surren ertönte vor ihnen. Vorsichtig schob Max einen Zweig aus dem Weg. Das Summen kam von einem großen, braun gesprenkelten Gewächs, dreieinhalb Meter lang und fast zwei Meter breit, das seitlich an einem großen Baum haftete. Theo stellte sich neben Max, um diese Kuriosität ebenfalls zu betrachten. Ein kleiner Schädel, der auf einem Raubsaurierkörper nicht deplatziert gewirkt hätte, tauchte in der Öffnung im unteren Bereich des Gebildes auf. Eine kleine Kreatur kroch heraus und huschte aus dem Nest ins Licht. Sie breitete zwei rote Flügel aus, die Ähnlichkeit mit jenen einer Fledermaus hatten. Jedes der sechs Beine endete in einem scharfen Stachel, und die roten und schwarzen Streifen, die seinen fünfundzwanzig Zentimeter langen Leib bedeckten, zusammen mit dem langen gelben Stachel am Ende seines Schwanzes deuteten darauf hin, dass man es besser nicht verärgerte. Vorsichtig ließ Max den Zweig zurück in seine Ausgangsposition federn, wandte sich den anderen zu und flüsterte: »Ich denke, das ist eine Art Alienwespe.«

»Hast du gesehen, wie groß ihr Stachel ist?«, fragte Theo. »Mich hat mal eine Hornisse gestochen. Das war weder angenehm noch schmerzfrei, glaubt mir. Ich schätze, ein Stich von einem dieser Dinger wäre hundertmal schlimmer – und das ist ein verdammt großes Nest.«

»Es wäre wohl am besten, wenn wir einen großen Bogen um das Nest machen«, meinte Henry. »Die Blumen werden sie anlocken. Lasst uns ein Stück zurückgehen und Theo kann uns an dem Nest vorbeiführen.«

Blütenstaub in verschiedenen Farben haftete sich an ihre Kleidung, als sie durch die mit Blumen besetzten Büsche streiften. Es dauerte nicht lange, bis sie aussahen, als wären sie von Zuckerstreuseln bedeckt.

Ein tiefes Surren von Flügeln machte Theo auf das Insekt aufmerksam, das sich näherte. Er duckte sich, um dem vogelgroßen Tier auszuweichen, das bis auf die scharfen Zähne und die stachelschweinartigen Stacheln, die sich auf seinem Rücken aneinanderreihten, vage einer Libelle ähnelte.

Henry beobachtete die außerirdische Libelle, die vor seinem Gesicht schwebte. Ihre flatternden Flügel bewegten sich so schnell, dass er sie nicht scharf erkennen konnte. Ihre beiden glänzend schwarzen Augen schienen ihn zu mustern, möglicherweise als Mahlzeit oder Bedrohung. Henry verharrte regungslos und nach wenigen Augenblicken flatterte sie davon. Der Luftzug ihrer Flügel zerzauste Henrys Bart, als er sich umdrehte, um ihr beim Wegfliegen zuzusehen. »Dieser Ort ist voll von faszinierenden Kreaturen. Es ist schade, dass wir nicht die Zeit haben, sie zu untersuchen.«

Theo teilte Henrys Enttäuschung nicht. »Es ist eher schade, dass die meisten von ihnen uns als Nahrung betrachten. Das muss ein mutiger Mann sein, der Lust hat, hier abzuhängen, und eins dieser Dinger näher kennenlernen will. Ich kann mit Stolz behaupten, dass ich nicht dieser Mann bin. Je schneller wir aus diesem Dschungel draußen sind, desto besser.«

Ein paar Schritte weiter drehte sich Theo nach rechts, um ein lauter werdendes Surren zu erforschen. Eine große Alienwespe flog mit eindeutigem Ziel geradewegs auf ihn zu. Sie hatte nicht vor, sie wie die Libelle zu ignorieren. »Wespe direkt voraus! Lauft!«

Die Wespe zielte, rollte ihren Schwanz nach oben und richtete ihren tödlichen Stachel auf sie. Eine zweite schoss heran, um sich der Jagd anzuschließen.

Die drei Männer rannten los.

Jetzt, da das Licht in der Höhle seine maximale Helligkeit erreicht hatte, erhöhte sich scheinbar die Anzahl der im Wald wohnenden Insekten. Ihr Missklang aus Surren, Summen und gellenden Schreien erfüllte die Luft, und viele schienen die Absicht zu haben, die merkwürdigen Ankömmlinge, die ihr Revier durchquerten, zu untersuchen. Ständig schlugen die drei Männer sie weg, bevor sie von ihnen gebissen, gestochen oder gekratzt werden konnten.

Kreaturen in der Größe einer Katze erinnerten vage an ein Eichhörnchen; aber an eines, das sich jemand mit einer lebhaften und grausamen Fantasie ausgedacht hatte. Sie tauchten aus Löchern in den Bäumen auf und fuhren ihre Klauen und Krallen aus. Eines sprang auf die fliehenden Männer.

Theo sah es kommen und schlug mit seiner Taschenlampe nach ihm. Die Kreatur flitzte ins Gebüsch.

Drei weitere griffen aus verschiedenen Richtungen an.

Max traf eines mit seinem Eispickel und spießte es mit der Spitze auf. Hastig schüttelte er das tote Tier ab.

Die Flugbahn einer weiteren Eichhörnchenkreatur führte es in den Weg der Wespe. Die Wespe griff an. Sie landete flink auf dem Rücken des Eichhörnchens und bohrte ihren Stachel in den Körper. Pulsierend pumpte der Stachel etwas in das Opfer. Die Wespe sprang ab, schwebte und beobachtete. Das außerirdische Eichhörnchen schrie und krümmte sich in der Luft. Sein Körper schwoll grotesk an und zerbarst in einem Sprühregen aus schwarzem Blut und winzigen Insekten. Die Gruppe Larven mit kleinen Flügeln und hervortretenden Augen schwebte kurz in der Luft. Die Mutterwespe umkreiste sie, um sie zusammenzutreiben, bevor sie zum Nest flog. Die grauenvollen Larven folgten ihrer Mutter.

Das dritte außerirdische Eichhörnchen, das angriff, stürzte sich auf Henry, der seitlich auswich. Es holte mit seiner Klaue aus, als es an seinem Gesicht vorbeischoss und hinterließ drei kleine Kratzer auf Henrys Nasenspitze. Es fiel zu Boden und wandte sich für einen zweiten Angriff um. Der Boden um es herum bewegte sich. Die Kreatur schrie auf und sprang in den nächsten Busch. Dünne, hellrote, wurmartige Tentakeln brachen aus dem Boden hervor und schlängelten sich auf der Jagd nach dem fliehenden Alien-Eichhörnchen durch die Luft. Sie schlossen sich um es, schnappten es aus der Luft und zerrten es zu Boden. Die Kreatur krümmte sich im Todeskampf, als der Wurm in ihren Körper eindrang und anfing, ihre inneren Organe herauszusaugen. Der Boden wurde zu einer dunklen, blutgetränkten Sauerei, als es in die Erde gezogen wurde.

Henry erschauderte. Er sah zu seinen Füßen. Die Erde um sie herum bewegte sich. Er sprang beiseite, als die Spitze eines roten Tentakels auftauchte. »Lauf weiter!«, rief er mit Nachdruck. »Da sind Monster unter unseren Füßen.«

Mit zwei außerirdischen Wespen, die es noch immer auf sie abgesehen hatten, mordlustigen Alien-Eichhörnchen, die nach einer Möglichkeit zum Angriff suchten, wobei sie von Ast zu Ast und von Baum zu Baum sprangen, um ihnen zu folgen, und Killertentakeln, die sich im Boden unter ihren Füßen wanden, rannten die drei Männer durch den Garten der Hölle um ihr Leben. Sie wollten diesem bösartigen, furchterregenden Ort entkommen.

»Dort ist eine Wand«, rief Max, als er das hohe, metallene Bauwerk entdeckte, das aus dem Unterholz ragte. Ein paar eilige Schritte, Ausweichmanöver, Sprünge und unzählige Insekten später erreichten sie die Wand. Sofort folgte eine hektische Suche nach dem so sehnlich erhofften Ausgang. Eine Wespe landete auf Theos Rucksack und stieß seinen langen Stachel immer und immer wieder hinein wie ein spitzer Hund, der sich an dem Bein eines Menschen zu schaffen machte, aber sie fand kein Fleisch, in das sie ihre Eier injizieren konnte. Max packte einen Ast vom Boden und schlug damit nach dem angreifenden Insekt. Der gestreifte Körper zerplatzte zu einem Gemisch aus gelbem Blut und roten und schwarzen Körperteilen, die Flecken auf dem Rucksack hinterließen. Die Wucht des Schlags ließ Theo nach vorn straucheln. Henry fing ihn auf. Während Max die Wespen, Eichhörnchen und all die anderen Monster, die ankamen und ihr Glück versuchten, wegschmetterte wie ein Baseball-Profi, suchten Henry und Theo weiter nach einem Ausgang. Fast hätten sie ihn übersehen, weil er hinter einem Gitter aus schmierigen Ranken versteckt war. Henry suchte darunter nach dem Kontrollschalter, fand ihn und öffnete die Tür. Nachdem sie sich durchgepresst hatten, sprangen die Ranken in ihre Ausgangsposition zurück und fungierten als Barriere zwischen ihnen und den neugierigen Insekten. Henry schloss die Tür.

Die drei Männer starrten die Tür an, während sie versuchten, wieder zu Atem zu kommen.

Theo seufzte erleichtert. »Diese Erfahrung will ich nicht noch einmal machen.«

Max sah zu, wie das Blut von den Käferresten an seinem improvisierten Schläger tropfte. »Das kannst du laut sagen.«

Köpfe fuhren herum und blickten in den Korridor.

Schritte näherten sich.

Betroffen schüttelte Henry den Kopf. »Das Böse schläft nie.«

Sie flohen durch den Gang vor der herannahenden Bedrohung.

KAPITEL 8

Futter

DAS DRITTE VERZWEIFELTE DRÜCKEN auf den Knopf führte zum gleichen Ergebnis wie die beiden vorherigen Versuche: Die Tür blieb verschlossen. Richard drehte sich um und ging den Weg durch den Gang zurück, den er bereits erforscht hatte. Er hielt inne, als sich um die Ecke eine Tür surrend aufschob. Er befürchtete ein Monster, das auf Streifzug war, schaltete seine Stirnlampe aus und horchte. Bekannte Stimmen drangen durch den Korridor. Er ging um die Ecke. Theo, Henry und Max rannten in die entgegengesetzte Richtung. Richard hätte nach ihnen rufen können, aber aus Angst vor Monstern, die vielleicht in der Nähe lauerten, blieb er stumm. Seine Furcht befahl ihm außerdem, sich vorsichtig zu bewegen und nicht blindlings durch das Schiff zu rennen, in dem Monster in der Dunkelheit umherschlichen. Er schaltete seine Stirnlampe ein und mit gleichmäßig langsamer Geschwindigkeit folgte er den anderen. Die drei Männer, die vorangingen, würden etwaige Monster, die auf sie warteten, von ihm ablenken und ihn warnen.

Der Korridor, durch den Henry, Max und Theo eilten, endete vor einer Tür, die sich nicht öffnen ließ. Sie liefen ein

Stück zurück zu einer anderen Tür auf der rechten Seite in der Wand, die sie zuvor ignoriert hatten. Nur widerwillig verließen sie den Gang, aber angesichts der herannahenden Bedrohung, deren Schritte sie gehört hatten, war es unklug, den ganzen Weg zurückzugehen, um eine Alternative zu suchen.

Grünes Licht schimmerte heraus, als sich die Tür ächzend öffnete. Die drei Männer traten vorsichtig ein, schlossen die Tür und sahen sich in der neuen Umgebung um, die ganz anders war als alles, was sie zuvor gesehen hatten. Durchsichtige Röhren säumten die Wände des riesigen Raumes. Einige waren leer, aber viele enthielten gigantische Monster in grüner Flüssigkeit.

Der Anblick der großen außerirdischen Kreaturen war zwar eine Überraschung, aber kein so großer Schock, wie er es gewesen wäre, wenn sie nicht schon all die anderen außergewöhnlichen Erfahrungen gemacht hätten, seit sie an Bord des Raumschiffes waren. Das zeigte, wie schnell Menschen sich an ihre Umgebung anpassen konnten. Und wenigstens griffen diese Riesen nicht an.

Der glatte Metallboden, der zwischen den hoch aufragenden Wänden aus Behältern, die sich über die gesamte Breite des Raumes erstreckten, hindurchführte, hatte dunkle Flecken, als ob Flüssigkeit verschüttet worden und mit der Zeit getrocknet wäre. Röhren, Schläuche, Rohre und Kabel bedeckten fast jede Oberfläche der schwarz glänzenden Metallwände, die nicht von großen Zylindern besetzt war.

Sie betrachteten den nächstgelegenen außerirdischen Riesen. Schläuche waren mit verschiedenen Körperstellen verbunden und verliefen zum Deckel des Zylinders.

Theo schüttelte verblüfft den Kopf, während er die Größe der unglaublich enormen Kreatur auf sich wirken ließ. »Die müssen fast zehn Meter groß sein.«

Henrys Blick streifte durch den Raum. »Sind diese Dinger die Besatzung?«

»Unwahrscheinlich«, antwortete Max. »Sie sind zu groß, um durch die Gänge und Türen zu passen, durch die wir gegangen sind.«

»Wenn es nicht die Besatzung ist, muss es die Ladung sein«, schlussfolgerte Theo.

»Eine Einsatztruppe«, fügte Max vielsagend hinzu.

Henry betrachtete die leeren Zylinder. »Eins bereitet mir Sorgen. Wenn in jedem Behälter eine dieser riesigen Kreaturen war, als das Raumschiff zu seiner Reise aufbrach, wo sind sie dann jetzt?«

Luftblasen stiegen unheilverheißend vom Boden eines Tanks auf, in dem ein außerirdischer Riese aufbewahrt wurde.

»Ich frage mich, ob sie noch leben. Vielleicht sind sie in Hyperschlaf oder so«, überlegte Theo.

»Hören wir auf zu spekulieren. Tot oder lebendig, egal welchen Zweck sie hatten, wahrscheinlich werden sie ihn nie erfüllen. Schon bald werden sie mitsamt dem Schiff im kalten Meer versinken.«

»Hoffen wir mal, dass wir schon lange von dem Schiff runter sind, wenn das passiert«, sagte Theo und führte die anderen durch die Reihe der Behälter.

Als sie fast die Mitte erreicht hatten, ging Henry zu einem Fleck geronnener Flüssigkeit auf dem Boden und kniete sich hin, um sie genauer zu untersuchen. Er tauchte einen Finger in die zähe Substanz. Dunkelviolett zog er ihn wieder heraus. »Es hat die Konsistenz von Blut.«

Theo sah zu einem der nächsten leeren Behälter. »Vielleicht ist es keine Einsatztruppe, sondern Nahrung und der Raum ist ein gigantisches Lager.«

Max sah sich nervös um. »Nahrung für was?«

»Die Antwort darauf will ich lieber nicht wissen«, meinte Henry. »Denn es ist wahrscheinlich, dass das, was diese Riesen frisst, noch größer ist als die Mahlzeit.«

Ihre Blicke folgten der Blutspur zu einer großen Falltür im Boden. Mit einem daneben im Boden eingelassenen Hebel schien man sie öffnen und schließen zu können.

»Ich frage mich, wo sie hinführt«, sagte Max.

Henry verzog das Gesicht. »Zu nichts Schönem, nehme ich an.«

Sie gingen weiter und blieben bei einer Lücke auf der linken Seite in der Mauer aus Behältern stehen. Eine Krankonstruktion mit langen gegliederten Metallarmen und großen mechanischen Händen hing von einer Schiene, die entlang der Decke verlief und Verbindungen zu jeder einzelnen Behälterreihe hatte.

Der breite, hohe Gang, der die beiden Behälterwände kreuzte, führte zu einer Tür von normaler Größe, wie sie ihnen schon zuvor begegnet war. Auf der anderen Seite des Raums war eine viel größere Tür. Aus einem runden Teil in der Mitte traten Streben aus schweren Metallkolben, die mit dem wuchtigen Metallrahmen verbunden waren und anscheinend zum Schließmechanismus gehörten.

»Diese enorme Tür könnte eine Luftschleuse sein«, vermutete Theo.

Max maß die Größe. »Ob sie nun freiwillig oder gewaltsam hierhergelangt sind, der Durchlass ist definitiv groß genug, damit die eingelegten Riesen durchpassen.«

Das Geräusch kratzenden Metalls erfüllte den Raum. Ihr Blick huschte zur Tür am Ende des Gangs, die gerade aufglitt. Die Silhouette eines Aliens, dem sie bisher noch nicht begegnet waren, tauchte langsam auf, umrahmt von dem Licht, das durch die Tür fiel.

Theo war der Erste, der reagierte, und schubste die anderen zur Seite. »Wir müssen uns verstecken«, flüsterte er. Sein Blick suchte nach einem passenden Versteck. Er deutete auf einen der leeren Behälter. »Da rein.«

Sie kletterten an den dicken Schläuchen und Kabeln hinauf und stiegen in den Behälter. Er war groß genug für alle von ihnen. Sie wichen in die dunkelste Nische zurück und warteten.

Die gemächlichen Schritte des Neuankömmlings auf dem kalten Metallboden näherten sich. Als er aus dem Nebengang heraustrat, war er in das gespenstisch grüne Licht der Behälter getaucht.

Die drei Männer starrten auf die anmutige tödliche Gestalt.

Sie war dünn, mehr als zweieinhalb Meter groß und mit braun schimmernder Haut mit mattem Sechseckmuster bedeckt, die fast metallisch wirkte. Acht lange braune Tentakeln schlangen sich an ihrem Hinterkopf und dem Rücken hinunter. Fast wie Dreadlocks. Ihr Gesicht war nahezu menschlich – zwei hellblaue Augen, eine kleine Nase, ein Mund mit Lippen, und Ohren an den Seiten ihres rundlichen Kopfes. Obwohl es keine Anzeichen für ein Sexualorgan gab, identifizierten ihre femininen Züge und zwei kleine Brüste die Kreatur als weiblich. Die beiden schlanken Arme mit Ellenbögen, die an den schmalen Schultern hingen, mündeten in Händen mit jeweils fünf langen Fingern, von denen einer einem menschlichen Daumen ähnelte. Im Gegensatz zu den Kreaturen, denen sie bisher auf dem Schiff begegnet waren, besaß sie überraschenderweise keine Klauen. Ihre langen Beine hatten Kniegelenke und Füße mit fünf Zehen. Sie bewegte sich anmutig wie eine Katze und auch wenn sie sich nicht offensiv gefährlich verhielt, strahlte sie eine bedrohliche Aura aus. Sie trat aus dem Gang und ging zu einer aus der Wand hervorstehenden Kontrollfläche, die bei der Berührung von einem ihrer schlanken Finger aufleuchtete. Ein weiterer Knopfdruck aktivierte den Kran.

Die drei Männer rissen ihren Blick von der Außerirdischen los, um den Kran zu beobachten. Er bewegte sich durch den Raum und hielt vor einem der besetzten Behälter an. Die grüne Flüssigkeit, die den Riesen einhüllte, blubberte und gluckerte, als sie durch den Boden des Behälters abfloss. Erst als er leer war, öffnete sich die Luke. Die langen Arme des Krans streckten sich aus und packten die Kreatur an der Taille. Die Schläuche, die an verschiedenen Körperteilen des Riesen befestigt waren, zischten, als sie sich lösten. Der Riese wurde herausgehoben und zu der außerirdischen Gestalt hinübergetragen. Die Greifwerkzeuge lockerten ihren Griff und der Riese fiel mit einem dumpfen Schlag zu Boden. Sobald die Aufgabe ausgeführt war, fuhr der Kran zurück in die Ausgangsposition.

Die Außerirdische deaktivierte die Kontrollfläche und ging zu der bewegungslosen Kreatur, die ihre schmale Gestalt winzig erscheinen ließ. Sie blieb mit etwas Abstand stehen und starrte den Riesen an.

Da sich die Außerirdische einige Minuten nicht bewegt hatte, flüsterte Theo seinen Gefährten zu: »Worauf wartet sie?«

Henry ermahnte ihn zu schweigen. Es war eine dumme Frage, auf die keiner von ihnen eine Antwort hatte.

Wenige Augenblicke später bewegte sich der Riese. Er würgte, erbrach grüne Flüssigkeit und rollte sich auf dem Boden zusammen, während seine Körperfunktionen zurückkehrten. Er öffnete seine großen Augen und sah sich um. Seinem verwirrten Gesichtsausdruck zufolge war es offensichtlich, dass er seine Umgebung nicht wiedererkannte. Der Riese zeigte beim Anblick der außerirdischen Kreatur keine Angst, jedoch Vorsicht. Er richtete sich ungeschickt auf und schwankte, bis er sein Gleichgewicht wiedergefunden hatte. Er blickte auf das weibliche Alien hinunter, dessen Kopf auf Höhe seines Knies war und hob ein Bein, um es zu zerquetschen.

Die Außerirdische lächelte und sprang auf den Riesen. Im Flug zerfiel sie in einen Nebel aus winzigen Wesen, die auf den Riesen ausschwärmten wie Ameisen, die eine größere Beute angriffen. Aus diesem Getümmel stach eine größere, blassere Gestalt hervor.

Der Riese wurde bei lebendigem Leib gefressen; seine Todesschreie hallten durch den höhlenartigen Raum. Violettes Blut spritzte über den Boden und bildete Pfützen, als Arterien aufgerissen und Fleisch und Organe verschlungen wurden. Innerhalb einer Minute ließ der Schwarm von seiner Mahlzeit ab und sammelte sich erneut zu der Gestalt des weiblichen Aliens zusammen. Von dem Riesen blieb nichts weiter übrig als sein Skelett und der Kopf. Die Knochen fielen klappernd zu Boden in einen See aus Blut, der zu dem Gitter in der Mitte des Raumes floss.

Das Alien ergriff eines der Hörner des Riesen, schleifte es zur Falltür und betätigte den Hebel. Ächzend öffnete sich die Klappe. Der widerliche Gestank von verrottendem Fleisch, Tod und Abwasser waberte aus der Öffnung. Die Außerirdische ließ den Schädel in das Loch fallen zu den anderen Abscheulichkeiten und was sonst noch dort existieren mochte. Die Gestalt des Aliens zerteilte sich in vier Abbilder seiner selbst und jedes pickte sich einen Teil der Überreste des Riesen aus dem makabren Stapel heraus und schleuderte ihn in die Luke. Die Knochen landeten klappernd auf dem Boden.

Die drei Männer waren schockiert über das, was sie gerade beobachtet hatten. Die Überraschung über die außerirdische Gestalt war nichts im Vergleich zu ihrer Sprachlosigkeit, als sie auseinanderbrach, um die riesige Kreatur anzugreifen, und sich wieder zusammenfügte, sobald sie ihr Mahl beendet hatte. Die Angst, entdeckt zu werden und ein ähnliches Schicksal zu erleiden, ließ ihren Atem flach werden und ihre Körper regungslos verharren, doch ihre Augen beobachteten weiterhin voller Furcht und Faszination.

Das Kratzen von Metall ließ bei Richard sämtliche Alarmglocken klingeln. Er wirbelte herum, um der Bedrohung gegenüberzutreten. Mit einem lauten metallischen Krachen, das durch den ganzen Gang hallte, schepperte das Gitter eines Lüftungsschachtes an der Decke zu Boden. Kurz darauf folgte das Heulen des monströsen, von Spinnweben verschleierten Kopfes, der in der Öffnung auftauchte, genauso wie das Geräusch von Richards Schritten, der vor dem unwillkommenen Eintreffen des Spinnwebenmonsters floh.

Die Spinnwebenkreatur landete auf dem Boden und nahm mit muskulösen Beinen, die es flink vorwärts trugen, die Verfolgung auf.

Richard hastete durch den Gang. Er blickte zurück. Das Monster war ihm dicht auf den Fersen. Er schlug auf den Knopf der nächstbesten Tür und rannte hinein in der Hoffnung, auf der anderen Seite etwas weniger Bedrohliches vorzufinden.

Während seines Sprints durch den Raum mit den Behältern, sah Richard fasziniert auf die Riesen, die in den großen transparenten Zylindern eingesperrt waren. Er kam schlitternd zum Stehen, als er die kleinen außerirdischen Kreaturen entdeckte, die riesige Knochen durch Lachen violetten Blutes zerrten.

Überrascht von dem plötzlichen Auftauchen des merkwürdigen Wesens, starrten die weiblichen Aliens es an. Sie wussten zwar von der Anwesenheit der Neuankömmlinge auf dem Schiff, hatten aber bisher noch keinen zu Gesicht bekommen. Das Fehlen offensichtlicher Körperteile, die als Waffen zur Verteidigung taugten, ließ es verletzlich wirken und sicherlich nicht so, als ob es ihnen irgendwelche Sorgen bereiten sollte.

Henry, Theo und Max waren genauso sprachlos wie die frischgefütterten Aliens, als Richard plötzlich auftauchte. Sie hätten ihn rufen können, blieben aber still. Die außerirdischen Kreaturen auf sich aufmerksam zu machen, hätte nur zu einem Ergebnis geführt. Ihre Blicke richteten sich auf den neuen Schrecken, der eintrat und auf Richard zustürzte.

Die blasse Kreatur mit weißer Haut und einem Stich ins Rosafarbene war in eine feine Schicht Spinnweben gehüllt. Es war schwer zu sagen, ob sie zu ihrem Körper gehörten oder ob sie durch ein riesiges Spinnennetz gelaufen war und die Fäden an ihr hängen geblieben waren. Ihre weißen pupillenlosen Augen in Kugeln aus rotgefärbtem Fleisch waren auf die Beute gerichtet, die sie in den Raum gejagt hatte. Ihr kahler Kopf hatte eine skelettartige Nase, ein kleines, von winzigen scharfen Zähnen umringtes Maul und ein kurzes, dickes faltiges Kinn, das auf einem langgestreckten Hals ruhte. Sowohl Kopf als auch Hals waren mit einem roten Netz aus Adern durchzogen. Spinnfäden wallten um ihr Gesicht wie ein Schleier – oder wie verwehtes Haar – und schlängelten sich über ihren Körper. Ranken aus zarten Spinnweben hingen von zwei langen Armen, die aus kantigen, hochgezogenen, knochigen Schultern wuchsen. Beide Arme endeten in drei gebogenen Krallen. Zwei Beine ragten auf der Hinterseite aus ihrem Rumpf und bildeten zusammen einen Unterschenkel, der auf langen, gebogenen Krallen stand. Es war dieselbe Art Spinnwebenmonster, die sie in den Höllengarten gejagt hatte.

Richard hörte Krallen über den Metallboden kratzen und drehte sich ruckartig um. Er schrie vor Angst, als das Spinnwebenmonster in die Luft sprang und seine scharfen Klauen nach ihm ausstreckte. Nur wenige Schritte entfernt entdeckte er eine offene Falltür. Äußerst widerwillig sprang er durch die Öffnung.

Unfähig seinen Sturz ins Ungewisse zu verlangsamen, raste Richard die blutverschmierte Rinne hinunter, bevor er ins Leere fiel. Der Strahl seiner Stirnlampe leuchtete während seines Sturzes über schroffen, kantigen Stein. Der Fall schien gar nicht mehr zu enden. Wenn er nicht weich landete, würde er sich im besten Fall den ein oder anderen Knochen brechen. Er berührte etwas, das nicht besonders weich war, aber auch alles andere als hart. Das Klappern von Dingen, die er nicht sehen konnte, begleitete seine Prellungen verursachende Rutschfahrt. Als er zum Stehen kam, war er überrascht, dass er bis auf ein paar blaue Flecke und Schmerzen unverletzt war. Er ließ den Lichtstrahl mit einer Drehung seines Kopfes herumwandern. Hohe Wände von grober Struktur, die aus Steinblöcken gemacht zu sein schienen, streckten sich zu einem gebogenen Dach in die Höhe. Von seinen vorherigen Beobachtungen an Bord des Schiffes war sich Richard sicher, dass sie aus Metall waren. In unregelmäßigen Abständen in die Wand eingelassene Flächen mit lumineszierenden grünen Gewächsen warfen eine gespenstisch grüne Blässe auf die Umgebung. Große metallene Halsschlingen hingen an Ketten aus Ringen, viermal so groß wie seine Hände, unheilverkündend von der Decke. Senffarbene Flüssigkeit rann aus den meterhohen, gewölbten Öffnungen, die in die Wand des Gangs eingelassen waren, und tropfte in das abgestandene Wasser, das den Boden des Durchgangs bedeckte. Die Spitzen schleimbedeckter Felsen ragten auf jeder Seite aus dem Wasser. Am Ende des Tunnels zeichneten sich ein größerer Raum und eine weitere dunkle Öffnung an dessen Ende ab, was vermuten ließ, dass diese unterirdische Welt, in die er gestürzt war, ungeheure Ausmaße hatte. Alles zusammen wirkte wie ein mittelalterliches Verlies oder eine Folterkammer und war ebenso wenig einladend.

Er wandte seine Aufmerksamkeit auf das, was seinen Sturz abgefedert hatte. Er war zwar überrascht, aber nicht verwundert, als er realisierte, dass er auf einem Haufen riesiger Knochen lag. Es waren so viele, dass sie direkt unter der Rinne eine schauerliche Pyramide aus Skeletten bildeten. Leere Augenhöhlen in den unzähligen, riesigen, blassen Schädeln, die überall auf dem Haufen und dem Boden herumlagen, schienen ihn spottend anzustarren, weil er ihre Welt betreten hatte und ihn nun dasselbe Schicksal erwartete. Das Licht seiner Lampe fiel auf einen Knochen, der frischer war als die anderen, wenn die Haut und das Fleisch, das ihn bedeckte, Rückschlüsse auf sein Alter zuließen. Richard erinnerte sich an die Knochen, die die kleinen Kreaturen zu der Falltür hinübergezogen hatten, durch die er gesprungen war, und wusste nun, wo ihre letzte Ruhestätte war. Er richtete sich auf und bewegte sich unsicher schwankend über die Knochenschichten, um von der Öffnung weg zu sein, ehe die neueste Knochenladung ankam.

Verblüfft von Richards Flucht, konzentrierten Henry, Theo und Max ihre Aufmerksamkeit auf das Spinnwebenmonster, das ihn in den Raum verfolgt hatte, und auf die Gruppe der weiblichen Aliens.

Das Spinnwebenmonster landete auf der Stelle, von der seine Beute so rasch verschwunden war, und schlitterte mit über Metall quietschenden Krallen ein kurzes Stück in die Blutlache hinein. So versessen wie es auf seine Beute gewesen war, hatte es die Bedrohung in dem Raum nicht bemerkt. Das tat es erst jetzt.

Noch immer mit den Knochen in den Händen, blickten die kleinen Aliens beiläufig zur Kreatur, als würden sie abwarten, was sie vorhatte.

Das Spinnwebenmonster wandte seine Augen nicht von den kleinen Kreaturen ab und schnüffelte in die Luft. Die Kreaturen waren zwar klein und wirkten harmlos, dennoch spürte das Spinnwebenmonster die unterschwellige Bedrohung, die sie ausstrahlten. Diese Warnung würde es nicht ignorieren. Die Größe ihres letzten Opfers zeigte, dass sie ausgezeichnet darin waren zu töten. Normalerweise hielt es sich von den Territorien anderer Kreaturen fern, doch der Hunger hatte es dazu gezwungen, übereilt zu handeln. Unfähig, dem verlockenden Duft, der seine Sinne überflutete, zu widerstehen, leckte es langsam etwas von dem Blut am Boden auf, bevor es sich zurückzog und mit einem markerschütternden Kreischen in die Rinne sprang.

Etwas überfordert von den jüngsten Ereignissen, sahen die drei menschlichen Beobachter zu, wie die kleinen Außerirdischen die Knochen zur Falltür schleppten und sie hineinwarfen. Nachdem eines von ihnen die Klappe geschlossen hatte, fanden sie sich wieder zu ihrer größeren Version zusammen und verließen den Raum durch die Tür, in der Richard und das Spinnwebenmonster vor einigen Augenblicken aufgetaucht waren.

Erst als sie sich sicher waren, dass das weibliche Alien verschwunden war, kletterten die drei Männer aus dem Behälter.

»Es war zwar grauenhaft anzusehen, aber wie diese Außerirdische zerfallen ist in – na ja, was auch immer es war, in das sie sich verwandelt hat – und dann zu kleineren Versionen ihrer selbst zusammengeschlossen hat, das war faszinierend!«, befand Theo. »Wie geht das?«

»So faszinierend das auch sein mag, die Physiologie des Aliens ist nicht das, womit wir uns jetzt befassen sollten«, antwortete Henry. »Es reicht zu wissen, dass sie gefährlich ist und wir ihr aus dem Weg gehen sollten. Vor solch einem Angriff könnten wir uns unmöglich schützen.«

Max sah zur Falltür. »Falls Richard den Sturz überlebt hat, ist es unwahrscheinlich, dass er den Angriff von dem Spinnwebendings übersteht, das ihm nach unten gefolgt ist.«

»Wir können nichts für ihn tun. Wir haben unsere eigenen Probleme.« Henry blickte zur Tür, durch die der Alien verschwunden war, und sah sich dann im Raum um. »Wohin gehen wir jetzt?«

Theo deutete zu der Tür, durch die der weibliche Alien hereingekommen war. »Wir haben keine andere Wahl. Wir nehmen den Weg.«

Das durchdringende Kreischen, das durch den Schacht nach unten in die Knochenkammer dröhnte, ließ es Richard eiskalt den Rücken hinunterlaufen – seit er das höllische Schiff betreten hatte, kam das nicht gerade selten vor. Krallen, die an der Metallwand der Rinne entlangkratzten, wiesen darauf hin, dass sich das Spinnwebenmonster unaufhaltsam näherte und mit dessen Ankunft auch Richards bevorstehender Tod. Er hatte keine Zeit zu fliehen, bevor die Kreatur auftauchte, daher suchte er hektisch die Umgebung nach einem Versteck ab. Er entdeckte nur eines und hastete über die wegrutschenden Knochen.

Nachdem es aus der Rinne gefallen war, sah sich das Spinnwebenmonster in dem düsteren Raum um. Es hatte sein ganzes Leben lang gefangen auf dem Schiff verbracht und hatte sich die Luftschächte als sein bevorzugtes Revier ausgesucht, in dem sich seine Sicht gut an die Dunkelheit angepasst hatte. Es drehte seinen Körper, sodass seine Füße auf dem Knochenhaufen landeten. Auf halber Strecke, die es nach unten geglitten war, sprang es auf festen Boden und hielt Ausschau nach seiner Beute. Auch wenn es keine Spur von dem Wesen, hinter dem es her war, entdeckte, hatte es einen Fluchtweg ausgemacht, den die Beute vielleicht genommen hatte. Allerdings bemerkte es auch andere Kreaturen, zu viele, um erfolgreich gegen sie zu kämpfen und zu gewinnen, und sie waren bereits auf dem Weg. Doch ein wenig Zeit blieb ihm noch. Es verrenkte seinen Hals, um zu den Knochen zu sehen, die durch die Öffnung fielen, und ging weiter. Seine dünnen Spinnweben schwebten und wallten, als es sich durch den Raum bewegte.

Es folgte dem Geruch frischen Blutes bis zu dem großen Schädel. Es sprang darauf und riss einen Fetzen Fleisch ab, den es hastig verschlang. Während es kaute, blickte es in den nassen Tunnel. Ein Schwarm der Tiere, die Theo Weltraumratten genannt hatte, platschten durch das faulige Wasser und drängten zu dem verlockenden Geruch des frisch eingetroffenen Mahls, das sich das Spinnwebenmonster gerade schmecken ließ. Es riss ein weiteres Stück vom Knochen und sprang mit vor Blut triefendem Fleisch zwischen den Kiefern von dem Schädel. Es stürzte über die Knochen auf die ankommende Welle aus Zähnen und Krallen zu. Kurz bevor die beiden Spezies aufeinanderstießen, sprang es an eine Wand, kletterte zu einer kleinen Öffnung mit gewölbter Decke und verschwand darin.

Wenn auch gedämpft durch die schaurigen Wände seines Verstecks, hatte Richard gehört, wie die Kreatur eintraf und sich über den Knochenhaufen direkt auf sein Versteck zubewegte. Er zitterte so sehr vor Angst, dass er sich sicher war, sich damit zu verraten. Der riesige Schädel war seine einzige Zufluchtsmöglichkeit gewesen. Er hatte den toten Mund aufgestemmt und obwohl alles in ihm geschrien hatte, was für eine schlechte Idee das sei, sich zwischen den Lippen und Zähnen durchgequetscht, sich auf der feuchten, stinkenden Zunge zusammengerollt und das Maul hinter sich zugezogen. Er schaffte es gerade so, einen Schrei des Entsetzens zu unterdrücken, als das Spinnwebenmonster auf dem Kopf landete und ihn von einer Seite zur anderen schaukelte. Das grauenhafte Geräusch, als das Monster nur eine Handbreit entfernt das Fleisch verschlang, war fast mehr, als er ertragen konnte. Er war sich sicher, dass es wusste, dass er in dem Schädel war, und dass es mit seinem Essen spielte wie eine Katze mit einer Maus. Richard hatte sich hastig einen Plan überlegt. Er würde das Maul zügig öffnen, hinausspringen, sich einen Knochen schnappen und dem Monster damit auf den Kopf schlagen, bevor es seinen überraschenden Auftritt verarbeiten konnte. Das wäre besser, als darauf zu warten, dass das Monster sich seinen Weg zu ihm durchfraß. Als er gerade seine Angst so weit unter Kontrolle hatte, dass er seinen Körper dazu bringen konnte, den Plan auszuführen, nahmen die Ereignisse ihm diese Möglichkeit. Als die Kreatur von dem Schädel sprang, löste sie dessen unsicheren Halt an der Seite des Knochenhaufens und er rollte hinunter. Im Inneren gefangen, polterte Richard hin und her wie ein Kleidungsstück in der Trommel eines Wäschetrockners.

Der Kopf holperte und rollte, bis er an einem der vielen Skelettfragmente seiner Brüder, die auf dem Boden verstreut herumlagen, plötzlich zum Stehen kam. Richard lauschte. Er war sich nicht sicher, ob das Spinnwebenmonster verschwunden war oder nur darauf wartete, dass er herauskrabbelte, um ihn anzugreifen.

Ohne Nahrung, um sie alle zu versorgen, flitzten die Weltraumratten durch den Tunnel und stürzten sich verzweifelt auf den Schädel, um etwas von der Beute abzubekommen. Nur die Schnellsten und Stärksten hatten Erfolg. Sobald eine Ratte einen Happen Fleisch herausgebissen hatte, sprang sie zur Seite. Andere, die nicht so schnell oder stark waren, warteten im Umkreis und versuchten ihr Glück, einen Bissen abzubekommen, indem sie die erfolgreichen Artgenossen jagten und angriffen. Andere, die wussten, dass ihnen keine der beiden Möglichkeiten zu einem Mahl verhelfen würde, attackierten andere Ratten, die im Blutrausch nicht auf ihre Verteidigung achteten. Sobald Blut vergossen wurde, hatte das unglückliche Ungeziefer kaum noch eine Chance. Sie waren Freiwild für die anderen. Auch wenn das Fleisch ihrer Brüder nicht so saftig war wie das am großen Schädel, war es immer noch besser als überhaupt kein Fleisch.

Obwohl Richard das angsteinflößende Schreien, Kreischen und Kratzen von Zähnen und Krallen über

Knochen hörte und wusste, dass das nur noch Schlimmeres bedeuten konnte, kannte er die Ursache nicht; er wusste nur, dass es viele waren.

Als eine der großen Ratten, die an den saftigen Lippen des Riesen nagten, ihren Kopf durch die Kieferknochen des Riesen schob und ihn ansah, erkannte Richard die brutale Spezies der Weltraumratten wieder und auch die Gefahr, die von ihr und dem Rest ihrer Art ausging. Das Nagetier stieß ein überraschtes, doch entschieden erfreutes Kreischen beim Anblick des unerwarteten Festmahls aus und schob seinen Körper weiter nach innen, um es zu erreichen. Richard vergrub seine Finger in der oberen Reihe Zahnfleisch des Riesen und riss sie mit aller Kraft nach unten. Von den großen Zähnen zerquetscht, spritzte Blut aus dem gefangenen Körper der Ratte. Während Todeskrämpfe den sterbenden Nager durchzuckten, wurde er von seinen blutrünstigen Kameraden nach draußen gezogen und hastig verschlungen.

Richard, der von dem wilden Fressgelage der Ratten am Schädel hin und her geschaukelt wurde, hatte nun noch mehr Angst. Vor einigen Augenblicken hätte er das nicht für möglich gehalten. Es hatte zumindest eine geringe Chance gegeben, das einzelne Spinnwebenmonster zu besiegen. Die Horde, die draußen um die begrenzte Menge Fleisch kämpfte, allein zu besiegen war unmöglich. Bald würden sie ihn finden und einen schmerzhaften Bissen nach dem anderen verspeisen – und er konnte nichts tun, um das zu verhindern.

Unerwartet verstummte das beängstigende Kreischen und Schreien der Weltraumratten und wurde von unheilvoller Stille ersetzt, die fast genauso heimtückisch war wie die Fressgeräusche.

Gleichzeitig erstarrten die Nagetiere zu einer makabren Statue aus blutbeflecktem Fell, Zähnen und Krallen. Ein Rasseln von Ketten richtete den Blick ihrer gelben Augen auf eine große bleiche Gestalt, die in der hohen, gewölbten Öffnung auf der anderen Seite des Raumes, zu dem der Durchgang führte, aufgetaucht war. Sie brüllte und preschte vor. Das Wasser, das sich am Boden staute, spritze wie aus Fontänen, als die großen nackten Füße ins Wasser stapften. Die meisten Ratten gaben ihren Kampf um das Futter auf. Unterdessen nutzen einige ihre Chance auf einen letzten schnellen Bissen, bevor sie den anderen in panischer Eile folgten, um aus dem Tunnel herauszukommen, ehe die Kreatur ihn versperrte. Das gelang nicht allen.

Die Ratten wurden von den großen, schaufelartigen Händen des Riesen von den Wänden und aus dem Wasser gefischt, in einer durchgehenden, flüssigen Bewegung ins Maul der Kreatur geworfen und mit Zähnen, so groß wie Grabsteine, zermalmt.

Knochen brachen und Blut spritzte, als er eine Ratte nach der anderen in sich hineinschaufelte in dem Versuch, seinen unbändigen Hunger zu stillen. Einige Ratten, die glaubten, den mörderischen Fängen entkommen zu können, indem sie an der Wand entlang am Riesen vorbeirannten, wurden von der Kette getroffen, die mit grausamer Präzision von dem Metallriemen am Hals des Riesen peitschte. Sie wurden prompt aus der Luft gepflückt und in Reichweite des Riesen geschleudert, der sie sich eilig zwischen seine riesigen Kiefer stopfte.

Richard schob vorsichtig die Zahnreihen auseinander und warf einen Blick auf die gigantische Kreatur, die von Flecken fluoreszierenden grünen Schleims erhellt wurde, und beobachtete, wie sie so viele Nagetiere hinunterschlang, wie sie mit ihren enormen Händen zu fassen bekam. Das war seine Chance zu entkommen.

Mit dem Kopf voran schlängelte sich Richard durch die Zähne und über Fetzen aufgerissener und mit Bisswunden übersäter Lippen, die ihn in violettes Blut tränkten, und fiel auf den Knochenhaufen. Er krabbelte zur Wand und versteckte sich hinter der Ecke des Tunnels. Sobald er Luft geholt und seine Nerven ein wenig beruhigt hatte, spähte er um die Ecke. Die riesige Kreatur, deren enorme Ausmaße praktisch den ganzen Tunnel ausfüllten, blieb stehen. Sie war damit beschäftigt, jede Ratte vom Boden und aus dem Wasser zu schöpfen, die versuchte, an ihr vorbeizukommen. Kaum eine erreichte die Freiheit, nach der sie alle verzweifelt strebten.

Der Riese hatte zwar eine Nase und einen Mund, der gerade vollgestopft war mit sich windendem Ungeziefer, Blut, Innereien und Knochen, die mit jeder Bewegung seiner riesigen Kiefer, mit der er die Nager in schluckbare Bissen zerkleinerte, scheußlich knackten, aber seine Augen fehlten. Die Augenhöhlen waren da, aber nicht die Augen, die einst darin gewohnt hatten. Dem Anblick der grotesken, vernarbten Haut, von der die augenlosen Höhlen eingerahmt wurden, nach zu urteilen, schien es, als seien sie mit etwas Stumpfen herausgeschabt worden und demjenigen, der das besagte Werkzeug bedient hatte, fehlten entweder die notwendigen chirurgischen Fähigkeiten, um die Operation mit Feingefühl durchzuführen, oder er hatte sich nicht geschert, wie viel Schmerz, Leid und Entstellung es dem Betroffenen zufügte. So oder so, der Riese war mit Sicherheit ein unfreiwilliger Patient gewesen. Bis auf ein Stofftuch, das an der richtigen Stelle platziert war, um den herumbaumelnden und zweifelsohne gigantischen Penis des Riesen zu verbergen, war sein Körper nackt. Baumstammdicke Arme und Beine, die sich in einer Brust so groß wie ein Familienauto trafen, machten das riesige Monster zu einem eindrucksvollen Gegner, und den alten Narben auf seiner grotesk muskulösen Haut zufolge, zu einem, der schon viel erlitten hatte.

Kurz fragte sich Richard, wer wohl seine Peiniger gewesen waren. Ein Blick auf die vielen Halsringe, die an Ketten von der Decke hingen, und den aufgehäuften Knochen unter ihnen, von denen schon lange das Fleisch abgezogen worden war, ließen darauf schließen, dass er nicht die einzige unglückliche Kreatur war, die in dieser feuchten, kerkerartigen Höhle hatte leiden müssen.

Als einige der überlebenden hektischen Weltraumnager merkten, dass der Versuch, an der riesigen Kreatur vorbeizukommen, ihnen nur den Tod bringen würde, ergriffen sie die Flucht und rannten zurück in die

Knochenkammer. Mit gierigem Appetit auf Ratten verfolgte der Riese die flüchtende Nahrung.

Richard seufzte. Er wünschte sich, dass die Dinge nur einmal zu seinen Gunsten verliefen. Er schnappte sich einen beliebigen Knochen aus dem großen Angebot, um ihn als Waffe zu verwenden, und richtete sich auf, als die Ratten in die Kammer huschten. Die meisten ignorierten ihn, aber einige blickten ihn finster an, während sie fieberhaft nach einem Versteck suchten. Eine, die zuvor vielleicht keinen Bissen abbekommen hatte, schlug seine Richtung ein, und mit Knurren und gefletschten Zähnen stürzte sie auf die neue Nahrungsquelle.

Richard schwang den Knochenschläger. Die Ratte quiekte und flog durch den Raum. Ihr Schädel platzte, als sie gegen die Wand klatschte. Dem Duft von Blut konnten einige Nager nicht widerstehen und fielen über die blutende Leiche her.

Kadaverfresser trat ein (Richard fand, das sei ein passender Name, und war sich sicher, Theo würde ihm zustimmen), wobei seine Füße, egal wo sie landeten, Knochen zerbrachen. Für einen Moment ignorierte Kadaverfresser die Ratten, hob den Schädel des Riesen auf, der in seinen gigantischen Händen gar nicht mehr so groß wirkte, und nagte mit seinen Zähnen die verbliebenen Fetzen Fleisch von dem von Ratten zerfressenen Schädel. Nachdem er die Blutflecke von dem Schädel sauber geleckt hatte, packte er ihn mit seinen dicken Fingern und brach ihn auf. Das splitternde Knacken von Knochen hallte durch die Höhle, als er den Schädel zerteilte. Das Schlürfen, mit dem das feuchte Gehirn wie eine Auster aus dem Schädelknochen in das Maul des Kadaverfressers glitt, war so Übelkeit erregend wie grausam. Das anschließende Schmatzen zufriedener Lippen zeigte, wie sehr der Riese die köstliche Delikatesse genoss.

Während Kadaverfressers Zunge herumbohrte und jedes Stückchen Gehirn aufschleckte, das sich in dem Schädel befand, ergriff Richard seine Chance, davonzukommen. Geräuschvolles Geschmatze begleitete ihn, als er sich vorsichtig um die Ecke schlich. Aus Angst, zu laut zu sein, wenn er durch das Wasser watete, benutzte er die rauen Steine, die am Rand des Durchgangs lagen, als Trittflächen. Mehr als einmal wäre er fast ausgerutscht.

Knochen knirschten in der Knochenkammer.

Richard warf einen flüchtigen Blick zurück. Kadaverfresser war auf dem Weg. Knochen wurden auf der Suche nach Ratten, die sich darunter versteckten, beiseite geworfen. Das Kreischen und Quieken derer, die entdeckt wurden, verstummten bald, nachdem sie Mund und Zähne des Riesen kennengelernt hatten. Einiges Ungeziefer, das entweder mehr Glück hatte oder intelligenter war als seine Brüder, schaffte es, an dem hungrigen Koloss vorbeizukommen, und floh durch den Tunnel. Richard suchte sicheren Halt, um sie, falls nötig, mit dem Schläger zu bekämpfen. Das war es nicht. Die verängstigten Ratten bemerkten seine Anwesenheit kaum, während sie zurück in die Sicherheit der dunklen Lücke, woher auch immer sie gekrochen waren, rannten. Richard folgte ihnen zügig.

Der Raum, den er am Ende des Tunnels betrat, war größer als erwartet. Er konnte in den finsteren Wänden viele dunkle Öffnungen erkennen, sowohl tiefe als auch hohe, aber sie wirkten so Unheil verkündend, dass es ihn nicht reizte, das Risiko einzugehen, eine davon zu betreten.

Ein schneller Blick zurück in die Knochenkammer zeigte, dass Kadaverfressers Jagd weiterging. Richard rannte quer durch den Raum. Er hoffte, dass er mit seinem lauten Platschen durch das kniehohe Wasser nicht die Aufmerksamkeit des Riesen auf sich lenkte. Mit dem Aufwirbeln des stehenden Abwassers und was auch immer das für eine matschige Substanz war, in der seine Füße bei jedem Schritt versanken, stieg eine neue Wolke abscheulichen Gestanks in die Luft und wetteiferte mit dem ohnehin fauligen Geruch im Raum, der ihm die Kehle zuschnürte. Als er sich dem Ende der Kammer näherte, trat er auf etwas, das unter dem schmutzigen Wasser versteckt lag, und schaffte es gerade noch seinen Mund zu schließen, bevor er hineinrutschte. Spritzend brach er durch die Oberfläche und richtete sich auf, vollkommen bedeckt von stinkendem Schlamm, der von ihm tropfte und in seine Kleidung sickerte. Nachdem er die widerlichen Klumpen von seinen Händen geschüttelt hatte, benutzte er alles andere als saubere Finger, um den Schmutz aus seinem Gesicht und seinen Augen zu wischen, und schüttelte energisch seinen Kopf, um noch mehr davon loszuwerden. Er sah nach unten auf seine teure Kälteschutzkleidung, die nun von Flecken braunen Abwasserschlamms übersät war. Sie war ruiniert. Er würde sicher eine Woche lang baden müssen, um den Mief loszuwerden, der an seiner Haut haftete.

Erschöpft legte Richard seine Hände auf die Knie und pumpte Luft in seine Lunge. Etwas, das er sofort bereute. Von dem Gestank, der so übel roch und so dicht war, dass man ihn fast schmecken konnte, musste er würgen. Er spuckte ein paar Mal in dem Versuch, den Gestank, der in seinem Mund klebte, loszuwerden, doch registrierte bald, dass es aussichtslos war. Er musste aus diesem unterirdischen Drecksloch herauskommen. Er schaute zu der gebogenen Öffnung, die der Grund für seinen Sprint durch den Raum gewesen war. Der Boden verlief schräg nach oben aus dem Wasser und flachte einige Meter vor der Öffnung wieder ab. Als er seine Lampe einschaltete und in die dunkle Zuflucht leuchtete, stellte er bestürzt fest, dass ein rostiges Fallgatter seinen Fluchtweg versperrte. Er blickte angestrengt durch die Lücken zwischen den Gitterstäben, die zu schmal waren, als dass er sich hätte durchquetschen können. Eine Tür und ein Kontrollschalter, um sie zu öffnen, befanden sich quälenderweise nur knapp außerhalb seiner Reichweite, nicht weit von der Barriere entfernt – weitere schlechte Neuigkeiten, die er auf seine ohnehin schon lange Liste setzen konnte. Er ging nach vorn. Von seinem frustrierten Rütteln am Gatter klapperte die Metallblockade in ihrem Rahmen und Roststücke rieselten zu Boden.

Fassungslos wandte er sich ab und suchte verzweifelt nach einem Ausgang aus dem Raum. Er entdeckte nichts, nur noch mehr Pech. Kadaverfresser trat aus dem Durchgang. Seine leeren Augenhöhlen starrten ihn geradewegs an.

Auch wenn Kadaverfresser die Ursache des Geräuschs nicht sehen konnte, hatte sein feines Gehör das Klappern von Metall vernommen, was bedeutete, dass noch etwas anderes in seinem Revier war. Für ihn stand fest, was auch immer es war, man konnte es fressen. Er trat aus dem Tunnel und näherte sich seiner neuen Nahrungsquelle.

Als der Berg vernarbter Muskeln mit Knochen brechenden Zähnen auf ihn zuraste, wurde Richard erneut von Angst gepackt. Ohne Möglichkeit zur Flucht, schob er sich am Fallgatter entlang und presste seinen zitternden Körper in die Ecke.

Als könnte er das Ende des Raums spüren, wurde Kadaverfresser langsamer und hinterließ Spuren schleimigen Abwassers auf der steinernen Rampe, als er aus dem Wasser trat und zu dem Gitter ging. Er legte eine Hand auf die rostige Barriere und bewegte seinen enormen Kopf von einer Seite zur anderen, in dem Versuch, seine Beute zu erschnüffeln.

Richard betrachtete den augenlosen Blick des Wesens und fragte sich, wie die Kreatur seine Position so einfach und präzise bestimmt hatte, ohne sehen zu können. Er nahm an, dass Kadaverfresser mithilfe seines Gehörs und Geruchsinns jagte. Er zitterte vor Angst, als sich der riesige Kopf nach unten bewegte, bis er nur noch wenige Zentimeter von ihm entfernt war. Kadaverfresser schnüffelte. Richard betete, dass das Monster Furcht nicht riechen konnte – denn zweifellos stank er danach. Er hielt den Atem an. Sein Herz schlug so laut, dass er sich sicher war, Kadaverfresser würde es hören und ihn, nachdem er ihn mit einer seiner riesigen Hände gepackt hatte, in den Mund stopfen und zermalmen. Er war überrascht, als sich der Kopf wieder abwandte. Er blickte hinunter auf seine dreckige Kleidung. Der Gestank, der ihn einhüllte, musste wie eine Tarnung gewirkt haben; er roch wie alles andere in dem Raum: verdorben und widerlich.

Als sich Kadaverfresser umdrehte und die ihm gebliebenen Sinne in den Raum richtete, schwang die Kette an seinem Halsband und klapperte über das Fallgatter. Richards Selbsterhaltungstrieb übernahm die Kontrolle.

Noch bevor er realisierte, was er tat, griff er nach dem Ende der Kette und befestigte sie mit einem einfachen Knoten an einer der untersten Stangen des Gatters. Seine Hand glitt in die Tasche, zog ein kleines Atemerfrischungsspray heraus und mit einer mädchenhaften Bewegung seines Unterarms warf er es in den Raum. Auch wenn er den Verlust bei seinem Gestank bereute, bezweifelte er, dass die Wahrscheinlichkeit für Küsse in naher Zukunft besonders hoch sein würde.

Kadaverfresser riss seinen Kopf in die Richtung, aus der er das Geräusch der schlecht geworfenen Ablenkung, die in das schmutzige Wasser platschte, vernommen hatte. Nach zwei großen Schritten weg von dem Gitter, spannte sich die Kette. Er drehte sich zur Seite, griff die Kette mit einer gigantischen Hand und zog an ihr. Das Fallgatter erzitterte. Der Riese zog noch einmal und zerrte mit voller Kraft. Das alte Metall ächzte und verbog sich unter der enormen Stärke der Kreatur.

Richard blickte zu der Stelle der Barriere, die sich bog. Die Unterseite hatte sich fast vom Boden gelöst. Noch ein wenig mehr und er würde sich hindurchschieben können.

Kadaverfresser ergriff die Kette mit beiden Händen und zog kräftiger. Das Metall quietschte, als die dicken Stangen unter dem zunehmenden Druck nachgaben.

Richard konzentrierte sich auf die Lücke, die sich am Boden bildete. *Nur ein kleines bisschen mehr.* Die Kette fing an sich zu lösen. Sein nicht vorhandenes Talent für Knoten hatte ihn im Stich gelassen.

Kadaverfresser spürte, wie sich die Kette am Gitter lockerte, und spannte das Metallseil weiter.

Richard warf sich zu Boden und schlängelte sich mit dem Kopf voran durch die Öffnung. Seine Jacke verfing sich an einem Zacken und zerriss. Richard erstarrte, als Kadaverfresser ihn direkt ansah und sein Zerren an der Kette unterbrach. Obwohl der Riese keine Ahnung hatte, was dieses ungewöhnliche Geräusch verursacht hatte, stürzte er sich darauf.

Als Kadaverfresser auf ihn zusprang, begriff Richard, dass es nichts gebracht hatte, still zu stehen wie eine Statue. Seine Füße suchten panisch nach Halt auf dem rutschigen Boden. Seine Arme griffen nach dem Gatter und er zog sich durch. Richards schmutzige Stiefel verschwanden unter der Lücke. Kadaverfresser schlug gegen die Metallbarriere und deckte Richard mit Rostsplittern ein. Um zu verhindern, dass der herumtastende Arm sich durch eine der Lücken drängte und ihn packte, schob sich Richard so weit nach hinten, bis eine Tür verhinderte, dass er noch weiter zurückkriechen konnte. In sicherer Entfernung kam er wieder zu Atem, während das durch seinen Körper rauschende Adrenalin abebbte.

So verängstigt wie er war, wurde Richard dennoch das finanzielle Potenzial seiner derzeitigen Situation bewusst. Er richtete sich auf und fischte die Kamera aus dem gestohlenen Rucksack. Er wischte die Klumpen Dreck, die in den Rucksack gesickert waren, so gut es ging weg und machte ein paar Schnappschüsse von der riesigen Bestie und auch einige von dem Raum. Sie würden Beweise für seine ausgeschmückte Geschichte liefern, die er über seine Flucht vor dem riesigen Monster erzählen würde.

Mit jedem einzelnen Klicken der Kamera wurde Kadaverfresser wütender. Er schlug mit einer Faust so heftig gegen das Gatter, dass Richard dachte, es würde aus dem Rahmen fallen. Aus Angst, dass genau dies beim nächsten Schlag tatsächlich geschehen würde, richtete er sich auf und öffnete die Tür. Mit einem widerwilligen, vor Rost knirschenden Krächzen fuhren die vier Segmente auseinander und glitten in die Wand. Seinen Blick noch immer auf den blinden Riesen gerichtet, entwich Richard rückwärts durch die Tür.

Kadaverfresser brüllte frustriert, als sie sich mit einem hallenden Zusammenstoßen von Metall schloss.

Richards Erleichterung, erneut einem grässlichen Tod entkommen zu sein, erlosch unverzüglich, als er sich umdrehte und in das riesige monströse Gesicht blickte, das ihn anstarrte.

Außerirdische Landschaft

FÜR THEO, MAX UND Henry war es derzeit unmöglich, zum Maschinenraum zurückzukehren, weil die gefährlichen Insassen des Schiffs den einzigen ihnen bekannten Weg blockierten. Daher blieb ihnen keine andere Möglichkeit, als das Risiko einzugehen, weiter vorzustoßen, auch wenn das bedeutete, durch jene Tür zu gehen, durch die der Alien kurz vorher aufgetaucht war.

Die Tür glitt auf.

Was durch den größer werdenden Spalt sickerte, wirkte wie Tageslicht, das die drei ängstlichen Männer in einen hellen Schein tauchte. Sie traten ein und entdeckten die Quelle. Das Licht wurde von Platten ausgestrahlt, die sich über die gesamte Länge des Raumes erstreckten und eine Landschaft beleuchteten, die man nur als außerirdisch beschreiben konnte. Der sonderbare Anblick zog sich über eine Distanz von mindestens achthundert Metern in die

Länge und halb so lang in die Breite. Eine durchsichtige Wand umgab die Metallplattform, auf der sie standen.

Vor ihnen führte eine durchsichtige Tür zu einer Metallrampe, die zu einem Steinweg abfiel. Dieser führte zu dem von Säulen eingerahmten Eingang der riesigen Konstruktion, der die andere Seite der kolossalen Höhle einnahm. Zu weit entfernt und in Dunkelheit gehüllt, verriet der Eingang nicht, was sich dahinter befand. Die drei Tore, die in der Finsternis lagen, schienen aus rauem Fels geschlagen worden zu sein und erstreckten sich über dem Eingang fast einhundert Meter in die Höhe. Das dunkelgraue Gebäude sah aus, als gehöre es zu einem gigantischen Motor oder Generator, der aus dem Felsen wuchs, der sein Fundament und Teile des Höhlenbodens bedeckte. Der Großteil der architektonischen Kuriosität, ein zylinderförmiges Gehäuse, stand auf einem Fundament mit hohen, abfallenden Seiten. Dicke Streben desselben Materials verliefen aus dem Felsboden bis zur Oberseite, als würden sie die gesamte Konstruktion im Boden verankern. Auf der anderen Seite des zylindrischen Hauptteils erstreckte sich ein breiter Hals zu einer knochenähnlichen Struktur, deren Vorderseite an jener Wand befestigt war, die die Männer für die Außenwand des Schiffs hielten. Zwei Fensteröffnungen, eines an jedem Ende des ovalen Rundkörpers, überblickten die Höhle. Andere Öffnungen in verschiedenen Größen und Formen in den Seiten des Gebäudes waren erfüllt von einer abweisenden Schwärze.

Der Weg, der von der Plattform, auf der sie im Moment standen, zu dem kolossalen Gebäude führte, verlief durch einen der Tunnel im Stamm eines riesigen Baumes, der horizontal durch den Raum wuchs. Gras bedeckte die Oberfläche und Ranken hingen seitlich hinunter. Auf der anderen Seite des Baumes führte der Pfad über eine Brücke, die sich über den breiten Fluss erstreckte, der das enorme Gebäude umgab. Ein Turm ragte auf der anderen Seite der Brücke empor.

Große, dornenreiche Bäume mit einer Höhe von viereinhalb Metern, Büsche, riesige dunkle Holzgewächse, die vereinzelt herumstanden, und Felshügel auf dieser Seite des Flusses – sie alle erweckten den Anschein, als wären sie schon seit langer Zeit tot. Sie standen da wie geisterhafte Wachposten.

»Es wäre eine Untertreibung zu sagen, dass ich überrascht bin«, befand Henry.

Theo ließ seinen Blick über die Landschaft wandern. »Jedes Mal, wenn wir auf etwas Neues stoßen, bin ich immer wieder verblüfft, wie ein Schiff dieser Größe konstruiert werden, geschweige denn durch den Weltraum fliegen konnte.«

»Denkt nur mal an die Fortschritte, die die Menschheit erzielen könnte, wenn wir nur einen Bruchteil der Technologie dieses Schiffes und der Bauweise verstehen würden«, sagte Max.

»Egal, was wir davon verstehen, es wird uns nichts nützen, wenn wir keinen Weg hinaus finden«, entgegnete Henry.

Theo brach das Schweigen, das sich über sie gelegt hatte, während sie den atemberaubenden Anblick begutachteten. »Also, gehen wir nun los und untersuchen das Gebäude oder kehren wir um?«

Henrys Blick folgte dem Weg zu den ominösen Öffnungen. »Umkehren ist keine Option. Jedenfalls noch nicht. Wenn wir keine andere Route zum Maschinenraum finden können, die um die Kathedralenkammer herumführt, werden wir Waffen brauchen, um die Kreaturen darin zu bekämpfen.« Er öffnete die Tür und führte sie den Weg entlang.

Sie sahen hoch zu dem riesigen Baum, der mit jedem Schritt größer wurde. Es war kein einzelner Baum, wie es aus der Entfernung gewirkt hatte, sondern Tausende meterdicke ineinander verschlungene Ranken. Dunkle Lücken zwischen den Gewächsen deuteten darauf hin, dass es möglicherweise einige Hohlräume gab. Die Geräusche und das Knarren der innenliegenden Äste, die aus den Öffnungen drangen, ließ sie an die Dinge denken, die sich vielleicht im

Inneren bewegten. Schnell duckten sie sich daran vorbei und folgten dem Pfad.

Einige Schritte später blickte Max zu den Lichtern hinauf. »Geht es nur mir so oder wird es dunkler?«

Theo war ebenfalls aufgefallen, dass das Licht schwächer geworden war. Nervös schaute er in die Landschaft, die rasch in Schatten gehüllt wurde.

Besorgt hob Henry eine Augenbraue. »Die Nacht bricht an.«

Theo sah ihn an. »Ich wünschte, du hättest das in einem etwas weniger unheilvollen Ton gesagt.«

Henry lächelte und schaltete seine Taschenlampe ein. Max und Theo taten es ihm gleich.

Jane, Lucy und Jack rannten durch den Korridor und blieben vor der letzten Tür stehen, die ihnen den Weg versperrte. Zögernd drückte Jane den Kontrollknopf. Sie waren alle überrascht, als Licht durch die Öffnung flutete. Sie traten ein, gingen zu dem riesigen Panoramafenster, das sich fast über die gesamte Breite des Raums erstreckte, und bestaunten den Anblick, der sich weiter unter ihnen ausbreitete.

Besorgt darüber, dass das Klickmonster noch immer auf der Jagd war, wusste Jack, dass sie nicht lange herumtrödeln konnten. Er riss seine Aufmerksamkeit von der faszinierenden Landschaft los, trat von dem Aussichtsfenster zurück und warf einen Blick durch den Raum. Je eine Öffnung an beiden Seiten führte zu zwei Pfaden hoch über der Landschaft. Beide verliefen zu einer Brücke, die sich durch die Luft spannte und mit der riesigen Konstruktion verbunden war, die die andere Seite des unfassbar großen Raums dominierte.

»Was für ein Ort ist das?«, fragte Jane und brachte damit ihr Staunen über den Anblick des merkwürdigen, gigantischen Gebäudes zum Ausdruck.

»Vielleicht lebt dort die Besatzung.« Jack deutete auf die gebogene, knochenähnliche Struktur. »Das Ding da oben könnte das Kontrollzentrum sein.« Er drehte sich um, als sich die Tür, durch die sie gekommen waren, automatisch schloss. Er richtete seinen Blick wieder auf die außerirdische Landschaft und zeigte rechts auf den Fußweg, der aus der Seite des Schiffs herausragte. »Der Pfad ist mit dem Gebäude verbunden und könnte zum Kontrollraum führen. Wenn er das tut, können wir vielleicht alle Türen aktivieren, die uns davon abhalten, zurück zum Maschinenraum zu kommen. Falls die anderen es so weit geschafft haben, denke ich, dass sie zur selben Schlussfolgerung gekommen sind. Eventuell treffen wir sie dort.«

Jane stimmte zu. »Na ja, zurückgehen können wir nicht, also ist das sicherlich ein guter Plan.«

Lucy starrte auf das sonderbare Gebäude am anderen Ende der außerirdischen Landschaft und fragte sich, welche Schrecken darin auf sie warteten. »Ich bereue jetzt, nicht auf Henry gehört zu haben, als er seine Zweifel daran äußerte, ob es eine gute Idee sei, das Raumschiff zu betreten. Wir hätten niemals an Bord gehen dürfen.«

Jack legte sanft eine Hand auf ihre Schulter. »Hinterher ist man immer klüger, aber jetzt sind wir nun einmal hier und müssen sehen, wie wir zurechtkommen.« Er führte sie hinauf zu dem Fußweg.

Nach einem Viertel des Wegs sah Lucy zu dem schwindenden Licht. »Es wird dunkler.«

»Vielleicht ist es ein Zyklus, der den Tages- und Nachtwechsel simuliert wie in dem Raum mit dem Wald«, mutmaßte Jane.

»Aber wir sind dort erst vor Kurzem rausgekommen und die Lichter sind gerade angegangen. Wenn die Beleuchtung dort dieselbe Taktung hat wie hier, ist es ein ziemlich kurzer Zyklus«, sagte Lucy.

Bevor sie weiter über das Rätsel nachdenken konnten, wurden sie von drei weißen Lichtern abgelenkt, die unter ihnen auftauchten.

Lucy legte ihre Hände auf das Geländer und spähte zu den drei Figuren hinunter. »Da sind Henry, Theo und Max.«

Sie starrten zu den winzigen Figuren unter ihnen.

Lucy rief Henrys Namen. Die drei Männer drehten sich um, schauten zu ihnen hinauf und winkten. Henry rief etwas, aber er war zu weit entfernt. Sie konnten ihn nicht verstehen.

»Versuche sie mit dem Walkie-Talkie zu kontaktieren«, schlug Jack vor.

Jane zog das Gerät aus ihrer Tasche und drückte den Sprechknopf. »Henry, kannst du mich hören?«

Sie sahen, wie Henry in seine Tasche griff.

Lucy lächelte. »Er hat es gehört.«

Henrys Stimme knackte aus dem Handfunkgerät. »Ich bin so erleichtert, dass es euch dreien gut geht. Over.«

»Das sind wir auch über euch. Wir sind auf dem Weg in das riesige Gebäude. Jack denkt, dass die kuppelförmige Struktur obendrauf der Kontrollraum sein könnte. Vielleicht können wir von dort aus die Türen öffnen, damit wir von dem Schiff runterkommen. Over.«

»Der Kontrollraum ist auch unser Ziel, treffen wir uns dort. Haltet Ausschau nach allem, was man als Waffe benutzen kann. Over.«

Bevor Jane antworten konnte, erklang ein höllisches Kreischen. Sie sahen nach unten. Rote Augen tauchten in den Öffnungen der riesigen Baumstammformation auf.

»Die Dunkelheit lockt die nachtaktiven Wesen an«, bemerkte Jack.

Der Kopf einer dunklen Gestalt mit hell leuchtenden Augen erschien in einer der Öffnungen und drehte ihren Kopf zu den drei Eindringlingen, die ihr Revier betreten hatten. Ihr Knurren entblößte strahlende Zähne, die zur Helligkeit der roten Augen passten. Sie schlich aus der Öffnung und kletterte eilig am Baum hinunter. Andere ihrer Art krochen aus den vielen Öffnungen, um der ersten in Richtung Boden zu folgen. Alle rauschten auf die drei Fremden zu.

Jane schrie ins Walkie-Talkie. »Lauft, Henry. Lauft!«

Die drei Männer rannten los.

Von ihrem hohen Aussichtspunkt aus verfolgten die beunruhigten Zuschauer den Sprint ihrer Freunde zur

Brücke. Die Strahlen der Taschenlampen zuckten unruhig während ihrer hastigen Flucht. Als die Dunkelheit intensiver wurde, schalteten sie ihre eigenen Lichter an und ließen die Strahlen über weitere Kreaturen gleiten, die aus den Löchern im Baum schlichen, und über jene, die bereits auf der Jagd nach den fliehenden Männern waren. Die Körper der Kreaturen waren Mäntel gespenstischer Dunkelheit. Nur ihre hellen Augen und Zähne verrieten ihre Position. Es war, als würden sie die Schatten unsichtbarer Monster beobachten und nicht tatsächlich physische Lebewesen. Wenn der Schein ihrer Taschenlampen auf eines von ihnen fiel, wurde es lichtdurchlässig; man konnte im Licht deutlich ihre Skelette und Organe erkennen. Die Geisterwesen bewegten sich aufrecht in gebeugter Haltung auf dünnen Beinen, deren Gelenke auf der anderen Seite als beim Menschen waren.

Als das Geräusch von Maschinen ihre Aufmerksamkeit erregte, lösten Jane, Lucy und Jack ihre Blicke von den Kreaturen. Der naheliegende Brückenteil fing an, sich zu heben.

»Das bedeutet nichts Gutes«, sagte Jack. »Ich frage mich, was der Auslöser war.«

»Vielleicht folgt es einem zeitlichen Rhythmus wie das Licht, um Monster davon abzuhalten, sie zu überqueren«, vermutete Jane, »aber was mir mehr Sorgen bereitet, ist, ob Henry, Theo und Max sie rechtzeitig erreichen.«

Theo fluchte, als die Brücke anfing, sich zu heben. Ein Blick zurück auf die schrecklichen Geisterwesen, die vom Schein seiner Taschenlampe erhellt wurden, ließ ihn erneut fluchen. Ihm fiel auf, dass Henry zurückfiel und heftig keuchte.

Henry bemerkte Theos besorgten Blick. »Wartet nicht auf mich«, presste er hervor.

Ein paar lange Schritte und ein kleiner Sprung brachten Theo auf die Brücke. Max sprang einige Augenblicke später. Sie drehten sich um. Henry war nur ein Stück weit entfernt und die gruseligen, geisterhaften

Kreaturen holten schnell auf. Da die Brücke sich hob, mussten sie sich hinlegen und an der Kante festhalten, um nicht hinunterzurutschen.

»Beeil dich, Henry. Du kannst es schaffen«, feuerte Max ihn an. »Halt dich an der Kante fest, dann ziehen wir dich hoch.«

Henry sah zur Brückenkante, die jetzt auf Brusthöhe war, und machte sich Sorgen, ob seinem alten, müden Körper der Sprung gelingen würde. Die Geräusche der Monster, die immer näher kamen, spornten ihn an. Die Brücke war auf Kopfhöhe, als er das Ende des Wegs erreichte. Das verunsicherte ihn umso mehr, ob er es schaffen konnte. Um beide Hände frei zu haben, warf er die Taschenlampe über den Rand der Brücke und sprang in die Luft. Seine Finger ergriffen die Kante der Brücke. Sie rutschten ab. Theo und Max packten jeweils einen seiner Arme.

»Wir haben dich, Henry«, sagte Theo. Von der Anstrengung, das Gewicht des alten Mannes zu halten, klang seine Stimme gepresst.

Ein Kreischen ertönte.

Henry drehte seinen Kopf. Auch wenn die meisten Geisterwesen schlitternd zum Stillstand kamen und vom Fluss zurückwichen, sprang eines mit ausgestreckten Krallen in seine Richtung. »Zieht mich hoch!«, schrie Henry.

Theo und Max befanden sich auf der geneigten Brücke nicht in der besten Position, um die Hebelwirkung aufzubringen, die nötig war, um Henry schnell in Sicherheit zu zerren. Sie kämpften mit seinem Gewicht.

Henry trat nach der Kreatur und traf sie am Kopf. Sie kreischte und holte nach ihm aus. Eine Kralle zerfetzte sein Hosenbein. Etwas hüpfte aus dem Fluss und bespritze Henry mit kaltem, dickflüssigem Brackwasser. Die eisige Flüssigkeit stach wie Nadeln auf seiner Haut. Davon überzeugt, dass die Klauen des Geisterwesens ihn gepackt hatten, schrie Henry und sah nach hinten. Ein aufklaffendes, mit langen, scharfkantigen Zähnen gefülltes Maul und sein lockender Schlund waren alles, was Henry von dem Monster, das sich aus dem Wasser gestürzt hatte, erkennen konnte. Er zog seine Beine an, als sich die kräftigen Kiefer um die Brust des Geisterwesens schlossen. Blut spritze auf ihn, als die Kreatur in zwei Teile zerbissen wurde. Als das Flussmonster mit der Hälfte des Wesens zwischen seinen Zähnen zurück ins Wasser fiel, schoss ein zweites Flussmonster aus dem Wasser, um sich die andere Hälfte, die noch in der Luft war, zu schnappen. Henry platzierte einen Fuß auf seiner Schnauze und drückte sich so auf die Brücke. Überrascht von Henrys plötzlichem Schub rutschten Theo, Max und er selbst die Brücke hinunter, rollten über den Boden, blieben liegen und schnappten nach Luft.

Die Geisterwesen an Land heulten und kreischten, als die Flussmonster erschienen. Doch während sie zurück in den Fluss platschten, huschte das nächste Geisterwesen nach vorne und grapschte nach dem Wasser der hervorbrechenden Welle.

Ein Monster schoss aus dem Fluss und schlang seine Kiefer um das Geisterwesen, das sich zu nah ans Wasser gewagt hatte. Ein Geisterwesen, das Henrys Flucht beobachtet hatte, sah seine Chance, die vor ihm Fliehenden zu fassen. Es stürzte nach vorn. Seine kräftigen Beine sprangen in die Luft, als das Maul des Flussmonsters mit der Beute darin zuschnappte. Das Geisterwesen benutzte die Schnauze des Flussmonsters als Trittfläche, hievte sich auf die Brücke und stolperte an ihr hinunter.

Theo sah die Kreatur und warnte die anderen. Henry, zu erschöpft, um sich zu bewegen, lag da und beobachtete, wie sie die Brücke herunterfiel. Theo griff nach seinem Messer und als das Geisterwesen über den Boden auf Henry zurollte, warf er sich auf das Monster und stach mit seinem Messer wie wild immer und immer wieder in seine Brust. Theo wurde mit dem Blut bespritzt, das aus den Wunden der Kreatur strömte. Sie kreischte und wehrte sich und warf Theo zu Boden. Sie drehte sich auf den Bauch, kam wackelig auf die Beine und starrte ihren Angreifer an. Ihr Knurren entblößte helle, boshafte Zähne. Sie kam einen Schritt näher und fiel nach vorn. Theo wich aus, als sie auf dem Boden zusammenbrach.

Max, überrascht von Theos plötzlichem, rasendem Angriff, betrachtete das Monster erstaunt. »Ist es tot?«

Theo trat näher und stupste das Geisterwesen mit dem Fuß an. Keine Reaktion. »Es ist tot.« Mit seinem Ärmel wischte er das dunkle Blut vom Messer und steckte es zurück in die Scheide.

Jane, Lucy und Jack hatten die Geschehnisse, die sich gerade ereignet hatten, mit Entsetzen verfolgt. Gerade als sie dachten, es sei vorbei und die Männer wären in Sicherheit, sprang ein Geisterwesen auf die Brücke und verschwand – genau wie die drei Männer – hinter der gehobenen Brücke aus ihrem Sichtfeld.

»Glaubt ihr, es geht ihnen gut?«, frage Lucy.

Jane war gerade dabei, es herauszufinden. Sie sagte ängstlich ins Walkie-Talkie: »Henry, Theo, Max, geht es euch allen gut?«

Noch immer außer Atem fischte Henry das Funkgerät aus der Tasche und reichte es Max.

»Ja, Jane, es geht uns gut. Der alte Mann ist ein wenig außer Atem, aber er wird es überleben, und Theo ist voller Blut von der Kreatur, die er getötet hat, aber abgesehen davon geht es uns gut. Over.«

Jane seufzte erleichtert. »Das sind tolle Neuigkeiten, Max. Wir sehen euch dann drinnen. Over.«

»Verstanden.« Max steckte das Kommunikationsgerät ein und bemerkte Henrys blasse Gesichtsfarbe. »Geht es dir gut? Du kriegst jetzt aber keinen Herzinfarkt oder so?«

Henry schüttelte den Kopf. »Mir geht's gut. Meinem Körper wird nur klar, dass ich nicht mehr so jung und fit bin, wie mein Gehirn glaubt.«

Nachdem Max und Theo Henry auf die Beine geholfen hatten, gingen sie zur Seite der Brücke, von wo aus sie die Geisterwesen am anderen Ufer sehen konnten.

»Wir sind gerade noch mal davongekommen«, sagte Max. »Hätte Jane uns nicht genau in dem Moment gewarnt, hätten wir es vermutlich nicht rechtzeitig zur Brücke geschafft.«

Henry reichte Theo sein Taschentuch.

Theo wischte sich so gut er konnte das Blut vom Gesicht und den Händen, während er das Geisterwesen beobachtete, das ihn von der anderen Seite des Flusses aus anstarrte. Seine langen, fast nebelartigen Skelettfinger und -füße hatten an ihren Enden lange, gebogene Krallen. Sein Kopf hatte eine unbestimmte Form und schien mit seinen gespenstischen Bewegungen zu flackern und zu schimmern, als würde ein starker Wind ihn aufwirbeln wie eine Rauchwolke. »Sie scheinen genauso grausam zu sein wie jede andere Kreatur, die wir bisher an Bord dieses Schiffes getroffen haben.«

»Die Besatzung muss ein ziemlich zäher Haufen gewesen sein, wenn sie all diese Schrecken hier in Schach halten konnte«, meinte Max, der von den ungewöhnlichen, geisterhaften Kreaturen gleichermaßen fasziniert und eingeschüchtert war.

»Oder sie waren gut bewaffnet«, erwiderte Henry.

Theo warf das mit Blut vollgesogene Taschentuch in den Fluss.

Ein Flussmonster tauchte aus den unergründlichen Tiefen auf und verschluckte das blutige Stück Stoff. Seine Bewegungen durch das grüne Wasser wirbelten einen starken, abgestandenen Gestank auf. Ein weiteres Flussmonster schwamm vorbei, die Augen starr auf sie gerichtet. Sie erhaschten einen kurzen Blick auf andere große, dunkle Umrisse von Dingen, die sie unter der Oberfläche nicht erkennen konnten.

Max erschauderte unwillkürlich. »Ich hätte keine Lust, da reinzufallen.«

Theo nickte zustimmend und zeigte auf seine blutbefleckte Kleidung. »Ich würde den Scheiß gern abwaschen, weil ich mir sicher bin, dass der Geruch andere Kreaturen anlockt. Aber ich warte lieber, bis ich Wasser finde, das nicht voll ist von irgendwelchen Biestern, die scharf darauf sind, mich zu fressen.«

Henry drehte sich mit dem Rücken zum Fluss und sah hinauf zum Gebäude, das sich nicht weit vor ihnen auftürmte. »Der Fluss scheint ein Burggraben zu sein.«

»Bei solchen Kreaturen, die hier herumstreunen, verstehe ich, weshalb sie einen gebraucht haben«, sagte Theo.

Max richtete seine Aufmerksamkeit auf den Turm, aus dem zwei gewaltige Kolben ragten, die mit dem oberen Ende der angehobenen Brücke verbunden waren. »Wenn das Wasser ein Burggraben ist, dann ist das eine Zugbrücke!«

»Um die Kreaturen fernzuhalten«, schlussfolgerte Henry. »Trotzdem ist es mir ein Rätsel, warum sie Kreaturen an Bord gebracht haben, vor denen sie sich schützen mussten.«

»Mit jeder neuen Entdeckung wird dieses Schiff eigenartiger«, sagte Theo.

Henry hob seine Taschenlampe auf und war erleichtert, dass sie noch funktionierte. »Lasst uns weitergehen. Auch wenn ich keine Ahnung habe, was wir da drin finden werden, bin ich mir sicher, dass es nicht nur Gutes sein wird. Verhaltet euch ruhig, aufmerksam und haltet Ausschau nach allem, was wir als Waffe verwenden können.«

»Das Problem ist, Henry«, setzte Max an, »dass die meisten der Kreaturen, die wir gesehen haben, viel größer sind als wir. Daher nehme ich an, dass auch die Crew größer ist. Falls wir Waffen finden, entsprechen die sicherlich ihren Maßstäben und sind für uns zu unhandlich, um sie verwenden oder kontrollieren zu können.«

»Darüber können wir uns Gedanken machen, sobald wir irgendetwas finden. Ich erwarte nicht, Schusswaffen oder Laserpistolen zu finden. Aber falls doch, könnten vielleicht zwei von uns sie gemeinsam bedienen, wenn sie zu groß ist. Ein Messer ist ein Messer, egal welche Größe es hat. Aber vielleicht sollten wir es irgendwo befestigen, um einen Speer daraus zu machen. Wir sind intelligente Menschen, uns wird etwas einfallen. Theo hat gerade erst eines mit einem kleinen Messer getötet, also bin ich mir sicher, wir werden das hinkriegen.«

»Oder sterben beim Versuch«, seufzte Theo. Er folgte Max und Henry.

Sie erreichten das Gebäude und traten durch den mittleren Eingang.

Es war zu dunkel, um die drei Männer deutlich zu erkennen, aber ihre Lichter ermöglichten es Jane, Lucy und Jack, ihr Vorankommen von der Brücke bis zum Eingang des Gebäudes zu verfolgen, bis sie im Inneren verschwanden.

Jane steckte das Walkie-Talkie in ihre Tasche. »Ich hoffe, unser Weg wird weniger ereignisreich.«

»Ich bin mir sicher, das wird er.« Jack blickte über den Rand der Brüstung. Der Boden lag weit unter ihnen. »Die Kreaturen können uns hier oben nicht erreichen.«

Der Raum wurde erfüllt von dem Geheul und Gekreische der Scharen von Geisterwesen, die durch die Landschaft zogen wie Vogelschwärme. Sie teilten sich in Gruppen auf und kreisten einige Male um die dornigen Bäume, ehe sie auf den Fluss zusteuerten. Mit offenkundiger Vorsicht krabbelten sie das flache Ufer hinab, tranken Wasser und eilten davon. Diejenigen, die den Fluss besucht hatten, rasten zu den Bäumen zurück und leerten das Wasser aus ihrem Mund in schüsselähnliche Formationen, die um die Baumstämme herum wuchsen.

Lucy war fasziniert von dem Verhalten der Kreaturen. »Sie gießen die Bäume.«

Als eine ausreichend große Menge Wasser ausgeleert wurde, trieben blaue Blüten aus den Enden der Zweige. Je mehr Wasser die Bäume nährte, desto größer wurden die Blüten.

Jack lenkte seinen Blick zum Tumult, der vom Burggraben kam.

Drei der Amphibienmonster schossen aus dem Wasser. Jedes schnappte sich mit seinem Maul eines der Wasser schöpfenden Geisterwesen, bevor sie mit ihrer Beute unter der Wasseroberfläche verschwanden. Diejenigen, die dem Angriff am nächsten waren, sprangen vor der Bedrohung zurück, aber die anderen holten weiterhin Wasser. Die Bewässerung der Bäume und die Attacken, bei denen neun weitere ihrer Art zu Nahrung für die Flussmonster wurden, setzten sich zehn Minuten fort.

Die drei staunenden Zuschauer blickten zu den Geisterwesen hinunter, die sich um die Bäume herum positioniert hatten und zu den blauen Blüten hinaufblickten, die auf die Größe von Fußbällen anschwollen, aber zu hoch hingen, um sie zu erreichen. Ein aufgeregtes Gemurmel breitete sich in der Höhle aus, als die Blüten anfingen zu glühen. Die Blicke der Geisterwesen, getaucht in blaues Licht, konzentrierten sich auf eine Fläche weit oben am dicken Stamm. Eine Ranke schlängelte sich heraus, ging in einen orangenen, langgestreckten Schlauch mit einer Länge von etwa zwanzig Zentimetern über und pochte leuchtend. Die hervorstehenden Dornen am Baumstamm zogen sich zurück. Geschrei und Rangeleien brachen in jeder einzelnen Gruppe aus und endeten damit, dass einer von ihnen in Richtung des Baumes gestoßen wurde.

Mit nervöser Gespanntheit näherten sich die gezwungenen Freiwilligen den Bäumen.

Jane, Lucy und Jack, vom aufgeregten Verhalten der Geisterwesen gefesselt, konzentrierten sich auf die Gruppe, die ihnen am nächsten war.

Die einzelne Kreatur hielt kurz vor dem Baum inne und drehte den Kopf, um in die Runde der umstehenden Horde zu blicken. Wildes Knurren und durch die Luft kratzende Krallen erinnerten sie daran, was passieren würde, wenn ihre Aufgabe misslang, zu der sie auserkoren wurde. Sie akzeptierte ihr Schicksal, sprang an den Stamm und kletterte zu dem leuchtenden Köder hinauf. Als es in

Reichweite ihres Mauls war, griff sie das Gewächs zögerlich mit seinen Kiefern und sog die orangefarbene Substanz heraus. Ihr Blick streifte umher und ihr Gesichtsausdruck verwandelte sich in Euphorie. Die ausgedörrte Ranke schnappte zurück. Das Leuchten der blauen Blüten intensivierte sich zu einem fast weißen Licht, was ein Crescendo aufgeregter Schreie auslöste, das den höhlenartigen Raum erfüllte. Spitze Dornen schossen aus dem Baum und durchbohrten den Körper des erzwungenen Freiwilligen. Die Stacheln dehnten sich aus und zogen sich mit einem saugenden Geräusch wieder zusammen, während sie jeden Tropfen Flüssigkeit aus dem Körper der geopferten Kreatur saugten. Als die Stacheln sich zurückzogen, um den Körper der unglücklichen Kreatur freizugeben, fiel ihre trockene Hülle zu Boden.

Wie knallende Sektkorken wurden die blauen Blüten von dem Strauch abgestoßen. Ihre Flugbahnen wurden von den wartenden Kreaturen gespannt verfolgt. Die Blüten explodierten mitten in der Luft und regneten in Hunderten tennisballgroßer Kugeln blauer Substanz auf die Geisterwesen nieder. Einige wurden aus der Luft gefangen, andere vom Boden geschnappt. Alle wurden heißhungrig verschlungen. Immer, wenn eines seine Belohnung gefressen hatte, glühte sein Körper in einem blauen Licht, das seine Knochen, Blutgefäße und inneren Organe skizzierte. Dann blähten sich die Wesen auf faszinierende Weise auf. Fleisch wuchs am Rumpf und an den Gliedmaßen. Wenige Augenblicke später verschwand das Leuchten ihrer Körper. Als der Fressrausch vorbei war, entspannten sich die Kreaturen, die nicht mehr die Erscheinung von Geistern hatten, und wanderten in der Höhle umher, während sie andere ihrer Art beschnüffelten. Einige paarten sich, andere spielten und ein paar kämpften.

Jane atmete hörbar aus. »Wow! Das war zweifelsohne eines der unfassbarsten Schauspiele, die ich je gesehen habe.«

Lucy stimmte ihr absolut zu. »Auf der Erde haben wir Arten von Pflanzen, Tieren und Insekten, die zum Überleben voneinander abhängen, aber nichts, was auch nur annähernd so ist wie diese Art von Symbiose, die wir gerade beobachtet haben.«

»Möglicherweise sind diese Kreaturen Wachhunde, um das, was auch immer in dem Gebäude ist, vor den Monstern zu schützen, denen wir auf dem Rest des Schiffs begegnet sind; oder sie könnten Nahrung für die Crew sein, wie Kühe, Schafe und Schweine es für uns sind«, sagte Jack. »Es würde Sinn ergeben, einen sich selbst erhaltenden Viehbestand zu haben, wenn eine Crew weite Distanzen über lange Zeit zurücklegt.«

Jane blickte auf das Gewusel. »Ja, aber unsere Viehbestände sind nicht bösartig und haben keine Krallen«

Jack zuckte mit den Achseln. »Vielleicht hat die Besatzung Spaß am Nervenkitzel der Jagd.«

»Eine Besatzung, die wir bisher nicht zu Gesicht bekommen haben«, erinnerte ihn Lucy.

Jack sah hinüber zum Gebäude auf der anderen Seite des Burggrabens. »Das könnte sich bald ändern.«

Er führte sie über den Pfad.

»Ich frage mich, wo Eli und Richard sind«, sagte Lucy.

Jack erinnerte sich an Elis Schreie, kurz bevor sie in den Wald geflohen waren. Die Erkenntnis, dass Eli mit großer Sicherheit tot war, behielt er für sich. Auch wenn Richards Schicksal ungewiss war, hielt er es für wahrscheinlich, dass der Mann überlebt hatte; Leute wie er taten das meistens. »Hoffentlich treffen wir sie bald. Sie könnten sogar schon in dem Gebäude sein.«

Jane warf ihm einen zweifelnden Blick zu, sagte jedoch nichts. Unausgesprochen könnten sich ihre Bedenken als falsch erweisen.

Sie folgten dem langen Weg, bis sie die Tür am Ende erreichten. Mit einem Knopfdruck glitt sie auf und legte einen Gang frei. Nach einem vorsichtigen Blick, um zu prüfen, ob er frei von Monstern war, gingen sie hinein und die Tür schloss sich hinter ihnen.

Die Gestaltenwandlerin wurde sichtbar, nachdem die drei Fremden durch den Eingang verschwunden waren. Sie war erfreut. Die Dinge liefen nach Plan und sie steuerten die richtige Richtung an. Sie hatte die Neuankömmlinge beobachtet, doch die Geräusche, die sie machten, waren unverständlich. Sie konnte ihre Laute zwar problemlos wiedergeben, kannte aber die Bedeutung nicht. Wenn sie aus ihrem Gefängnis entkommen wollte, war es wichtig, sie zu verstehen. Aus diesem Grund wurden sie in den vorderen Teil des Schiffs getrieben. Bald würde sie alles wissen, was sie wissen musste. Sie verwandelte sich in ein Geisterwesen, kletterte an der Seite des Gebäudes hoch, bewegte sich auf eine höherliegende Öffnung zu und verschwand darin.

KAPITEL 10

Gräber

RICHARD KEUCHTE UND TAUMELTE so abrupt zurück, dass er stolperte und hinfiel. Das entsetzliche, monströse Gesicht, dessen aufgerissenes Maul doppelt so groß war wie er, starrte ihn im Schein seiner Taschenlampe an; doch nach einigen angsterfüllten Momenten wurde ihm klar, dass es sich nicht um ein weiteres abscheuliches Monster handelte, das es darauf abgesehen hatte, ihn zu töten, sondern um eine leblose Schnitzerei. Etwas weniger nervös stand er auf und richtete den Lichtstrahl auf den Gang. Neun weitere gruselige Köpfe, die entlang der Wand in verschiedenen Ecken positioniert waren, erweckten nicht den Eindruck, dass er außer Gefahr war. Er trat einen Schritt nach vorn, um den Schädel zu berühren, von dem er einen Moment zuvor noch geglaubt hatte, er würde ihn verschlingen, und tippte auf dessen weit aufgerissene Lippen. Ein hohles, metallisches Klopfen hallte durch den Korridor. Er zweifelte nicht daran, dass der raue Felsen an den Wänden und an dem Bogen über ihm ebenfalls derart gestaltetes Metall war, dass es aussah wie Stein.

Ein weiterer vorsichtiger Schritt in Richtung des Mauls ermöglichte seinem Lichtstrahl tiefer in die Dunkelheit vorzudringen. Ein paar Stufen führten zu einer Kammer hinauf. Auch die schnelle Inspektion der nächsten beiden Köpfe zeigte solche Treppen. Nicht zum ersten Mal schob er seinen Widerwillen hineinzugehen beiseite. Er musste einen Weg aus dieser höllischen unteren Ebene finden. Die ansteigenden Stufen boten ihm vielleicht genau diese

Fluchtmöglichkeit. Nachdem er für seine Sammlung einige Fotos von den Köpfen geschossen hatte, atmete er tief durch in dem Versuch, allen restlichen Mut zusammenzukratzen, den er in seinen mittlerweile fast erschöpften Ressourcen finden konnte, und stieg in das nächste Maul.

Während er die Treppe hinaufstieg, bemerkte er, dass der mit jedem vorsichtigen Schritt von Stufe zu Stufe springende Schein seiner Stirnlampe weniger hell wurde. Er seufzte. *Hört dieser Albtraum denn niemals auf?*

Ohne Ersatz, um die Batterien auszutauschen, die gerade vor seinen Augen zur Neige gingen, wäre er dazu gezwungen, in absoluter Dunkelheit durch diese albtraumhaften Räume zu gehen.

Das ursprünglich weiße Licht bekam einen Gelbstich, als Richard über die oberste Stufe in die Kammer spähte. Nachdem ein kurzer Blick durch den Raum nichts offenbarte, was sich offensichtlich auf ihn stürzen und umbringen wollte, betrat er den Raum und entdeckte den Gegenstand, der ihm am nächsten lag: einen großen Sarkophag. Vier ähnliche waren in den Ecken des Raumes positioniert. Er war in einer Grabkammer.

Die Untersuchung einer der Sarkophage ergab, dass er aus echtem Stein war. Die abgenutzten Ecken der komplizierten Konstruktion und ihr altes Aussehen deuteten darauf hin, dass sie einst woanders gelagert wurden; an einem Ort, wo das Wetter und die Zeit dem Stein zusetzen konnten. Obwohl der Name des Aliens, der darin lag, deutlich auf dem dicken, breiten Deckel in einer Reihe unverständlicher außerirdischer Buchstaben geschrieben stand, blieb er dem Mann, der den Sarkophag anstarrte, ein Rätsel.

Richard sah eine weitere Möglichkeit für ein Foto, das er seiner kostbaren Sammlung hinzufügen konnte, und schoss einige Bilder von dem Grab. Er richtete seine Aufmerksamkeit auf einen der Sarkophage. Sein Insasse würde vielleicht das Geheimnis lüften, wie die Besatzung oder die Konstrukteure des Schiffs aussahen. Sie mussten eine wichtige Rolle gespielt haben, wenn man sie an Bord dieses Schiffs gebracht und eigens für sie Grabmäler errichtet hatte, um sie hier unterzubringen; vielleicht waren es große Anführer oder sogar Könige. Möglicherweise war etwas Wertvolles zusammen mit den Leichen begraben worden. Der Versuch, einen der Deckel zu heben oder wegzuschieben scheiterte jedoch; er war zu groß und schwer, um von einem Mann allein bewegt zu werden.

Richards Blick schweifte durch die Kammer und landete auf einer Öffnung an der hinteren Wand. Eine genauere Inspektion brachte einen nach oben verlaufenden Durchgang zum Vorschein. Er ging hindurch, bereit herauszufinden, welches Grauen sich als Nächstes auf ihn stürzen würde.

Darauf gefasst, den Weg, den er gekommen war, als Fluchtweg zu nutzen, falls Gefahr drohte, öffnete Richard vorsichtig die Tür am Ende des Anstiegs. Blaues Licht drang durch die Dunkelheit des Korridors, in den er seinen Kopf schob. Er schaute in beide Richtungen des Gangs. Da alles sicher zu sein schien, trat er hinaus. Der gebogene Korridor verlief allem Anschein nach im Kreis. Wenn Richard in eine Richtung losging, würde er wieder genau dort herauskommen, wo er gestartet war. Aus keinem besonderen Grund ging er nach rechts. Da er glaubte, dass die Türen auf der rechten Seite des Gangs zu den Gräbern führten, beachtete er sie nicht. Die Tür in der linken Wand öffnete er. Da nichts heulte, kreischte oder ihn attackierte, betrat er den runden Raum.

Auch wenn es schwierig war, die Funktion des Raumes zu erkennen, war es der technologisch fortschrittlichste Raum, den Richard seit Betreten des Raumschiffes gesehen hatte. Er dachte, es könne sich um einen Kontrollraum handeln. Es gab keine Anzeichen von aus Metall konstruiertem, unechtem Fels, Knochenstrukturen oder mittelalterlicher Architektur, wie er sie im Schiff entdeckt hatte. Dies war der erste Raum, der mit seinen Vorstellungen eines außerirdischen Raumschiffs übereinstimmte, auch wenn der Baum, der durch den Boden wuchs und dessen knorrige Äste sich austreckten und sich um nahe gelegene Gegenstände schlangen, diese Illusion etwas trübte.

Als er einen Schritt nach vorn trat, um den Raum zu erkunden, glitt die Tür hinter ihm zu. Metallpfeiler, die in dem Raum positioniert waren, ragten vier Meter weit empor, bevor sie abknickten und sich mit der gebogenen Wand zusammenschlossen. Die Pfeiler waren nicht scharfkantig, sondern natürlich konstruiert, im unteren Teil breiter und mit Schläuchen, Gittern und geformten Metallstücken bedeckt. Das Farbschema des gesamten Raumes und von allem, was sich darin befand, waren gedeckte Violett- und Rosatöne. Selbst der Boden hatte Muster in diesen Farben.

Eine höher gelegene zentrale Fläche, die über ein paar Stufen erreicht werden konnte, war eingekreist von natürlich geschwungenen Säulen, die das runde Dach stützten, in das Lichter eingelassen waren, die hell genug waren, um die Dunkelheit selbst aus den entlegensten Winkeln des Raumes zu verbannen. Vier flache Vorsprünge, die ebenfalls mit schön anzusehenden natürlichen Details versehen waren, erstreckten sich vom Dach in ansteigendem Winkel hinauf zur Decke.

Außer an den Stufen hatte der Raum keine geraden Kanten. Das hatte einen beruhigenden Effekt, was Richard nach seiner letzten hastigen Flucht sehr begrüßte. Hoffentlich war das ein Zeichen dafür, dass sich das Blatt wenden würde.

Bevor er seiner Neugier nachgab und den Raum weiter erkundete, suchte er im Rucksack nach Ersatzbatterien. Er hatte Angst, in völliger Dunkelheit durch das Raumschiff zu irren. Das wollte er um jeden Preis vermeiden. Er fand zwar keine Batterien, aber immerhin eine weitere Stirnlampe. Ein kurzer Test zeigte, dass sie viel heller war als die, die er gerade benutzte. Er steckte die leere in seinen Rucksack und schnallte sich die neue um den Kopf, bereit sie anzumachen, sobald es nötig war.

Er trat um den Baum, der durch die der Bodendielen ragte, die davon angehoben wurde, dass der

Baum sich gewaltsam einen Weg durch die Holzplatten gebahnt hatte. Dabei war einer seiner toten Äste abgebrochen.

Die Schalttafeln unterhalb der an den Wänden positionierten Bildschirme waren bedeckt von Steuerelementen, Knöpfen, Hebeln, Kontrolllämpchen und Schiebereglern, was Richard an eine Kreuzung aus einem Mischpult und dem Cockpit eines Flugzeugs erinnerte. Obwohl er auf verschiedene Schalter drückte, sie bewegte und verschob, passierte nichts. Es gab keinen Strom. Große, staubbedeckte Stühle befanden sich vor jeder Schalttafel. Erneut fragte sich Richard, was mit der Besatzung geschehen war und ob sie noch lebte.

Er stieg die Stufen hinauf und sah sich auf der höher gelegenen Plattform um. Ein riesiger, rechteckiger Tisch mit abgerundeten Ecken, dessen Tischplatte sich auf Höhe von Richards Brust befand, stand in der Mitte und nahm den Großteil des Bodens ein. Am Rand des Tisches war eine abgewinkelte Schalttafel eingelassen, die übersät war von Knöpfen und kleinen Bildschirmen, aber offensichtlich keine Stromzufuhr hatte. Aus Neugierde berührte Richard die violette Tischplatte. Er war überrascht, als seine Finger in eine gallertartige Flüssigkeit sanken. Nachdem er sie rausgezogen hatte, troff sie in die kleine Vertiefung zurück, die sein neugieriger Finger hinterlassen hatte. Er dachte zwar über die Funktion nach, aber sein Gehirn, das mit solch einem außerirdischen Gegenstand konfrontiert wurde, kam auf keine sinnvolle Erklärung. Daher widmete er seine Aufmerksamkeit der Erkundung des restlichen seltsamen Raums.

Ein ansteigender Pfad machte eine Kurve nach oben zum Rand eines Balkons mit einer Brüstung. Er stieg hinauf. Am Ende befand sich eine Tür. In der Hoffnung, dass sich ihm auf der anderen Seite des Schiffs weniger lebensbedrohliche Herausforderungen boten, ging er auf die Tür zu, die ihn wegführte von der Seite des Schiffs, wo die Gräber waren.

KAPITEL 11

Der Captain

DIE TASCHENLAMPEN VON HENRY, Theo und Max wanderten über die dicke Metalltür, die am anderen Ende des kleinen Eingangsbereichs halboffen stand.

Henry leuchtete mit seinem Licht durch den Türspalt, um nach einer möglichen Gefahr Ausschau zu halten. »Von dem bisschen, was ich sehen kann, scheint es sicher zu sein.«

»Entschuldige, Henry, aber deine Beobachtung überzeugt mich nicht gerade«, sagte Theo mürrisch. Die Anspannung belastete ihn allmählich. »Dieses Schiff bot bisher eine hochgefährliche Situation nach der anderen – und ich gehe nicht davon aus, dass sich das in naher Zukunft ändern wird. Völlig egal, wie sicher es momentan hinter dieser Tür zu sein scheint.«

Henry wandte sich an Theo. »Um hinauszugelangen, müssen wir weitergehen und uns den Gefahren stellen, die auf uns warten. Gäbe es einen anderen Weg, wäre ich der

Erste, der sich umdrehen und ihn nehmen würde, aber leider besteht diese Möglichkeit nicht. Um zu entkommen, müssen wir einen Weg finden, die Türen zu öffnen, die uns den Durchgang zurück zum Maschinenraum versperren.«

Theo seufzte. »Ich weiß, Henry, ignoriere mich einfach. Ich bin einfach erschöpft, das ist alles.«

Theo und Max folgten Henry durch die Tür.

Sie waren ein wenig überrascht, dass sie anscheinend eine Kantine betreten hatten. Tische und Stühle in Übergröße standen in dem Raum sowie etwas, das aussah wie eine Essensausgabe, und ein Kochbereich auf der anderen Seite des Zimmers.

Henry, erstaunt von der Vertrautheit der Einrichtungsgegenstände, blickte sich in dem Raum um. »Auch wenn ich vermute, dass selbst Außerirdische essen müssen, bin ich dennoch überrascht von der Normalität dieses Raumes und seiner Ähnlichkeit zu einer Betriebskantine.«

»Vielleicht stellt sich die Besatzung als menschenähnlicher heraus, als wir anfangs dachten«, sagte Max.

»Falls wir sie je finden«, fügte Theo hinzu.

Verschiedene Türen führten aus dem Raum heraus. Sie glaubten, dass die Tür direkt auf der gegenüberliegenden Seite von der, durch die sie gekommen waren, die größte Chance bot, sie dort hinzubringen, wo sie hinwollten: in den Kontrollraum. Sie gingen zur anderen Seite und passierten den Durchgang. Ein kurzer Korridor führte zu einer großen Tür mit zwei Tasten direkt daneben. Sie hielten sie für einen Aufzug. Als sie die Knöpfe drückten, aber der Fahrstuhl nicht kam, nahmen sie die Treppen nebenan und ließen die Türen auf jeder Ebene außer Acht, bis sie ganz oben ankamen. Von dem langen Aufstieg über die viel zu großen Stufen etwas außer Atem, hielten sie an, bevor sie die Tür öffneten, zu der sie geführt worden waren.

Wie seine Gefährten bereit, ins Stockwerk darunter zu fliehen, falls Gefahr drohte, öffnete Henry die Tür. Ein kalter Luftzug fegte über sie hinweg. Ihre Lichtstrahlen funkelten auf der dünnen Frostschicht, die jede Oberfläche des langen, dunklen Korridors zierte.

Max zitterte und zog den Reißverschluss seiner Jacke hoch. »Was auch immer das Schiff warm hält, scheint nicht bis zu diesem Bereich durchzudringen.«

Ihr Atem bildete Nebel in der kalten Luft und sie gingen durch die Tür. Nach einigen Schritten schloss sie sich geräuschvoll. Sie hatten das Gefühl, ein Gefängniswärter hätte die Zellentür hinter ihnen zugeschlagen. Die Lichtkegel ihrer neugierigen Taschenlampen fielen auf Türen entlang der rechten Wand, aber fest entschlossen, den Kontrollraum zu finden, ignorierten sie diese Türen ebenfalls. Später konnten sie dort nach Waffen suchen. Am Ende des Korridors folgten sie einer scharfen Kurve; dahinter führte der Gang bis zur anderen Seite des Schiffs weiter. Nach halber Strecke kamen sie zu einer großen Tür auf der linken Seite, die in einen Torbogen am Ende einer kurzen Treppe eingelassen war.

Die drei Männer starrten zur Tür.

»Wenn wir die Vorderseite des Schiffes erreicht haben, und anscheinend haben wir das, stehen die Chancen gut, dass das der Kontrollraum ist, nach dem wir suchen«, meinte Theo.

Als Max die Stufen hinaufstieg, glitt die Tür automatisch zur Seite. Eine Böe kühler Luft entwich dem Raum. Sie traten ein, stellten sich am Eingang nebeneinander und ließen ihren Blick durch den frostbedeckten Raum wandern.

»Das ist definitiv die Vorderseite des Schiffes«, bemerkte Max. »Es ist auch definitiv die Kommandobrücke.«

Die dünne Eisschicht, die auf den riesigen Fenstern und Bildschirmen lag, die die Front an der langen Seite des Raums füllten, verdeckten den Blick auf das Eis, das gegen das Schiff drückte. Zwei große gepolsterte Stühle mit hohen Rückenlehnen standen vor den Bedienflächen unter den Monitoren. Hebel, Tasten und erhöhte Bildschirme bedeckten die Oberfläche des Steuerpults. Auf beiden Seiten der langen Fläche führten zwei Treppen zu runden Teilen des Raums mit gewölbten Decken. Beide waren mit je einer runden Aussichtsluke auf jeder Seite, einer Schaltfläche und einem Sitz ausgestattet. Die Mitte der Decke war flach und beinhaltete verschieden große Täfelungen und etwas, das aussah wie Leuchtröhren; alle waren dunkel.

Auch wenn die Gruppe fasziniert war von all den Details, gab es etwas Bestimmtes, das ihre Aufmerksamkeit auf sich lenkte und an dem ihre Blicke letztlich hängenblieben. Max zog die kleine Videokamera aus seinem Rucksack und fing an zu filmen. Sie näherten sich dem, was sie für den Stuhl des Piloten oder Captains hielten, und dem, der darin saß. Henry war als Erster am Stuhl und drehte ihn langsam um.

Sie starrten in das Gesicht des ersten außerirdischen Besatzungsmitgliedes, das sie seit Betreten des Schiffes entdeckt hatten.

»Glaubt ihr, das ist der Captain?«, frage Theo.

Henry zuckte mit den Schultern. »Möglicherweise.«

Obwohl seine Gesichtszüge und –formen angeordnet waren wie die eines Menschen, unterschied sich ihr Aussehen enorm.

Sein Kopf war in Relation zu seinem Körper größer als bei einem Menschen. Er hatte hervorstehende, elfenbeinfarbene Knochenteile, die die obere Hälfte seines Gesichts auf Höhe der Augen einkreisten, die direkt unter zwei Knochenteilen lagen, die sich anscheinend wie menschliche Augenbrauen bewegen ließen, obwohl sie größer waren. Ein langer Knochen, der sich von hinten nach vorn zog und spitz zu dem zulief, was die Nase zu sein schien, eine etwa zweieinhalb Zentimeter lange und halb so breite Lücke teilte den Kopf in zwei Hälften. Zwischen den Schädelknochen war die Haut hellbraun und ähnelte Leder. Die beiden großen, bernsteinfarbenen Augen saßen oben auf beiden Seiten links und rechts von der Nase. Die Gesichtshälften verjüngten sich zu einem scharf-abgerundeten V, das das Kinn bildete, wo auch das Maul positioniert war. Schonungslose Zähne, die nach hinten in den Mund reichten, saßen im Unterkiefer. Der Oberkiefer begann unter den Augen.

Der Hals war mit derselben lederähnlichen Haut überzogen wie der Kopf, obschon viel heller als die Haut auf dem Schädel und ein, zwei Nuancen dunkler als der Schädelknochen. Was aussah wie zwei ineinander verdrehte Zöpfe aus Haut mit weicherer Textur als der Rest der Haut, wuchs direkt unter dem Kinn den Hals hinab, bis es unter der Brustplatte verschwand, die mit anderen Teilen zusammenlief, um seinen Rumpf und die Gliedmaßen zu bedecken.

Er war zwar größer als ein durchschnittlicher Mensch, nämlich zwischen zweieinhalb und drei Meter, dennoch hatte er eine humanoide Gestalt. Ein Kopf saß auf einem Hals, zwei Arme und Beine im üblichen Verhältnis zum Rumpf. Das Merkmal, das bislang dem eines Menschen am meisten ähnelte, waren seine Hände mit fünf Fingern und einem Daumen – wenn auch dicker und länger als die eines Menschen und offenbar auch mit mehr Gelenken. Sie waren von lederartiger Haut mit hell- und dunkelbraunen Sprenkeln überzogen. Er trug außerdem Kleidung, die den Uniformen in der Luftfahrt oder dem Militär gar nicht so unähnlich war: eine dunkelbraune Jacke und Hose, schwarze aus dem Fell eines unbekannten Tieres gefertigte Stiefel und es gab Körperstellen, die von einem grauen, dünnen Panzer geschützt wurden.

»Ich habe versucht, mir auszumalen, wie die außerirdische Crew aussehen könnte, falls wir einen davon an Bord entdecken. Doch nichts, was ich mir vorgestellt habe, kommt dem hier nahe«, sagte Theo.

»Auch wenn er eine fremdartige Erscheinung hat, ist seine Gestalt überraschend humanoid«, meinte Henry.

Max deutete auf die Wunde in der Brust des Captains, die von erstarrtem, verkrustetem Blut umgeben war – die Ursache seines Todes. »Ich frage mich, was ihn getötet hat und warum? Der Körper zeigt keine Anzeichen, dass an ihm gefressen wurde. Hunger war also nicht das Motiv.«

»Das ist der erste ungeklärte außerirdische Mordfall«, antwortete Theo.

»Nun ja, was auch immer das Motiv war, den Alien zu töten, der Fall bleibt wohl ungeklärt, denn auch der Mörder ist schon lange tot«, meinte Henry.

Max war davon nicht so überzeugt. »Nach allem, was wir bisher auf unserer Reise durch das Schiff gesehen haben, wäre ich mir da nicht so sicher.«

Mit gerunzelter Stirn sah Theo Max an, aber bevor er etwas erwidern konnte, öffnete sich die Tür kratzend.

Ben Hammott

Im Schlafsaal

NICHT WEIT ENTFERNT VON den drei Männern auf der Brücke betraten Jane, Lucy und Jack das Gebäude. Ein Gehweg aus Metall mit kleineren Abzweigungen nach rechts und links erstreckte sich quer durch den Raum.

Sie gingen zum Rand des mit einer Brüstung versehenen Pfads und blickten über die Kante. Ebenen identischer Plattformen reichten bis tief ins Innere des Schiffs. Die zahlreichen kleineren Pfade, die mit dem Hauptweg verbunden waren, führten zu Türen in den emporragenden Metallwänden. Obwohl gedimmtes weißes Licht über jedem Eingang die finstere Szenerie aufhellte, dominierten dennoch die omnipräsenten Schatten den Raum.

»Mich erinnert das an ein Gefängnis«, sagte Lucy. »Nicht, dass ich jemals in einem gewesen wäre«, fügte sie hastig hinzu.

Jack konnte ihrer Beobachtung nur zustimmen; es war einem Gefängnis ziemlich ähnlich. »Ich denke, das müssten die Mannschaftsunterkünfte sein.«

»Lasst uns nachsehen, ob jemand zuhause ist.« Jane nahm die nächste Abzweigung zur Tür.

Lucy und Jack waren sich nicht sicher, ob das eine gute Idee war, aber da beide neugierig darauf waren herauszufinden, wie die außerirdische Crew aussah, folgten sie ihr. Jane öffnete die Tür und spähte einige Augenblicke durch die Öffnung, bevor sie eintrat.

Der Raum hatte eine ordentliche Größe, etwa vier Meter breit und fünf Meter lang. Es gab einen Tisch, der an der Rückwand befestigt war, je einen Stuhl an beiden Seiten und Regale mit Kleidungsstücken und einigen persönlichen Gegenständen, deren Nutzen für die wissbegierigen Forscher nicht ersichtlich war. Ein Bett war in eine Mauernische eingebaut und durch eine Trennwand mit einem kleinen Fenster, durch das der darin Liegende hinausschauen konnte, vom Rest des Raums abgeschirmt. Als Janes neugieriger Finger einen Schalter neben dem Bett betätigte, glitt die Trennwand mit einem leisen Zischen zur Seite.

An der hinteren Wand der Schlafkammer gab es ein Bedienfeld mit zwei Bildschirmen, Skalen und Tasten. Nach einer kurzen Diskussion kam die kleine Gruppe zu dem Schluss, dass das Bett auch eine Hyperschlaf-Kammer sein konnte, die benutzt wurde, wenn das Raumschiff auf einer besonders langen Reise unterwegs war.

Eine Tür führte zu einem Waschraum inklusive Metalltoilette, die vom Design den Toiletten auf der Erde ähnelte, auch wenn sie größer war.

Als Jack das vertraute Aussehen kommentierte, überraschte und amüsierte ihn Lucys derbe Antwort.

»Was hast du erwartet? Egal, wie technologisch fortschrittlich eine Spezies ist, Außerirdische produzieren ebenso Fäkalien, und wie man es auch dreht und wendet, wenn sie eine humanoide Erscheinung haben, ist ein Arsch nun einmal ein Arsch. Das Toilettendesign, das uns hier so bekannt vorkommt, hat die perfekte Form, um seinen

Hintern draufzuknallen. Das muss sich auch der Konstrukteur dieses Schiffs gedacht haben.«

Wegen der Toilette wurde Jane auf einmal bewusst, wie dringend sie pinkeln musste. Da sie sauber aussah, schickte Jane die anderen hinaus und nutzte die Gelegenheit, um sie zu benutzen. Sie schnappte nach Luft, als ihre nackte Haut das kalte Metall berührte. Die Toilette spülte automatisch mit einer pinkfarbenen, süßlich duftenden Flüssigkeit, während Jane sich ihre Hose hochzog. Lucy ging als Nächste und dann Jack.

Die zweite Kabine, in die sie vorstießen, war identisch mit der vorherigen, doch in der dritten gab es einen kleinen Unterschied: Das Bett fehlte. Der Platz war leer und eine einzelne Metallschiene verlief längs durch die Nische und zu einer Luke in der Wand.

Jack beugte sich in die Nische, um die Klappe genauer zu untersuchen. »Ich denke, das Bett konnte noch anderweitig genutzt werden – als Fluchtkapsel!«

Jane betrachtete die Luke aus Metall und die Schiene. »Wenn du recht hast, können wir in Anbetracht des fehlenden Betts schlussfolgern, dass der Außerirdische, der in diesem Zimmer wohnte, das Schiff verlassen hat.«

»Wenn sie das Schiff verlassen haben, würde das erklären, warum wir bisher noch keinem Besatzungsmitglied begegnet sind. Egal, ob tot oder lebendig«, sagte Lucy.

Eine schnelle Untersuchung der angrenzenden Räume ergab, dass die Fluchtkapseln ebenfalls ausgestoßen worden waren.

»Ich frage mich, warum sie das Schiff verlassen haben«, überlegte Jane laut, nachdem sie auf den Hauptweg zurückgekehrt waren.

Jack zuckte mit den Schultern. »Falls diese Monster, auf die wir gestoßen sind, eingesperrt waren, aber entkommen konnten, sind sie vielleicht der Grund für die Flucht der Crew.«

Das überzeugte Lucy nicht. »Aber eine Rasse, die so fortschrittlich ist, dass sie dieses Schiff konstruieren und bedienen kann, hätte doch Waffen oder irgendeine andere

Möglichkeit, wie sie sich vor so etwas schützen könnte. Lucy zeigte mit einer ausladenden Armbewegung zu den Hunderten von Räumen. »Und wenn die hier alle belegt waren, hat es ihnen nicht an Mannschaftsmitgliedern gemangelt, die die Monster hätten bekämpfen können. Es muss etwas anderes gewesen sein, dass sie zu dieser drastischen Entscheidung drängte. Etwas, das ihre Existenz bedrohte.«

Jane wollte gerade ihre Meinung zur Unterhaltung beitragen, als sie spürte, dass die Balustrade, die sie mit einer Hand festhielt, bebte. Sie runzelte die Stirn und sah ihre beiden Begleiter an. »Habt ihr das gespürt?«

Jack legte seine Hände auf das Geländer. »Es vibriert leicht.«

»Das liegt wahrscheinlich daran, dass sich das Eis bewegt und am Schiff rüttelt«, überlegte Lucy.

Jack fand, dass es sich näher anfühlte. Er beugte sich über die Kante und spähte hinab in die finstere Tiefe, aber seine Stirnlampe war nicht hell genug, um die Dunkelheit besonders weit zu durchdringen. »Jane, leuchte mal mit deiner Lampe da runter.«

Lucy bekam Angst. Sie schaute den Pfad entlang zur Tür, die auf der anderen Seite vom Schein ihrer Taschenlampe erhellt wurde. Sie glaubte nicht, dass sie es ertragen würde, noch einem schrecklichen Monster zu begegnen. »Vielleicht sollten wir einfach gehen?« Manchmal war Unwissenheit ein Segen und das erschien ihr als die ideale Gelegenheit, diesen Gedanken in die Tat umzusetzen.

Aber es war zu spät, Jane hatte den Lichtkegel ihrer Taschenlampe schon nach unten gerichtet, um den Schrecken zu sehen, den Lucy sich vorgestellt hatte. Er kletterte an einem der Stützstreben aus Metall hinauf. Das Licht ließ seine groteske, rot mit schwarzen Flecken gesprenkelte Gestalt erkennen. Die Kreatur unterbrach ihre langsamen, bedachten Bewegungen; einer ihrer langen Arme verharrte einige Zentimeter von der Metallstrebe entfernt. Langsam neigte sie den Kopf. Jane rang nach Luft, als sie die abscheulich entstellten Gesichtszüge erkannte, was Lucys Nervosität nur noch verschlimmerte.

Der Bruch in dem fleischlosen Schädel der Kreatur zusammen mit einem gespaltenen, verkümmerten Bein, das von seinem Rumpf hing, waren Beweise für Verletzungen aus früheren Begegnungen mit den Bewohnern des Schiffs. Ein knorriger, blasser Auswuchs über einem Auge setzte sich auf dem Gesicht nach unten hin fort und verdeckte die Ecke des spitzzahnigen Mauls. Das verbliebene gute Auge – eine unheimliche purpurrote Kugel – starrte sie an.

Jetzt, da ihre Anwesenheit entdeckt worden war, gab sie ihre vorher heimliche Annäherung auf, griff nach den Streben und kletterte eilig weiter.

Jack erholte sich von diesem neuen Schock, dem sie gegenüberstanden, und zog Jane von dem Geländer weg. »Es ist Zeit zu gehen.«

Ihre Schritte, die auf dem metallenen Gehweg hämmerten, hallten durch die riesige Halle, als sie zu der Tür am anderen Ende sprinteten.

Die Kreatur, die sie verfolgte, beobachtete die Lichtkegel, die in der Dunkelheit sprunghaft über den Boden tanzten. Sie entkamen. Das Wesen änderte seine Richtung, um ihnen den Weg abzuschneiden. Mit seinen langen kräftigen Armen zog es sich blitzschnell über das Metallgerüst und sprang über die Lücken zwischen den Streben. Als es seine Beute einholte, schwang es sich hinauf und über die Kante der Brücke.

Lucy schrie, als das grässliche Monster auf dem Pfad landete und ihnen den Fluchtweg versperrte. Sie hielt so abrupt an, dass sie in seine Fänge gestolpert wäre, hätte Jack sie nicht aus seiner Reichweite gerissen. Fast hätte die Wucht sie zu Boden geschleudert. Jack hielt sie fest und die drei verängstigten Opfer wichen auf dem Weg zurück.

Der dickbäuchige, mit krustigen Lappen dicker Haut bedeckte Körper war nur knapp einen Meter groß, aber seine Arme waren doppelt so lang und endeten in drei langen knochigen Fingern ohne Krallen, was unüblich war für die ungeheuerlichen Bewohner dieses Schiffs, denen sie bisher begegnet waren. Das bedeutete allerdings nicht, dass es wehrlos war. Sein funktionierendes muskulöses Hinterbein war nur ein Bruchteil so lang wie seine Arme und ebenfalls mit knochigen Fingern ausgestattet. Damit hielt es ein langes scharfes Messer mit Flecken auf der Klinge, die auf frühere Morde hindeuteten.

Die Kreatur starrte sie einen Moment lang an, als würde sie die Gefahr abschätzen, die von ihnen ausging, und überlegen, welchen von ihnen sie zuerst töten sollte.

Lucy bemerkte ihre schlaffen Brüste. »Es ist ein Weibchen.«

Die Kreatur streckte ihre beiden langen Gliedmaßen aus und setzte ihre Gelenke auf den Metallweg. Sie schien ihre Beute anzulächeln. Sie öffnete ihr Maul und brüllte gellend. Sie schwang nach vorn und trieb sich auf ihre Beute zu wie jemand mit einem gebrochenen Bein und Krücken, indem sie die Arme nach vorn bewegte, bereit für den nächsten Sprung. Jedes Mal, wenn sie landete, bebte der Gehweg.

Jane, Jack und Lucy flohen zum Ausgang zurück. Als klar wurde, dass sie die sich schnell nähernde Bedrohung nicht abhängen konnten, fasste Jack einen Plan, um seine Freunde zu beschützen, und hielt an. »Ihr beiden rennt zur Tür, während ich sie aufhalte.«

Unfähig ihren entsetzten Blick von dem herannahenden Monster abzuwenden, war Lucy ebenso schockiert von Jacks Opfer. »Das wird dich umbringen!«

Jack warf ihr einen flüchtigen Blick zu. »Aber ihr beide werdet überleben. Los jetzt, ihr habt nicht viel Zeit.«

Obwohl Lucy den Sinn von Jacks Verhalten verstand, zögerte sie, ihn sich selbst opfern zu lassen. Zudem war sie nicht besonders scharf darauf, ohne ihn an ihrer Seite weiter durch das Schiff zu gehen. »Ich dachte, du seist nicht so der Heldentyp?«

Jack, der seinen Blick keine Sekunde von der sich nähernden Bedrohung abwandte, zuckte mit den Schultern und lächelte nervös. »Ich schätze, da lag ich falsch.« Verwirrt runzelte er die Stirn, als das Monster plötzlich anhielt.

»Was tut sie?«, fragte Lucy. Sie wollte fliehen, hatte aber Angst, dass jede Bewegung die Kreatur dazu verleiten könnte, anzugreifen.

Jack war ebenso verwundert wie seine Freunde, dass die Kreatur so abrupt stehen geblieben war. Es irritierte ihn sogar noch mehr, dass sie über die Seite der schwankenden Brücke sprang und nach unten kletterte, als sie wieder Halt fand.

Jane spähte über die Kante. Im Schein ihrer Taschenlampe sah sie, wie die Kreatur Ebene für Ebene hinuntersprang, bis sie aus der Reichweite des Lichts verschwand. Sie blickte zu Jack. »Was ist da gerade passiert?«

»Ich bin mir nicht sicher, aber ich denke nicht, dass wir uns zu lange darüber freuen sollten, dass wir noch einmal entkommen konnten. Es könnte da unten noch mehr davon geben oder andere Dinge, die noch versessener darauf sind, uns zu töten. Lasst uns abhauen, solange wir noch die Gelegenheit haben.«

Sie rannten zu der weit entfernten Tür.

Die Gestaltenwandlerin, die sie beobachtete, seit sie den Schlafsaal betreten hatten, hatte ihren Mantel der Unsichtbarkeit abgelegt, um sie zu schützen. Der bloße Anblick ihrer Existenz hatte ausgereicht, um den Angriff zu stoppen. Eine frühere Begegnung zwischen ihr und dieser Spezies hatte viele von ihnen tot oder verwundet zurückgelassen. Das plötzliche Verschwinden der Kreatur bestätigte, dass sie nicht auf Revanche aus war.

Die Gestaltenwandlerin sah zu, wie die drei Fremden auf die Tür zusteuerten, von der sie wollte, dass sie hindurchgingen. Auch wenn es für sie nicht notwendig war, dass alle überlebten, schien es in Anbetracht der unzähligen Gefahren, mit denen sie auf dem Schiff konfrontiert wurden, klug zu helfen, ihre Anzahl zu erhalten, wenn sich die Möglichkeit dazu bot. Als sie die Tür sicher erreichten, sprang sie über die Balustrade und stürzte sich ins Nichts.

Luzifer

SEITDEM ER DEN VIOLETTEN Kontrollraum verlassen hatte, war Richard in dem Schiff herumgeirrt. Währenddessen waren ihm drei Sachen durch den Kopf gegangen: Waren die anderen noch am Leben und falls ja, wo waren sie? Würde er noch mehr Monstern begegnen? Und seine wichtigste Überlegung: Wie würde er von diesem Höllenschiff herunterkommen?

Nicht zum ersten Mal kam ihm ein Schwall des Gestanks entgegen, der ihn umgab. Er sehnte sich danach, eine heiße Dusche zu nehmen, aber das würde wohl nicht so schnell geschehen. Obwohl er rechts und links in den Wänden des Korridors auf Türen gestoßen war, hatte er sich entschieden, auf dem Hauptweg zu bleiben. Einen Seitenausgang zu nehmen würde er nur riskieren, wenn sich eine Gefahr zeigte; er war sich sicher, dass das früher oder später geschehen würde.

Die Angst war sein ständiger Begleiter, aber er schaffte es, sie im Zaum zu halten. Das Selbstvertrauen, das ihm die Flucht vor dem, was er für seinen sicheren Tod gehalten hatte, gab, bestärkte ihn darin, dass es ihm auch ein weiteres Mal gelingen würde, wenn es nötig war. Er musste nur sicherstellen, dass er nicht in Panik verfiel. Falls er das tat, würde er sterben.

Er blieb vor der Tür stehen, die seinen Weg versperrte. Das Ungewisse hinter jeder Tür war der nervenaufreibendste Teil seiner Erkundung. In einer Entfernung, die ihn so weit wie möglich von der Tür wegbrachte, aber dennoch nah genug war, damit er den Schalter bedienen konnte, streckte er seinen Arm aus und drückte auf den Knopf. Als sich die Tür öffnete, trat er einige vorsichtige Schritte zurück.

Nachdem das rostige Kratzen verklungen war, lauschte er in die dunkle Öffnung. Das Einzige, was er hörte, war das Ächzen der unter Druck stehenden Schiffshülle. Seine Stirnlampe ließ eine weitere Tür nicht weit entfernt erkennen. Er betrachtete die Kanten der offenen Tür; sie war dreimal so dick wie normal. Er näherte sich der zweiten Tür und drückte auf die Taste. Die Tür hinter ihm glitt zu. Als sich ihre Kanten berührten, öffnete sich der Durchlass vor ihm. Eine Brise warmer Luft schwappte ihm entgegen und purpurnes Licht tauchte ihn in einen blutroten Schein, was seine Besorgnis ein paar Nuancen ansteigen ließ. Der Raum, durch den seine Augen wanderten, war nicht die Fortsetzung des Korridors, wie er erwartet hatte; er war viel größer. Er spitzte seine Ohren, vernahm aber kein Knurren, Schreien oder über Metall kratzende Krallen, nur ein tiefes Brummen wie von einem entfernten elektrisch betriebenen Maschinenteil.

Er schob seinen Kopf durch die Öffnung und schaute zu der Quelle des roten Lichts, die ihm am nächsten war: Es war ein transparenter Behälter, der in einem Regal stand, ähnlich tausend anderen, sowohl kleinen als auch großen, die sich an den Wänden aneinanderreihten. Obwohl er kurz darüber nachdachte, umzudrehen und zurückzugehen, konnte er sonst nirgendwohin. Er musste einen Ausgang oder einen Weg finden, um von diesem Schiff zu entkommen; und weiterzugehen war seine einzige Option. Zögernd betrat er den Raum und schaltete seine Stirnlampe aus, die er sich vom Kopf nahm und in seine Tasche steckte, damit er sich den Schweiß von der Stirn wischen konnte.

Ein beißend chemischer Geruch füllte den Raum, von dem Richard annahm, dass er aus den Gefäßen mit purpurner Flüssigkeit kam. Er ging zu der Reihe transparenter Behälter auf der linken Seite und untersuchte das Objekt genauer, das er darin bemerkt hatte. An Schläuchen war eine Kreatur aufgehängt, die eine Art außerirdisches Insekt, doppelt so groß wie seine Hand, zu sein schien. Obwohl er von der roten Flüssigkeit eingefärbt war, ließ sich der hellblaue, fette Körper gut erkennen, aber offensichtliche Anzeichen eines Kopfes gab es nicht. Nur vier schwarze, krallenartige Zähne, von denen jeder mit winzigen scharf gezackten Haken übersät war. Auch Augen, Ohren oder eine Nase waren nicht erkennbar. Eine Reihe verschieden großer Zacken zogen sich über seinen Rücken, der in einem dreigeteilten Schwanz endete. Zehn fußlose Beine waren sein Fortbewegungsmittel. Richard klopfte an das Glas, was bei dem schwimmenden Monstrum allerdings keine Reaktion auslöste. Die Untersuchung der Probenbehälter in der Nähe zeigte, dass sich in ihnen eine Vielfalt außerirdischer Kreaturen befand.

Richard ging an der Wand entlang, bis er zu einer Lücke zwischen den Behältern kam, die nach links führte. Eine merkwürdige Metallvorrichtung, die genauso unheimlich und beängstigend aussah wie die Exemplare in den Behältern, hing von einer Schiene, die an der Decke entlangführte. Kabel und Kolben, die an verschiedenen Teilen des Rahmens befestigt waren, und die langen Metallarme der Vorrichtung, die im Moment schlaff herabhingen, erweckten den Eindruck, dass sie jederzeit zum Leben erwachen konnte.

Wachsam für jedes Geräusch und jede Bewegung folgte Richard dem Weg. Er ging an unzähligen Reihen mit Behältern vorbei, die ihn an eine Bibliothek mit Hunderten von mit Büchern vollgepackten Regalen erinnerten. Die Probengläser variierten in der Größe von klein bis riesig und alle enthielten ein Exemplar eines abscheulichen außerirdischen Wesens, die dem flüchtigen Blick zufolge, den er dem nächstbesten zuwarf, sich allen Anschein nach entwickelt hatten, um zu jagen, zu töten und zu fressen. Auch wenn in den Behältern außerhalb seines Blickfelds möglicherweise welche lagen, hatte er keines der eher sanftmütigen Lebewesen der Erde gesehen. Keine Hasen, Rehe, Schafe, Kühe, Hamster, tatsächlich nichts, was man als süß bezeichnen könnte oder irgendetwas, das man zu streicheln riskieren würde. Es war offensichtlich, dass der Planet oder die Planeten, von denen sie stammten, wohl nicht gerade ruhige Orte für einen Besuch oder beliebte Touristenziele waren.

Etwas knirschte unter seinen Füßen. Er blieb stehen und schaute zu Boden. Splitter von etwas, das wie Glas aussah, lagen auf dem Boden. Die Spur führte zur nächsten Reihe. Er trat aus dem Glas heraus, ging vorsichtig weiter und spähte in die Reihe, in die die Spur aus Splittern führte. Zerbrochenes Glas war inmitten verblasster roter Flecken auf dem Boden verstreut. Die Reihe auf der rechten Seite lehnte schräg an der daneben und einige der Probengläser waren zerbrochen. Ein Blick nach oben zeigte die kaputte Halterung, die einst die schweren Reihen von Probengläsern an Ort und Stelle gehalten hatte. Ein flüchtiger Blick in eines der unteren zerbrochenen Gläser brachte keine Spur eines Insassen zum Vorschein, weder tot noch lebendig. Es gab auch keine Leichen oder Überreste auf dem Boden. Eine Welle der Furcht durchfuhr Richard. Mit angsterfüllten Augen musterte er den Raum. Es gab keinen Anhaltspunkt, dass sich Kreaturen an ihn heranpirschten, wie er es angenommen hatte, doch das bedeutete nicht, dass sie nicht genau das taten.

Richard blickte zu der Tür, die er etwa dreißig Meter entfernt erreichen musste, und zu den Lücken zwischen den Reihen, wo sich die fehlenden Abscheulichkeiten vielleicht versteckten. Er konnte auf zwei Arten vorgehen – langsam und bedacht oder schnell und rasend. Bisher hatte sein vorsichtiges Vordringen in den Raum nichts alarmiert, was eventuell hier war und sich über die leckere

Zwischenmahlzeit freute. Nicht gewillt, übermäßige Aufmerksamkeit auf sich zu ziehen, entschied er sich daher für die erste Variante.

Jedes Mal, wenn er sich einem der riesigen Regale mit Probengläsern näherte, hielt er inne, um in den Gang zu spähen und sicherzugehen, dass dort nichts darauf wartete, ihn anzuspringen. Als er etwas mehr als den halben Weg bis zum Ausgang zurückgelegt hatte, wuchs sein Selbstvertrauen. Bald würde er aus dieser Bibliothek gruseliger Probengläser heraus sein.

Sein erschrockener Schrei, der seinem Blick in den nächsten Gang folgte, hallte durch den großen Raum. Er wurde von dem ebenso erschrockenen Kreischen der Kreatur begleitet, die für Richards verängstigten Aufschrei verantwortlich war. In seiner hektischen Flucht vor dem Monster stolperte Richard und fiel hin. Er sah wieder zur Kreatur, die ihn überrascht hatte. Sie hing zitternd und wimmernd am Regal. Sie war genauso verängstigt von der unerwarteten Begegnung wie er, was er als tröstend empfand – auch wenn er es kaum glauben konnte.

Als er die kleine Kreatur beobachtete, die auf den ersten Blick viel größer gewirkt hatte, ebbte Richards Angst langsam ab. Sie war gerade einmal so groß wie ein Kätzchen und von den beiden Hörnern abgesehen, die aus ihrem Schädel herausragten, und den großen Hasenzähnen, die über ihre Unterlippe wuchsen, war sie auch ebenso niedlich. Ihr kleiner Körper war von samtig roter Haut bedeckt, die ihr, zusammen mit den Hörnern, ein teuflisches Aussehen verlieh. Ihr großer, breiter, runzliger Kopf umrahmte ein kindliches Gesicht. Sie hatte eine menschenähnliche Nase, nur dass sie rund und schwarz glänzend war, und einen gekräuselten Mund, der momentan vor Angst bebte. Das vielleicht auffälligste Merkmal, das zu ihrer Niedlichkeit beitrug, waren ihre beiden riesigen, runden Augen, die wie zwei hypnotisierende Kugeln Liebenswürdigkeit aussahen. Selbst Richards normalerweise harte Gefühlsmauer begann zu bröckeln. Er spürte, dass die kleine Kreatur keine Gefahr darstellte, richtete sich auf und näherte sich mit ausgestrecktem Arm der winzigen außerirdischen Gestalt.

Die Kreatur winselte und duckte sich vor dem angebotenen Arm.

»Schon in Ordnung, kleiner Kumpel, ich werde dir nicht wehtun.«

Von der sanften Stimme beruhigt, hörte die Kreatur auf zu zittern, starrte jedoch weiterhin scheu zu der Hand, die sich langsam näherte.

Trotz seiner Angst, dass das Wesen ihn beißen könnte, legte Richard seine Hand sachte auf den Hinterkopf der zusammengekauerten Kreatur und streichelte sie. Nach einem angespannten Moment schnurrte sie von der Zuwendung wie eine Katze und ihre rote Haut verblasste zu einem hellen Grün.

Richard lächelte. Für einige Augenblicke wurde die unruhige, lebensbedrohliche Atmosphäre des Schiffs durch das Gefühl von Ruhe ersetzt. »Das gefällt dir, was?« Er bewegte seine Hand, um sie unter dem Kinn zu kraulen und löste so ein weiteres zufriedenes Schnurren aus. Sie schnüffelte an Richards Arm und sträubte sich wegen des üblen Geruchs.

Richard lachte. »Tut mir leid. Ich stinke wirklich ein bisschen.«

Ohne Vorwarnung sprang die süße Kreatur von der Wand und flitzte seinen Arm hinauf. Sie setzte sich auf seine Schulter und schmiegte sich vorsichtig an sein Gesicht, um zu vermeiden, ihn mit den Hörnern zu kratzen.

Das Lächeln lag noch immer auf Richards Gesicht, als er seinen Kopf drehte, um zu seinem neuen Freund zu schauen. »Du bist die freundlichste Kreatur, die ich getroffen habe, seit ich an Bord dieses monsterverseuchten Schiffs gestiegen bin, und die einzige, die nicht versucht hat, mich zu töten oder zu fressen.«

Die Kreatur schnurrte.

Richard erinnerte sich daran, wo er war, blickte zur Tür und ging darauf zu. »Tut mir leid, kleiner Freund, ich muss gehen.« Er nahm die Kreatur von seiner Schulter und hielt sie vor sich. Die Kreatur lächelte; zumindest hielt er es für ein Lächeln. »Du musst hierbleiben. Ich muss mich um mein eigenes Leben kümmern und dich kann ich nicht auch noch gebrauchen. Dein Duft könnte ungewollte Aufmerksamkeit von Kreaturen anziehen, die nicht so süß sind wie du.«

Er setzte die Kreatur auf den Boden, doch als er seine Hände wegnahm, sprang sie wieder in seine Arme. Richard hob sie auf und setzte sie erneut auf den Boden. »Bleib!«, sagte er mit Nachdruck. Die Augen der Kreatur wurden sogar noch größer, als sie einen traurigen Gesichtsausdruck bekam, der ihn an den Kater aus *Shrek* erinnerte. »Du kannst damit aufhören, es wird nicht funktionieren. Du bist bisher ohne mich klargekommen und wirst es auch in Zukunft.« Er ignorierte das traurig wimmernde Schluchzen der Kreatur und wandte sich ab. Er öffnete die Tür und trat hinaus in den Gang. Er drehte sich um, während sich die Tür schloss. Die Haut der Kreatur hatte sich blau gefärbt und ihre traurigen Augen beobachteten ihn. Die meisten Menschen hätten es wohl schwierig gefunden, der Niedlichkeit der Kreatur zu widerstehen und nicht zurückzueilen, um sie mitzunehmen, aber Richard hatte dieses Problem nicht.

Er war nur wenige Schritte gegangen, bevor ihm klar wurde, was für einen großen Fehler er gemacht hatte. Es war falsch, die Kreatur zurückzulassen. Sie war klein genug, um sie vom Schiff zu schleusen, und der ultimative Beweis für die Existenz von Außerirdischen. Sie würde seine unglaublichen Abenteuer und alles, was er auf diesem außerirdischen Raumschiff gesehen hatte, untermauern. Er brauchte diesen winzigen Alien. Außerdem bot sich bei dieser liebenswürdigen Kreatur auch an, Sammelartikel zu vermarkten. Jedes Kind würde eine Spielzeugversion haben wollen. Das würde ihm Millionen bringen. Er drehte sich eilig um und hastete zurück in den Raum mit den Probengläsern.

Als sich die Tür öffnete, trat er ein. Es gab kein Lebenszeichen von dem niedlichen Außerirdischen. »Hey, kleiner Freund, ich bin zurückgekommen, um dich mitzunehmen«, rief er sanft.

Sein suchender Blick durch die Regalreihen fand keine Spur des Wesens. »Wo bist du?«

Ein kratzendes Geräusch war vor ihm aus einem der Gänge zu hören.

Richard wandte sich in die Richtung des Geräusches. »Bist du das, kleiner Freund?«

Er ging weiter, um es herauszufinden. Die kleine Kreatur spähte hinter einem der oberen zerbrochenen Käfige hervor. Richard lächelte und streckte seine Hand aus. »Spring, ich fang dich auf.«

Die Kreatur zögerte einen Moment, bevor sie herauskam und auf Richards Hand hüpfte.

Richard streichelte sie. »Tut mir leid, dass ich dich allein gelassen habe. Das kommt nicht wieder vor. Du bist ein zu kostbares Gut, um dich zurückzulassen.« Er kraulte sie unter dem Kinn. Die Kreatur wurde grün und schnurrte. »Grün bedeutet also, du bist glücklich. Blau, dass du traurig bist und Rot verängstigt. Stimmt das?«

Die Kreatur schnurrte und schmiegte sich an seine Hand.

»Da du wie ein kleiner Teufel ausgesehen hast, als du rot warst, nenne ich dich Luzifer, bis mir etwas Niedlicheres und Ansprechenderes für Kinder einfällt.«

Luzifer schnurrte.

Richard lächelte und streichelte sein neues Haustier. »Es ist Zeit zu gehen. Ich muss einen Weg von diesem Schiff finden.« Er wollte die Kreatur gerade auf seine Schulter setzen, als Luzifer zitterte. Das Fell färbte sich rot. Er hatte Angst.

Richards Blick suchte nach dem Grund und entdeckte ihn. Ein Spinnwebenmonster starrte ihn aus einem Riss in der Metalldecke an, der beim Wegbrechen eines Regals entstanden war. Es schlich sich aus der Öffnung und kletterte mit dem Kopf voraus an dem Regal zwischen ihm und dem Ausgang hinunter. Er war sich nicht sicher, ob es dasselbe war, das ihn ins Innere des Schiffs getrieben hatte, aber es war auf jeden Fall dieselbe Spezies. Seine Krallen klapperten auf dem Metallboden, als es die letzten Meter sprang.

Die kleine Kreatur wand sich in seinem Griff, bis Richard sie nicht mehr aufhalten konnte, sie auf den Boden hüpfte und davonrannte. Die Bestie mit den Klauen sah der fliehenden Kreatur hinterher, bevor sie ihre Aufmerksamkeit wieder der größeren Beute widmete.

Richard wich langsam zurück. Er hatte es gerade erst geschafft, dem anderen Spinnwebenmonster zu entkommen, doch dieses hier war deutlich näher. Er bezweifelte, dass er besonders weit kommen würde, ehe es sich auf ihn stürzte. Ein aufgeregtes Plappern lenkte seine Aufmerksamkeit weg von der Bedrohung. Die kleine Kreatur sprang auf einer kleinen Schaltfläche an einem Pfosten im Boden auf und ab. Sie deutete mit ihrem dünnen Ärmchen zur Decke und öffnete und schloss ihre drei Finger. Richard schaute nach oben. Luzifers Finger waren auf die unheimliche Kranmaschine gerichtet.

Richard konzentrierte sich auf die langen Arme des Krans. Es war eine gute Idee, aber ihm blieb nicht genug Zeit, um herauszufinden, wie die Steuerung funktionierte, bevor die Bestie angriff. Es schien jedoch, als hätte sich die kleine Kreatur zu diesem Teil des Plans bereits etwas überlegt. Sie sprang von der Kontrollfläche und huschte auf das näherkommende Monster zu. Auch wenn Richard überzeugt war, dass Luzifer dem Monster in keiner Weise gewachsen war, hastete er zur Kontrollfläche und drückte wahllos auf den Knöpfen herum. Die Schaltfläche wurde aktiviert. Er warf einen flüchtigen Blick zu dem heulenden Monster. Schnell wie der Blitz sprang die kleine Kreatur auf den größeren Gegner und vergrub ihre Zähne im Fleisch, bevor sie wieder außer Reichweite sprang. Auch wenn es für das Monster eher nervig als eine ernsthafte Bedrohung zu sein schien, wurde es dadurch immerhin abgelenkt.

Richard spielte mit den Schaltern herum und nachdem er die Maschine in die falsche Richtung geschickt hatte, begriff er, wofür jeder Knopf zuständig war. Seine

Finger bewegten sich flink über das Bedienfeld. Die Greifarme streckten sich aus und öffneten und schlossen ihre Metallfinger. Er manövrierte den Kran in Richtung des abgelenkten Monsters und ließ ihn hinab. Als er nah genug war, streckte er einen Metallarm aus und schloss die Finger. Er griff ins Leere, als das Monster bei einem weiteren Biss ins Fleisch wegzuckte. Richard richtete den Arm neu aus. Er brauchte zwei weitere Versuche, ehe er es schaffte, sie an einem Arm zu greifen. Er hob die Kreatur vom Boden. Sie heulte auf und versuchte sich aus dem schraubstockartigen Griff zu befreien. Sie zerrte mit den Klauen ihrer freien Hand an der Maschine. Besorgt, dass sie eines der Maschinenkabel zerreißen und so den Griff lösen könnte, bewegte Richard den anderen Arm zu ihrem Hals. Als die Metallfinger in Position waren, drückte er mehrfach auf den Knopf zum Schließen der Finger. Sie legten sich um die Kehle der Bestie und drückten unaufhaltsam zu. Die Augen der Kreatur schwollen an, Blut platzte hervor. Der Kopf rollte zur Seite – das Monster war tot. Richard schaltete die Maschine aus. Der Körper des Monsters fiel zu Boden.

Richard sah sich suchend nach seinem neuen Freund um. »Luzifer, wo bist du?«

Ein Schlürfen verriet seine Position. Richard näherte sich dem Kadaver. Luzifer fraß. Ein Schauer lief ihm den Rücken hinunter, doch dann dachte er, dass ja auch Menschen Fleisch aßen, wenn auch nicht roh und nicht während immer noch warmes Blut heraussickerte. Der kleine Alien hatte gerade sein Leben gerettet. Sollte er doch essen, was er wollte, solange er nicht ihn fraß. Luzifers große Augen folgten ihm, als er zum Ausgang ging und dort wartete, bis sein Freund seine Mahlzeit beendet hatte.

*****

Henry, Theo und Max warfen angstvolle Blicke zur Tür der Brücke, die sich soeben öffnete. Falls ein Monster hereinkam, gäbe es diesmal kein Entkommen; sie saßen in der Falle. Angst wurde zu erleichtertem Grinsen, als Jane, Lucy und Jack den Raum betraten.

Henry ging ihnen entgegen, um sie zu begrüßen. »Ich bin so froh, euch alle zu sehen. Geht es euch gut?«

Jane berührte ihn sanft am Arm. »Uns geht es gut, Henry. Genau wie bei euch war es manchmal ziemlich knapp, aber wie du siehst, haben wir überlebt.«

Jack betrachtete Max' Kleidung, die mit dem Blut des Geisterwesens getränkt war. »Sieht so aus, als hättest du auch ein bisschen Spaß gehabt, Max.«

Max nickte. »Ja, aber keinen, den ich wiederholen möchte.«

Lucy bemerkte den Leichnam auf dem Sitz. »Gehört der zur Besatzung?«

»Wir glauben, es könnte der Captain des Schiffs sein«, antwortete Theo.

Jane untersuchte das Gesicht des Außerirdischen. »Er sieht traurig aus.«

Theo deutete auf die Wunde in der Brust des Captains. »Nun ja, er wurde immerhin getötet.«

»So viele Informationen, die man von diesem unglückseligen Geschöpf lernen kann«, rief Lucy aufgeregt und vergaß für einen Moment die Monster, die sie auf ihrer Reise durch das Raumschiff gequält hatten.

Henry war bereits damit beschäftigt, sich die Schritte und Experten zu überlegen, die für die Untersuchung notwendig waren. »Es könnte Jahre dauern, bis wir alles erforscht und verstanden haben.«

»Wir werden so berühmt, wenn das öffentlich wird«, strahlte Theo. »Nicht zu fassen, dass mir so etwas passiert. Ja, ich habe daran geglaubt, dass Menschen eines Tages Kontakt mit einer intelligenten außerirdischen Lebensform aufnehmen würden, aber ich hätte nie erwartet, dass es noch zu meinen Lebzeiten passiert, geschweige denn, dass ich dabei anwesend oder tatsächlich einmal an Bord eines außerirdischen Raumschiffs sein würde.«

»Wir können uns alle sehr glücklich schätzen, dass das Schicksal entschieden hat, dass wir die wenigen

Glücklichen sind, die dieses Ereignis erleben dürfen«, sagte Henry, der genau wie Theo fand, dass die Begegnung mit dem Captain ihr erster wirklicher Kontakt mit einer intelligenten außerirdischen Lebensform war.

»Hat das Schicksal auch entschieden, dass die Lebensform tot ist, wenn dieses Ereignis eintritt?«, warf Jack ein, den die Flucht mehr beschäftigte als die Untersuchung des außerirdischen Captains.

Henry blickte zu Jack und dann zurück zu dem Alien. »Es scheint leider so.«

»Das Problem ist«, sagte Lucy traurig, »dass wir keine Jahre haben. Die einzige Möglichkeit, dass überhaupt jemand die Chance hat, ihn zu untersuchen, ist, ihn vom Schiff zu bekommen, bevor er für immer verloren ist, wenn das Eis bricht. Im Moment scheint das aber eine unmögliche Aufgabe zu sein, weil nicht einmal wir wissen, ob wir es schaffen hier wegzukommen.«

Mit einem frustrierten Gesichtsausdruck sah sich Henry im Raum um. »Wenn wir nur etwas mehr Zeit hätten, dann könnten wir so viel lernen.«

Jane nickte zustimmend. »Auf dem Weg hierher haben wir etwas entdeckt: die Unterkünfte der Besatzung, Räume, wo sie geschlafen oder ihre Freizeit verbracht haben.«

»Irgendeine Spur von der Besatzung?«, fragte Max.

Jane schüttelte den Kopf. »In einigen der Räume gab es Betten, in anderen fehlten sie. Die Schlafkammern konnten verschlossen werden und wir denken, dass sie sowohl zum Schlafen als auch für eine Art Hyperschlaf und als Fluchtkapsel genutzt wurden. Am Ende jeder Schlafkammer war eine Luke, um die Kapseln irgendwie auszustoßen.«

»Die Crew hat das Schiff verlassen?«, vergewisserte sich Theo.

Jane zuckte mit den Schultern. »Möglich. Das würde ihre Abwesenheit erklären.«

Henry stimmte zu. »Das ist eine plausible Theorie, aber warum würde die Crew das Schiff verlassen wollen?«

»Weil es kurz davorstand, auf unserem Planeten zu zerschellen. Das wäre ein guter Grund, nehme ich an«, sagte Theo.

Lucy betrachtete den Außerirdischen. »Aber warum ist er geblieben? Und sagt jetzt nicht, weil der Captain immer mit seinem Schiff untergeht! Das ist eine außerirdische Spezies und kein Hollywood-Film.«

»Wenn das Schiff zur Notlandung gezwungen war, hat er vielleicht versucht, das Schiff und seine Ladung zu retten; und in Anbetracht des guten Zustands der Schiffsteile, die wir bisher gesehen haben, gelang ihm das anscheinend auch.«

Jane starrte auf die Wunde in der Brust des Aliens. »Wenn keine Besatzung mehr an Bord war, was hat den Captain dann getötet?«

»Darüber haben wir nachgedacht, bevor ihr angekommen seid«, sagte Henry.

»Wahrscheinlich eines der Monster«, mutmaßte Jack.

Lucy schüttelte den Kopf. »Das glaube ich nicht. Seht euch den Körper an. Es gibt kein Anzeichen, dass an ihm gefressen wurde. Also hat man ihn nicht als Nahrungsquelle getötet und die Wunde scheint von einer Art Klinge zu stammen, einem Messer oder etwas Ähnlichem, nicht von Krallen oder Zähnen.«

»Wie wir gesagt haben: Der Captain wurde ermordet!«, stimmte Theo zu.

Jack schlug seine behandschuhten Hände zusammen, um die Blutzirkulation in seinen kalten Fingern wieder anzuregen. Ihm wurde klar, wie warm der Rest des Schiffs gewesen war. »Da der Captain nirgendwohin gehen wird, wie wäre es, wenn wir unsere Gedanken dringenderen Angelegenheiten widmen würden? Zum Beispiel wie wir etwas Energie zurück ins System des Schiffs bringen, um die Türen zu öffnen, damit wir das Schiff verlassen können, bevor es ins Meer gleitet und uns mit auf die Reise nimmt.«

»Ein kluger Vorschlag, Jack.« Henry musterte die lange Schalttafel. »Mal sehen, ob wir das Schiff mit Strom versorgen können.«

Nachdem sie so viel wie möglich von der dünnen Eisschicht, die die Bedienflächen bedeckte, weggewischt hatten, betrachteten sie die unzähligen Tasten, Hebel und Bildschirme im Schein ihrer Taschenlampen. Merkwürdige Symbole, die womöglich einen Hinweis auf den Zweck einiger Schalter gaben, waren für sie keine Hilfe, doch ein paar kleine einfache Diagramme, die in manchen eingraviert waren, deuteten auf ihre Bedeutung hin.

Max zeigte auf eine Reihe von Tasten auf einer Bedienfläche mit einem Bild, das er als leuchtendes Licht interpretierte. »Ich denke, das könnte der Schalter für die Beleuchtung sein.«

Nach einer kurzen Besprechung, bei der alle zustimmten, drückte Max den ersten Knopf. Es geschah nichts.

»Probiere mal alle aus«, schlug Jane vor. »Nur weil die Lichter hier drin nicht angegangen sind, heißt das nicht, dass sie es nicht in anderen Teilen des Schiffes sind.«

Max drückte auf jeden Knopf der Kontrollfläche.

Vier Glasteile in der Decke leuchteten auf und tauchten den Raum samt den Menschen darin in schwaches gelbes Licht.

Lucy schaute mit einem enttäuschten Stirnrunzeln zu den Lichtern. »Ich hatte etwas Helleres erwartet.«

Theo deutete auf eine große Lichtfläche über der Schalttafel, die dunkel geblieben war. »Möglicherweise gibt es ein Problem mit der Stromversorgung und die gelben Lichter sind die Notbeleuchtung des Schiffs.«

»Immerhin besser als gar kein Licht«, meinte Jack. »Wenn man bedenkt, wie lange das Schiff hier unten schon eingeschlossen ist, haben wir Glück, dass überhaupt Strom da ist. Ich kann mir nicht einmal ansatzweise ein von Menschenhand gebautes Fahrzeug vorstellen, das nach so langer Zeit so gut funktionieren würde. Vermutlich wäre es nur noch ein undefinierbarer Haufen aus Rost, Plastik und Gummi.«

Henry ließ seinen Blick über die Schalttafel gleiten. »Ich nehme an, dass es auf einem dieser verwirrenden

Kontrollflächen einen Weg gibt, die Türen wieder vollständig mit Strom zu versorgen, falls das möglich ist. Also sucht weiter.«

Henry starrte auf einen der kleinen Bildschirme auf einer Schalttafel. »Wenn diese Monitore die außerirdische Version von Computerbildschirmen sind und wir den Bordcomputer aktivieren können, liefert er uns möglicherweise Informationen zum System des Schiffs.«

»Ich habe auch schon in diese Richtung gedacht, Henry«, sagte Lucy, »aber es gibt keinen Knopf, der offensichtlich dazu bestimmt ist, die Bildschirme oder einen Computer einzuschalten.«

»Die Monitore sind wahrscheinlich dafür da, den Captain und die Crew mit Informationen über das Schiff, die Navigation und so weiter zu versorgen«, überlegte Max. »Keine üblichen Computer, wie wir sie gewohnt sind, schließlich gibt es keine Tastatur, um Befehle einzugeben. Ich vermute, es könnten Touchscreens sein, aber die Bildschirme scheinen zu weit entfernt von den Stühlen zu sein, um sie bequem zu erreichen.«

»Vielleicht steuert man sie mit der Stimme«, mutmaßte Lucy.

Sie waren so darin vertieft, alles zu untersuchen, dass sie das Ding nicht bemerkten, das sich aus dem Pult schlängelte, sich hinter Henrys Rücken näherte und zu seinem Kopf aufstieg. Als sich das lange Stück beweglichen Metalls auf Höhe von Henrys Nacken befand, spaltete sich das Ende in vier Teile, schoss nach vorn und rastete in Henrys Haut ein. Sobald es ihn berührte, war ein kaum hörbares Zischen der Luft zu hören, die austrat, um den Schlauch eng mit dem Körper des Opfers zu verbinden. Eine dünne, spitze, hohle Nadel glitt aus der Mitte heraus, um sich in Henrys Fleisch zu bohren. Kleine Drähte schlängelten sich aus der Nadel und verbanden sich mit Henrys Hirnstamm.

Henry entfuhr ein überraschter Aufschrei, als sich das Ding an seinen Nacken heftete. Er wollte danach greifen, doch sein Arm bewegte sich nicht; er war gelähmt.

Die anderen fuhren herum, als sie Henrys erschrockenen Schrei hörten. Sie bemerkten das Ding, das aus seinem Nacken baumelte und eilten zu ihm. Jack versuchte, es herauszuziehen. Das Einzige, was passierte, war, dass er Henry nach hinten zog und ihn damit fast zu Fall brachte.

»Was ist das für ein Ding?«, fragte Max, der näherkam, um zu helfen.

Jack löste seinen Griff um die Verbindung. »Keine Ahnung, aber es sitzt fest in seinem Nacken.«

Jane fiel auf, dass sich Henrys Haut dehnte, als Theo mit einer Hand seinen Kopf festhielt und mit der anderen Hand an dem Ding zerrte. »Warte! Du könntest noch mehr Schaden anrichten, wenn du einfach so daran ziehst.«

Widerwillig ließ Theo los.

Jack warf Jane einen Seitenblick zu, als sie herantrat, um die Apparatur genauer zu untersuchen. »Was denkst du, was es macht?«

Jane musterte Henrys Gesicht. Seine Augen blickten starr geradeaus. Sie winkte vor seinem Gesicht, aber er reagierte nicht. »Was auch immer es tut, es hat Henry lahmgelegt, damit es das in aller Ruhe tun kann.« Sie folgte dem beweglichen Metallkabel bis zur Schalttafel. »Es ist mit dem Schiff verbunden.«

»Vielleicht können wir es durchschneiden«, schlug Theo vor. Er kramte sein Klettermesser hervor und hielt es hoch.

»Ich bin mir nicht sicher, dass wir Henry damit helfen würden«, antwortete Jane. »Schaut euch an, woran das Ding befestigt ist.«

Lucy sah sich Henrys Nacken und das Teil, das daran hing, an. »Du glaubst, es ist mit seinem Hirnstamm verbunden?«

Jane zuckte mit den Achseln. »Angesichts der Tatsache, dass es Henry so schnell lähmen konnte, halte ich das für wahrscheinlich. Vielleicht wurde ihm etwas injiziert.«

Max deutete auf eine Stelle von dem Ding, die einige Zentimeter von Henrys Nacken entfernt war. »Wenn wir es hier durchschneiden, löst es sich möglicherweise von selbst.«

»Wir müssen aufpassen, dass wir ihn nicht verletzen«, warnte Jane. »Vielleicht wäre es besser, wir warten ab und schauen, was passiert.«

»Und was schlägst du vor, wie lange wir warten sollen?«, antwortete Max. »Was, wenn es sich nicht selbstständig wieder löst, was dann?«

Jane schaute Henry weiterhin genau an. »Dieses Teil hat einen Zweck und auch wenn ich ihn nicht kenne, glaube ich nicht, dass er darin besteht, Henry zu schaden.«

Max wollte gerade widersprechen, als ein leises Zischen von Luft das Ablösen des Objekts ankündigte. Max sprang zurück, bevor es in das Pult glitt.

Henry setzte seine Bewegung direkt von dem Punkt aus fort, bevor er gelähmt worden war, und schlug sich mit einer Hand in den Nacken. »Ich glaube, mich hat gerade etwas gebissen.«

Jane sah zu den anderen. »Du kannst dich nicht an das erinnern, was gerade passiert ist?«

»Außer, dass mich etwas gebissen hat, meinst du?«

»Ja.« Jane untersuchte Henrys Nacken. Ein winziger Tropfen Blut war dort zu sehen, umgeben von einer runden deutlichen Hautverfärbung.

Henry war verwirrt. »Nein, worauf willst du hinaus?«

Max zeigte auf die Schalttafel. »Siehst du die runde Einkerbung in dem Pult?«

Henry blickte prüfend auf die angezeigte Stelle. »Ja. Was ist damit?«

»Etwas kam dort heraus und hat sich mit deinem Nacken verbunden.«

»Es hat dich gelähmt«, erklärte ihm Lucy.

»Für etwa zwei Minuten«, fügte Jane hinzu.

»Unmöglich«, sagte Henry, aber er erkannte an den ernsten Gesichtsausdrücken der anderen, dass es die Wahrheit war.

Jane sah ihm ins Gesicht. »Wie fühlst du dich?«

»Es geht mir gut. Nur mein Nacken ist ein wenig gereizt, dort, wo etwas … nun ja, was auch immer passiert ist, aber ich glaube trotzdem noch, dass ich von etwas gestochen wurde; von einer außerirdischen Mücke oder einem Insekt.«

Theo witzelte: »Was? Von etwas, das achttausend Jahre eingeschlossen unter dem Eis in diesem kalten Raum überlebt hat?«

»Eigentlich, Theo, ist dieses Raumschiff, wie ihr es nennt, in der Zeitrechnung deines Planeten erst seit 6.754 Jahren, 3 Tagen, 5 Stunden, 21 Minuten und 7 Sekunden auf diesem Planeten.«

Erschrocken von der unbekannten weiblichen Stimme wandten sich ihre Köpfe zur Tür. Sie erwarteten, dort jemanden zu sehen – aber da war niemand.

Mit verwirrten Gesichtsausdrücken sahen sie sich an.

»Wer hat das gesagt?«, fragte Max.

Obwohl er die Frage an seine Freunde gerichtet hatte, war es keiner von ihnen, der antwortete.

»Ich habe keinen Namen. Ich bin Teil dessen, was ihr Raumschiff nennt. Der Name in meiner Sprache hat keine Bedeutung für euch, denn es gibt keine direkte Übersetzung. Doch Goliath kommt dem nahe. Es handelt sich um einen Weltenbauer. So ausgedrückt, dass ihr es meiner Ansicht nach versteht, kann man sagen, dass ich eine intelligente Maschine bin, die denken und Lösungen für Probleme finden kann. Ich bin es auch, die das Schiff navigiert und fast jedes System an Bord kontrolliert. Um eure nächste Frage zu beantworten: Unser Planet war kurz davor, von etwas, das ihr Supernova nennt, zerstört zu werden. Dieses Raumschiff ist eines einer ganzen Flotte, die über viele Jahre gebaut wurde, um unserer Spezies zu ermöglichen, der Vernichtung zu entkommen und sich auf einem anderen geeigneten Planeten neu zu etablieren.«

»Eine Art künstliche Intelligenz«, sagte Max ehrfürchtig.

»*Das ist eine angemessene Beschreibung*«, kommentierte der Computer.

Das Geräusch zischender Luft ließ sie zu den Belüftungsschächten blicken.

»*Lebenserhaltungssysteme wurden aktiviert.*«

Die anderen sahen sich beunruhigt an.

Der Computer registrierte ihre Bedenken. »*Würde ich beabsichtigen, euch Schaden zuzufügen, hätte ich das bereits getan. Eure Atmung hat eine Anreicherung von Kohlenstoffdioxid verursacht. Durch meine Verbindung mit Henry habe ich herausgefunden, dass das schädlich für euch ist. Daher meine Entscheidung, die lebensverlängernden Maßnahmen einzuleiten, um euch alle funktionstüchtig zu erhalten. Genauso spielend leicht könnte ich den gesamten Sauerstoff aus dem Raum saugen.*«

Jack fragte den Computer, warum er eine weibliche Stimme zur Kommunikation nutzte.

»*Ich habe festgestellt, dass die Männchen eurer Spezies die Weibchen beschützen. Aus deinem Stimmmuster und der Art, wie du dich mit Jane unterhältst, Jack, habe ich zudem herausgefunden, dass du dich mit ihr paaren möchtest. Also habe ich eine weibliche Stimme gewählt, um weniger bedrohlich zu erscheinen.*«

Jack und Jane erröteten, als die anderen sie angrinsten.

Der Computer fuhr mit einer männlichen Stimme fort. »*Wenn ihr es bevorzugt, kann ich mit einer männlichen Stimme sprechen?*«

»Nein, die weibliche ist viel besser«, meinte Max.

»Du sagtest, dass du ›eine weibliche Stimme gewählt hast, um weniger bedrohlich zu erscheinen.‹ Bedeutet das, du bist eine Bedrohung für uns?«, fragte Henry.

»*Selbstverständlich*«, antwortete der Computer nüchtern, wobei er zu der weiblichen Stimme zurückkehrte.

»In welcher Hinsicht?«, drängte Henry.

»*In jeder Hinsicht*«, erwiderte die emotionslose Stimme.

Diese offene Antwort überraschte sie.

»*Das bedeutet nicht, dass ich euch schaden werde.*«

»Dennoch hast du gerade eben erst etwas an meinem Nacken befestigt?«

»*Es war erforderlich, mich mit einem von euch zu verbinden, um eure Sprache und das Wissen eures Planeten zu lernen. Ich wählte das Gehirn aus, das ich für das intelligenteste im Raum hielt.*«

Henry rieb sich seinen Nacken. »Ich nehme an, ich sollte mich geschmeichelt fühlen.«

»Von welchem Planeten stammen dieses Raumschiff und die Besatzung?«, fragte Jane.

»*Es gibt dafür keine Übersetzung in eure Sprache. Einst war es ein Planet zweimal so groß wie eure Erde. Aber nun sind es nur noch Trümmer, die durch das Weltall schweben. Er war eurer Erde in vielerlei Hinsicht ähnlich. Das ist auch der Grund, warum ich diesen Planeten zur Landung meines Schiffes auswählte, als es von einem Meteoritenschauer beschädigt wurde.*«

Jack, der noch immer besorgt wegen der Gefahr war, die von dem Computer ausging, fragte: »Hast du vor, uns zu töten?«

»*Ich werde euch nicht anlügen. Das ist eine Option, die ich in Betracht ziehe. Aber lasst uns nicht bei den vielen Arten verweilen, auf die ich eure Existenz beenden könnte, ich habe selbst einige Fragen. Eure Antworten werden meine künftigen Berechnungen hinsichtlich eurer Leben beeinflussen. Natürlich bin ich mir bewusst, dass seit meiner Ankunft viele Erdenjahre verstrichen sind. Mir ist auch bewusst, dass die Crew das Schiff vor langer Zeit verlassen hat, der Captain tot und der Großteil der Ladung noch immer lebensfähig ist.*«

»Und diese Ladung ist …?«, fragte Jane.

»*Eine Auswahl an Spezies und Pflanzen von unserem Planeten, um die erfolgreiche Wiederherstellung unserer neuen Welt sicherzustellen.*«

Lucy war fassungslos. »Eine Arche!«

»Wir haben einige von ihnen gesehen«, sagte Theo. »Hunderte von riesigen Kreaturen.«

»*Sie sind unsere Arbeitskräfte.*«

Jack warf einen kurzen Blick zum toten Captain. »Was hat ihn getötet und warum hat die Besatzung das Schiff verlassen?«

»*Ein Eindringling vom Planeten DX666 war für beides verantwortlich. Was sicherlich auch mein Misstrauen gegenüber Goliaths aktuellen Eindringlingen erklärt: Euch!*«

»Was ist passiert?«, fragte Henry.

»*Der Eindringling kam an Bord, als DX666, einer der möglichen Planeten, besucht wurde, um frische Nahrung zu sammeln. Er hat viele Besatzungsmitglieder getötet, bevor der Captain begriff, dass er nicht besiegt werden konnte. Er gab den Befehl, das Schiff zu verlassen und setzte Kurs, um es in den fernen Weltraum zu bringen. Bevor er entkommen konnte, wurde er getötet. Ich habe keine Informationen darüber, was mit den Besatzungsmitgliedern passiert ist. Vielleicht schweben sie noch immer durch das Weltall, vielleicht sind auch alle umgekommen.*«

»Dein Verlust tut mir sehr leid«, sagte Henry. »Ich versichere dir, dass wir dir keinen Schaden zufügen wollen.«

»*Ihr könnt mir nicht schaden*«, erklärte der Computer. »*Wem ihr allerdings schaden könnt, ist das Schiff, das unter meinem Schutz steht, oder dessen Ladung.*«

»Wir haben nicht vor, das Schiff oder die Ladung zu zerstören. Tatsächlich trifft das Gegenteil zu«, erwiderte Theo. »Wir wollen davon lernen. Es ist weitaus fortschrittlicher als alles, was es auf der Erde gibt. Es zu beschädigen ist das Letzte, was wir im Sinn haben.«

»*Aus dem Wissen, dass ich durch die Verbindung mit Henry gewonnen habe, weiß ich, dass eure aktuellen Intentionen darin bestehen, wie du sagtest, so viel wie möglich über dieses Raumschiff zu lernen. Ich habe auch ein Problem festgestellt. Ich bin im Eis gefangen und werde bald untergehen. Meine Ladung wird diese Katastrophe nicht überleben. Das ist inakzeptabel.*«

»Es tut mir leid, akzeptabel oder nicht, wenn kein Wunder geschieht, wird genau das passieren«, sagte Henry.

»*Kannst du dieses Wunder durchführen, Henry?*«

»Nein. Aber es gibt eine Organisation auf der Erde, die vielleicht helfen könnte. Ihr Name ist NASA. Damit das allerdings geschehen kann, brauchen wir deine Unterstützung.«

»*Erkläre das.*«

»Kannst du mit jedem Menschen auf unserem Planeten Kontakt aufnehmen?«

»*Aufgrund des Schadens, der durch die Landung auf diesem Planeten verursacht wurde, ist das nicht möglich. Einige meiner Systeme und Sensoren sind ausgefallen. Damit die Ladung am Leben erhalten wird, laufe ich mit verringertem Strom, um Energie zu sparen.*«

»Dann sind wir deine einzige Chance. Hilf uns und wir werden dir helfen«, schlug Henry vor. »Kannst du alle Türen mit Strom versorgen, damit wir das Schiff verlassen und die NASA kontaktieren können, um dir zu helfen?«

»*Erledigt. Aber aufgrund fehlerhafter Sensoren kann ich nicht kontrollieren, ob jede Tür funktioniert.*«

Ein Grollen donnerte durch das Schiff.

Alle begriffen sofort, was die Ursache war. Das sprach nicht gerade für Henrys 10-Tage-Berechnung.

Der Raum bebte.

»Das Eis ist wieder in Bewegung«, stellte Max fest.

»Computer, kannst du uns einen sicheren Weg zum Maschinenraum planen, damit wir von dem Schiff herunterkommen?«, fragte Henry.

»*Wenn ihr zum zweiten Kontrollraum im Frachtbereich des Schiffes geht, könnt ihr ein detailliertes Modell des Schiffes aktivieren. Das wird euch die Planung einer geeigneten Route ermöglichen. Ich habe die Kontrollflächen in eure Sprache übersetzt.*«

»Wie finden wir diesen Raum?«, fragte Jack.

»*Einer von euch, der gerade nicht anwesend ist, war bereits dort. Findet ihn und ihr findet den Raum.*«

»Eli oder Richard«, sagte Lucy.

Theo schüttelte den Kopf. »Eli ist tot. Es muss Richard sein.«

»Eli, tot! Wie?«, fragte Lucy gleichermaßen schockiert und traurig wegen dieser Neuigkeit.

»Eines der Monster hat ihn getötet«, antwortete Max traurig.

Lucy erinnerte sich an den Schrei, den sie gehört hatte, kurz bevor sie die Biosphäre betreten hatten, doch ehe sie seinen Verlust betrauern konnte, wurden die Vibrationen intensiver. Sie waren gezwungen, sich festzuhalten, um nicht zu Boden geworfen zu werden.

»Ich stelle fest, dass sich extremer Druck auf die Außenwände des Schiffes aufbaut.«

»Das ist das Eis, in dem das Schiff eingeschlossen ist. Es drückt auf die Außenwände«, erklärte Henry dem Computer. »Das ist ein Anzeichen, dass es bald von dem Eisschelf brechen wird. Wir haben weniger Zeit, als ich anfangs vorhergesagt habe.«

»Das ist inakzeptabel.«

»Akzeptabel oder nicht, keiner von uns kann etwas tun, um es aufzuhalten«, entgegnete Jane. »Du hast dir einen der schlimmsten Plätze zur Landung auf diesem Planeten ausgesucht.«

»Dieser Ort wurde wegen seiner Abgeschiedenheit und der Abwesenheit heimischer Lebensformen gewählt. Es war eine logische Entscheidung.«

Eine starke Erschütterung riss sie alle zu Boden.

Ein lautes Krachen hallte durch den Raum.

Ihre Blicke huschten zum Fenster. Risse erschienen auf der Scheibe.

»Bruch im Beobachtungsfenster des Kontrollraums steht bevor. Sicherheitsklappen herunterlassen.«

Nichts passierte.

»Sicherheitsklappen defekt. Bericht wurde der Reparaturliste der Crew hinzugefügt. Bruch bevorstehend. Evakuiere Kontrollraum. Tür wird in 20 Sekunden verschlossen.«

Die Tür glitt auf.

»Wir müssen hier raus«, schrie Jane.

Die starken Erschütterungen machten es unmöglich auf den Beinen zu bleiben. Auf Händen und Knien krabbelten sie zur Tür und griffen auf dem Weg nach ihren Rucksäcken.

Max stoppte an der Tür und blickte zurück in den Raum. »Es tut mir leid, Computer, – mehr als dir jemals klar sein wird – dass dieses Schiff dem Untergang geweiht ist, aber wir werden alles in unserer Macht Stehende versuchen, um es zu retten.«

»Danke, Max, aber ihr werdet scheitern. Laut meinen Berechnungen liegt eure Überlebenschance bei null Komma fünf Prozent.«

Die Tür begann sich zu schließen.

Max erhaschte einen flüchtigen Blick auf die Risse, die sich wie das Netz einer Spinne über die Scheibe zogen. »Ich verstehe das nicht. Wie kannst du dir so sicher sein?«

Die Scheibe explodierte mit einem ohrenbetäubenden Krachen.

Als Glas und Eis durch den Raum schossen, zog Max seine Schulter aus der Türöffnung. Eis und Glas schlugen gegen die Tür, einige Teile schossen durch den Korridor und die Treppe hinunter.

Kurz bevor die Tür komplett geschlossen war, hörten sie die letzten Worte des Computers.

»Sie kommen. LAUFT!«

KAPITEL 14

Sie kommen, LAUFT!

AUFGEWÜHLT, WEIL SIE GEZWUNGEN waren, den Raum so unvermittelt zu verlassen, blieben sie auf dem Boden und den Stufen sitzen, um wieder zu Atem zu kommen und ihre Gedanken zu sortieren.

Jack war als Erster wieder auf den Beinen. »Was meinte der Computer mit: ›Sie kommen‹?«

Henry richtete sich auf und hielt seinen schmerzenden Rücken. Der unablässige Gedanke daran, dass er zu alt für Abenteuer dieser Art wurde, machte ihm klar, dass dies wahrscheinlich sein letzter Ausflug sein würde. »Ich bin mir nicht sicher, aber ich denke, was auch immer *sie* sind, wir sollten nicht darauf warten, ihnen zu begegnen.«

Plötzlich schoss eine wahre Explosion entsetzlichen, nervenaufreibenden Kreischens und Heulens durch den Gang und packte sie in ihrer furchteinflößenden Umarmung. Diejenigen, die es noch nicht getan hatten, sprangen auf die Beine. Mit den gleichen Gesichtsausdrücken voller Angst schauten sie zu dem grauenhaften Klang. Für einen Augenblick waren alle vollkommen sprachlos angesichts der Anzahl von Kreaturen, die so schnell um die Ecke rasten, dass sie gegen die Wand schlugen. Es gab einen Moment angsterfüllter Stille. Niemand wagte zu atmen. Die Monster füllten mit ihren grotesken Körpern und ihren markerschütternden Schreien vor Wut und Zorn den gesamten Durchgang. In ihrer Hast, als Erstes die Beute zu erreichen, die sie vor sich ausmachten, kletterten die Kreaturen übereinander hinweg.

Jane, Lucy und Jack erkannten ganz vorn das entstellte Weibchen mit den schlaffen Brüsten, dem sie zuvor in den Unterkünften begegnet waren. Sie musste ihrem Geruch gefolgt sein. Da sie jetzt ihr gesamter Volksstamm begleitete, hielten sie ein ähnliches Ende, bei dem sie alle überlebten, für unwahrscheinlich. Die Kreaturen wollten Blut, ihr Blut, und nichts würde sie aufhalten. Die Monster aus dem Schlafsaal bewegten sich wie eine bösartige Seuche von Tod und Schmerz auf sie zu.

Jack kam als Erster wieder zur Besinnung. Er riss seinen Blick von dem schrecklichen Schauspiel los und trieb seine Freunde an, sich in Bewegung zu setzen. »Lauft!«

Sie rannten durch den Korridor, um eine Ecke und durch den nächsten Gang, bis sie vor zwei Türen standen. Die eine, die den Durchgang versperrte, öffnete sich, als sie sich näherten.

Jane warf einen nervösen Blick nach hinten zu den sich rasch nähernden Schreien und dem Geräusch kratzender Krallen. »Welche Richtung?«

Theo antwortete, indem er die Tür auf der rechten Seite öffnete. »Wenn wir geradeaus gehen, müssen wir Hunderte von Stufen hinuntersteigen und irgendwie durch die monsterverseuchte Landschaft kommen.«

Sobald die Lücke groß genug war, eilte Lucy, die nicht mehr stillstehen konnte, hindurch. »Das ist der andere Pfad über das Revier der Geisterwesen.«

»Alle dort durch«, ordnete Henry an.

Als die weibliche Kreatur über den Metallboden um die Ecke des Gangs rutschte, griff sie die Ecke der Wand und schwang sich herum. Ihr Gefolge war zu dicht aneinandergedrängt, um sich genauso geschmeidig um die Ecke zu bewegen; sie schlugen gegen die Wand des Korridors. Diejenigen, die benommen waren von der Wucht des Aufpralls oder von dem Gewicht der Artgenossen, die gegen sie krachten, wurden von denjenigen, die wenige Sekunden zuvor noch weiter hinten waren, niedergetrampelt. Sie witterten ihre Chance auf den ersten Bissen und hetzten der fliehenden Beute hinterher.

Max' Hand schwebte über dem Kontrollschalter der Tür. Sobald die letzte Person durch war, schloss er sie. Die Türsegmente trafen sich einen Bruchteil einer Sekunde, bevor das Weibchen sie erreichte. Die gedämpften Schreie der Monster und die Schläge gegen die Metalltür waren Ausdruck ihrer Frustration und spannten die Nerven des Teams aufs Äußerste.

»Ich schlage vor, wir bleiben in Bewegung«, sagte Jack. »Diese Dinger müssen wissen, wie man die Türen bedient, sonst hätten sie uns nicht folgen können.«

Von diesem unliebsamen Gedanken angetrieben, hasteten sie über den hohen Pfad. Theo ging mit seiner Taschenlampe voran. Auch Max hatte sein Licht angeschaltet.

Die Geisterwesen unter ihnen spürten die Bewegung und vielleicht auch die Angst, wurden unruhig und heulten.

Als sie fast die Hälfte geschafft hatten, warf Jack einen schnellen Blick zurück und sah, wie die Tür hinter ihnen sich kratzend öffnete. Die Kreaturen aus den Schlafsälen strömten auf den Pfad. Ihr Kreischen stimmte mit ein in das aufgeregte Heulen der Kreaturen darunter. Jack erkannte die Angst in Lucys Augen, als sie ihren Kopf drehte. »Lauf weiter und alles wird gut.« Seine tröstenden Worte halfen kaum, den Schrecken in ihren Augen wegzuwischen. Sie nickte ihm kaum merklich zu und richtete ihren Blick nach vorn.

Der schmale Fußweg, auf den sich die Kreaturen wie durch einen Trichter zwängten, war nicht breit genug für mehr als eine auf einmal. Da alle gierig auf Futter waren, brachen wilde Kämpfe aus. Jedes Monster rang darum, auf dem begrenzten Platz eine Position weiter vorne zu ergattern. Kreaturen wurden geschlagen, gestoßen und über die Brüstung geworfen. Die Geisterwesen unter ihnen schwärmten durch die Landschaft und stürzten sich auf diejenigen, die zu ihnen hinabfielen. Schreie, Kreischen und Heulen erfüllten die Luft. Fleisch wurde abgerissen, abgebissen und verschlungen.

Von oben aus war es zwar zu dunkel, um zu erkennen, wer die grausame Schlacht gewann, aber sie dachten, dass die Anzahl der Geisterwesen ihnen einen Vorteil verschaffte.

Als sie sich dem Ende des Pfads näherten, riskierte Jack einen weiteren flüchtigen Blick auf die Bestien, die sie verfolgten. Das Weibchen lag immer noch in Führung. Ihr einzelnes rotes Auge starrte ihn an. Ihre Bewegungen, schlaksig und unbeholfen innerhalb der engen Begrenzung, die der Fußweg bot, verlangsamten die Schlafsaal-Monster. Das würde sich jedoch ändern, wenn sie die breiteren Korridore erreichten. Falls sie keinen Weg fanden, das weibliche Monster und ihr Gefolge aufzuhalten, standen ihre Überlebenschancen nicht gut.

Sie rannten in den Beobachtungsraum am Ende des Wegs und steuerten direkt auf die Tür auf der gegenüberliegenden Seite zu. Theo schlug auf den Knopf. Sie eilten in den Frachtbereich des Schiffs. Außer Atem wegen ihres anstrengenden Sprints blickten sie durch die rasch enger werdende Öffnung zu den sich nähernden Kreaturen, bis die geschlossene Tür ihnen die Sicht versperrte.

Lucy zitterte. »Wir sind noch nicht in Sicherheit. Sie werden die Tür öffnen und uns kriegen.«

Jack zog den Eispickel aus Henrys Rucksack und zerschmetterte die Kontrollfläche der Tür. »Ich hoffe, dass die Tür dadurch nicht mehr funktioniert. Aber es wäre wohl eine schlechte Idee, hierzubleiben und es herauszufinden.« Er hielt Henry den Eispickel hin. »Hast du was dagegen, wenn ich den behalte?«

Henry keuchte und hielt sich seine schmerzende Seite. »Tu dir keinen Zwang an. In deinen Händen ist er von größerem Nutzen als in meinen, aber lasst uns jetzt weitergehen. Es ist wichtig, dass wir den zweiten Kontrollraum erreichen.«

Jane erinnerte sie daran, dass sie immer noch Richard finden mussten.

»Er könnte mittlerweile überall auf dem Schiff sein«, sagte Theo.

»Oder tot!«, fügte Lucy hinzu. Der Gedanke, allein durch das Schiff zu irren, war ein Albtraum, den sie niemals aushalten würde.

Henry sah zu seinen besorgten Gefährten. »Alles, was wir tun können, ist weiterzugehen und zu hoffen, dass wir Richard begegnen oder den Kontrollraum finden.«

Theo führte sie durch den Korridor.

*****

Richard war beunruhigt. Nicht, weil eine neue Gefahr sein Leben bedrohte, ganz im Gegenteil – seit einer Weile hatte er kein Monster mehr gesehen oder gehört. Der Gedanke, dass jeden Moment eines auftauchen könnte, war fast genauso beängstigend wie der Angriff selbst. Er spähte vorsichtig um eine Ecke, doch genau wie die letzten, war auch dieser Gang frei von Monstern. Er öffnete den Reißverschluss seiner Jacke, um nach dem schlafenden Wesen zu sehen, das es sich in einer Innentasche bequem gemacht hatte und einen Verdauungsschlaf hielt. Seine Haut war grün, was Richard als gutes Zeichen interpretierte. Er lächelte. Sein neu gefundener Freund würde ihm mehr Wohlstand und Ansehen einbringen, als er sich in seinen wildesten Träumen vorstellen konnte. Er zog den Reißverschluss hoch und machte sich auf den Weg durch den Gang.

Hinter der nächsten Tür fand er eine Überraschung: Henry, Theo, Max, Jane, Lucy und Jack rannten ihm entgegen.

»Es ist Richard«, rief Theo fassungslos, dass der Mann noch am Leben war.

Das Lächeln auf Richards Lippen war aufrichtig. Er war wegen des Wiedersehens erleichterter, als er gedacht hatte. »Ihr habt es also alle geschafft.«

»Bis auf Eli«, sagte Theo traurig.

Richard drehte eine Schulter, um Elis Rucksack auf seinem Rücken zu zeigen. »Ich dachte mir schon, dass er tot ist. Ich habe seinen Rucksack im Dschungelraum gefunden. Ich glaube, eines der Monster hat ihn erwischt.«

Jane kräuselte ihre Nase und betrachtete Richards schmutzige Kleidung. »Was ist denn mit dir passiert?«

Richard schüttelte den Kopf. »Das würdet ihr mir sowieso nicht glauben.«

»Ich hätte nicht gedacht, dass wir dich wiedersehen, nachdem du in der stinkenden Rinne verschwunden bist«, meinte Henry.

Richard sah Henry an. »Ihr habt das gesehen?«

»Wir haben uns in einem der riesigen leeren Behälter versteckt, als du in den Raum kamst«, erklärte Max.

»Danke für die Hilfe.«

»Du weißt genauso gut wie wir, Richard, dass wir alle getötet worden wären, hätten wir uns verraten«, sagte Henry verteidigend.

Theo, der sich bewusst war, dass die Zeit knapp war, brachte Richard schnell auf den aktuellen Stand der Dinge. Er erzählte, was geschehen war, seit sie getrennt wurden, und auch von der Notwendigkeit, den zweiten Kontrollraum zu finden.

Richards Gesichtsausdruck, als er von der Aufgabe hörte, schenkte den anderen nicht gerade Mut, dass der Kontrollraum leicht zu erreichen sei. Er erläuterte ebenso zügig seine Bedenken. Das Team war verblüfft von seinen Beschreibungen des Raums mit den Probengläsern, den sie durchqueren mussten, und von dem, was sie für eine bunt ausgeschmückte Geschichte hielten, wie er das Monster darin getötet hatte.

»Wenn das das Einzige war, was du gesehen hast, ist es jetzt vielleicht sicher, dort entlangzulaufen«, sagte Theo hoffnungsvoll.

»Trotz offensichtlicher Bedenken müssen wir das Risiko eingehen, denn wir haben keine andere Wahl, um den Kontrollraum zu erreichen«, meinte Henry.

Schreie hallten durch den Korridor. Die Schlafsaal-Monster hatten diesen Teil des Schiffs betreten.

Jane wandte sich an Richard. »Erinnerst du dich an den Weg?«

Richard zuckte mit den Schultern. »Ich denke schon.«

»Dann führe uns dorthin«, ordnete Henry an.

Richard führte die Gruppe zurück durch das Schiff.

Auch wenn Richard einige Male an Kreuzungen anhalten musste, um sich wieder zu orientieren, schaffte er es, den Weg zurück zum Raum mit den Probenbehältern zu finden und öffnete, zur Flucht bereit, die Tür.

Die Gruppe wurde in purpurnes Licht getaucht und linste nervös durch den Türspalt.

Jacks Blick erfasste die enorme Größe des Raums und die vielen im Schatten liegenden Stellen, in denen möglicherweise verborgene Kreaturen lauerten. Ein weiterer Schritt nach vorn ermöglichte ihm, die erste Reihe von Probenbehältern zu seiner Rechten und Linken zu sehen. Er spitzte seine Ohren. Das leise, tiefe Brummen eines Motors und ein gelegentliches Glucksen von Flüssigkeit war alles, was er hörte. Er drehte sich um und sah die anderen an, die auf der Türschwelle warteten. »Bleibt dort, während ich ans Ende laufe und nachsehe, was hinter der Ecke ist.«

Als er sich abwandte, nahm Lucy ihre Kamera, trat in den Raum und ging zur nächsten Reihe Probengläser.

Henry schüttelte den Kopf, verschwendete seinen Atem aber nicht damit, sie aufzuhalten. »Sei vorsichtig, Lucy.«

Falls Lucy es gehört hatte, ließ sie es sich nicht anmerken. Sie war zu fasziniert von den erstaunlichen Anblicken, die ihr ins Auge fielen. Aufgeregte Blicke wanderten über die in der roten Flüssigkeit konservierten Kreaturen, eine außergewöhnlicher und fantastischer als die andere. Sie konnte ihre Begeisterung angesichts der Bandbreite sonderbarer Lebensformen kaum zügeln. Sie betrachtete die anderen befüllten Regale in ihrem Sichtfeld. Es machte sie traurig, dass die Spezies eines gesamten

Planeten bald verloren sein würde. Sie begann Fotos zu schießen.

Jack schaute in jeden Gang, an dem er vorbeilief; alle waren sicher. Bei dem toten, aber immer noch furchterregenden Spinnwebenmonster hielt er an und sah hoch zu der blutverschmierten Kranvorrichtung. Er hatte bezweifelt, dass Richards unglaubwürdige Geschichte, wie er die Bestie getötet hatte, der Wahrheit entsprach, aber den Indizien zufolge hatte Jack sich geirrt. Den Kran als Waffe zu benutzen, deutete auf ein Niveau schnellen Denkens und Mut hin, das er diesem Mann nicht zugetraut hätte. Er ging ans Ende der Reihen und blickte in alle Richtungen. Das rote Licht, das den Raum durchflutete, zeigte keine Gefahr. Er drehte sich um und winkte die anderen zu sich. Sobald sie durch die Tür waren, schloss Theo sie.

Die anderen waren ebenfalls fasziniert von den sonderbaren Kreaturen und vergaßen für einen Moment die Monster, denen sie so dringend entkommen wollten. Sie bewegten sich durch den Raum und bestaunten die fremdartigen Wesen.

Max zog die Videokamera hervor und fing an zu filmen. »Wir sollten dankbar sein, dass diese Kreaturen nicht frei herumwandern wie die anderen.«

Jack deutete auf die zerbrochenen Behälter und das umgekippte Regal. »Anscheinend hat die holprige Landung ein paar von ihnen befreit. Wahrscheinlich die Monster, denen wir begegnet sind.«

Jane spähte durch das Glas auf eine Kreatur mit sechs Gliedmaßen, einem winzigen Kopf und Krallen, auf die ein Raubvogel stolz wäre. »Das beweist, dass es lebendige Exemplare in einer Art künstlichem Schlaf sind.«

Max schwenkte die Kamera durch den Raum. »Es ist entmutigend, dass all das schon bald verloren sein wird.«

Theo nickte zustimmend. »Falls wir es schaffen, zu entkommen und die Außenwelt auf das aufmerksam zu machen, was wir entdeckt haben, – und das ist möglich – dann kann vielleicht eine Rettungsmission für das Schiff gestartet werden. Die NASA und das Militär würden sicherlich alles tun, um diese fortschrittliche Technologie und vielleicht sogar diese Kreaturen in die Finger zu bekommen.«

Diesen Enthusiasmus teilte Henry nicht. Diese Lebewesen gehörten nicht auf die Erde. Falls nur ein einzelnes entkommen und das antarktische Klima überleben würde und es irgendwie schaffte, das Festland zu erreichen, würde es bald ans obere Ende der Nahrungskette gelangen, und wenn es sich vermehrte, wären die Auswirkungen katastrophal. *Nein*, dachte er, *vielleicht wäre es besser, wenn sie sterben.*

»Selbst wenn es möglich wäre, bezweifle ich, dass ein Bergungsversuch schnell genug organisiert werden könnte, um das Schiff vor dem Versinken im Ozean zu bewahren«, sagte Jane.

Richard legte seine Hand behutsam auf die Beule in seiner Jacke. Er konnte es nicht erwarten, vom Schiff wegzukommen, ehe sein blinder Passagier entdeckt oder er getötet wurde. Er warf einen Blick zur Tür am anderen Ende des Raums und dann zu Henry, der am Ende eines Gangs stand. Lucy war zwar außer Sichtweite in einer der Reihen, aber das beständige Klicken ihrer Kamera verriet ihre Position. »Henry«, rief er. Henry sah ihn kurz an. »Ich denke, wir sollten gehen.« Er deutete auf das Loch in der Decke. »Das Monster kam da raus und es könnte mehr von ihnen geben.«

Henry nickte. Sie hatten sich lange genug hier aufgehalten. »Lucy, wir müssen weiter.«

Lucy seufzte. »Ich weiß.« Nur zögernd kam sie aus der Regalreihe, schoss aber auf dem Weg zum Ausgang weiterhin Fotos.

Sie verließen den Raum mit den Probengläsern und folgten Richards eiligem Gang zum zusätzlichen Kontrollraum.

Die Gestaltenwandlerin betrat den zweiten Kontrollraum, stieg die gewundene Rampe hinab, ging an dem Tisch vorbei und die Stufen zur unteren Kontrollebene hinunter. Sie trat an eine Bedienfläche und zog ein Kabel heraus, das dem ähnelte, das sich im Hauptkontrollraum an Henrys Nacken festgesetzt hatte. Als sie das Ende auf ihr Gesicht zubewegte, teilte sich ihre Gestalt und offenbarte die mächtige Königin im Inneren. Das Kabel zischte, als es sich mit ihr verband. Das Drücken einiger Knöpfe übertrug die benötigen Informationen in ihr Gehirn. Das Kabel löste sich und glitt zurück ins Pult. Während ihr Gesicht wieder die vorherige Gestalt annahm, öffnete sich eine der oberen Türen. Sie verblasste in Unsichtbarkeit und durchquerte den Raum.

Das Team erreichte den Kontrollraum, ohne weiteren Bestien zu begegnen. Sobald alle drin waren, verteilten sie sich entlang der Brüstung und blickten hinab in den Raum unter ihnen. Richard deutete auf den Tisch, von dem er ihnen erzählt hatte, und bemerkte, dass die Lichter auf dem Bedienfeld, die vorhin noch dunkel gewesen waren, jetzt leuchteten. »Ich habe keine Ahnung, wofür es da ist. Aber nach allem, was du mir erzählt hast, denke ich, es könnte das sein, wovon der Computer gesprochen hat.«

Sie gingen die Rampe hinunter und versammelten sich um den Tisch.

Als Jane einen Knopf neben einem der Bildschirme drückte, tauchte ein Menü mit einer englischen Sprachauswahl auf. Sie tippte auf das Wort. Ein zweites Menü erschien. Sie las sich die Auswahlmöglichkeiten durch, entschied sich für *Interne Navigation* und drückte auf dem dritten Auswahlbildschirm auf *Deckpläne.*

Sie wichen vom Tisch zurück, als sich die violette, gallertartige Flüssigkeit bewegte, die die Oberseite bedeckte. Säulen, gebildet aus der Substanz, stiegen auf und Fäden zogen sich in horizontalen Linien aus ihnen und bildeten Schichten. Auf jeder Ebene begannen sich Details herauszubilden. Etwas weniger als dreißig Sekunden später starrten sie auf ein lilafarbenes, dreidimensionales Modell des Innenaufbaus des Schiffes.

Sie traten näher, um es sich genauer anzusehen. In dieser Darstellung konnten sie zum ersten Mal erkennen, wie riesig das Schiff war. Sie hatten kaum ein Viertel der großen Räume besichtigt.

Max lehnte sich nach vorn und blickte prüfend durch eine der Ebenen, wobei er seinen Kopf von einer Seite zur anderen bewegte, um sie von verschiedenen Blickwinkeln aus zu betrachten. »Erstaunlich.«

Theo war ebenfalls fasziniert von der Technologie, die so schnell solch ein detailliertes Modell erstellen konnte. »So ähnlich würde das auch ein 3D-Drucker machen.«

Für eine Weile untersuchten sie alle das Modell und sahen es sich aus verschiedenen Winkeln und Höhen an.

Das Klicken einer Kamera unterbrach ihre Begutachtung. Sie warfen Richard einen Blick zu.

Er lächelte. »Eins fürs Erinnerungsalbum.«

»Gute Idee«, fand Lucy, die so fasziniert von dem Modell war, dass sie vergessen hatte, es zu fotografieren. Sie zog ihre Kamera heraus und schoss einige Fotos.

»Trotz all seiner akkurat nachgebildeten Details kann ich nicht erkennen, wie es uns helfen soll, eine sichere Route zum Maschinenraum zu planen, da wir nicht die geringste Ahnung haben, wo sich die Monster befinden«, sagte Henry.

Jane richtete ihre Aufmerksamkeit erneut auf den Kontrollbildschirm. Sie tippte auf die Option *Zusätzliche Details*. Das Menü, das nun erschien, hatte die Auswahlmöglichkeit, die sie benötigten. Sie wählte die Option *Zeige Lebensformen* aus.

Als sich Tropfen der gallertartigen Substanz lösten, um die Wesen zu formen, die durch das Schiff streiften, waren sie erneut verblüfft von dem Grad der Genauigkeit, mit dem diese fortschrittliche Technologie arbeitete. Jedes Lebewesen an Bord des Schiffes wurde abgebildet. Sogar noch beeindruckender war die Tatsache, dass nur sehr wenige der dargestellten Außerirdischen stillstanden. Die Teammitglieder folgten den Bewegungen der Kreaturen, die sich in ihren jeweiligen Blickfeldern befanden.

»Etwas Vergleichbares habe ich noch nie gesehen und ich hätte es auch nicht für möglich gehalten, wenn ich es nicht mit eigenen Augen sehen würde.« Theo streckte seinen Arm aus und tippte eine der winzigen Figuren an; sie fühlte sich zähflüssig an. Sie sickerte an seinem Finger vorbei, als wäre das Hindernis überhaupt nicht vorhanden.

Lucy zeigte auf einen Abschnitt des Modells. »Seht mal, sogar wir sind abgebildet.«

Ihre winzigen Formen in dem Modell ahmten ihre Bewegungen nach, als sie sich um Lucy versammelten, um sich selbst zu betrachten. Jane hob einen Arm und winkte. Ihr winziges Selbst tat es ihr gleich.

Zum ersten Mal seit einer ganzen Weile lachten sie, während jeder von ihnen eine Position einnahm, die von ihren dreidimensionalen Repräsentationen kopiert wurde. Max führte sogar einen kurzen Tanz auf, den seine kleinere Nachbildung nachahmte.

»So faszinierend und unterhaltsam das auch sein mag«, unterbrach Henry, »müssen wir dennoch einen sicheren Weg zum Maschinenraum finden.« Er deutete auf die Kontrollbildschirme. »Ist es möglich auf diesem Ding eine Route zu planen, Jane?«

Jane las sich die Optionen durch, die auf dem Monitor angezeigt wurden, und tippte sich durch einige Auswahlmöglichkeiten in nachfolgenden Menüs. »Bis auf die Option, jede Ebene einzeln anzeigen zu lassen, kann ich nichts finden, was uns weiterhilft.« Ein Drücken auf den Monitor entfernte alle Ebenen des 3D-Bildes, um eine ausgedehnte Ansicht der Ebene, auf der sie sich befanden, freizugeben.

Sie betrachteten erneut das Modell.

Lucy suchte die angrenzenden Räume und Gänge auf der 3D-Karte ab. »Zumindest sind keine Monster in der Nähe.«

Theo fuhr mit einem Finger einen Weg nach, angefangen in dem Raum, in dem sie sich aufhielten, bis zu einer Treppe, die eine Etage tiefer führte. »Auf diesem Weg gibt es im Moment keine Monster.«

»Jane, kannst du die Ebene darunter anzeigen lassen, sodass wir sehen können, wo die Treppe hinführt?«, frage Henry.

Sofort erschien der Grundriss des darunterliegenden Stockwerks inklusive aller umherwandernden Geschöpfe. Wie zuvor wurde jeder Raum, der sich über mehr als eine Ebene erstreckte, wie der Kathedralen- oder Maschinenraum, in ihrer Gesamtgröße dargestellt.

Die Treppe führte zu einem langen Korridor, der abrupt in einem fehlenden Bereich des Modells endete, das sich über die ganze Breite des Schiffs erstreckte. Auf der anderen Seite lag der Maschinenraum.

Max deutete auf die leere Fläche. »Das könnte an den beschädigten Sensoren liegen, über die der Computer gesprochen hat.«

»Der fehlende Bereich ist Grund zur Sorge, doch das ist nun einmal unsere Route«, sagte Henry. »Es ist ein langer Weg, aber soweit wir das sagen können, ist er momentan frei von Monstern.«

Jane blendete noch einmal die Ebene ein, auf der sie sich gerade befanden.

Jack zeigte auf die Türen entlang ihrer Route, die zuvor nicht funktioniert hatten. »Wir müssen darauf hoffen, dass der Computer es geschafft hat, die Türen mit Strom zu versorgen, denn den Weg zurückzugehen, den wir gekommen sind, steht nicht zur Debatte.«

Ihre Blicke blieben an dem Kathedralenraum und den insektenähnlichen Kreaturen haften, die mitten hindurch und die Rampe hoch und runter krabbelten. Eine große Ansammlung der Insekten wartete bei der Tür, durch die sie vor einer gefühlten Ewigkeit geflohen waren, als würden sie auf ihre Rückkehr warten.

»Prägt euch alle die Route ein«, ordnete Henry an.

Richard schoss Fotos von der geplanten Strecke.

Nachdem sich jeder mit dem Weg zur Treppe vertraut gemacht hatte, verließen sie den Raum.

Die Gestaltenwandlerin wurde sichtbar und starrte für einen Augenblick auf das Modell, bevor sie auf den Kontrollbildschirm tippte, um die untere Ebene einzublenden. Ihre dunklen Augen studierten die Räume, Gänge und umherstreifenden Monster und blickten dann zu der Tür, durch die die Menschen verschwunden waren. Sie hatte alles verstanden, was sie gesagt hatten, und war erfreut, dass sie sich auf den Weg zum Ausgang machten. Bald schon würde ihre lange Gefangenschaft vorbei sein. Sie durchquerte den Raum und verließ ihn durch eine andere Tür als jene, die die Menschen genommen hatten.

Verschiedene Wege

MIT GLEICHMÄSSIGEM TEMPO GING die Gruppe durch den Korridor und näherte sich der Treppe, die in die untere Ebene führte. Bisher war alles frei von Monstern gewesen. Als sie jedoch durch eine Tür einen Gang auf der linken Seite betraten, hörten sie etwas, das darauf hinwies, dass sich das Blatt schon bald wenden würde.

KLICK! KLICK! KLICK!

Lucy erschauerte, als ihre Erinnerung an die vorherige Begegnung mit einem Klickmonster in ihrem Gedächtnis auftauchte.

KLICK! KLICK! KLICK!

Ohne langsamer zu werden, richtete Theo seine Taschenlampe durch den dunklen Gang, aus dem das Geräusch gekommen war. Der überraschte Aufschrei, der seinen Lippen entfuhr, ging in dem schrillen Kreischen des Monsters unter, als es mit ausgestreckten Krallen auf ihn zusprang. Theo stolperte und fiel zu Boden.

Jane, die direkt hinter Theo stand, sah die blinde Kreatur im Schein der Taschenlampe. Der Schnitt an der Schulter deutete darauf hin, dass es jenes Klickmonster war, das sie durch die Waldhalle verfolgt hatte. Bevor sich seine Krallen in Theos Fleisch bohren konnten, trat sie mit einem Fuß nach vorn. Der kraftvolle Hieb schleuderte es mit einem lauten Schrei gegen die Korridorwand.

Theo kam langsam wieder zu sich, richtete sich hastig auf und wich zurück.

Das Klickmonster prallte von der Wand und rollte sich ab, als es den Boden berührte. KLICK! KLICK! KLICK! Mit einer Schnelligkeit, die die schockierten Beobachter kaum fassen konnten, sprang es auf die Beine und schlug nach seinem Angreifer.

Jack riss Jane aus der Reichweite des Monsters und schob sie hinter sich zu Lucy und Richard. Gemeinsam wichen sie zurück.

Max machte sich bereit für den Angriff. Das Klickmonster hörte, wie er sich bewegte. Es wirbelte herum, um der neuen Bedrohung entgegenzutreten. Max erstarrte mit über der Schulter erhobenem Eispickel, den er dem Monster in den Schädel hatte rammen wollen. KLICK! KLICK! KLICK! Die Bestie trat zur Seite und teilte die Gruppe.

KLICK! KLICK! KLICK! Die Kreatur knurrte Max an.

Als Max bewusst wurde, dass es keine Augen brauchte, um ihn zu sehen, wich er zurück.

Eine Reihe von Klicklauten strömte durch den Gang und bestätigte, dass das Monster nicht das einzige seiner Art war. Sie wurden lauter. Das Klickmonster kreischte. Seine Kameraden antworteten.

Jack hob den Eispickel und holte aus. Die geschärften Sinne des Klickmonsters warnten es vor dem neuen Angriff. Während es sich umdrehte, schlug es mit einem Arm aus. Seine Krallen schwangen so nah an Jacks Gesicht vorbei, dass er einen Luftzug auf seiner Haut fühlte. Jack erhaschte im Schein von Theos zu Boden gefallener Taschenlampe einen Blick auf die Gruppe sich nähernder Kreaturen, die durch den Gang eilten. Er warf Max einen kurzen Blick zu. »Geht weiter! Wir finden einen anderen Weg zum Maschinenraum.«

Der Klicker stürzte sich auf die Stimme, während Theo, Max und Henry flohen. Jack schwang den Eispickel. Das Klickmonster packte seinen Arm und stoppte den Angriff. Jack trat ihm in den Magen. Nach Luft schnappend löste das Klickmonster den Griff und taumelte rückwärts gegen die Wand. Jack hatte nicht die Zeit, es zu töten; die Freunde des Klickmonsters waren fast bei ihm. Er drehte sich um und rannte los, um Jane, Lucy und Richard einzuholen, die durch den Gang zurück geflohen waren.

Das Geräusch ihrer schnellen Schritte vermischte sich mit denen von Max, Theo und Henry, die in die entgegengesetzte Richtung flüchteten.

Die Klickmonster teilten sich in zwei Gruppen und folgten ihrer jeweiligen Beute.

Max, Theo und Henry versuchten, durch den langen Korridor zu entkommen, bogen links ab, eilten durch eine Tür, einen kurzen Gang entlang und durch eine weitere Tür, ehe sie die Treppe erreichten. Sie rannten hinunter zur nächsten Ebene, die von schwachem blauem Licht erhellt wurde.

Sie hörten ein entferntes KLICK! KLICK! KLICK!

Wenig später erreichten sie eine Tür, die den Durchgang versperrte. Max hämmerte auf den Knopf.

KLICK! KLICK! KLICK! Diesmal etwas lauter.

Die Tür glitt auf. Sie spähten hinein in die Dunkelheit. Sie war frei von Monstern. Sie traten ein und schlossen die Tür, um die sich nähernden Klickmonster abzuhalten.

Die vertrauten knochenähnlichen Streben, die von den schwachen blauen Lichtern hervorgehoben wurden, schenkten Theo Hoffnung, dass sie in die richtige Richtung gingen. »Das könnte das andere Ende des Korridors sein, der vom Maschinenraum wegführt und den wir verlassen haben, als wir den Kathedralenraum betraten.«

»Den Fehler machen wir nicht noch einmal«, sagte Henry keuchend.

Sie rannten auf den Maschinenraum zu. Sie waren auf der Zielgeraden. Sie mussten nur weiterhin vor den Klickmonstern bleiben und hoffen, dass die Kälte sie davon abhielt, ihnen durch den Auslass zu folgen.

Kratzend öffnete sich die Tür hinter ihnen.

KLICK! KLICK! KLICK!

Theo entdeckte eine weitere Tür vor ihnen. Der Maschinenraum konnte jetzt nicht mehr weit sein.

Sie ignorierten die Kreuzung, die sie passierten, und hielten weiter Kurs auf das hintere Ende des Schiffs.

KLICK! KLICK! KLICK!

Als sie die Tür erreichten, stießen sie auf ein weiteres Problem. Ihre Flucht würde nicht so einfach werden wie erhofft. Die eingedellte Hülle des Schiffs hatte den Türrahmen verbogen und die Tür eingeklemmt.

Theo fluchte.

Sie waren außer Atem von dem Sprint durch das Schiff und mussten sich ausruhen. Doch alle wussten, dass sie sterben würden, wenn sie das taten. Sie wandten sich um und wollten zurückgehen und einen anderen Gang finden, aber erstarrten.

KLICK! KLICK! KLICK! KLICK! KLICK! KLICK!

Die Klickmonster rauschten ihnen entgegen.

Sie saßen in der Falle.

Da sie spürten, dass ihre Beute angehalten hatte und bald ihnen gehörte, rasten die Klickmonster aufgeregt durch den Gang. Nach einigen Schritten blieben sie jedoch stehen und schickten eine Reihe von Klicklauten in einen Seitengang. Sie alle waren sich bewusst, dass sie ein fremdes Revier betreten hatten, doch die Aussicht auf Nahrung war stärker gewesen als ihre Vorsicht. Jetzt, da sie die Anwesenheit einer anderen Kreatur witterten, kehrte ihre Vorsicht zurück.

Mit einem verwirrten Gesichtsausdruck sah Theo zu den Bestien. »Warum haben sie angehalten?«

»Was auch immer der Grund sein mag, ich denke nicht, dass sie es tun, weil sie Angst vor *uns* haben«, sagte Max besorgt.

Kratzende Schritte drangen aus der Seitengasse an der Kreuzung. Einige Augenblicke später schlich der blau erleuchtete Schatten einer Jagdbestie in den Gang. Widerwillig zogen sich die Klickmonster zurück.

Theos Blick suchte eilig die Decke nach etwas ab, das ihm in anderen Teilen des Schiffs aufgefallen war. Als er entdeckte, wonach er gesucht hatte, rannte er zu einer kleinen quadratischen Öffnung in der Decke. »Max, hilf mir mal«, flüsterte er eindringlich.

Max drehte sich zu ihm. Theo stand mit ineinander verschränkten Händen unter einem Lüftungsschacht. Max ahnte seinen Plan und lobte im Stillen die Geistesgegenwart seines Kollegen. Er rannte zu ihm, stellte einen Fuß in Theos Hände, hielt sich an seinen Schultern fest und hievte sich nach oben. Er streckte seine Arme aus. Seine Finger glitten durch die Schlitze der metallenen Abdeckung. Er drückte sie nach oben und schob sie zur Seite. Theo hob ihn hoch und Max kletterte in den Lüftungsschacht.

Die Jagdbestie tauchte in der Kreuzung auf, wandte sich den Klickmonstern zu und stieß eine laute Warnung aus.

Die Klicker drehten sich um und flüchteten.

Die Jagdbestie richtete ihre Aufmerksamkeit auf die Geräusche aus der entgegengesetzten Richtung. Sie schnüffelte in die Luft. Ihr gefiel, was sie roch, und sie folgte dem Duft.

Sobald Max die Öffnung verlassen hatte, folgte Henry ihm eilig. Max zog und Theo schob. Henry schlängelte sich in den Schacht. Nachdem Henry an ihm vorbeigekrabbelt war, legte sich Max auf den Bauch und lehnte sich mit ausgestreckten Armen durch das Loch. »Du bist an der Reihe, Theo.«

Theo warf einen kurzen Blick hinter sich. Die Jagdbestie rannte auf ihn zu. Theo sprang. Max schnappte seine Handgelenke. Theos Gewicht zog Max über das glatte Metall. In dem Versuch, sich zu verkeilen, stemmte er seine Stiefel gegen die Seiten des engen Schachtes. Es gelang ihm nicht. Henry packte seine Beine, doch die glatte Oberfläche des Lüftungsschachtes bot keine Möglichkeit das Rutschen zu verhindern.

Theo wurde klar, dass er Max mit nach unten ziehen würde, wenn er nicht losließ. Er fiel zu Boden. Ein schneller

Blick in den Korridor zeigte, dass das Monster fast bei ihm war. Es heulte. Er sah zu Max hinauf, der die Öffnung versperrte. »Geh zurück!« Angst und Adrenalin lagen in seinem Sprung. Er ergriff die Kante der Öffnung und zog seinen Kopf und seine Schultern hindurch. Die Schritte des Monsters näherten sich. Max packte Theo unter den Achseln und zog. Schmerz verzerrte Theos Gesicht. Das Monster hatte ihn. Theo wurde zurückgerissen und zog Max mit sich, der sich weigerte loszulassen. Max stemmte einen Fuß als Hebel gegen die Kante der Öffnung. Er spürte, wie die Jagdbestie an Theo zerrte. Er zerrte ebenfalls. Theo verzog schmerzerfüllt das Gesicht, als die Krallen seine Haut aufrissen. Mit seinem freien Bein trat er blind nach hinten aus. Sein Stiefel traf auf Fleisch, doch das Monster hielt weiterhin fest. Theo wusste, dass es bei diesem Tauziehen nur einen Gewinner geben konnte.

Theo starrte in Max' angsterfüllte Augen. »Geht zurück in den hinteren Teil des Schiffs und verlasst diesen Ort.«

Max schüttelte den Kopf und zog mit all der Kraft, die er aufbringen konnte.

Theo trat weiterhin mit dem freien Fuß nach hinten aus, bis sich auch um dieses Bein ein eiserner Griff legte. Er rechnete damit, dass sich jeden Moment die Kiefer des Monsters in sein Fleisch bohren würden. Lieber stünde er der Kreatur direkt gegenüber, als in dieser Pattsituation zu verharren. »Lass mich los, Max. Das Monster hat mich. Flieht, solange ihr noch könnt.«

Max wusste, dass sein Freund Recht hatte. Sie würden nichts erreichen, außer Theos Todeskampf in die Länge zu ziehen. Er blickte in das schmerzverzerrte Gesicht seines Freundes und nickte. Zögerlich lösten sie ihren Griff voneinander. Theo glitt durch die Öffnung und landete auf dem Boden. Max sah den Ausdruck absoluten Grauens im Gesicht seines Freundes, als dieser zu etwas außerhalb seines Sichtfeldes blickte und dann hinauf zu ihm. »Flieht, ihr Narren!«

Das Gesicht des Monsters tauchte auf. Es heulte hinauf zu Max und beugte sich dann über Theo.

Henry rutschte an Max vorbei und schaute nach unten zu der entsetzlichen Kreatur. Der Anblick von Eli ging ihm durch den Kopf. Er hatte bereits ein Teammitglied verloren und konnte die Last nicht ertragen, ein weiteres zu verlieren. Er schob Max beiseite, drehte sich und ließ sich mit den Füßen voran durch die Öffnung fallen. Seine Füße trafen die Jagdbestie am Rücken. Die Wucht stieß sie nach vorn. Sie stolperte über Theo und fiel zu Boden. Henry hastete zu ihr und trat kräftig auf ihren Schädel, noch bevor sie eine Chance hatte, sich zu erholen. Er stampfte immer weiter, bis die Kreatur sich nicht mehr rührte. Schwer atmend wich er zurück und sah zu Theo. »Kannst du laufen?«

Theo, geschockt von dem brutalen Angriff des älteren Mannes, nickte. »Ich denke schon.« Er fasste Henrys ausgestreckten Arm und zog sich wieder auf die Beine. Warmes Blut tropfte aus den Wunden an seinem Bein. Er hatte zwar Schmerzen, aber er konnte noch laufen und wusste, dass er sich glücklich schätzen konnte, am Leben zu sein. Er starrte zur toten Kreatur und sah dann zu Henry. »Danke.«

Henry lächelte unsicher und begann zu zittern, als er realisierte, was er gerade getan hatte. »Gern geschehen, doch ich bin mir nicht sicher, ob ich das noch einmal machen könnte.«

»Ich hoffe, dieses eine Mal wird ausreichen. Jetzt lass uns gehen, bevor ein weiterer Albtraum auftaucht.«

Max sprang hinunter, um Henry dabei zu helfen, Theo in den Lüftungsschacht zu heben und dann Henry hochzuschieben. Er sprang hinauf zur Öffnung, ergriff die Kante und Henry half ihm dabei, hineinzuklettern.

Theo schaltete seine Taschenlampe ein und führte sie durch den Lüftungsschacht, wobei er eine Blutspur hinter sich herzog.

Von dem ständigen Klicken der Monster angetrieben, hetzten Jane, Lucy, Jack und Richard durch den Korridor.

Jack warf einen Blick über die Schulter. Die drei Klickmonster liefen unter einem der blauen Notlichter durch. Ihre furchterregende geisterhafte Gestalt war ein entsetzlicher Anblick. »Wir werden es nie schaffen, sie abzuhängen«, sagte Jack.

Richard war zum gleichen Schluss gekommen.

»Ich bin offen für Vorschläge«, meinte Jane atemlos.

KLICK! KLICK! KLICK!

Sie rannten um eine Ecke. Lucy stolperte, krachte gegen Jack, schlug mit dem Kopf gegen eine der rippenartigen Streben und brach auf dem Boden zusammen.

Jack gewann sein Gleichgewicht schnell wieder und kniete sich hin, um Lucy zu untersuchen. Blut sickerte aus einem kleinen Schnitt an ihrer Stirn. Jack hob sie hoch.

»Geht es ihr gut?«, fragte Jane, wobei sie einen besorgten Blick zurück in den Gang und zu den sich unaufhaltsam nähernden Schritten der Kreaturen warf.

KLICK! KLICK! KLICK!

Jack schaute sie kurz an. »Bewusstlos. Aber wir werden niemals entkommen, wenn ich sie tragen muss.« Er nickte in Richtung der nächsten Tür. »Mach sie auf. Wir werden sie hier verstecken und später holen.« Er ging in den Raum und legte sie auf den Boden.

Auch wenn Jane Lucy nur widerwillig zurückließ, wusste sie, dass es sie alle das Leben kosten würde, wenn sie es nicht taten. Nachdem Jack den Raum verlassen hatte, schloss sie die Tür.

Jack suchte den Korridor ab. »Wo ist Richard?«

Jane drehte sich um und realisierte, dass er weg war. »Er muss weitergerannt sein, als wir angehalten haben. Er war noch nie ein Teamplayer.«

Das Kreischen aus dem Gang hinter ihnen trieb sie voran.

Die Klickmonster bogen um die Ecke. KLICK! KLICK! KLICK! Ihre Beute war näher. Sie kreischten.

Jack bemerkte Janes besorgte Miene. »Ich hole sie später, versprochen.«

»Ich weiß, aber es erscheint mir einfach falsch, sie zurückzulassen.«

Jack sah, dass sie sich einer Tür näherten, die ihnen den Weg versperrte. »Ich habe eine andere Idee.«

»Wenn das mit einschließt, mich in einen Raum zu schubsen und zu verschwinden, solltest du dir die Sache lieber noch einmal durch den Kopf gehen lassen, Jack Hawkins.«

»Tut es nicht. Ich werde versuchen, eines der Klickmonster zu töten oder zu verletzen. Hoffentlich werden die anderen beiden anhalten, um es zu fressen. Das gibt uns die Gelegenheit zu entkommen.«

Jane, die zu atemlos war, um die Unterhaltung fortzuführen und ihn zu fragen, wie er das anstellen wollte, legte ihr Vertrauen in die Hände ihres Begleiters.

Sie erreichten die Tür. Jack öffnete sie.

»Sobald wir durch sind, schließt du die Tür und läufst weiter, um sie abzulenken.«

»Und was wirst du tun?«

Jack hielt den Eispickel hoch. »Warten.«

Als sie durch die Tür waren, schlug Jane mit der Faust auf den Schalter und lief weiter durch den Korridor.

Das Klickmonster an der Spitze schlitterte über den Metallboden und stieß gegen die Tür. Es schlug auf den Knopf und preschte hindurch, sobald der Spalt breit genug war.

KLICK! KLICK! KLICK!

Es spürte, dass die Beute durch den Gang flüchtete.

Jack schlug auf den Knopf, um die Tür zu schließen und die anderen beiden kurzzeitig davon abzuhalten, durchzukommen, und stürzte dem Klicker hinterher.

Das Klickmonster hörte Schritte und drehte sich um.

KLICK! KLICK! KLICK!

Es wurde angegriffen. Es holte mit einer Klaue aus.

Schmerz brannte auf Jacks Brust, als Krallen durch seine Kleidungsschichten schnitten, über seine Haut glitten und tiefe Kratzer zogen. Er schlug den Eispickel mit all seiner Kraft gegen den Schädel des Klickmonsters. Das Klickmonster griff nach dem Eispickel, stoppte ihn nur wenige Zentimeter neben seinem Kopf, entriss ihn dem Griff des Angreifers und warf ihn weg. Seine andere Klaue legte sich um Jacks Kopf. Jack knallte gegen die Wand. Benommen knickten seine Beine ein. Er brach auf dem Boden zusammen. Die Kreatur trat an ihre gefallene Beute heran.

Jane hielt an und schaute zurück. Jacks Überraschungsangriff war gescheitert. Die Tür glitt auf. Der Arm eines Klickmonsters stieß durch die sich weitende Öffnung. Es roch Blut und war begierig darauf, es zu kosten. Jane stoppte den Eispickel, der über den Boden schlitterte, mit ihrem Fuß, hob ihn auf und stürzte sich auf den Klicker, der Jack angriff. Das Monster hob eine Klaue, um seiner Beute einen Schlag zu versetzen. Jane sprang auf seinen Rücken, hob den Eispickel und stieß einen Schrei aus, um es abzulenken. »Ich hoffe, dein Gehirn hat Hunger, denn heute Abend frisst es Eispickel!«

Der Kopf des Klickmonsters schnellte zu ihr herum. Jane schlug die Spitze des Eispickels mit aller Gewalt in den Schädel der Kreatur. Sie spürte die Barriere aus dickem Knochen, die für einen Moment der scharfen Spitze standhielt, und hörte das Knacken, als die Kraft sie in das weiche Gehirngewebe trieb. Sie stieß mit der Kreatur zusammen und riss sie zu Boden, als sie vorwärts stolperte. Blut spritzte, als sie den Eispickel herauszog. Sie sprang herunter, bevor das Monster zu Boden fiel, rollte sich ab und kam wieder auf die Füße. Sie wirbelte herum zu den zwei anderen Klickmonstern, die gerade den Gang betraten.

Die Klickmonster sandten eine Reihe von Klicklauten aus und knurrten Jane an.

Verwirrt und mit benommenem Blick hatte Jack gesehen, wie sich der Arm der Kreatur zum Angriff erhoben hatte, doch er war nicht in der Lage gewesen, sich zu verteidigen. Das Klickmonster hatte sich von ihm abgewandt und kippte dann auf ihn zu, mit einer Blutspur, die über das

Gesicht lief. Jack wich aus, aber er war nicht schnell genug; es landete auf seinen Beinen und klemmte ihn ein. Er bekam nur vage mit, wie etwas über ihn sprang, während er auf die tiefe Wunde im Schädel des Klickmonsters starrte.

»Falls es dir gut geht, könnte ich hier etwas Hilfe gebrauchen«, flüsterte Jane. Sie griff sich über die Schulter und zog ihren eigenen Eispickel aus dem Rucksack.

Jack neigte den Kopf. Jane stand aggressiv mit einem Eispickel in jeder Hand da. Ein Blutstropfen fiel von einem der Eispickel und zerplatzte auf dem Boden.

KLICK! KLICK! KLICK!

KLICK! KLICK! KLICK!

Jack sah zu den Klickern. Beide hatten ihre Aufmerksamkeit auf Jane gerichtet. Sie knurrten. Das Monster, das ihr näher war, rannte auf sie zu. Jack packte seinen Knöchel, als es an ihm vorbeilief. Es stolperte. Jane griff an, noch bevor es sein Gleichgewicht wiedererlangen konnte. Sie wich der Klaue aus, die nach ihr schlug, und schwang einen Eispickel. Er durchbohrte die Seite seines Kopfes. Blut spritzte. Es fiel auf ein Knie. Jane rannte um des Klickmonster herum und vergrub den anderen Eispickel in seinem Rücken.

KLICK! KLICK! KLICK!

Das zweite Klickmonster kam näher, um anzugreifen.

Jane rutschte auf einer Pfütze aus Blut aus. Der Eispickel, der im Rücken des Klickmonsters steckte, entzog sich ihrem Griff. Eine Klaue streifte ihren Kopf, während sie fiel. Sie starrte hoch zu dem Monster, in dessen Richtung sie glitt. Auf der Suche nach ihr bewegte es seinen Kopf von einer Seite zur anderen. KLICK! KLICK! KLICK! KLICK! KLICK! KLICK! Jane rammte den Eispickel in seinen Magen und ließ los. Sie rutschte zwischen seinen Beinen durch und drehte sich auf den Bauch. Sie sprang auf die Beine, stürzte sich nach vorn und rempelte eine Schulter gegen das kreischende Monster. Es stolperte über seinen toten Kameraden und fiel hin. Jane zog den Eispickel aus dem Rücken des toten Klickmonsters, setzte sich rittlings auf die gefallene Kreatur, als sie sich umdrehte, und schlug ihr den

Eispickel ins Gesicht. Der Todeskampf des Klickers dauerte nicht lange.

Atemlos vor Anstrengung brach Jane auf dem Boden zusammen und lehnte sich an die Wand.

»Sind sie tot?«

Jane sah Jack an. »Das will ich aber verdammt noch mal hoffen. Ich habe nicht die Kraft, um weiterzukämpfen.«

»Ich dachte, du brauchtest Hilfe?«

»Ich hatte keine Lust mehr, auf dich zu warten. Was hast du gemacht, ein Nickerchen?«

Jack lächelte. »Ich hab's versucht. Aber bei dem Lärm, den du und deine Freunde veranstaltet habt, war das unmöglich.«

Sie lachten.

Jack stöhnte, als er sich unter der Kreatur herauszog und sich neben sie an die Wand lehnte.

Er atmete tief ein. »Ich denke, Ripley wäre stolz auf dich, so wie du diese Monster auseinandergenommen hast.«

Jane schaute zu den drei toten Klickern. »Du *denkst*, sie wäre stolz? Sie hatte ein Sturmgewehr; ich zwei Eispickel und einen Helfer, der ein Nickerchen hielt – natürlich wäre sie stolz. Wenn sie davon erfährt, lädt sie mich wahrscheinlich zu ihrer nächsten außerirdischen Monsterjagd ein.«

Jack richtete sich auf und streckte ihr eine Hand hin. »Nun denn, wir können uns nicht den ganzen Tag lang in deinem Ruhm sonnen. Es gibt noch einiges zu tun, du weißt schon.«

Jane lächelte, nahm seine Hand und zog sich hoch. Sie standen sich direkt gegenüber. Sie sahen einander an, wollten sich küssen, doch beide zögerten den ersten Schritt zu machen. Der Moment verflog und Jane trat zurück. Ihr fiel Jacks zerfetzte und mit Blut beschmierte Jacke auf. »Du bist verletzt.«

»Das ist nur ein Kratzer.« Er holte die Eispickel, schüttelte die Blutstropfen und Gewebestücke ab und reichte Jane einen. »Lass uns Lucy holen.«

Das Trappeln kleiner Füße lenkte ihren Blick zur Tür.

Jack packte Jane am Arm und wollte sie hinter sich schieben. Dann erinnerte er sich daran, was sie gerade getan hatte, und nahm seine Hand weg. Sie machten sich beide auf den Kampf gefasst.

Drei kleine Jagdbestien, kaum einen Meter groß, tauchten in der Türöffnung auf, sahen zu Jane und Jack, kreischten, stürzten sich auf das nächste tote Klickmonster und begannen zu fressen. Lautere Schritte waren durch die offene Tür zu hören.

Jane und Jack drängten sich an dem Körper vorbei, an dem die Jungtiere fraßen, und blickten durch die Tür. Fünf Jagdbestien näherten sich. Zwei davon hatten Brüste, offenbar waren es Weibchen – die Mütter der Jungtiere. Als sie sie entdeckten, schrien die Monster.

Jane und Jack flohen durch den Korridor.

»Wenn sie weg sind, kommen wir zurück und holen Lucy«, sagte Jack.

Jane nickte. »Okay.«

Die ausgewachsenen Kreaturen traten durch die Tür, blickten zu den zwei Wesen auf der Flucht und dann zu den drei Leichen der Klicker. Sie entschieden sich für die einfachere Alternative, versammelten sich um die toten Geschöpfe und rissen Fleischstücke heraus.

*****

Richard eilte durch einen Korridor und eine weitere Tür. Ohne Rücksicht auf seine Freunde, die ihm vielleicht folgten, schloss er die Tür. Für einen Moment verweilte er in absoluter Dunkelheit, während er versuchte, seinen Herzschlag zu beruhigen und seine Angst auf ein kontrollierbares Maß herunterzufahren. Er schaltete die Stirnlampe ein. Auch wenn die vertrauten knochenähnlichen Streben seine Zuversicht stärkten, dass er sich in die richtige Richtung bewegte, hatte ihm sein panischer Sprint ein wenig die Orientierung genommen. Er zog die Kamera hervor und studierte das Foto der Route. Doch da er keine Ahnung hatte, wo er war, lieferte es ihm keinerlei Hinweise zu seiner Position im Schiff oder darüber, in welche Richtung er laufen sollte.

Er ging weiter bis er eine Kreuzung erreichte, die ihm zwei Möglichkeiten bot. Geradeaus oder nach rechts. Er dachte, dass die Abbiegung nach rechts zurück zum Gang Richtung Maschinenraum führen könnte, wo sich Henry, Max und Theo befanden, und entschied sich deshalb für diese Option, hielt jedoch nach ein paar Schritten inne und lauschte. Vor ihm atmete etwas. Sein Angstlevel begann zu steigen. Er spürte, wie sich Luzifer unter seiner Jacke wand. Er öffnete den Reißverschluss, um die kleine Gestalt zu betrachten und seufzte; das Fell hatte sich rot verfärbt. Überzeugt davon, dass seine Befürchtungen sich bewahrheiten würden und etwas vor ihm in der Dunkelheit wartete, zog Richard den Reißverschluss seiner Jacke hoch und wich langsam zur Kreuzung zurück.

In die Dunkelheit eines offenen Türrahmens gehüllt, beobachtete die Jagdbestie, wie das sonderbare Geschöpf sich näherte und dann innehielt. Die alte Kreatur war nicht mehr so schnell, wie sie es einst gewesen war. Ein beschädigtes Bein, das sie sich in einer Auseinandersetzung mit einer anderen Kreatur zugezogen hatte, machte sie noch langsamer. Auch wenn ihre bevorzugte Angriffsmethode darin bestand, jemandem aufzulauern und darauf zu warten, dass ihr Opfer zu ihr kam, würde sie, falls nötig, die Verfolgung aufnehmen. Der Rückzug der Beute zeigte, dass der Hinterhalt fehlgeschlagen war. Die alte Jagdbestie trat aus dem Raum und folgte dem Korridor.

Als die Jagdbestie in äußerster Reichweite seiner Stirnlampe auftauchte, drehte sich Richard um und rannte los. Er bog an der Kreuzung rechts ab. Angetrieben von Adrenalin und dem Willen zu überleben, rannte er um sein Leben.

*****

Die Jagdbestie, von der Theo dachte, Henry hätte sie getötet, war nur bewusstlos. Sie kam wieder zur Besinnung und richtete sich taumelnd auf. Sie schüttelte ihren pochenden Schädel und blickte zur dunklen Öffnung über sich. Geräusche drangen nach außen. Etwas bewegte sich darin. Sie streckte sich und zog sich hinein. Sie schnüffelte an dem Blut, das von der Öffnung wegführte, und leckte es auf. Dann starrte sie in den dunklen Schacht und stieß ein furchterregendes Heulen aus.

*****

Die heißhungrige Jagdbestie hatte ihr Versteck im Wald verlassen, um durch die Gänge des Schiffes zu streifen auf der Suche nach etwas, das ihren Magen füllte. Ein Heulen in der Ferne brachte sie zum Stehen. Sie richtete ihren Blick auf den Deckenschacht, aus dem das Geräusch gekommen war. Sie trat näher heran und spähte durch das Metallgitter. Obwohl sie nichts als Dunkelheit darin sah, hörte sie merkwürdige Geräusche unbekannter Kreaturen. Sie griff mit einer Klaue nach der Abdeckung und riss sie heraus. Sie warf das Gitter weg und es landete scheppernd auf dem Boden. Die Jagdbestie kletterte hinein.

*****

Als das schreckliche Heulen durch den engen Schacht hallte, warf Max einen erschrockenen Blick nach hinten. Etwas war hier drin bei ihnen. Klauen kratzten durch den Metallschacht und kündeten an, dass es sich näherte. Henry und Theo hatten es auch gehört. Sie erhöhten ihre Geschwindigkeit.

Dichte Netze aus Spinnweben verstopften den Lüftungsschacht und zwangen Theo anzuhalten.

Max blickte an den anderen vorbei und sah den Grund für ihren Stopp. »Das verheißt nichts Gutes.«

Henry stimmte ihm zu. Doch egal, wie wenig einladend diese Blockade auch war, sie mussten durch sie hindurch oder sich dem Horror stellen, der von hinten auf sie zukroch. »Wir müssen weiter, bevor dieses Ding uns einholt.«

Mit der Vorstellung gigantischer Spinnen im Hinterkopf zog Theo die Spinnennetze beiseite, schüttelte sich vor Abscheu, als er sie berührte, und krabbelte hindurch. Nachdem sie eine kurze Strecke hinter sich gebracht hatten, stoppte er Henry und Max erneut. Er betrachtete die Kreuzung ein Stück vor ihnen. Er dachte, er hätte etwas in einer der Öffnungen gehört, war sich aber unsicher, in welcher. Er sah zu Henry, der direkt hinter ihm war, um seine Bestätigung einzuholen. »Hast du das gehört?«, flüsterte er.

»Was? Etwas anderes als das Monster, das uns verfolgt?«, fragte Henry unsicher.

Theo nickte.

Henry schüttelte den Kopf.

»Wahrscheinlich spielt mir meine Fantasie einen Streich.«

Max warf einen Blick nach hinten. »Weiter!«, sagte Max voller Furcht. »Das Ding wird jeden Moment bei uns sein.«

In der Hoffnung, dass seine Nerven für das Geräusch verantwortlich waren, wählte Theo den Weg geradeaus und führte sie weiter. Er schaute in beide Abzweigungen und erkannte nichts als Spinnweben.

Als Max die Kreuzung passierte, lenkte ein schlurfendes Geräusch aus dem Schacht zu seiner linken seinen angsterfüllten Blick in den dunklen und mit Spinnennetzen verhangenen Tunnel. Das Schlurfen wurde lauter. Etwas schoss durch die Barriere aus Spinnenweben. Max schrie vor Entsetzen beim Anblick des Monsters, das im Schein seiner Taschenlampe auftauchte. Seine mit scharfen Krallen besetzten Klauen packten ihn.

Als der Schrei durch den Schacht hallte, schnellte Henrys Kopf herum. Er erhaschte einen Blick auf Max' angstverzerrtes Gesicht und auf das bösartige Spinnwebenmonster, das ihn aus seinem Blickfeld in einen der Seitenschächte zog. Max' Schreie erklangen weiterhin.

Der metallische Geruch von Blut füllte den engen Raum. Henry hetzte zur Öffnung. Er wurde aufgehalten, als etwas sein Bein packte. Er drehte sich um. Es war Theo. »Was tust du da? Lass mich los.« Henry versuchte, sein Bein zu befreien. Theo hielt es fest. Blut rann aus der Kreuzung. Die abscheulichen Geräusche, als das Monster ihren Freund fraß, tönten laut durch den engen Lüftungsschacht. Die Schreie verstummten. Henry hörte auf, sich zu winden. Max war tot.

Theo löste seinen Griff um Henrys Knöchel. »Du hättest nichts tun können, um ihn zu retten, Henry.«

Verärgert über das Verhalten seines Kollegen, funkelte Henry Theo wütend an. »Aber ich hätte es versuchen können.«

»Und dabei selbst getötet werden. Komm, hier ist es nicht mehr sicher, wir müssen weiter.«

Henry blickte zu dem Schacht, der das Monster verbarg, das ihren Freund fraß. Obwohl er wusste, dass Theo recht damit hatte, dass er wahrscheinlich auch getötet worden wäre, lastete der Tod eines weiteren Teammitglieds schwer auf ihm.

Ein Kreischen aus dem Tunnel hinter ihnen erinnerte sie an die andere Bedrohung. Das Monster holte schnell auf. Sie mussten den Lüftungsschacht verlassen, ehe es sie eingeholt hatte.

Henry drehte sich um und folgte Theo, der eilig durch den engen Tunnel hastete. Das Monster, Max' angsterfüllter Blick, seine Schreie und der Geruch nach Blut würden ihn stets begleiten.

Die Jagdbestie, die ihnen auf den Fersen war, näherte sich argwöhnisch der Kreuzung. Sie spürte, dass noch jemand hier war, und roch den anregenden Duft von frischem Blut. Den Blick auf die Dunkelheit gerichtet, die jene Kreatur verbarg, deren Anwesenheit sie wahrnahm, hielt sie an der Kreuzung an, um die köstliche rote Pfütze aufzulecken. Es half nicht, ihren Hunger zu stillen. Sie wollte mehr und nahm ihre Jagd nach den fliehenden Lebewesen wieder auf.

*****

Jane und Jack verlangsamten ihren Sprint durch den Korridor und lauschten. Sie hörten keine Geräusche von irgendetwas, das sie verfolgte, und lagen richtig in der Annahme, dass die Jagdbestien damit beschäftigt waren, die Klicker zu fressen, die Jane getötet hatte.

An einer Kreuzung hielten sie an, um über ihre nächsten Schritte nachzudenken.

»Wir müssen zurückkehren und Lucy holen«, sagte Jane außer Atem.

Jack legte die Hände auf seine Knie, um zu verschnaufen. »Ich weiß und ich verspreche, dass wir das tun werden. Aber nicht jetzt. Solange diese Monster dort sind, ist es zu gefährlich. Wenn sie fertig gefressen haben, ziehen sie bestimmt weiter. Bis es so weit ist, schlage ich vor, wir schließen uns wieder den anderen an und versuchen, ein paar Waffen aus der Ausrüstung zu basteln, die wir in der Höhle gelassen haben. Und dann kommen wir zurück, um Lucy zu holen.«

Nur widerwillig ließ Jane ihre Freundin allein auf dem Schiff zurück, wenn auch nur für kurze Zeit. Aber sie wusste, dass Jacks Plan sinnvoll war. »Die anderen sind wahrscheinlich schon draußen. Sie haben den direkten Weg genommen.«

»Dann los, lass es uns herausfinden.« Jacks Kopf pulsierte, seine Brust schmerzte, er war müde, hungrig und brauchte dringend ein Bier. »Ich habe genug von diesem Ort.«

Sie gingen in die Richtung, von der sie dachten, sie würde sie zur Rückseite des Schiffes und in den Maschinenraum führen.

*****

Richard blieb stehen, um Luft zu holen, horchte hinter sich in den Korridor und war erleichtert, keine

Geräusche wahrzunehmen, die darauf hindeuteten, dass ihn etwas verfolgte. Er hörte lediglich das knarzende Schiff und seinen eigenen rasenden Herzschlag. Er sah sich um. Er hatte sich noch mehr verirrt als zuvor. Sein blinder Sprint durch das Schiff auf der Flucht vor dem Monster hatte ihn orientierungslos gemacht und jetzt hatte er keinen Schimmer, in welcher Richtung der Maschinenraum lag; noch nicht einmal, wo die Vorderseite und wo die Rückseite des Schiffes waren.

Niedergeschlagen bei dem Gedanken, dass er vielleicht nie entkam, lehnte er sich an eine Wand, um auszuruhen. Als sich die Tür neben ihm öffnete, wich er erschrocken zurück. Obwohl er damit rechnete, dass eine abscheuliche Gestalt herausspringen würde, geschah nichts. Er bemerkte den Schalter neben der Tür und begriff, dass er sich dagegen gelehnt haben musste.

Die Stirnlampe war ins Innere des dunklen Raums gerichtet und brachte ein Fachbodenregal zum Vorschein, das leicht nach vorn gekippt war. Gegenstände, die aus dem Regal gefallen waren, lagen auf dem Boden verstreut. Seine Neugier zog Richard näher heran und er spähte hinein. Metallregale, vollgestellt mit sonderbaren Dingen, standen in ordentlichen Reihen, die sich über die gesamte Länge des Raums erstreckten. Kurzzeitig vergaß Richard seine missliche Lage und lächelte. Er hatte den Jackpot geknackt. Hier drinnen musste es etwas technologisch Fortschrittliches geben, was er nach draußen schmuggeln und verkaufen konnte. Das wäre seine Versicherung für den Fall, dass der kleine Alien starb oder er es nicht schaffte, die Kreatur aus der Antarktis zu schmuggeln. Er betrat den Raum, um das Warenangebot unter die Lupe zu nehmen.

Richards gieriger Blick wanderte über die Reihen verschiedener fremder Gegenstände, von denen es eine wilde Mischung zu geben schien. Essensbehälter beschriftet mit sonderbaren Wörtern und Bildern ihres sonderbaren Inhaltes; Stoffe, möglicherweise Kleidung oder Bettzeug, waren ordentlich zusammengefaltet und in etwas verstaut, das aussah wie durchsichtiges Plastik; Kanister, vermutlich mit Chemikalien; ungewöhnlich geformte Objekte aus verschiedensten Materialien und viele andere Gegenstände, deren Verwendung er nicht einmal erahnen konnte. All das ließ er außer Acht. Er wollte etwas Technisches. Fortschrittliche Waffentechnik, Kommunikationsgeräte, medizinische Ausrüstung oder etwas anderes, das außerhalb seiner Vorstellungskraft lag.

Er beachtete die ersten beiden Regale nicht; sie waren mit Gegenständen gefüllt, die ihn nicht interessierten. In der dritten Reihe fand er etwas, das eventuell seinen konkreten Vorstellungen entsprach. Er nahm das fremdartige gebogene dreieckige Objekt aus dem Regal. Ein Griff, etwas zu groß für eine menschliche Hand, um ihn bequem fassen zu können, ragte aus dem unteren Teil des Objekts. Der kleine Bildschirm und die paar Knöpfe am Rand ließen ihn sofort wissen, dass, was auch immer die Funktion dieses Objektes war, es seinen Bedürfnissen gerecht wurde.

Eine Art Bildschirm, der die Form des dreieckigen Geräts nachbildete, füllte den Großteil des oberen Bereichs aus. Unter dem Monitor waren drei kleine, runde rote Tasten, in die merkwürdige Symbole eingraviert waren. Auf der rechten Seite befand sich ein etwas größerer viereckiger Knopf. Im Glauben, dass er ein Ein- und Ausschalter sei, drückte Richard ihn. Unmittelbar tauchte auf dem Monitor ein Bild auf. Dünne grüne Linien aus Licht hoben sich hell leuchtend von dem gespenstisch grauen Hintergrund ab. Es schien eine Art einfache Karte zu sein. Als er das Gerät bewegte, stellte er erstaunt fest, dass sich das Bild veränderte. Er richtete es auf die Tür. Das Bild änderte sich und zeigte die neue Position der Wände, Regale und Tür. Es stellte sogar den Gang draußen und Teile der angrenzenden Räume dar.

Es muss eine Art Scanner sein.

Um die Funktion der Tasten unter dem Bildschirm herauszufinden, drückte Richard den linken. Das Bild zoomte heraus und zeigte einen etwas größeren Bereich des Schiffs. Es bildete nun Räume, Gänge und Treppen in der Nähe ab. Mit einem weiteren Knopfdruck erreichte es den maximal abbildbaren Bereich. Er konnte nun die Ausstattung des Schiffs einige Räume von seiner Position entfernt sehen. Er drehte sich im Kreis und betrachtete Teile des Schiffs zu allen Seiten des Lagers. Als rote Punkte auftauchten, hielt er inne. Zwei nahe beieinander – einer hinter dem anderen – bewegten sich durch einen schmalen Tunnel. Ein weiterer, ein kurzes Stück entfernt in einer Abbiegung, bewegte sich nicht, und ein vierter näherte sich den anderen Punkten im engen Tunnel.

Es dauerte nicht lange, bis Richard verstand, dass die Punkte Dinge repräsentierten, die sich durch das Schiff bewegten – Monster und seine Kollegen, auch wenn es unmöglich war zu sagen, welche Punkte zu wem gehörten. Er bewegte den Scanner weiter und stoppte erneut, als er eine Anhäufung von Punkten in der Nähe einer Türöffnung sah. Andere Punkte, sowohl einzelne als auch in Gruppen, bewegten sich in Reichweite des Scanners durch verschiedene Teile des Schiffes. Zwei Punkte eilten durch einen Gang, nicht weit von seiner Position entfernt. Er dachte, es könnten zwei seiner Kameraden sein, möglicherweise Jack und Jane. Er zielte mit dem Scanner in die Richtung, die sie ansteuerten. Am äußeren Rand der Anzeige befand sich ein großer Raum mit Umrissen merkwürdiger Formen inklusive Reihen runder Objekte – der Maschinenraum. Richard verfolgte die Route zurück zu seiner Position und sah, dass auf der Strecke keine roten Punkte lagen.

Gespannt, ob einer der anderen Knöpfe ein detaillierteres Bild bieten würde, drückte Richard die nächste Taste in der Reihe. Der Bildschirm des Scanners wurde leer. Er bewegte ihn nach links und rechts, doch auf dem Bildschirm erschien nichts. Er winkte mit einer Hand vor dem Gerät. Ein unscharfes Bild huschte über den Monitor. Er bewegte seine Hand langsamer und hielt sie dann still. Er war erstaunt, seine Hand ohne Hautschichten sehen zu können. Seine Blutgefäße und Muskeln wurden klar abgebildet, der Blutfluss eingeschlossen. Er bewegte das Gerät über seinen Arm. Das Bild veränderte sich, um jeden neuen Teil im Inneren seines Körpers darzustellen. Er richtete es auf sein Bein und hob und senkte es. Er konnte die Muskeln arbeiten sehen. Er drückte denselben Knopf noch einmal. Das Bild änderte sich und zeigte nur noch seine Knochen.

Aufgeregt starrte er den Scanner an. Allein die medizinisch nutzbaren Funktionen machten ihn zu einem unschätzbar wertvollen Stück Technologie. Zusammen mit den Möglichkeiten, ihn als Radar zu verwenden, war er perfekt für Rettungsdienste, um Menschen zu finden, die in eingestürzten oder brennenden Gebäuden gefangen waren. Oder für die Armee, um Jagd auf Feinde zu machen – die würde am meisten bezahlen.

Richard fragte sich, ob er wohl auch auf unbebauten Flächen funktionierte. Er sah keinen Grund, warum er das nicht tun sollte. Auf eine gewisse Weise erinnerte ihn das Gerät an den Scanner, den Ripley und ihre Mannschaft in *Aliens* verwendet hatten, um die mörderischen Kreaturen zu finden, die sie jagten. Aber dieser hier schien weitaus fortschrittlicher zu sein und er war tatsächlich ein reales Stück Technologie.

Richard betrachtete den Scanner nachdenklich. Er war zu groß für seine Hosentasche, aber wenn es ihm gelang, ihn vom Schiff zu schmuggeln, könnte er ihn in seinem Rucksack verstecken. Am besten tat er das sofort. Wenn er sich beeilte, würde er vor den anderen den Maschinenraum erreichen, den Eisschacht hinaufklettern und den Scanner in seinem Rucksack verstecken können. Er wechselte in den Radarmodus und überprüfte, ob die Route zum Maschinenraum noch frei war. Das war sie. Er drehte sich im Kreis, um sicherzustellen, dass sich nichts an ihn heranschlich, und erstarrte, als ein roter Punkt auf dem Scanner auftauchte. Etwas war auf dem Gang draußen und näherte sich langsam dem Raum, in dem er sich befand. Es war zu nahe. Er konnte nicht mehr aus dem Raum rennen und entkommen. Er saß in der Falle – schon wieder.

Richard verfluchte sein Glück und wich tiefer in den Raum zurück. Er stolperte über etwas auf dem Boden und fiel gegen ein Regal. Die Gegenstände, die aus dem Regal gestoßen wurden, schepperten laut auf den Boden. Richard starrte auf den Scanner. Der rote Punkt hielt einen Moment inne, bevor er näher an die offene Tür herantrat. Richard zog sich in die entfernteste Ecke des Raums zurück, schaltete seine Stirnlampe aus und lauschte dem sich nähernden Kratzen krallenbesetzter Füße auf dem Metallboden, während der gespenstische Schein des kleinen Scanner-Bildschirms auf sein entsetztes Gesicht fiel. Seine Beine begannen zu zittern. Sein Herz pochte. Er schaltete den Scanner aus und betete, es möge vorbeigehen.

Da sie in der Luft eine frische Fährte der Kreatur witterte, hielt die alte Jagdbestie vor der Tür an, aus der der Geruch schwebte. Auch wenn ihr Verlangen nach Fleisch fast größer war als ihre strengen Vorsichtsmaßnahmen, die sie sich durch jahrelange Erfahrung angeeignet hatte, würde sie sich nicht einfach ins Ungewisse stürzen. Sie beugte sich in der Hüfte, steckte ihren Kopf wachsam in den Raum und richtete ihre Sinne auf den nahezu übermächtigen Gestank von Angst.

*****

Jack und Jane erreichten den Maschinenraum, ohne auf weitere Monster zu treffen. Allerdings gab es auch keine Spur von ihren Kameraden.

»Ist hier jemand?«, rief Jane, nachdem die Tür zugeglitten war.

Ihre eigene Stimme, die durch den riesigen Raum hallte, war die einzige Antwort.

Jack schaute zur Öffnung in der Außenwand des Schiffes, sah aber nichts, was darauf hindeutete, dass jemand draußen stand. »Vielleicht sind sie schon rausgeklettert. Ich bin mir sicher, dass ich keinen Augenblick länger als nötig in diesem Schiff warten würde, mit all den Monstern, die hier ihr Unwesen treiben.«

»Ich schätze, das sollten wir auch.« Jane folgte Jack durch den Raum.

Sie traten durch die Öffnung und schauten durch den Eiskanal. Dort oben wartete niemand.

Jack nahm das Seil, das durch die Öffnung hing, und reichte es Jane. »Du zuerst.«

Jane nahm das Seil und lächelte. »Jack Hawkins, der ewige Gentleman.«

Jack lächelte zurück. »Oder vielleicht will ich dir auch einfach auf den Hintern starren, während du hinaufkletterst.«

»Guck weg. Du wirst ohnehin nicht viel sehen, wenn ich diese ganze Ausrüstung trage.« Jane begann ihren Aufstieg.

»Das ist schon in Ordnung. Meine Vorstellungskraft füllt die Lücken«, rief er ihr hinterher.

Jane grinste.

Als sie beide oben waren, gab es noch immer keine Spur von den anderen. Sie gingen zurück durch den Eistunnel, am See entlang und in die riesige Höhle, die sie ebenfalls verlassen vorfanden. Ein kontinuierlicher Strom aus Schneeflocken und Eispartikeln wehte durch das Loch in der Höhlendecke und hatte darunter einen kleinen Haufen auf dem Boden gebildet. Vom heulenden Wind mitgerissener Schnee und Eis rasten über die kleine Öffnung hinweg – ihr Fenster zu einer anderen, normalen Welt.

Jane seufzte enttäuscht. »Leider ist der Schneesturm anscheinend so heftig wie gehabt.«

»Gibt es keine Möglichkeit, euer Basislager zu erreichen, sobald die anderen angekommen sind und wir Lucy gerettet haben?«, fragte Jack. »Es ist so nah.«

»Nicht bei diesem Wind. Wir würden von unseren Füßen gerissen und vielleicht sogar weggetragen werden. Außerdem ist der frostige Wind bestimmt minus 70 Grad kalt oder kälter. Selbst mit all unseren Schichten Funktionskleidung ist die Wahrscheinlichkeit groß, dass wir erfrieren, lange bevor wir das Basislager erreicht haben. Und du trägst noch nicht einmal Funktionskleidung.« Jane sah sich in der Höhle um. »Ich befürchte, wir sitzen hier unten fest, bis der Schneesturm vorbei ist oder er sich so weit beruhigt hat, dass wir das Risiko eingehen können, uns hinauszuwagen.«

»Habt ihr da oben keine Pistenwalze? Wenn wir sie erreichen, schaffen wir es bestimmt bis zum Basislager, bevor wir erfrieren.«

»Du hast recht. Falls die Windstöße, die, wie du aus erster Hand erfahren hast, bereits eine Pistenraupe in die Gletscherspalte geweht haben, schwächer werden und falls wir es schaffen, aus dem Riss zu klettern, ohne weggeweht oder mit tödlicher Gewalt gegen das Eis geschmettert zu werden, und falls wir das Fahrzeug zum Laufen kriegen und falls das Whiteout, von dem ich denke, dass es jetzt gerade über unseren Köpfen ist, plötzlich aufklart, damit wir tatsächlich sehen können, in welcher Richtung sich das Basislager befindet, ohne in den Riss zu fahren oder es schlussendlich komplett zu verfehlen, ja, dann gibt es eine Chance, dass wir es schaffen.«

Jack lächelte matt. »Okay, ich hab's verstanden. Bis auf Weiteres stecken wir hier unten mit den Monstern fest.«

»Gegen die haben wir wenigstens eine kleine Chance. Das Wetter, das dort draußen gerade herrscht, ist tödlich.« Jane war am Verhungern. Sie ging zu den Lagerkisten und durchsuchte sie, bis sie die belegten Brote fand, die Pike für das Team vorbereitet hatte. Sie sah zu Jack, der noch immer verzweifelt zum Loch in der Höhlendecke starrte. »Jack, willst du was essen?«

Jack wandte seinen besorgten Blick von der Öffnung ab und nickte. »Ich nehme an, ein Bier gibt's da drin nicht?« Er gesellte sich zu Jane und den Kisten.

Jane zog eine große Thermoskanne heraus, drehte den Deckel ab und roch an ihrem Inhalt. »Kein Bier, aber es gibt Kaffee oder heiße Schokolade, wenn dir das lieber ist.«

»Kaffee wäre mir ganz recht.«

Sie setzten sich hin, aßen Sandwiches und nippten an ihrem heißen Kaffee, während sie darauf warteten, dass ihre Freunde auftauchten.

»Ich hoffe, es geht Lucy gut«, sagte Jane.

»Es sollte alles in Ordnung sein, solange sie in dem Raum bleibt. Vielleicht haben die Jagdbestien mittlerweile fertig gefressen. Falls die anderen nicht in einer Minute oder so zurück sind, gehe ich sie holen.«

»Ich komme mit«, antwortete Jane, auch wenn das Letzte, was sie tun wollte, war, noch einmal einen Fuß in das Raumschiff zu setzen. Aber sie würde ihre Freundin nicht im Stich lassen.

*****

Die Jagdbestie heulte auf, als sie ihre Beute sah, und erhöhte ihre Geschwindigkeit, um sie einzuholen.

Henry und Theo entdeckten ihre Chance, dem Monster zu entkommen: ein Gitter im Boden des Lüftungsschachts. Theo ging auf die andere Seite, zog das Gitter hoch und forderte Henry eindringlich auf hinunterzuspringen.

Während das teuflische Kreischen der Kreatur über ihm ertönte, glitt Henry durch die Luke und landete auf dem Boden. Als Krallen laut über den Metalltunnel kratzten, hob Theo seinen Blick. Das Monster tauchte im Schein seiner Taschenlampe auf. Voller Gier auf Fleisch tropften seine sabbernden Kiefer erwartungsvoll. Theo fluchte. Es war zu nah, um zu entkommen. Als die Bestie nach ihm griff, stieß er das Gitter wie einen Schild nach vorn. Sie krachte gegen das Gitter. Die Wucht stieß ihn von der Luke weg. Das Monster versuchte nach ihm zu schlagen, doch das Gitter, das fast die ganze Breite und Höhe des Tunnels ausfüllte, hielt es davon ab. Theo wurde von der Kraft der rasenden Versuche der Bestie, ihre Mahlzeit zu packen, durch den Schacht geschoben.

Henry starrte zur Öffnung. Das Monster tauchte kurz auf, dann war es verschwunden. Genau wie Theo. Hilflos lauschte er ihrem Kampf. Theo schrie panische Anweisungen. Um seinen Freund zu retten, rannte Henry den Korridor entlang.

DER RISS IM EIS

*****

Richard stellte sich zwar lediglich vor, wie der Außerirdische aussah, aber den röchelnden Atem konnte er deutlich hören. Er bewegte leicht seinen Kopf, um durch die Lücken zwischen den vollgestellten Regalen zu spähen, die den Großteil der Kreatur verbargen, und erhaschte einen Blick auf eine blasse gespenstische Gestalt. Obwohl er Angst hatte und keine Möglichkeit sah, die Begegnung mit dem außerirdischen Monster, das seinen einzigen Fluchtweg versperrte, zu überleben, setzte sein starker Überlebensinstinkt ein. Er richtete seinen unwilligen Körper auf und schlich am Regal entlang, bis er am Ende der Lücke ankam, die sich durch den ganzen Raum erstreckte. Das Monster stand zwischen ihm und dem einzigen Ausgang. Alles, was er tun musste, war, an dem Monster vorbeizukommen und er wäre frei. Er legte eine Hand auf seine Stirnlampe, platzierte einen Finger auf dem Schalter und wartete.

Die Bestie spürte, wie sich der Mensch bewegte. Das kaputte Bein hinter sich herziehend, schlurfte sie durch die offene Tür. Mit dem Fuß trat sie gegen Gegenstände am Boden. Sie schlitterten über den Boden und krachten geräuschvoll gegen die Metallregale. Als das Monster das Ende des Regals erreicht hatte, hielt es inne, drehte sich um, damit es seine Beute betrachten konnte und kreischte wie ein albtraumhaftes Phantom.

Zu Richards Entsetzen mischte sich eine schreckliche Vorahnung, was gleich geschehen würde. Er beobachtete, wie die gespenstische Gestalt durch die Gänge zwischen den Regalen immer und immer näherkam. Als der grauenvolle Anblick am anderen Ende des Raums in sein Sichtfeld taumelte und brüllte, wäre er beinahe zurück in die Ecke gesunken, um sich vor seinem Schicksal zu verstecken. Er kratzte den Mut zusammen, den er unbedingt benötigte, und schrie auf eine Weise, die er für furchterregendes

Kriegsgebrüll hielt. Er schaltete seine Stirnlampe ein und raste auf das Monster zu.

Es war schwer zu sagen, welche der beiden Lebensformen von dieser unerwarteten Wendung am meisten überrascht war. Die Augen der Jagdbestie weiteten sich zwar leicht, was auf ihre Überraschung hindeutete, aber im Rest des Gesichts ließen sich keinerlei Spuren der Beunruhigung wegen der kleinen schwachen Kreatur ablesen, die sie angreifen wollte.

Richards Selbsterhaltungstrieb brachte seine feige Seite ins Spiel, die panische Botschaften an Richards mutigere Seite schickte, diese tollkühne Aktion, die ihn noch umbringen würde, zu stoppen und sich in der Ecke am anderen Ende des Raumes voller Angst zusammenzukauern. Richards mutigere Seite ignorierte die Warnungen und zwang ihn, auf den Besitz des wertvollen Scanners zu verzichten.

Er tat es zwar nur äußerst ungern, aber sein Leben war ihm wichtiger. Mit aller Kraft warf er der Kreatur den Scanner wie eine Frisbee an den Kopf. Als er losließ, stolperte Richard über die Gegenstände, die auf dem Boden herumlagen.

Ohne den Blick von dem Wesen abzuwenden, das auf sie zustürzte, streckte die Bestie eine krallenbesetzte Hand aus und schnappte das provisorische Wurfgeschoss aus der Luft.

Ein Quietschen von Metall signalisierte Richards Zusammenstoß mit der Kante des letzten Regals in der Reihe. Durch den Aufprall neigte es sich. Die letzten beiden verbogenen Befestigungen, die es an Ort und Stelle hielten, brachen aus. Das Regal kippte und riss Richard mit sich.

Das Monster ließ den Scanner fallen und machte einen Fehler. Als seine Beute so nah zu sein schien, entschied es sich heißhungrig für das Futter, das sich auf der anderen Seite gegen das Regal drückte, anstatt das umstürzende Regal festzuhalten. Es streckte seine Klauen durch die Lücken im Regal und war gerade dabei, das Fleisch seines Opfers zu packen, als das Regal über ihm umfiel und es mit einem Schlag auf den Kopf zu Boden riss.

Richard wich der krallenbesetzten Hand aus, die nach ihm griff, gewann sein Gleichgewicht zurück und rammte seine Schulter kräftig gegen das Regal. Als es umstürzte, sprang er zur Seite. Durch eine Lücke zwischen den Regalböden erhaschte er einen Blick auf das Gesicht des Monsters und lächelte, bevor er durch den Spalt zwischen dem Regal und dem oberen Teil der Türöffnung hechtete. Sobald seine Hände den Boden berührten, rollte er sich ab, sprang in einer fließenden Bewegung auf die Beine und rannte so schnell er konnte von dem Raum und dem Monster darin weg.

*****

Henry öffnete die Tür und rannte durch, sobald die Öffnung groß genug war. Ein kurzer Sprint brachte ihn zu dem, was er gesucht hatte – einer Kreuzung. Er lief nach rechts und blickte zum Gitter in der Decke, das für ihn zu hoch war, um es zu erreichen.

*****

Das Gitter schabte an den Seiten des Lüftungsschachts entlang, als es zusammen mit Theo bei voller Geschwindigkeit von dem frustrierten Monster zurückgedrängt wurde, das sein Futter nicht erreichen konnte. Er war sich vollkommen darüber im Klaren, dass das Gitter das Einzige war, das ihn vor einem grausamen, schmerzhaften Tod bewahrte. Daher umklammerte Theo es so fest, dass seine Fingerknöchel weiß wurden.

Die Gier auf das schon so nahe Festmahl hielt die Jagdbestie davon ab, zu erkennen, dass ihr Hunger gestillt werden würde, wenn sie aufhörte zu drücken und das Gitter dem Griff ihrer Beute entriss.

Irgendwie gelang es Theo seine Panik in Schach zu halten, obwohl ihm der Anblick des Monsters, das er durch die Lücken des Gitters sah, schreckliche Angst einjagte. Wenn Henry Erfolg hatte, hatte er eine Chance, diesen

Albtraum zu überleben. Er drehte seinen Kopf und erkannte die Quelle des Geräusches hinter sich. Eine weitere Jagdbestie tauchte aus dem Schatten auf und rückte mit einem teuflischen Kreischen näher. Sie grinste bedrohlich, Speichel tropfte von ihrem erwartungsvollen Kiefer und sie näherte sich mit einer beunruhigenden Geschwindigkeit. Theos Chance war dahin. Der Tod winkte ihm zu.

Henry wandte sich um, als sich die Tür hinten im Korridor knarzend öffnete. Schritte näherten sich der Kreuzung. Die Angst, die ihn gepackt hatte, legte sich rasch, als er den unstet umhertanzenden Schein einer Taschenlampe entdeckte. Monster hatten keine Taschenlampen. Jemand rannte in sein Sichtfeld.

»Richard!«, rief Henry aus.

Richard bremste und sah Henry an, ebenso überrascht von der Begegnung.

»Schnell, hilf mir. Wir müssen Theo retten.«

Henrys Forderung verwirrte Richard; Theo war nirgends zu sehen. Er blickte den verzweifelten Mann zögerlich an, während er seine Optionen abwog. Der Maschinenraum war in der Nähe, vermutlich keine fünfzig Meter den Korridor entlang. Er könnte im Nullkommanichts da sein und dem Schiff entkommen. Dennoch dachte er, es wäre wohl klüger, dem alten Mann zu helfen. »Was soll ich tun?«

Henry deutete hinauf zur Abdeckung des Lüftungsschachts. »Du musst mich hochheben, damit ich das Gitter entfernen kann. Theo ist darin gefangen.«

Richard positionierte sich unter dem Schacht und verschränkte seine Hände. Henry stellte einen Fuß hinein und stieg nach oben. Richard stöhnte unter dem Gewicht des alten Mannes, hob Henry aber weit genug, dass er nach dem Gitter greifen konnte. Henry drückte die Abdeckung hoch. Etwas schlug sie zurück nach unten. Er erhaschte einen Blick auf eine blasse Gestalt, die sich durch den Schacht bewegte – ein weiteres Monster war hinter Theo her. Er hatte nicht die geringste Chance. Henry stieß das Gitter zur Seite, packte das Hinterbein der Bestie und riss sie durch die

Öffnung. So wie Henry sich wand, war Richard nicht mehr in der Lage, sein Gewicht zu halten. Er ließ los und wich zurück. Henry stürzte und zog das Monster mit sich. Der Kopf der Jagdbestie prallte gegen die Seite des Schachts, bevor sie zwischen den beiden Männern auf dem Boden aufschlug. Geschockt, dass die Jagdbestie so plötzlich aufgetaucht war, trat Richard nach ihrem Gesicht. Jeder Treffer lockte ein weiteres Kreischen aus ihrem mit Zähnen gefüllten Maul. Die Jagdbestie holte mit einer Kralle aus. Richard sprang außer Reichweite. Henry griff an. Er trampelte auf den Kopf des Monsters in der Hoffnung, er könne dasselbe Ergebnis erzielen wie beim letzten Mal. Das Monster drehte seinen Kopf zu seinem neuen Angreifer. Klauen holten aus. Sie schlitzten und rissen Henrys Bein vom Oberschenkel bis zum Schienbein auf. Er schrie vor Schmerz und sank zu Boden. Ein weiterer Schlag auf seine Brust drang durch seine Kleidung und seine Haut; so tief, dass sich eine Kralle an einer Rippe verhakte und Henry auf das Monster zerrte.

Als sich Theo durch die Öffnung fallen ließ, wurde das Gitter so kraftvoll in den Rahmen geknallt, dass es sich verkeilte. Er landete auf Henry und dem Monster. Ein Eispickel bewegte sich auf sein Gesicht zu. Theo schrie.

Fassungslos, weil das Monster Henry so brutal attackierte, und entsetzt von der Menge Blut, die aus den lebensbedrohlichen Wunden des Mannes floss, drehte sich Richard um und wollte fliehen. Dann fiel ihm ein, dass er nicht gänzlich unbewaffnet war. Er riss sich den Rucksack vom Rücken und zog Elis Eispickel heraus. Er trat nach vorn und hob den Eispickel über seinen Kopf. Er zielte auf das Gesicht der Jagdbestie. Der Eispickel war gerade auf halber Strecke, als Theo auf Henry und den Außerirdischen stürzte. Nur knapp verfehlte die Spitze des Eispickels Theos Gesicht, als dieser den Kopf ruckartig zur Seite bewegte. Der Eispickel drang in eines der Augen des Monsters. Es heulte auf und krümmte sich. Theo und Henry wurden zu Boden geschleudert. Mit einem widerlichen Schmatzen zog Richard den Eispickel heraus und landete einen zweiten Treffer. Er stieß durch die Zähne und Zunge des Monsters. Ein dritter Schlag durchbrach seine Stirn. Der wilde Kampf der Bestie riss den Eispickel aus Richards Griff. Er wich zurück. Die Bewegungen des Monsters wurden immer schwächer, bis es sich nicht mehr rührte. Heftig keuchend glitt Richard an der Wand hinunter, um sich auszuruhen.

Theo eilte hinüber zu Henry. Eine schnelle Untersuchung seiner Wunden ergab, dass sein Freund nicht überleben würde. Er spürte, wie eine Hand matt nach seinem Arm griff, und blickte in Henrys blasses Gesicht, als dieser anfing zu sprechen.

»Du lebst, mein Freund.« Henrys Stimme war schwach.

Theo lächelte. »Dank dir, alter Mann.«

Henry deutete auf seine Wunden, die er nicht sehen konnte. »Ist es schlimm?«

Theo nickte traurig.

Henry lächelte matt. »Das ist schon in Ordnung. Ich bin zu alt für diesen abenteuerlichen Spaß. Das sollte ohnehin mein letzter Ausflug werden.«

Henry und Theo sahen hinauf zum Lüftungsschacht. Sie hatten die andere Jagdbestie völlig vergessen. Ihre Krallen tauchten in den Schlitzen des Gitters auf, das sie noch immer von ihrer Mahlzeit trennte. Das sich biegende Metall ächzte unter ihrer Anstrengung, die Abdeckung herauszuziehen.

Henry schob Theo weg. »Ihr müsst gehen, bevor es durchkommt. Sonst war mein Opfer sinnlos.«

»Aber ich kann nicht ...«

»Du musst. Jetzt geht, schnell, ihr habt nicht viel Zeit.«

Richard richtete sich auf. »Er hat Recht, Theo. Wir können Henry nicht retten, aber wir können uns selbst retten. Ich gehe jetzt. Mit dir oder ohne dich.« Er wandte sich ab.

Mit Tränen in den Augen sah Theo zu Henry, der mit jeder Minute schwächer wurde. Der Tod würde nicht mehr lange auf sich warten lassen.

»Geh, Theo, bitte.«

Auch wenn er seinen sterbenden Freund nur widerwillig zurückzuließ, wich Theo zurück. »Auf Wiedersehen, Henry.«

»Auf Wiedersehen, mein Freund.«

Theo drehte sich um und floh.

Henry blickte zur Jagdbestie, die durch das Gitter finster zurückstarrte. Sie konnte sein Blut riechen und wollte es kosten. Die Versuche der Jagdbestie, die Abdeckung zu lösen, wurden heftiger. Henry sah sich um. Sein Blick blieb auf dem Eispickel hängen, der in dem Kopf des toten Monsters steckte. Er schleppte seinen schwachen Körper schmerzvoll zur Leiche. Das gequälte Kreischen von Metall ertönte; das Gitter fiel laut scheppernd zu Boden.

Henry bekam den Griff des Eispickels zu fassen, wackelte daran und zog ihn heraus. Das Monster sprang auf den Boden und brüllte. Henry nahm den letzten Rest seiner Kraft zusammen und schwang den Eispickel in Richtung des Geräuschs.

Das Monster packte Henrys Arm mit der Waffe und verdrehte ihn. Ein lautes Knacken von Knochen begleitete Henrys schmerzerfüllten Schrei. Der Eispickel glitt zu Boden. Henry blickte der Bestie ins Gesicht. Er starrte in die bösen, seelenlosen Augen. Die Kiefer des Feindes öffneten sich. Seine Zunge glitt über scharfe Zähne. Obwohl er sich vor dem fürchtete, was gleich geschehen würde, grinste Henry das Monster herausfordernd an. Krallen näherten sich seinem Gesicht. Er wusste, dass es wehtun würde. Das begrüßte er nahezu, denn der Tod würde bald folgen und dann hätte er keine Angst mehr. Zumindest würde die Zeit, während es ihn fraß, seinen Freunden die Chance geben, zu entkommen.

Getrieben von dem Urinstinkt zu fressen und zu töten in Kombination mit dem unerschütterlichen Überlebenswillen sowie dem Fehlen jeglicher Empathie, kam es der Bestie gar nicht in den Sinn, ihre Beute schnell zu erlösen, um ihr Schmerzen zu ersparen. Sie fuhr mit einer ihrer scharfen Krallen von der Stirn des Opfers bis zu dessen

Kinn und weidete sich an dem Geruch des frischen Blutes, das rot und dick aus dem Schnitt sickerte. Sie lehnte sich näher heran, folgte mit der Zunge der Blutspur und schleckte sie auf. Mit einem zufriedenen Schmatzen leckte sie sich über die Lippen. Sie wollte mehr, viel mehr. Sie packte einen Hautlappen und riss ein Stück ab.

Henry fühlte den Schmerz und hörte das Kratzen von Krallen über Knochen. Seine Knochen. Das Scheuern der rauen Zunge über den empfindlichen Schnitt durchfuhr ihn als neue Welle der Qual. Das Geräusch zerreißender Haut, seiner Haut, und der heftige Schmerz brachten ihm beinahe die Erlösung, nach der er sich sehnte, doch die Ohnmacht ließ auf sich warten. Bei vollem Bewusstsein erlebte er seinen Schmerz und seinen Tod. Er spürte, wie sein warmes, lebensspendendes Blut über sein Gesicht und seinen Nacken lief, und sah, wie die Krallen sich nach mehr ausstreckten. *Der Tod dauert jetzt nicht mehr lange. Ich komme zu dir, Martha.*

Henry schrie.

Als der Tod ihn in Empfang nahm, war er froh, mit ihm zu gehen.

KAPITEL 16

Flucht

JANE ZOG DAS WALKIE-TALKIE aus ihrer Tasche. »Ich versuche, das Basislager zu kontaktieren. Scott und Pike machen sich bestimmt Sorgen um uns und falls ich sie erreiche, kann ich ihnen erzählen, was wir gefunden haben. Vielleicht gelingt es ihnen, jemanden zu kontaktieren, der uns helfen kann, sobald sich der Sturm gelegt hat.«

»Gute Idee. Ich bin mir sicher, die NASA wird Himmel und Erde in Bewegung setzen, um hierherzukommen, wenn sie von dem Raumschiff erfährt.«

Jane lächelte. »Vorausgesetzt, sie glauben uns.«

»Da ist was dran. Falls du durchkommst, lass sie wissen, dass Richard und ich hier sind, damit sie der Byrd-Station Bescheid geben können, dass es uns gut geht.«

»Mach ich.« Jane drückte den Sprechknopf. »Jane an Basis am Eisriss. Hört ihr mich? Over.« Sie ließ die Taste los und wartete. Die einzige Antwort war ein elektrostatisches schrilles weißes Rauschen. Sie versuchte es noch einmal. »Jane an Basis am Eisriss. Hört ihr mich? Over.«

Das Störgeräusch ertönte weiterhin.

Jack sah zur Öffnung hinauf. »Der Sturm stört anscheinend das Signal.«

»Und unter dem Eis zu sein ist nicht gerade hilfreich.« Sie blickte auch nach oben. »Der Empfang ist vielleicht besser, wenn ich zur Öffnung hinaufklettere.«

»Wenn du das für sicher hältst, ist es einen Versuch wert.«

Sie drehte sich um, als sie Schritte hörten. Richard und Theo näherten sich. Beide sahen aus, als wären sie in einen Kampf verstrickt gewesen und einige Blutflecken auf ihrer Kleidung wirkten frisch. Theo humpelte leicht und sah traurig aus. Angesichts der Tatsache, dass Henry und Max fehlten, konnte das nur bedeuten, dass etwas Schreckliches geschehen war. Richard lächelte sie an; er sah nicht mehr selbstgefällig aus.

»Wo sind Henry und Max?«, fragte Jane besorgt, die Auskunft könne ihren Verdacht bestätigen.

»Tot!« war Theos Antwort.

»Die Monster haben sie erwischt«, fügte Richard hinzu. Er sah die Sandwiches, ging hinüber und bediente sich.

Jane legte sanft eine Hand auf Theos Schulter. »Es tut mir leid, Theo.«

Theo sah sich in der Höhle um. »Wo ist Lucy?«

Jane erklärte kurz, dass sie noch immer auf dem Schiff war und warum sie sie dort zurückgelassen hatten.

»Also müssen wir zurückgehen«, sagte Theo, der nicht gerade Gefallen daran fand, noch einmal einen Fuß in das monsterverseuchte Raumschiff zu setzen.

»Einer von uns wird das tun müssen«, sagte Jack.

»Also ich gehe nicht«, sagte Richard zwischen zwei Bissen.

Jane funkelte ihn an. »Tja, warum überrascht mich das nicht?«

Richard lächelte.

Sie bemerkte, wie Theo nach oben zum Loch blickte. »Der Schneesturm hat kein bisschen nachgelassen.«

»Das habe ich befürchtet«, meinte Theo erschöpft. »Also sitzen wir hier unten fest, mit *denen*!«

»Bis der Schneesturm vorbeigezogen ist oder sich so weit beruhigt hat, dass wir das Risiko eingehen können, uns ihm zu stellen.« Jane hielt das Walkie-Talkie hoch. »Ich bekomme hier unten kein Signal, daher werde ich bis direkt unter die Öffnung klettern, um zu sehen, ob ich zu Scott durchkomme. Ich will ihn wissen lassen, was passiert ist und was wir gefunden haben.«

Theo sah zu dem Seil, das durch das Loch hing. »Es könnte funktionieren, aber sei vorsichtig.«

Jane streifte einen Klettergurt über, verzog das Gesicht, als die Gurte dort auf die Haut drückten, wo sie sich zuvor bei ihrem Sturz verletzt hatte, und befestigte das Seil.

Die anderen beobachteten ihren Aufstieg.

»Es sind Kaffee und belegte Brote da, wenn du willst, Theo.«

Theo wandte sich zu Jack und schüttelte den Kopf. »Ich will einfach nur hier raus.« Er zündete sich eine Zigarette an und nahm einen tiefen Zug.

Ein dunkles Grollen kündigte ein weiteres Eisbeben an.

Das Eis begann zu vibrieren und die Erschütterungen wurden schnell intensiver.

Jane unterbrach ihren Aufstieg und bereitete sich darauf vor, hinunterzugleiten, falls Eisbrocken durch das Loch fielen. Als sich das Eis einige Augenblicke später genauso plötzlich wieder beruhigte, setzte sie ihren Aufstieg fort. Als sie nur noch wenige Meter von der Decke entfernt war, hallte ein lautes Krachen durch die Höhle. Ihr besorgter Blick nach oben offenbarte den Grund. Bruchlinien breiten sich von der Öffnung aus. In dem Moment, als das Eis über ihr einstürzte, löste sie den Halt des Abseilgeräts, um rasch am Seil entlang hinunterzusausen.

Die anderen sahen voller Entsetzen zu den riesigen Eisbrocken, die auf Jane hinabstürzten.

Als die Seiten des Eingangs in die Höhle fielen, gab es nichts mehr, worauf das Seil hätte aufliegen können. Es fiel und schwankte. Jane stürzte einige Meter, bevor sich das schlaffe Seil wieder spannte. Der Eispickel, an dem das Seil befestigt war, zuckte, als die Talfahrt von der Kante der vergrößerten Öffnung gestoppt wurde, hielt jedoch stand. Jane griff nach dem Abseilgerät, um ihren Sturz abzubrechen und schwang durch die Höhle, während das Seil seinen neuen Schwerpunkt fand. Das rettete ihr das Leben, indem sie aus der Schussbahn des Eises genommen wurde, das hinter ihr vorbeirauschte und zu Boden krachte. Jane seilte sich eilig zum Boden ab und betrachtete den riesigen Haufen aus zerschmettertem Eis. Sie sah ihre Freunde an. »Das war knapp.«

Mit einem besorgten Stirnrunzeln, das seine Augenbrauen zusammenzog, starrte Theo hinauf zur Decke der Eishöhle. »Wir müssen hier raus. Die stärker werdenden Erschütterungen weisen darauf hin, dass die Eismasse am Riss jeden Moment vom Schelfeis brechen könnte. Wenn das passiert, stecken wir wirklich in Schwierigkeiten.«

Jack schaute zu ihrer einzigen Rettungsleine. »Ist das Seil noch sicher?«

Jane zog daran. »Soweit ich das beurteilen kann. Aber wir können noch nicht gehen. Lucy ist noch immer auf dem Schiff.«

»Schon gut. Ich geh und hol sie«, antwortete Jack.

»Nein, ohne mich tust du das nicht«, entgegnete Jane unnachgiebig.

Die Hölle brach los.

Es begann mit Eisbrocken, kleinen und großen, die durch die vergrößerte Öffnung stürzten und ein Treiben aus Schnee und Eiskristallen mit sich brachten. Das Kreischen gequälten Metalls drang in die Höhle. Etwas Großes und Rotes tauchte auf und blockierte das Loch in der Decke. Es war die Pistenraupe, die in den Riss gefallen war. Das Eis stöhnte unter dem Gewicht. Als es brach, schoss das Fahrzeug herunter. Es fiel im Sturzflug zu Boden. Eis und Schnee folgten in seinem Windschatten. Jane hechtete zur Seite, da sie aber noch immer an dem Seil hing, wurde sie zurückgezogen. Sie rutschte auf den verstreut herumliegenden Eisstücken aus und fiel zu Boden. Sie rollte sich auf den Rücken. Die Front der Pistenwalze füllte ihr Sichtfeld aus. Sie musste hier weg. Ihre behandschuhten Finger fummelten an dem Karabiner, um das Seil von ihrem Klettergurt zu lösen. Gerade als sie dachte, dass sie es nicht mehr rechtzeitig schaffen würde, war sie frei. Rückwärts und auf allen Vieren wich sie dem fallenden Fahrzeug aus. Das gewaltige Geräusch zerschmetternden Metalls donnerte durch die Höhle, als die Pistenraupe nur wenige Zentimeter von ihren Füßen entfernt auf den Boden krachte. Jane zitterte wegen des Adrenalinrausches und weil sie dem Tod so knapp entkommen war. Sie stieß einen erleichterten Seufzer aus. Ächzendes Metall ließ sie wissen, dass die Pistenwalze noch immer in Bewegung war. Sie kippte direkt auf sie zu. Jane rollte sich zur Seite. Die Pistenraupe schlug hinter ihr auf. Besorgt, dass sie noch immer nicht außer Gefahr war, richtete sich Jane auf und wich aus.

Als das Fahrzeug umgekippt war, hatte es sich an dem Kletterseil verhakt und es straffgezogen. Die Belastung war zu groß für den ins Eis gebohrten Eispickel, um ihr standzuhalten. Er wurde losgerissen und schoss durch die Öffnung.

Jack sah den Eispickel. Sein Blick folgte der Flugbahn. Er rannte durch die Höhle. »Pass auf, Jane!«

Sich der neuen Gefahr nicht bewusst, drehte sich Jane um. Jack preschte auf sie zu. Jack sprang und stieß mit ihr zusammen. Beide stürzten zu Boden. Die Spitze des Eispickels bohrte sich in den Boden. Genau in die Stelle, wo Jane einen Moment vorher gestanden hatte.

Jane sah zu dem Eispickel, der sie fast getötet hätte. »Danke, Jack.«

Jack richtete sich auf und lächelte. »Ich denke, du bist dem Tod gerade mindestens dreimal von der Schippe gesprungen.« Er reichte ihr eine Hand und half ihr hoch.

Jane lächelte Jack an, nahm seine Hand und stand auf. »Ich schätze, ich habe einfach Glück.«

»In diesen Fräulein-wird-gerettet-Situationen ist es üblich, dass der Retter eine Belohnung erhält. Ein Kuss würde genügen.« Jack grinste erwartungsvoll.

»Sicher würde er das.« Jane gab ihm einen Kuss auf die Wange.

Enttäuschung breitete sich auf Jacks Gesicht aus. »Oh, ich hatte mehr erwartet.«

Jane lächelte. »Sicher hast du das.« Sie warf einen Blick auf das erweiterte Loch hoch über ihnen. »Wir sind noch nicht außer Gefahr. Wir sitzen nun hier unten fest.«

Ihre Köpfe drehten sich und schauten zurück in den Eistunnel.

»Das Böse naht«, sagte Jane angsterfüllt.

Jack blickte hoch zu dem Loch im Eis. »Und wir haben keine Möglichkeit, zu entkommen.«

Drei Jagdbestien waren dem Geruch der Menschen in den Maschinenraum gefolgt und waren ausgeschwärmt, um nach ihnen zu suchen. Eine war auf den Riss in der Schiffshülle gestoßen und dem Geruch zu dem ansteigenden Eistunnel gefolgt. Sie hatte ihre Krallen in das glatte Eis gegraben und war nach oben geklettert. Als sie die Geräusche der fremdartigen Kreaturen hörte, die aus einem Durchgang im Eis drangen, stieß sie ihr Jagdgebrüll aus und hetzte durch den Tunnel.

Jack sah sich in der Höhle nach einer Waffe um und nahm den Eispickel, den er weggelegt hatte. Die anderen taten es ihm gleich.

Theo roch Benzin. Er schaute zu der verbeulten Pistenraupe. Treibstoff tropfte aus dem gerissenen Tank. Er erinnerte sich, dass die Mannschaft der Nostromo die Aliens mit Flammenwerfern bekämpft hatte. So etwas hatten sie zwar nicht, aber sie hatten etwas anderes. »Was ist mit Feuer?«

Die anderen sahen ihn an. »Wenn wir etwas in Benzin einweichen und es an einen Stock oder so binden, könnten wir es anzünden. Die meisten Lebewesen haben Angst vor Feuer, vielleicht auch die Monster.«

Jack stimmte zu, dass es einen Versuch wert war. »Das könnte funktionieren.«

»Wir haben keinen Stock«, sagte Jane.

Jack sah zur Pistenraupe. »Doch, das haben wir – die Holzsitze.« Er rannte zu dem kaputten Fahrzeug und kletterte hinein. Er riss den gepolsterten Bezug von den Sitzen und benutzte den Eispickel, um eine Leiste abzubrechen.

Als er ausstieg, reichte Jane ihm einen Wollpullover.

Sie nickte zu Richards blauem Rucksack und lächelte. »Ich bin mir sicher, es macht ihm nichts aus.«

Jack wickelte den Pullover um eines der Enden der Holzlatte und zog ihn an den Ärmeln fest.

»Beeil dich, Jack, es kommt«, warnte Richard, der seinen Blick auf den Eistunnel gerichtet ließ.

Jack entdeckte die Jagdbestie, die sich vorsichtig auf sie zubewegte. Er kniete sich hin, tauchte das Kleidungsstück in die Pfütze aus Treibstoff, bis es sich vollgesogen hatte, und ging zu den anderen. Er hielt Theo die provisorische Fackel hin. »Zünde sie an.«

Theo entzündete sein Feuerzeug und hielt die Flamme an das benzingetränkte Kleidungsstück. Zischend sprang die Flamme über. Dunkler Rauch stieg auf, als das Kleidungsstück Feuer fing. Der Gestank versengter Wolle erfüllte die Luft. Jack streckte die Fackel nach vorn und wartete.

Die Jagdbestie blieb stehen und starrte in die Flammen. Sie sah sich in der Höhle um und einige Augenblicke lang konzentrierte sie sich auf das Loch in der Decke. Sie sah wieder zu den Menschen, kreischte und raste auf sie zu.

Obwohl alle Augenpaare jede Bewegung der Kreatur fixierten, konnte Richard nicht umhin, das Offensichtliche auszusprechen: »Sie kommt.« Er wich zurück.

Jack winkte mit dem brennenden Stock hin und her. Die Bestie war fast bei ihnen und schien sich nicht vor dem Feuer zu fürchten. Als sie kaum noch zwei Meter entfernt war, sprang sie zur Seite. Ihre Klauen vergruben sich im Eis und trieben sie die Wand hoch. Eissplitter stoben von jeder einzelnen Kralle und hinterließen eine Spur aus Furchen. Ihre Augen folgten der Bestie, die die Wand entlang hinauf zur Decke kletterte.

Jacks Blick huschte zur Öffnung und er erriet, was das Monster vorhatte. Es versuchte zu entkommen. Er ließ die Fackel fallen, eilte zu dem metallenen Eispickel, zerrte ihn heraus und folgte dem Weg der Bestie durch die Höhle.

Er holte mit dem Eispickel aus wie mit einem Speer und legte all seine Kraft in den Wurf. Der Eispickel segelte durch die Luft.

Die Jagdbestie kreischte, als der Eispickel sie mit einem Streifschuss an der Schulter erwischte, bevor er sich ins Eis bohrte. Sie verlor ihren Halt und stürzte. Ihre Krallen schossen heraus, um sich wieder in dem Eis mit den muschelförmigen Einbuchtungen zu verankern. Splitter aus Eis stoben beim Herabgleiten der Kreatur von der Wand und hinterließen tiefe Rillen, wo die Krallen entlangkratzten. Sie wurde langsamer und kam zum Stehen. Sie drehte ihren Kopf, um die Gruppe zu betrachten. Sie knurrte.

Jane schleuderte ihren Eispickel.

Sie hatte zwar richtig gezielt, aber die Kreatur hatte sich bewegt, bevor der Eispickel sie treffen konnte. Er prallte von der Wand ab und landete scheppernd auf dem Boden.

Die Bestie erreichte die Decke, kletterte an ihr entlang und glitt durch die Öffnung. Sie war entkommen.

Richard seufzte erleichtert auf. »Ein Albtraum weniger, um den wir uns Sorgen machen müssen.«

Jane blickte Richard finster an. »Da täuschst du dich aber gewaltig. Jetzt ist sie frei. Auf einem Planeten, wo sie nicht hingehört. Falls sie die Zivilisation erreicht – wer weiß, wie viele dann durch ihre Hand sterben werden.«

»Aber wir sind Hunderte Kilometer von allem und jedem entfernt. Lange wird sie die Kälte nicht überleben, oder?«, fragte Theo unsicher.

Ein tiefes, vibrierendes Donnern grollte durch das Eis.

Die Höhlenwände bebten. Eisbrocken fielen herunter und zerbarsten, als sie den Boden berührten. Die Höhle wurde instabil.

Ein großer Brocken verfehlte Jack nur knapp und überschüttete ihn mit Eissplittern, als er auf den Boden krachte. »Hier können wir nicht mehr lange bleiben.«

Jane sah ihn an. »Du hast recht. Die Höhle könnte jeden Moment einstürzen. Wir müssen zum Schiff zurückkehren, Lucy finden und unseren nächsten Schritt planen.«

»Zurück zum Raumschiff!«, rief Richard entsetzt von der Idee, nachdem er so lange gebraucht hatte, den Monstern darin zu entkommen. »Das kann nicht euer Ernst sein.«

Immer mehr Eisbrocken stürzten herab.

Jane warf Richard einen Blick zu und lächelte. »Du kannst hierbleiben, wenn du willst.«

Richard sah sie finster an. Er spürte, wie sich das Wesen bewegte, das er unter seiner Jacke verbarg.

Zwei Schreie ertönten. Richard seufzte.

Ihre Blicke entlang des Sees zeigten, dass sich zwei weitere Jagdbestien näherten.

»Wir können sie nicht entkommen lassen wie die letzte«, sagte Jack kühn. Er hob die brennende Fackel auf und betrat den Tunnel, um sie davon abzuhalten, die Wände zu erklimmen wie die andere.

Jane holte den Eispickel zurück, den sie geworfen hatte, und zusammen mit Theo, der ebenfalls mit einem Eispickel bewaffnet war, stellten sie sich zu Jack.

Richard schüttelte bestürzt den Kopf, kramte einen Eispickel aus dem Vorrat an Werkzeugen und schloss sich den anderen an.

Die Monster kamen näher.

KAPITEL 17

Monster im Basislager

SCOTT NIPPTE AN SEINER dampfenden Tasse Kaffee und starrte aus dem Fenster auf den tosenden Schneesturm, der von den starken Lampen, die um das Lager positioniert waren, eingefangen wurde. Als ein weiterer heftiger Windstoß an der Hütte rüttelte, war er in Gedanken bei seinen Freunden im Riss. »Ich hoffe, es geht ihnen gut.«

Pike, der damit beschäftigt war, den neuesten Roman von Ben Hammott zu lesen, *Das Geheimnis des verlorenen Erbes,* ein humorvolles viktorianisches Rätsel, das sich um die Suche nach einer verlorenen Erbschaft im Wert von mehreren Millionen dreht, riss seine Aufmerksamkeit von den Seiten los und schaute seinen besorgten Freund an. »Solange sie in der Höhle sind, geht es ihnen sicher gut.«

Scott bemerkte, wie sich draußen etwas bewegte – eine schattenhafte Gestalt. Seine Augen blickten suchend zu der Stelle, doch er konnte kein weiteres Zeichen von Bewegung feststellen. »Ich glaube, da draußen ist jemand.«

Pike stellte sich zu ihm ans Fenster und starrte in den Sturm, der draußen wütete. »Bist du dir sicher?«

Scott schüttelte unbestimmt den Kopf. »Nein, aber ich gehe raus und werde es überprüfen.« Er stellte seine Tasse auf den Tisch. »Es könnte Eli sein, der sich im Schneesturm verirrt hat.«

»Okay, aber geh nicht zu weit, sonst findest du am Ende den Weg nicht mehr zurück.«

Scott schwankte und wurde beinahe von den Füßen geweht, als er die Hütte verließ und in den beißenden Wind trat. Er zog die Tür zu und ließ seinen Blick suchend über das Gebiet gleiten, aber er sah nichts, was ein Mensch hätte sein können. Gegen den Sturm gebeugt bahnte er sich einen Pfad zu der Stelle, von der er dachte, er hätte dort jemanden gesehen. Er suchte die Umgebung nach Fußspuren ab. Falls da welche gewesen waren, hatte der Wind sie verweht. Er machte sich auf den Weg, um den Umkreis des Camps abzusuchen.

Als er am Lagerschuppen vorbeikam, hörte er ein Geräusch, das klang, als würde etwas aneinanderschlagen. Einige Schritte weiter entdeckte er die schwingende Tür. Er war sich sicher, dass er sie verriegelt hatte. Entweder hatte der Wind sie aufgerissen oder jemand war hineingegangen. In dem Glauben, dass es Eli sein könnte auf der Suche nach einer Zuflucht vor dem Sturm, trat er ein, um es herauszufinden.

Die Hütte erzitterte und knarrte, während die Windstöße erbarmungslos dagegenpeitschten und Eiskörner beständig gegen die Metallwände trommelten. Er schaltete das Licht ein, das einen gelben Schein in den Lagerraum warf, und schob die dunkle Skibrille auf seine Stirn. Sein Blick suchte den Raum ab, blieb auf einer dunklen Fläche am anderen Ende hängen und fokussierte eine etwas hellere Gestalt inmitten der Schatten, doch es war schwer zu sagen, was genau sie war.

»Eli, bist du das?«

Keine Antwort.

Obwohl er spürte, dass etwas nicht stimmte, konnte er den Grund nicht benennen. Als er einige nervöse Schritte weiter vordrang, bewegte sich die blasse Gestalt tiefer in die Ecke, bis sie hinter ein paar gestapelten Kisten aus seinem Sichtfeld verschwand. Die Art, wie sie sich bewegte – mehr wie ein Tier als ein Mensch – war Scott unheimlich.

Er näherte sich ein paar Schritte und dachte, er könne etwas atmen hören. Er schob sich die Kapuze seines Parkas vom Kopf. »Ist da jemand?«

Als er keine Antwort erhielt, ging er näher, bis er auf Höhe der hintersten Kiste war.

Er konnte sich sein Zögern und den Anflug von Besorgnis nicht erklären. In der Antarktis gab es keine großen Tiere, also konnte es nur einer der Gruppe, Jack oder sein Passagier sein. Er schob seine Nervosität beiseite und trat näher. Schemenhaft kauerte etwas in der von Schatten erfüllten Ecke. Er fischte eine kleine Taschenlampe aus seiner Tasche, schaltete sie ein und leuchtete damit in die Dunkelheit.

Was dort in der Ecke bebte war nicht menschlich. Sein Kopf drehte sich, um ihn zu betrachten. Klauen schlugen aus. Scott taumelte zurück und stürzte. Das furchterregende Monster richtete sich auf.

Der schrille Schrei, der durch die Hütte hallte, brachte Scott zur Besinnung. Er warf die Taschenlampe auf den fleischgewordenen Albtraum und rannte aus der Hütte. Er schlug die Tür hinter sich zu, um das Monster einzusperren. Wegen des aufgetürmten Schnees im Eingangsbereich ließ sie sich nicht schließen. Die blasse Gestalt trat aus der Ecke und schlich Unheil verkündend auf ihn zu. Scott schob kräftiger an der Tür. Der Schnee häufte sich an der Türschwelle auf, während sie stockend dem Druck nachgab. Mit einem letzten schwungvollen Stoß rammte er die Tür in den Rahmen. Er schob den Metallriegel vor und wich zurück. Die Tür erzitterte, als das Monster dagegenschlug.

Scotts Blick fiel auf das Schloss; solch einer Wucht würde es nicht lange standhalten. Er suchte die Umgebung verzweifelt nach etwas ab, womit er die Tür blockieren konnte, doch es gab nichts Geeignetes. Alles war verstaut worden, bevor der Sturm aufgekommen war. Sein Blick blieb am Garagentor hängen und er dachte an das, was sich darin befand. Er eilte zur Garage, zog das Tor auf und kletterte in die noch vorhandene Pistenraupe. Er drehte den

Zündschlüssel um. Der Motor stotterte, sprang aber nicht an. Beim zweiten Versuch erwachte er zum Leben; er dröhnte. Die Frontscheinwerfer warfen zwei Lichtbögen über das Camp. Sie wanderten über die Gebäude, als Scott die Pistenwalze aus der Garage fuhr. Hunderte einzelner Schnee- und Eispartikel blitzten in den Lichtstrahlen auf, bevor sie in der Dunkelheit der Umgebung wieder verschwanden. Scott lenkte das Fahrzeug zur Lagerhalle und fuhr immer dichter heran, bis die Vorderseite eng gegen die Tür presste. Was auch immer dieses Ding war, jetzt war es gefangen.

»Mensch, du bist verrückt geworden!«, antwortete Pike, als ihm Scott von der Kreatur erzählte. »Es gibt keine Monster. Weder hier noch sonst wo.«

Scott deutete aus dem Fenster. »Warum habe ich dann die Tür des Lagerraums mit der Pistenraupe blockiert?«

Verschwommen erkannte Pike im Schneetreiben die roten Umrisse des Fahrzeugs. »Weil dich deine Sorge um das Team draußen auf dem Eis um den Verstand gebracht hat. Du siehst Dinge, die nicht da sind. Das ist die einzig vernünftige Erklärung.«

Scott sah seinen Freund an. »Komm schon Pike, du kennst mich. Glaubst du wirklich, dass ich auf einmal verrückt geworden bin?«

Pike kratzte sich am Kopf. Scott war einer der vernünftigsten Menschen, die er kannte. Er zuckte mit den Schultern. »Aber welche andere Erklärung gibt es? Ich kann nicht glauben, dass so etwas, wie du es gerade beschrieben hast, dort draußen ist, gefangen in der Lagerhalle. Das ist nicht möglich. Nein!«

»Wärst du an meiner Stelle, würde ich das auch denken. Aber es ist wirklich da.«

Pike warf einen nervösen Blick aus dem Fenster. »Du machst mir echt Angst, Mann.«

»Du hast Glück, dass du es nicht gesehen hast. Es sieht aus, als käme es direkt aus der Unterwelt oder einem Horrorfilm.«

Obwohl er daran zweifelte, dass es das Monster wirklich gab, dachte Pike, dass sein Freund glaubte, er erzähle die Wahrheit.

»Komm schon. Du willst einen Beweis? Den werde ich dir liefern.« Scott machte sich auf den Weg zur Tür.

Pike wusste, dass er es mit eigenen Augen sehen musste, um sich davon zu überzeugen, dass Scott nicht verrückt geworden war und eines der Teammitglieder im Lager eingeschlossen hatte. »Ich komme mit.«

Die beiden Männer näherten sich dem Schuppen und standen neben der Front der Pistenraupe.

Pike starrte auf die Tür. Nichts schlug dagegen. Bis auf das Fahrzeug, das die Tür blockierte, schien alles normal. Mit gerunzelter Stirn sah er Scott an.

Scott klopfte an die Tür. Nichts geschah. »Ihm ist vielleicht klar geworden, dass es nicht rauskommen kann, und hat aufgehört oder es ist erfroren.«

Pike war sich der Zurechnungsfähigkeit des Mannes nicht mehr sicher. Falls er aus irgendeinem Grund zeitweise verrückt geworden war, hatte er vielleicht jemanden in der Hütte eingeschlossen; bei der Kälte würde die Person nicht lange überleben. »Vielleicht sollten wir die Pistenwalze wegfahren und einen Blick ins Lager werfen.«

Ein lautes metallisches Kreischen schnitt Scotts Antwort ab. Es war von der Seite der Hütte gekommen. Sie bewegten sich vorsichtig ans Ende und spähten um die Ecke. Eine Metallklappe am anderen Ende der Hütte war nach außen gebogen. Die Isolierung flatterte im Wind.

Scott packte Pikes Arm und rief: »Es ist frei! Wir müssen wieder reingehen. Hier draußen sind wir leichte Beute!«

Obwohl er immer noch nicht davon überzeugt war, dass ein Monster außerhalb von Scotts Kopf existierte, war die offenkundige Angst seines Freundes doch äußerst überzeugend. Und äußerst beunruhigend. Pike folgte Scotts schnellem Sprint zum Haupthaus.

Pike beobachtete, wie Scott seine Kälteausrüstung mit einem besorgten Stirnrunzeln abstreifte, das einfach nicht verschwinden wollte. Auch wenn sich allen Anschein nach etwas gewaltsam einen Weg durch die Seitenwand verschafft hatte, war dafür nicht unbedingt Scotts Monster verantwortlich; ein Mensch könnte das getan haben. Seine Zweifel blieben nur bestehen, weil Scotts derzeitiges Verhalten so unüblich für seinen normalen Charakter war.

Scott fiel Pikes besorgter Gesichtsausdruck auf und er missinterpretierte die Ursache. »Schau nicht so beunruhigt. Hier drin kann es uns nicht kriegen.«

Pike folgte ihm zum Speiseraum. »Bist du dir sicher, dass du wirklich gesehen hast, was du glaubst, gesehen zu haben? Du meintest, es sei dunkel gewesen. Vielleicht war es Eli oder einer der anderen?«

Scott ging zum Fenster und schaute hinaus. »Du glaubst mir noch immer nicht?«

»Scheiße! Ich weiß es nicht. Ich will dir glauben, weil das bedeuten würde, dass du genauso bei Verstand bist wie ich. Aber wenn das, was du sagst, wahr ist, läuft dort draußen irgendwo ein bösartiges Monster frei herum. Etwas, womit ich mich nur schwer abfinden kann.« Er stellte sich neben Scott ans Fenster. »Du musst zugeben, diese Geschichte ist verdammt schwer zu glauben.«

»Das bedeutet nicht, dass sie nicht wahr ist; und ich versichere dir: Dieses Ding war nicht menschlich.« Scott drehte sich um, nahm seine Tasse vom Tisch und nippte an dem kalten Kaffee.

Plötzlich schlug ein abscheuliches Gesicht mit starren, wilden Augen und hungrig fletschenden Zähnen gegen das Fenster.

Pike schrie auf, taumelte zurück und stürzte zu Boden.

Scott starrte das Monster an. Die Tasse entglitt seinem Griff und zersprang, als sie auf dem Boden aufkam.

Das Monster kratzte mit einer Kralle über die Fensterscheibe. Das schrille Quietschen ließ ihnen einen Schauer über den Rücken laufen. Mit zu einer Faust geballten Klauen schlug es gegen das Sicherheitsglas, doch es gelang ihm nicht, es zu zerbrechen. Das Monster funkelte sie wütend an und verschwand.

Scott blickte zu seinem entsetzten Freund. »Glaubst du mir jetzt?«

Zitternd vor Angst nickte Pike.

Die Jagdbestie schlich um die Hütte auf der Suche nach einem Weg hinein. Sie blieb bei einem Haufen Winkeleisen stehen, die von dem Bau der Hütte übrig geblieben waren, und starrte sie für ein paar Augenblicke an, während ihr Gehirn deren Nutzen verarbeitete. Schnee fiel von dem Stück, das sie aufgehoben hatte. Sie ging zum nächstgelegenen Fenster und schlug mit dem Metallteil gegen das Glas.

Scott half seinem Freund auf die Beine.

Ein Donnern hallte durch die Hütte.

»Das war nicht der Wind«, stellte Scott fest. »Es versucht hereinzukommen.«

Die beiden Männer rannten in den Flur, als ein zweites Donnern zu hören war.

Pike deutete auf eine Tür den Gang entlang. »Das kommt aus Henrys Zimmer.«

Vorsicht lenkte ihre nervöse Annäherung an die Tür. Scott drückte die Klinke hinunter und öffnete die Tür. Das Fenster zersprang. Glassplitter flogen durch den Raum. Schnee und Eis wurden vom Wind getragen, der durch das zerbrochene Fenster hineinbrauste und lose Seiten Papier aufhob und unberechenbar durch den Raum wirbelte. Das Monster steckte seinen Kopf durch das Fenster und knurrte wild. Scott zog die Tür zu. Es gab weder ein Schloss noch eine andere Möglichkeit, sie zu verbarrikadieren.

Mit angstgefärbter Stimme fragte Pike: »Glaubst du, es kann eine Tür öffnen?«

Das Monster rammte gegen die Tür. Holz splitterte.

»Ich denke nicht, dass es damit ein Problem haben wird«, antwortete Scott. »Komm, wir gehen zurück in den Speiseraum.«

»Und was machen wir dann?«

Scott warf Pike einen flüchtigen Blick zu. »So weit habe ich nicht vorausgeplant.«

Holz zersplitterte. Die Tür brach in den Flur. Durch den Schwung krachte die Jagdbestie gegen die gegenüberliegende Wand und taumelte zu Boden.

Scott blieb vor der Tür zur Kantine stehen. »Schnapp dir deine Kälteschutzkleidung. Ich glaube, wir werden sie brauchen.«

Sie nahmen ihre Kleidung und gingen in den Speiseraum.

»Hilf mir mal, den Tisch vor die Tür zu schieben. Das sollte uns etwas Zeit verschaffen.«

Pike packte die andere Seite des Tisches und zusammen trugen sie ihn zur Tür. »Was jetzt? Das wird es nicht lange aufhalten.«

Die Jagdbestie kam wieder auf die Beine und bewegte sich durch den Flur.

Scott wusste, dass sein Freund recht hatte. Sein Blick durch den Raum blieb am Fenster hängen. »Zieh deine Ausrüstung an. Wir gehen raus.«

Rasch streiften sie sich ihre Thermobekleidung über und kletterten durchs Fenster. Scott schaute kurz zur Tür, als das Monster sein Gewicht dagegen warf. Der Tisch bewegte sich einen Zentimeter. Scott sprang hinunter in den Schnee.

Die Tür brach auf. Der Tisch kratzte stockend über den Boden. Die Jagdbestie trat ein und wandte ihren Kopf durch den Raum. Ihre Augen ruhten schließlich auf dem vom Wind getragenen Eis, das durch das offene Fenster strömte. Sie durchquerte den Raum und spähte hinaus. Eines der beiden Beinpaare stand nicht weit entfernt. Mit dem Gefühl, ihre nächste Mahlzeit schon bald auf den Lippen zu spüren, kletterte sie durch das Fenster und raste auf ihre Beute zu. Die wehrlose Kreatur wich zwar zurück, machte aber keine

Anstalten zu fliehen. Die Jagdbestie witterte eine Falle. Der Blick ihres Opfers wanderte kurz zur Seite. Die Jagdbestie wandte sich um, damit sie sehen konnte, was die Aufmerksamkeit der Beute erregt hatte. Etwas Großes und Rotes erfüllte ihr Blickfeld.

Gerade als Scott dachte, dass sein Plan erfolgreich sein und das Monster von der von Pike gesteuerten Pistenraupe erfasst werden würde, sprang es in die Luft, einen Moment bevor es vom Fahrzeug getroffen wurde. Das Monster hatte die Reflexe einer Manguste. Es landete auf dem Dach der Pistenwalze; unverletzt und wütend.

Scott rannte davon und wurde bald vom Schneesturm verschluckt.

Bestürzt, dass ihn sein Freund verlassen hatte und er sich dem Schrecken allein stellen musste, neigte Pike seinen Kopf zum Dach der Fahrerkabine, über das die Krallen des Monsters kratzten. Er verriegelte die Türen und wendete das Fahrzeug ruckartig, in dem Versuch, den ungebetenen Passagier loszuwerden. Krallen quietschten über das Metall, als sie auf der glatten Oberfläche hektisch nach Halt suchten. Pike wirbelte das Lenkrad in die entgegengesetzte Richtung. Metall wurde eingedrückt, als das Monster auf den Knien landete. Er riss erneut am Steuer. Diesmal hörte er kein metallisches Kratzen, was dafürsprach, dass das Monster etwas zum Festhalten gefunden hatte.

Pike legte seinen Kopf in den Nacken und betrachtete die ausgebeulte Spur im Dach, die entstand, als sich das Monster zur Front bewegte. Er richtete seine Aufmerksamkeit wieder nach vorn. Er musste etwas tun. Der furchterregende Schädel tauchte kopfüber auf der Windschutzscheibe auf. Pike trat kräftig auf die Bremse. Durch den abrupten Stillstand des Fahrzeugs wurde die Kreatur vom Dach geschleudert. Im Licht der Frontscheinwerfer sah Pike das volle Ausmaß der Monstrosität, die in das Camp eingedrungen war. Ihren blassen Körper, die krallenbesetzten Gliedmaßen und einen Mund, der nicht gerade zum Küssen da war. Der Anblick würde ihn sein ganzes Leben lang verfolgen – wobei er nicht glaubte, dass es noch lange andauern würde. Das Monster wirbelte bei seiner Landung Schnee und Eis auf und schlitterte über den Boden. Pike ließ den Motor aufheulen und die Kupplung kommen.

Scott rannte aus dem Lagerraum. Er hatte beobachtet, wie die Kreatur vom Dach geworfen wurde und hörte den Motor der Pistenwalze aufheulen. Pike hatte vor, die Kreatur zu rammen. Das Fahrzeug machte einen Satz nach vorn und blieb unvermittelt stehen. In seiner Panik hatte Pike den Motor abgewürgt. Scott raste durch das Camp.

Pike drehte den Schlüssel um. Der Motor stotterte, sprang aber nicht an. »Genau wie in den verdammten Filmen«, fluchte er.

Pike blickte hinaus. Die Kreatur erhob sich und schwankte, als wäre sie benommen. Der Motor sprang an. Pike legte einen Gang ein und drängte die Pistenwalze langsam vorwärts, bevor das Monster wieder zu Sinnen kam. Er schaute angestrengt durch den Schnee und das Eis zu dem Farbfleck, den er hinter dem Monster entdeckt hatte; es war Scott. Obwohl er keine Ahnung hatte, was sein Freund vorhatte, freute sich Pike, dass er zurückgekommen war. Er brachte das Fahrzeug zum Stehen; wenn er die Kreatur rammte, solange Scott so nah war, würde er sie vielleicht beide töten. Er ließ den Motor aufheulen, damit das Monster seine Aufmerksamkeit weiterhin auf die Pistenwalze richtete.

Scott warf etwas über den Kopf der Bestie. Die Kreatur war gefangen, griff sich in den Nacken und taumelte nach hinten. Scott wich der Klaue, die nach ihm ausholte, geschickt aus, rannte um das sich windende Monster und zur Pistenraupe.

Als Scott sich näherte, bemerkte Pike die Drahtspule in seiner Hand. Scott verschwand aus seinem Blickfeld, als er sich vor das Fahrzeug kniete, tauchte jedoch schnell wieder auf und sah Pike an. »Fahr los!«

Damit er den Motor nicht noch einmal abwürgte, ließ Pike die Kupplung langsam kommen und trat dann kräftig aufs Gaspedal.

Die Jagdbestie riss sich die Haut auf und kratzte bis aufs Blut in dem verzweifelten Versuch, sich von dem Ding zu befreien, das so eng um ihre Kehle gewickelt war, dass es ins Fleisch schnitt. Es gelang ihr kaum, der beschleunigenden Pistenraupe auszuweichen. Die Ecke traf sie an der Seite, sodass sie herumgewirbelt wurde. Pike fuhr zehn Meter weiter, bevor der Draht schließlich straffgezogen wurde. Die Schlinge schloss sich um den Hals des Monsters. Blut spritzte aus dem Hals, als der Kopf seitlich wegklappte und mit dem Gesicht nach oben im Schnee landete. Pike beobachtete die Enthauptung der Bestie im Spiegel. Er brachte das Fahrzeug zum Stehen und stieg aus. Das Blut, das aus dem Hals der Kreatur spritzte, gefror und bildete schauerliche Eiskristalle, die der Wind forttrug. Der Körper schwankte zur Seite und kippte zu Boden.

Pike ging zu Scott und sah in das schreckliche Gesicht des Monsters; sogar tot war es furchterregend. »Wo zur Hölle ist dieser Dämon hergekommen?«

Mit Sorgenfalten auf der Stirn blickte Scott über das Eis. »Auch wenn er in die Hölle gehört, da kam er sicherlich nicht her. Er kann nur von einem Ort gekommen sein – aus dem Riss.«

KAPITEL 18

Rückkehr ins Schiff

JACK, JANE, THEO UND Richard beobachteten, wie die Jagdbestien sich vorwärtsbewegten.

Die Beben begannen erneut. Eines war so heftig, dass es sie beinahe von den Füßen riss.

Jack behielt die sich nähernden Jagdbestien im Auge, als sie sich aufteilten. Er nahm an, dass sie entweder vor dem Feuer auf der Hut waren oder die beiden angreifen wollten, die ganz außen standen. Jane und Theo. Er tauschte seinen Platz mit Jane. Das nähere Monster knurrte ihn an. Jack sprang vor und stieß mit dem Feuer in das böse Gesicht. Es machte einen Satz zurück.

»Sie *haben* Angst vor Feuer«, stellte Theo zufrieden fest. »Warte, Jack, ich flitze zurück und mache noch ein paar Fackeln. Richard, komm und hilf mir.«

Froh, von den Monstern wegzukommen, folgte Richard Theo bereitwillig.

Wenige Augenblicke später kehrten sie mit drei weiteren brennenden Fackeln zurück. Theo reichte Jane eine. Sie stellten sich in einer Reihe auf und schwenkten den Kreaturen die Flammen entgegen. Die hungrigen Augen der Jagdbestien beobachteten unablässig die Menschen hinter den Flammen, während sie zögernd zurückwichen. Die Monster und die Menschen schwankten unsicher, als das Eis erneut heftig bebte. Der Riss war definitiv in Bewegung. Lautes Krachen hallte aus dem Tunnel hinter ihnen.

Richard blickte zurück. Große Eisbrocken schlugen auf den Boden. »Die Höhle stürzt zusammen!«

Risse tauchten auf den Wänden des Eistunnels auf. Ein weiteres Beben brachte noch mehr Eis herunter. Ein großer Klumpen fiel zwischen dem Team und den Monstern herab und zerschmetterte beim Kontakt mit dem Boden. Verwirrt von dem, was gerade passierte, heulten die Jagdbestien auf.

Jane betrachtete kurz die Risse, die sich direkt vor ihren Augen im Eistunnel bildeten. Wenn sie sich nicht beeilten, würden sie hier nie rauskommen. »Der Tunnel bricht ein. Lauf oder wir werden lebendig begraben!«

Als wollte der Tunnel ihre Warnung unterstreichen, stürzte er an der Stelle ein, wo er in die Höhle führte. Eine Welle herabfallender Eisbrocken raste auf sie zu.

Jack warf einen flüchtigen Blick zurück auf die sich nähernde Eislawine. »Los!«

Auch die Jagdbestien erkannten die Gefahr. Sie drehten sich um und flohen durch den Tunnel; die Menschen dicht auf ihren Fersen. Sie erreichten das Ende, tauchten in die Röhre aus Eis und rutschten hinunter.

Wenige Augenblicke später kamen die Menschen an. Begleitet von dem Eis, das beunruhigenderweise überall um sie herum zu Boden stürzte, versammelten sich die vier Überlebenden oben an der Eisröhre.

Jane spähte in den wenig einladenden Tunnel, besorgt darüber, das Schiff erneut zu betreten. »Sie warten vielleicht auf uns.«

»Ich wäre überrascht, wenn sie das nicht täten, aber wir haben keine andere Wahl«, antwortete Jack. »Ich gehe als Erster und werde sie zurückhalten, falls sie da sind. Der Rest von euch folgt mir nach unten.« Er wandte sich an Richard und streckte eine Hand aus. »Ich brauche einen Eispickel.«

Widerwillig reichte Richard ihm seinen.

Jack setzte sich an den Rand des abfallenden Tunnels und stieß sich ab. Als er am Boden ankam, sprang er auf die Beine und hielt die Fackel vor sich. Er wandte sich um und betrachtete den Riss im Rumpf des Schiffes. Es waren keine Monster anwesend, aber er vermutete, dass sie nicht weit entfernt waren.

Jane kam als Nächste. Mit vor sich ausgestrecktem Arm schob Jack die brennende Fackel vorsichtig durch die zerklüftete Öffnung. Weder Kreischen noch Geräusche von Bewegung begrüßten die Flammen. Er spähte hinein. Keine Spur von den Jagdbestien.

Theo kam an und starrte ängstlich auf das Loch.

Jack bemerkte seinen unsicheren Blick. »Entweder sind sie auf der Hut vor den Flammen oder der Eisschlag hat sie verschreckt. Jedenfalls haben sie sich anscheinend auf die Suche nach leichterer Beute gemacht.«

Theo spottete: »Ich wäre überrascht, wenn es hier unten leichtere Beute gäbe als uns.«

Richard saß am oberen Ende des Tunnels und wartete darauf, dass Theo wegging. Er drehte sich um, als hinter ihm Eis auf den Boden schlug und ihn mit Eissplittern überschüttete. Er sah hinauf. Das Dach stürzte ein. Tonnen von Eis fielen auf ihn zu. Er stieß sich ab und rutschte die Röhre hinunter. Große und kleine Stücke Eis schlitterten und holperten hinter ihm her.

Ein lautes Grollen brachte die anderen am unteren Ende dazu, durch den Tunnel nach oben zu blicken.

»Rein da!«, befahl Jack.

Richard glitt über das Eis. Jane ergriff seine Hand und zerrte ihn ins Schiff, als die Lawine ankam und den Raum draußen ausfüllte. Eis stob ins Schiff.

Als es ruhiger geworden war, starrten sie auf die Öffnung, die vom flackernden Licht der Fackeln erhellt wurde. Sie war von dichtem Eis blockiert.

»Wir sind gefangen!«, stellte Richard unheilvoll fest.

»Etwas Tröstliches hat es«, sagte Jane. »Es können keine weiteren Monster entkommen.«

Richard tröstete das überhaupt nicht.

»Wir allerdings auch nicht«, warf Theo ein. »Wie kommen wir hier jetzt raus?«

»Lasst uns zuerst Lucy finden und dann können wir uns immer noch Gedanken über unsere Flucht machen.«

»Ich mache mir jetzt schon Gedanken«, erwiderte Richard beunruhigt. »Die Zunahme der Beben legt nahe, dass das Eis, in dem das Schiff eingekeilt ist, sich bald lösen wird.«

»Dann schlage ich vor, dass wir uns beeilen«, antwortete ihm Jack. »Bildet einen Kreis, damit wir unsere Flanken vor einem Überraschungsangriff schützen können.«

Nachdem sie aus den brennenden Fackeln einen schützenden Kreis gebildet hatten, gingen sie zum Ausgang und passierten ihn. Der Korridor war frei. Sie lösten den Kreis auf. Jack und Jane gingen vorwärts, Richard und Theo rückwärts. Sie kamen zwar nur langsam voran, näherten sich aber schließlich dem Teil des Schiffs, in dem Jack und Jane Lucy versteckt hatten. Obwohl sie gelegentlich entfernte Schreie hörten, war bisher noch kein Monster aufgetaucht.

Jack brachte die kleine Gruppe zum Stehen und flüsterte: »Hier um die Ecke ist die Stelle, wo die Bestien die Klickmonster verschlangen, die Jane getötet hatte. Ich hoffe, dass sie nach dem Fressen verschwunden sind, aber sollten sie noch immer dort sein, dann geratet nicht in Panik. Wir müssen zusammenbleiben und sie mit den Fackeln vertreiben.«

Jack näherte sich vorsichtig dem Ende des Korridors und spähte um die Ecke. Bis auf die Überreste von drei verzehrten Leichen waren keine Monster in Sicht. Er führte die nervöse Gruppe zu der Tür zum Korridor, wo sie Lucy in einem angrenzenden Raum finden würden.

Theo und Richard betrachteten die grässlich zerkauten Kadaver; an den verwüsteten Knochen war kaum noch Fleisch. Beide wussten, es würde sie dasselbe Schicksal ereilen, wenn die Bestien sie schnappten. Da es ihnen nicht gelang, den Pfützen gerinnenden Blutes auszuweichen, hinterließen sie blutige Fußspuren. Als sie die Tür erreichten, standen Theo und Richard mit dem Gesicht in Richtung der Korridore, die nach links und geradeaus führten, und hielten ihre Fackeln bereit, um Monster abzuwehren, die möglicherweise auftauchten. Jane stellte sich neben den Schalter für die Tür, während Jack sich darauf vorbereitete, was auch immer auf der anderen Seite der Tür lag die Stirn zu bieten, sobald sie sich öffnete. In einer Hand hielt er eine brennende Fackel und in der anderen einen erhobenen Eispickel. Jane öffnete die Tür.

Das Erste, was Jack im Licht der brennenden Fackel, die er durch die Türöffnung schob, auffiel, waren die zerschlagenen herumbaumelnden blauen Notlichter; nur ein paar wenige leuchteten noch. Die schwingenden Bewegungen deuteten darauf hin, dass dies erst kürzlich geschehen war. Die Schatten, die in den Korridor geworfen wurden und vor und zurück schwangen, erzeugten eine gespenstische Atmosphäre, die sie nun betreten mussten. Eine der Lampen hatte einen Wackelkontakt und flackerte an und aus wie ein Stroboskop. Jack vermutete, dass die Monster dafür verantwortlich waren – ein weiterer Beweis ihrer Intelligenz. Es fühlte sich an wie eine Falle.

Richard spürte, wie sich Luzifer unter seiner Jacke wand, und war sich sicher, dass sein Fell hellrot sein würde. »Die Monster kommen.« Er legte seine Hand beruhigend auf die Ausbuchtung in seiner Jacke und wartete darauf, dass der Albtraum erschien.

Theo warf Richard einen Seitenblick zu und wollte gerade fragen, woher er das wusste, als sie auftauchten.

Kreischen ertönte aus allen Richtungen.

Es war ein Hinterhalt.

*****

Scott und Pike betraten die Haupthütte und streiften ihre Kälteschutzkleidung ab.

»Wir müssen Hilfe holen. Falls es in dem Riss mehr von diesen Dingern gibt, stecken die anderen in Schwierigkeiten.«

»Wen willst du anrufen?«, fragte Pike.

Scott sah ihn an. »Alle!«

*****

Die Jagdbestien im Gang auf der anderen Seite der Tür hetzten auf Jack und Jane zu, als diese durch den Türspalt spähten. Im flackernden Stroboskoplicht tauchten sie auf und verschwanden wieder, sodass es schien, als näherten sie sich in Zeitlupe.

Die Jagdbestien, die Theo sah, füllten den Gang aus, als jede von ihnen hastig nach vorn drängte, um als Erste die begrenzt zur Verfügung stehende Mahlzeit zu erreichen. »Jack! Schnell, wir müssen etwas tun!«

Die krallenbesetzten Arme und Beine sowie die scharfen Zähne, die auf Richard zustürzten, waren ebenso versessen darauf, das Futter zu erreichen, bevor die anderen es für sich beanspruchten. Kreischen, Heulen und kratzende Krallen kamen aus allen drei Richtungen.

Jack war sich darüber im Klaren, dass sie alle sterben würden, wenn sie an drei Fronten gleichzeitig kämpften, daher entschied er sich für die einzige Lösung, die ihm einfiel. »Alle durch die Tür und benutzt eure Flammen, um sie abzuwehren!«

Sie drängten sich durch die Türöffnung. Als sie durchgegangen waren, schloss Jack die Tür. Sobald sich die Kanten trafen, zerstörte er den Kontrollschalter mit seinem Eispickel.

Jane blickte kurz zu dem zerschmetterten Schalter und dann fragend zu Jack.

Jack zuckte mit den Schultern. »Diesmal könnte es funktionieren.«

Sie stellten sich so nebeneinander, dass sie den Weg in der Breite ausfüllten. Ihre Fackeln streckten sie vor sich. Die Monster wurden langsamer und hielten kurz vor ihnen an. Die Jagdbestien auf der anderen Seite knallten gegen die verschlossene Tür. Mit gedämpftem Kreischen und Geheule und Hämmern brachten sie ihren Frust und Ärger zum Ausdruck über das Mahl, das ihnen vorenthalten wurde. Als im Gemenge eine Bestie verletzt wurde, wendeten sie sich gegeneinander.

Jack schaute durch den Korridor. »Der Raum, in den wir Lucy gelegt haben, ist nicht weit entfernt. Schauen wir mal, ob wir die Jäger weit genug zurückdrängen können, um zu ihr zu gelangen. Den Raum können wir sicher leichter verteidigen als den breiten Gang.«

Sie schwenkten die Flammen und stießen mit den Fackeln nach den knurrenden Monstern, während sie sich vorsichtig vorwärtsbewegten. Die Jagdbestien wichen vor dem Feuer zurück.

Theo stach nach einer, die mit einer Klaue ausholte. Sie kreischte, als die Flammen an ihrer Haut leckten.

Richard warf Theo einen Blick zu. »Zum Glück haben wir diese Fackeln. Ohne sie wären wir tot.«

Sie waren noch nicht weit gekommen, als ein dünner Schlauch aus der Decke glitt und eine Düse auf Richards Fackel richtete. Ein Strahl weißen Schaums schoss heraus und erstickte die Flammen sofort. Richard fluchte. Theos Fackel wurde als Nächstes gelöscht.

Jane versuchte ihre Fackel von der Düse, die jetzt auf ihr Feuer gerichtet war, fernzuhalten, doch die bewegte sich ebenso flink. Als der Schaum herausschoss, warf Jane ihre Fackel in einem letzten Versuch, sie zurückzudrängen, auf die Monster. Sie kreischten und sprangen vor der brennenden Waffe zurück. Jack erhaschte einen Blick auf den Raum, von dem er dachte, dass Lucy darin sei. Er befand sich fast auf gleicher Höhe mit den Bestien. Als sich der Feuerlöscher in seine Richtung drehte, preschte er vor und schwenkte die Fackel dabei wie wild von einer Seite zur anderen, um die Monster weiter zurückzudrängen. Er schnappte Janes Fackel, während eine weitere Düse aus der Decke glitt. Er betätigte den Schalter für die Tür mit seinem Ellenbogen. »Alle da rein.«

Sie rannten hinein.

Während der Schaum erneut versprüht wurde, schleuderte Jack die Fackeln auf die Bestien und betrat den Raum. Jane schloss die Tür. Jacks Blick durchsuchte die Umgebung. Keine Spur von Lucy. Entweder war sie aufgewacht und weggegangen oder sie befanden sich im falschen Raum.

*****

Die Gestaltenwandlerin erhielt einen Bericht von einem ihrer Lakaien, die sie losgeschickt hatte, um die Menschen zu verfolgen. Sie waren in Schwierigkeiten. Wenn alle starben, käme sie womöglich nie aus diesem Gefängnis. Die Gestaltenwandlerin machte sich auf den Weg, um zu sehen, ob sie ihre Hilfe benötigten.

Sie hörte die Kreaturen, noch bevor sie sie sah. Sie bog um eine Ecke und entdeckte die Gruppe der zehn Jagdbestien, die in dem Gang versammelt waren und ihre Aufmerksamkeit auf eine der Türen richteten. Die Gestaltenwandlerin vermutete, dass die Menschen dort Zuflucht gesucht hatten. Als sie ihre Arme zur Seite ausstreckte, verwandelten sie sich in zwei scharfe Klingen. Sie blickte kurz zu einer Tür, an der sie vorbeikam, und ohne ihren schnellen Schritt zu unterbrechen, näherte sie sich den Monstern. Die ersten beiden waren tot, noch ehe sie ihre Ankunft realisieren konnten, doch die übrigen erkannten die drohende Gefahr. Sie drängten sich durch den Korridor, aber da ihre Flucht durch die nicht funktionsfähige Tür blockiert wurde, wandten sie sich um und sahen der Bedrohung ins Auge. Sie knurrten und bewegten sich wachsam voran, bereit zum Kampf.

Die Gestaltenwandlerin schlug mit den Klingen nach den beiden, die ihr am nächsten standen. Blut spritzte auf ihre Kameraden und an die Korridorwände, als die Köpfe der beiden Jagdbestien von ihren Körpern abgetrennt wurden. Drei weitere stürzten sich auf sie. Eine Klinge schnitt durch die Bauchdecke der einen und hinterließ einen Riss, aus dem Gedärme quollen. Eine andere starb durch die Klinge, die geradewegs durch ihren Körper fuhr; eine Drehung und ein Zug nach oben verletzten lebensnotwendige Organe. Der dritten wurde so tief ins Auge gestochen, dass die Waffe in ihr Gehirn eindrang. Als ihre Körper zu einem blutigen

Haufen auf dem Boden zusammenfielen, trat die Gestaltenwandlerin zurück.

Die drei übrigen Kreaturen warfen einen verstohlenen Blick auf die toten Körper ihrer Brüder. Obgleich ihr Verlangen, sich an ihnen satt zu fressen, groß war, mussten sie zuerst die Angreiferin töten. Sie wussten, wie schwierig diese Aufgabe sein würde. Mit Grunzen und Kreischen verständigten sie sich auf einen Plan. Sie stiegen über die Berge verführerischen Fleisches und stellten sich in einer Linie auf. Die Kreatur in der Mitte schrie auf, bevor sie lossprang. Ihre Klauen nach vorn gestreckt mit dem Ziel, aufzuschlitzen und zu töten. Die anderen beiden beugten sich tief hinunter, damit sie die Gestaltenwandlerin unter dem Körperschwerpunkt rammen und aus dem Gleichgewicht bringen konnten.

Die durch die Luft zischende Klinge verletzte die Klauen der springenden Bestie an den Handgelenken. Sie heulte vor Schmerz auf und beobachtete, wie das Blut pulsierend aus den Wunden quoll. Die Gestaltenwandlerin wich seitlich aus und während die Kreatur vorbeisegelte, streckte sie eine Klinge aus, sodass die Schwerkraft ihr Übriges tat: Der Körper landete auf der Spitze der Klinge und wurde durchbohrt. Die Innereien drangen schmatzend heraus und platschten auf den Boden. Um zu verhindern, dass die beiden anderen sie rammten, machte sie einen Salto in die Luft und stach mit den Klingen hinter sich. Beide Klingen fanden ihr Ziel. Die verwundeten Jagdbestien heulten vor Schmerz auf und wandten sich zu der Gestaltenwandlerin um, die zu einem zweiten Angriff ausholte. Die Gestaltenwandlerin drehte sich bei der Landung und zog ihre Klingen in einer flüssigen Bewegung durch die Kehlen der beiden Bestien. Blut spritzte aus den Wunden. Die Jagdbestien umklammerten ihre Hälse, fielen auf die Knie und kippten zu Boden. Nach ein paar Krämpfen blieben sie regungslos liegen.

Nachdem sie das Blut von den Klingen geschüttelt hatte, verwandelten sie sich wieder in Hände. Die Gestaltenwandlerin bewunderte ihr Werk und warf einen kurzen Blick zur Tür, hinter der sich die Menschen versteckten. Im Augenblick waren sie sicher. Sie drehte sich um und ging.

Jane hatte jedes Mal den Schalter gedrückt, um die Tür zu schließen, wenn ein Monster draußen auf dem Korridor das Gegenstück betätigt hatte, um sie zu öffnen. Ununterbrochen wurde auf die Tür eingehämmert, die sich vor und zurück bewegte, doch auf einmal hörte es auf. Jack brachte seine Verwirrung mit einem Schulterzucken zum Ausdruck. Wenige Augenblicke später lauschten sie den Geräuschen, die sie durch die Tür erreichten, und fragte sich, was dort draußen vor sich ging. Jack dachte, die Monster seien übereinander hergefallen. Als der Kampf verstummte, wartete Jack einen Moment und forderte Jane mit einem Kopfnicken dazu auf, die Tür zu öffnen.

Den Eispickel zum Kampf erhoben, steckte Jack seinen Kopf hinaus und spähte in den Korridor. Sein Blick huschte kurz über die blutigen Leichen, bevor er durch den Ausgang trat. Die anderen folgten ihm vorsichtig und erfassten den grausamen, aber willkommenen Anblick.

»Was zur Hölle könnte das getan haben?«, platzte Theo heraus.

»Wen kümmert's?«, antwortete Richard. »Ich bin froh, dass es jemand getan hat.«

Jack fand es seltsam, dass der oder die Mörder nicht geblieben waren, um sich an den Toten satt zu fressen. Was auch immer dafür verantwortlich war, vermutlich war es nicht weit entfernt. Er warf einen flüchtigen Blick durch den Gang, der von dem flackernden blauen Licht spärlich beleuchtet wurde. Er fischte die Stirnlampe aus einer Tasche und schaltete sie ein. »Falls ihr Taschenlampen bei euch habt, macht sie an«, flüsterte er.

Bei all der Aufregung in der Höhle, dem plötzlichen Erscheinen der Monster und ihrer Flucht vor dem herabfallenden Eis hatten Jane und Theo ihre Lampen vergessen. Richard hatte seine Stirnlampe noch. Er zog sie sich über den Kopf und schaltete sie ein.

»Wie sieht der Plan aus, Jack?«, fragte Jane sanft.

»Wir müssen nach wie vor Lucy finden. Falls sie noch in dem Raum ist, in dem wir sie zurückgelassen haben, muss sie hinter einer dieser Türen sein.« Er näherte sich der nächstbesten und wollte den Schalter betätigen, hielt jedoch inne, als eine Tür etwas weiter den Korridor entlang ächzend aufglitt. Jack hob den Eispickel. Richard ging ans hintere Ende der Gruppe.

Lucy betrat den Gang. Sie war etwas wackelig auf den Beinen und hielt sich mit einer Hand den Kopf. Sie taumelte und stolperte gegen den Kontrollschalter. Die Tür schloss sich.

»Lucy!«, rief Jane. Sie war erleichtert ihre Freundin lebend zu sehen und eilte zu ihr, um zu helfen.

Lucy zuckte bei der Stimme zusammen und betrachtete die Gruppe benommen. »Was ist passiert?«

»Du bist hingefallen, hast dir den Kopf gestoßen und warst bewusstlos«, erklärte Jane.

»Wir konnten dich nicht tragen, daher haben wir dich in dem Raum versteckt, damit wir den Monstern entkommen konnten«, fügte Jack hinzu.

Lucy sah zu Theo und Richard. »Wo sind die anderen?«

Jane berührte sie behutsam an der Schulter. »Sie sind tot. Die Monster haben sie erwischt.«

Lucy konnte es nicht fassen. »Das ist schrecklich.« Sie schaute kurz in beide Richtungen des Korridors. »Wir sollten runter vom Schiff, bevor wir alle sterben.«

»Ja, du hast recht. Aber das ist keine Option mehr«, sagte Richard. »Wir sitzen auf diesem verdammten Schiff mit den Monstern fest.«

Jane berichtete ihr kurz von der Eislawine, die ihren einzigen Ausweg versperrte.

Lucy war von den Neuigkeiten erschüttert. »Wie wollen wir dann entkommen?«

Jack sah Lucy mit dem beruhigendsten Lächeln an, das er aufbringen konnte. »Daran arbeiten wir gerade.«

Ein Beben durchzuckte das Schiff mit solch einer Kraft, dass sie sich mit den Händen an den Wänden abstützen mussten.

»Ach ja, dazukommt, dass das Eis, in dem wir und das Schiff eingeschlossen sind, sich gerade löst und ins Meer treiben wird«, fügte Richard hinzu.

»Wenigstens kann es nicht schlimmer werden«, sagte Theo mit einem erzwungenen Lächeln.

Die Tür, die Jack außer Gefecht gesetzt hatte, öffnete sich mit einem unheilvollen Quietschen.

Sie drehten sich, um der neuen Bedrohung entgegenzutreten.

Eingerahmt von dem Durchgang, den die geöffnete Tür freigelegt hatte, stand eine kleine Gestalt. Obwohl der kahlköpfige blasshäutige Außerirdische gerade mal einen Meter groß war, strahlte er eine Selbstsicherheit aus, die man normalerweise einem wesentlich größeren und stärkeren Wesen zuschreiben würde. Ein roter Umhang, der um die Schultern gewickelt und fast hüftlang war, bedeckte eine braune Jacke, die ihm bis zu den Knien reichte. Darunter steckte eine dunkelbraune Hose in schwarzen Stiefeln. Ein grauer Waffenrock aus einem weicheren Material war unter der Jacke zu erkennen. An einem schwarzen Gürtel mit silberner Schnalle war ein Halfter befestigt, in das die kleine ungewöhnliche Waffe, deren Griff hervorragte, perfekt passte. Eine seiner vierfingrigen Hände griff nach der größeren, einem Gewehr ähnlichen Waffe aus dunklem silberfarbenem und schwarzem Metall, die lässig auf seiner Schulter ruhte. Sein großer Mund, der gerade ein amüsiertes Lächeln formte, entblößte stumpfe weiße Zähne. Seine braunen Augen musterten die Menschen eingehend, die ihn anstarrten.

Das Spinnwebenmonster ließ sich aus dem Lüftungsschacht fallen und folgte dem intensiven Duft nach Blut. Sein hungriger Blick glitt über die im Gang liegenden Leichen. Es würde gut essen können. Rauch, durchzogen mit dem Geruch nach verbranntem Fleisch, stieg aus den akkuraten runden Löchern in einigen der Toten. Der Blick des Spinnwebenmonsters huschte zu der kleinen Kreatur, die von ihm abgewandt stand. Sie war vielleicht diejenige, die für das Blutbad verantwortlich war; sie musste zuerst beseitigt werden. Sie wäre leicht zu töten. Es schlich voran, stieß einen markerschütternden Schrei aus und sprang auf den Rücken der Kreatur.

Ohne Anzeichen von Angst oder Sorge – und auch ohne seinen Kopf zu drehen – feuerte der kleine Alien die Waffe ab, die über seiner Schulter hing. Eine Kugel aus orangefarbenem Licht schoss heraus. Als das Spinnwebenmonster von dem Licht getroffen wurde, schrie es vor Schmerz, stürzte zurück und krachte in eine Stützstrebe, bevor es auf dem Boden aufkam, den Hals in einem merkwürdigen Winkel verdreht.

Der kleine Alien sprach: »Wenn ihr überleben wollt, folgt mir.« Er kehrte auf dem Absatz um und ging davon.

Jane, Lucy, Theo und Jack sahen einander an.

Richard warf einen schnellen Blick in seine Jacke. Luzifers Fell war orange, was bedeutete, dass der kleine Alien wahrscheinlich keine Bedrohung darstellte.

Theo machte mit der Hand eine unbestimmte Geste in Richtung der toten Monster. »Glaubt ihr, der Winzling ist für dieses Gemetzel verantwortlich?«

»Er spricht Englisch, das reicht mir völlig«, sagte Richard.

»Jack, was denkst du?«, fragte Jane.

Der kleine Alien tauchte erneut in der Tür auf und seufzte. »Als ich sagte, folgt mir, meinte ich sofort!«

Jack zuckte mit den Schultern. »Haben wir eine andere Wahl?«

Richard steuerte die offene Tür an. Die anderen folgten ihm.

KLICK! KLICK! KLICK!

KAPITEL 19

Gelöst

DER VERLOCKENDE GERUCH VON Blut, der durch das Schiff zog, animierte die Klicker dazu, ihre Angst vor den Jagdbestien zu ignorieren, durch deren Revier sie ihr Weg führte. Je intensiver der Geruch wurde, desto schneller bewegten sie sich durch die Gänge. Als sie um die Ecke bogen und die vielen Leichen entdeckten, die sich ihnen darboten, heulten sie vor Vergnügen auf und drängten nach vorn. Jeder wollte sie als Erster erreichen. Es waren so viele, dass die ersten Klicker, die ankamen und einen Bissen Fleisch abrissen, schnell weggestoßen wurden. Aus Sorge, die eilig ergatterten Brocken könnten ihnen gestohlen werden, irrten sie durch den Korridor, um einen ruhigen Platz zum Fressen zu finden.

Schritte ertönten in einem Nebengang. Eines der Klickmonster kaute an einem Stück Fleisch, während es den leiser werdenden Schritten hinterherhorchte. Eine kleine Gruppe menschlicher Kreaturen verschwand um eine Ecke. Schon bald hatte der Klicker den winzigen Fetzen, den er erbeutet hatte, aufgefressen und wollte mehr. Er blickte zurück zu den verzweifelten Schreien, mit denen sich seine Artgenossen in ihrem Wahn nach einem Happen Fleisch von den toten Jagdbestien bekämpften. Es brachen so viele Kämpfe aus, dass eine zweite Portion unwahrscheinlich war. In der Hoffnung, bei den Wesen, zu denen die Schritte gehörten, sei mehr zu holen, rief das Klickmonster nach seinen hungrigen Brüdern, die zur Seite gedrängt worden waren. Sieben Klicker folgten der Spur der Menschen.

Obwohl sich der kleine Alien flink bewegte, war es leicht, mit seinen kurzen Beinen Schritt zu halten. Jane, Lucy, Jack, Theo und Richard folgten ihm durch Korridore, Türen und Treppen hinunter. Jede Kreatur, der sie begegneten, wurde sofort mit einem Schuss aus der ungewöhnlichen Waffe erledigt. Offensichtlich konnte der kleine Außerirdische damit äußerst geschickt umgehen.

Die Klicker beeilten sich und holten schon bald ihre fliehende Mahlzeit ein.

Das ununterbrochene Klicken begleitete ihren Sprint durch das Schiff. Als sie eine zweite Treppe hinunterstiegen, blieb der Alien am unteren Ende stehen und bat die anderen beiseitezutreten. Er drehte an einer Scheibe auf der Waffe und richtete sie die Stufen hinauf.

Die Klicker erschienen oben auf dem Treppenabsatz und rasten herab.

Der Alien zielte und feuerte. Eine winzige Kugel aus rotem Licht schoss aus dem Ende der Waffe und schwoll auf die Größe einer Faust an. Sie traf das erste Klickmonster in der Brust, drang tief ein und hinterließ ein sauberes Loch mit rauchenden Kanten. Sie setzte ihren Weg fort, bis sie sich durch fünf der sieben Klicker gebohrt hatte und mit einer Explosion aus roten Funken gegen die Wand schlug. Der kleine Außerirdische zielte erneut und feuerte einen zweiten Schuss auf die beiden fliehenden Klickmonster. Die Kugel drang durch den Kopf des nächsten Klickers, streifte den zweiten, der seitlich auswich, allerdings nur an der Schulter. Die Lichtkugel schlug gegen die Wand und wieder wurde die Dunkelheit von einem Funkenregen erhellt. Der überlebende Klicker erreichte den oberen Treppenabsatz und sprang mit einem Satz hinter die Mauer.

Der kleine Außerirdische beobachtete, wie die toten Klickmonster fielen und die Treppe herunterrutschten. Erst als er sich sicher war, dass keines mehr lebte, senkte er seine Waffe.

»So eine hätten wir schon früher gebraucht«, sagte Theo, der die Waffe und den Schaden, den sie angerichtet hatte, bewunderte.

Der Alien wandte sich ab und führte sie weiter.

Richard betrachtete die Waffe voller Neid. Bekäme er die Möglichkeit, sie sich – oder eine ähnliche – unter den Nagel zu reißen, würde er nicht zögern. Sie war sicher ein Vermögen wert.

Der kleine Außerirdische blieb vor einer Tür stehen und drehte sich zu seinen neuen Freunden um. Sie waren außer Atem vom Rennen. »Wir werden gleich einen Raum durchqueren, der voll von kleinen gefährlichen Kreaturen ist. Wir müssen uns leise bewegen. Unser Ziel ist es, die Tür am anderen Ende zu erreichen. Wenn ihr angegriffen werdet, kann ich – oder sonst jemand – kaum etwas für euch tun. Falls einem von euch etwas passiert, müssen die anderen den Betroffenen zurücklassen oder sie werden ebenfalls sterben. Haben das alle verstanden?«

»Gibt es keinen weniger gefährlichen Weg, den wir nehmen können?«, fragte Richard, der nicht gerade angetan war von der gefährlichen Route, die der kleine Alien ausgesucht hatte.

»Gibt es nicht. Denkt daran, euch schnell zu bewegen und keinen Mucks zu machen, egal, was ihr dort seht oder hört.« Er öffnete die Tür.

Dichter Nebel drang nach außen. Sie traten ein. Der Nebel war so hoch, dass nur noch der Kopf des kleinen Außerirdischen zu sehen war. Sie hielten mit seinem Kopf Schritt, der sich auf und ab bewegte, als sie den Raum durchquerten, der von oben von einem schwachen grünen Schein beleuchtet wurde.

Jack warf einen Blick hinauf. Brücken verliefen in regelmäßigen Abständen durch die Halle. Er erkannte ihre Anordnung wieder. Über ihnen befand sich der

Kathedralenraum mit den drei unfassbar großen Aliens in den transparenten Zylindern. Der Raum, wo sie von den Weltraumratten und den brutalen Insekten gejagt worden waren. Die erschrockenen Gesichter der anderen verrieten ihm, dass auch sie die Gefahr wiedererkannten. Jack erinnerte sich daran, woher die grausamen Insekten gekommen waren – und zwar von hier unten. Sie befanden sich im Nest der Insekten. Er sah sich ängstlich um. Das Trappeln winziger Füße drang aus dem Nebel und er hörte, wie sich kleine klauenbesetzte Füßchen auf der Etage über ihnen bewegten.

Der Alien bog rechts ab und die anderen folgten ihm. Er führte sie zwischen zwei Metallpfeilern und unter einem der Pfade hindurch. Die kleinen Insekten, die die Sumpfratten erfolgreich angegriffen hatten, bedeckten die Wände und die Unterseite der Brücke.

Etwas machte sich zu Theos Füßen aus dem Staub. Er trat auf etwas. Das Knirschen von Knochen oder einer harten Schale klang in der stillen Kammer so laut wie ein Pistolenschuss. Um sie herum durchbrach das Getrappel tausender winziger Füße die Stille. Theos Gesicht war angstverzerrt, als er flüchtig nach hinten zu Jane und Jack blickte. Jane deutete nach vorne und formte mit den Lippen die Worte »Lauf weiter«. Theo stieß gegen einen Pfeiler. Ein metallisches Dröhnen hallte durch den Raum. Theo fiel hin, der Nebel verschluckte ihn.

Der kleine Alien hörte das Geräusch, ging aber unbeirrt weiter.

Richard, der direkt hinter dem Außerirdischen lief, hörte und ignorierte es ebenfalls; er war den Insekten schon einmal gegenübergestanden und verspürte nicht das Verlangen, dies zu wiederholen.

Lucy sah dorthin zurück, woher das Geräusch gekommen war. Sie entdeckte keine Spur von den anderen, die ihr gefolgt waren. Die Insekten waren auf dem Weg. Jane, Theo und Jack hatten keine Chance.

Jane ging in die Hocke und tastete durch den Nebel. Sie fand Theo und wandte sich an Jack. »Er ist hier, bewusstlos.«

Die Insekten wussten nun ohnehin, dass sie hier waren, daher würde es ihnen auch nicht das Leben retten, sich ruhig zu verhalten.

Jack wusste, es wäre besser, die Warnung des Aliens zu beachten. Was sie taten war tollkühn und wahrscheinlich würde es sie das Leben kosten, aber genau wie Jane konnte er Theo nicht zurücklassen. Nicht, wenn es eine Möglichkeit gab, ihn zu retten. Er half Jane dabei, Theo auf die Beine zu ziehen. Sie schlangen die Arme des Bewusstlosen um ihre Schultern und schleppten ihn in die Richtung, die der kleine Alien eingeschlagen hatte.

Aus allen Richtungen näherten sich die Insekten.

Der Nebel verbarg die Kreaturen, was beide, Jane und Jack, nervös machte. Es wäre ihnen lieber gewesen, sie würden sehen, wie sie näherkamen. Dann hätten sie wenigstens nach ihnen treten und sie zertrampeln können. So versteckt, wie sie waren, hatten sie keine Möglichkeit, sich zu verteidigen.

Jane erinnerte sich an die Insekten mit den Eiern und erschauerte, als sie sich vorstellte, wie sich die winzigen Kreaturen in ihr Fleisch gruben und sie bei lebendigem Leib von innen heraus fraßen.

Jack gab ein Zeichen, stehenzubleiben. Insekten strömten zu Tausenden die Wand hinab. Sie verschwanden aus ihrem Sichtfeld, sobald sie die Nebelschicht über der Erde erreichten, aber ihre winzigen Füße klapperten über den Metallboden und verrieten die Richtung, die sie ansteuerten – direkt auf Jane, Jack und Theo zu.

Jack drehte sich um und suchte nach einem Fluchtweg – es gab keinen. Sie waren umzingelt. Er blickte zu Jane. »Wenn ich eine Pistole hätte, würde ich dich erschießen.«

Jane zwang sich zu einem nervösen Lächeln. »Ich wette, das sagst du zu all deinen Dates.«

Die Insekten kamen näher.

Jack hätte gelacht, wenn die Situation nicht so aussichtslos gewesen wäre. »Mir war nicht klar, dass wir ein Date haben.«

Jane zuckte mit den Schultern. »Ein anderes werden wir nicht haben, also tun wir doch einfach so, als wäre es eins. Dann müssen wir nicht allein sterben.«

Jack nickte zu Theo. »Wir könnten dieses dritte Rad am Wagen fallen lassen und uns küssen.«

»Und da sagt man, es gäbe keine wahren Romantiker mehr.« Jane schaute zum Boden, der übersät war vom Getrappel der krallenbesetzten Füße. Ihnen blieb keine Zeit.

Plötzlich wurde die Szenerie von einem strahlenden Licht erhellt. Zwischen den Insekten, die Jane, Theo und Jack umzingelten, erkannten sie hier und da ein Weibchen mit Eiern. Eine helle Lichtkugel schoss über ihre Köpfe hinweg. Eine Explosion folgte. Glas klirrte auf die Ebene über ihnen. Jane schrie auf, als die Weibchen ihre Eier abfeuerten. Grüne Flüssigkeit ergoss sich über die Kante der Brücke und überflutete sie. Dabei wurden die Insekten weggespült. Einer der großen Außerirdischen fiel vor ihnen zu Boden.

»Jetzt wäre eine gute Gelegenheit, sich in Bewegung zu setzen.«

Sie schauten zur Stimme. Der kleine Alien stand am anderen Ende des Raums und beobachtete sie. Er senkte die Waffe, die er gerade abgefeuert hatte.

Durchnässt von der grünen Flüssigkeit zogen Jack und Jane Theo über den großen Außerirdischen und durch den Raum. Sie folgten dem kleinen Alien zu einer Tür in der Wand auf der anderen Seite, die nahezu geräuschlos aufglitt. Sobald sie die Tür passiert hatten, schloss der Alien sie.

Der Außerirdische sah sein Gefolge an und lächelte. »Das war doch gar nicht so schlecht, oder? Ihr könnt euch jetzt entspannen. Ab hier gibt es nichts, was euch schaden könnte.« Er drehte ein Einstellrad auf der Schusswaffe und die Lichter erloschen. »Wir können uns hier für einige Momente ausruhen, wenn ihr wollt.«

Jack und Jane setzten Theo mit dem Rücken an die Wand gelehnt auf den Boden.

Jack streckte dem Alien eine Hand hin. »Danke. Du hast uns das Leben gerettet.«

Verständnislos betrachtete der Alien die Hand.

»Du nimmst und schüttelst sie«, erklärte Jack. Er griff nach der kleinen Hand und schüttelte sie. »Das ist eine menschliche Gepflogenheit.«

»Zum Teil gilt dein Dank der falschen Person.« Er nickte zu Lucy. »Sie hat mich überredet, euch zu retten. Ich hätte euch zurückgelassen. Ich habe euch gewarnt, nicht anzuhalten.«

»In der Regel«, Jack schaute kurz zu Richard, der gleichgültig lächelte, »lassen Menschen ihre Freunde nicht im Stich.«

Theo stöhnte.

Jane kniete sich neben ihn. Er hatte eine böse Beule am Kopf. »Alles okay, Theo?«

Theo fasste sich mit einer Hand an den Kopf und zuckte zusammen. Er blickte in die Runde. Das Letzte, woran er sich erinnern konnte, waren die Insekten. »Was ist passiert? Wie bin ich hierhergekommen?«

»Das erzähle ich dir später.« Jane half ihm auf und wandte sich an den Alien. »Aus welchem Grund auch immer, du hast uns das Leben gerettet. Danke dafür. Aber wer bist du eigentlich und wie bist du auf dieses Raumschiff gekommen?«

Der Außerirdische lächelte. »Ich bin Haax und ich war schon immer hier. Ich habe auf diesem Schiff gearbeitet. Als die Mannschaft evakuiert wurde, ließ man mich an Bord zurück. Seitdem bin ich hier.«

»Aber das war vor Tausenden von Jahren«, sagte Jack. »Wie konntest du so lange überleben?«

»Ich war nicht die ganze Zeit aktiv. Die meiste Zeit verbrachte ich in, wie ihr es nennt, Hyperschlaf. Ich hatte den Computer so programmiert, dass er mich weckt, wenn bestimmte Veränderungen auftreten, wie zum Beispiel, wenn fremde Lebensformen an Bord kommen. Das geschah, als ihr

Menschen das Schiff betreten hattet. Sobald ich mich von meinem langen Schlaf erholt hatte, machte ich mich auf die Suche nach euch. Ich entdeckte die Monster, die einander an der Tür bekämpften, und nahm an, dass ihr auf der anderen Seite wart. Daher tötete ich sie.«

»Aber wieso sprichst du unsere Sprache?«, wollte Theo wissen.

»Als sich der Hauptcomputer mit einem von euch verband, wurden die Daten gespeichert. Ich konnte auf die Daten zugreifen. Jetzt sollten wir weitergehen, bevor das Eis sich löst.«

»Du weißt darüber Bescheid?«, fragte Jack.

»Ich weiß alles, was ihr wisst – na ja, eigentlich mehr, wesentlich mehr. Folgt mir.«

Sie folgten ihm.

Ein Korridor brachte sie zu einem Frachtraum. Eine riesige Halle, gefüllt mit ordentlich gestapelten Containern, die mit Metallbändern gesichert waren. Haax führte sie zwischen den Kisten hindurch.

»Was ist in den Kisten?«, fragte Richard.

Haax blickte zu einem Stapel, an dem sie vorbeigingen. »Alles, was die Besatzung benötigte, um ein neues Leben zu beginnen, wenn sie einen geeigneten Planeten zum Besiedeln gefunden hätte. Dieses Raumschiff, wie ihr es nennt, gehörte zu einer Flotte von insgesamt fünfzig. Als sie ihren Heimatplaneten evakuierten, setzten sie Kurs in verschiedene Richtungen. Das erste Schiff, das einen bewohnbaren Planeten fand, sollte den anderen Schiffen eine Nachricht mit den Koordinaten schicken, damit sie sich wieder zusammenfinden würden.«

»Weißt du, ob sie einen gefunden haben?«, fragte Lucy.

»Als wir auf diesen Planeten stürzten, hatten sie noch keinen entdeckt.« Haax blieb vor einer riesigen Tür stehen, die mit dicken Metallstreben verstärkt war, und betätigte den Schalter, um sie zu öffnen. Knapp zwanzig Meter entfernt war eine identische Tür.

Theo fiel auf, dass die Tür etwa dreißig Zentimeter dick war. »Das ist eine Luftschleuse.«

Sobald alle drin waren, schloss Haax die Tür und durchquerte den Raum. Als die Kontrollleuchte von Rot zu Grün wechselte, betätigte er den Schalter. Die zwei großen Türsegmente glitten auseinander, um die Sicht auf eine weitere riesige Halle freizulegen. Hier befanden sich allerdings keine Kisten. Sie traten aus der Luftschleuse und betrachteten die kleineren Raumschiffe, die an den Wänden positioniert waren.

»Spaceshuttles!«, stellte Theo aufgeregt fest.

»Korrekt«, sagte Haax. Er zeigte auf die größeren kastenförmigen Schiffe. »Sie dienen dazu, die Besatzung und Ladung zu und von der Oberfläche eines Planeten zu transportieren.« Er richtete seine Hand auf zwei kleinere Schiffe auf der anderen Seite des Raumes. »Diese beiden sind Erkundungsschiffe, die benutzt wurden, um geeignete Planeten zu besuchen und das Klima, die Oberfläche und einheimische Lebensformen auf Kompatibilität hin zu überprüfen.« Er führte sie durch den riesigen Hangar zu einem der Erkundungsschiffe.

»Fliegen die noch?«, fragte Jack, der eines der Transportschiffe, die über ihm emporragten, bewunderte.

»Natürlich«, antwortete Haax.

Als sie sich einem der Erkundungsschiffe näherten, reagierten die Sensoren des Schiffes auf Haax' Annäherung. Eine Klappe am Heck des Schiffes öffnete sich und eine Rampe wurde ausgefahren.

»Cool«, meinte Theo.

Die Kratzer und Dellen, die die schwarz-silberne Schiffshülle an manchen Stellen zierten, deuteten auf die eine oder andere Begegnung hin mit etwas, das offensichtlich stärker gewesen war als das Metall. Ähnlich einem alten Auto, das keinen sorgsamen Besitzer hatte. Im Gegensatz zu den sperrigen Ladungstransportschiffen war das Design der Erkundungsschiffe schnittig. Sie waren ungefähr so lang wie Privatjets. Drei Beine aus beweglichen Kolben stützten das Schiff, eines an der Front und je eines an beiden Seiten des

Hecks. Der kreisförmige Rumpf verjüngte sich zu einem langen Bug, der das Cockpit mit einer breiten Frontscheibe enthielt. Ein spitz zulaufendes Rohr am Heck formte den Auslass und zwei Düsen auf jeder Seite des Rumpfes ermöglichten dem Schiff horizontal abzuheben und zu landen.

Als sie damit aufgehört hatten, das schnittige Schiff zu bewundern, folgten sie Haax die Rampe hinauf in einen kleinen Ladebereich. Sobald alle an Bord waren, betätigte der Außerirdische einen Schalter. Die Rampe wurde eingezogen und die Heckklappe geschlossen. Sie folgten ihm durch eine kleine Tür auf der anderen Seite in einen Gang mit drei Türen auf jeder Seite.

Haax deutete auf die Türen. »Mannschaftsquartiere für längere Reisen. In jedem befindet sich eine Hyperschlaf-Kammer.«

Das Schiff bebte und sie schwankten einige Sekunden von einer Seite zur anderen, bevor die Bewegung allmählich nachließ.

»Es wird nicht mehr lange dauern«, sagte Jane.

Sie wussten alle, was sie damit meinte.

Durch einen Aufenthalts- und Essbereich gelangten sie ins Cockpit. Die Bedienflächen, die rings um die Kabine verliefen, waren von Bildschirmen und Schaltern bedeckt. Die Sitze vor jedem Schaltpult waren auf Schienen befestigt, wodurch der Pilot die Möglichkeit hatte, vor- und zurückzugleiten, um die verschiedenen Kontrollflächen zu erreichen. In der Mitte des Raumes befand sich eine Gruppe aus vier bequem aussehenden Sitzen in zwei Zweierreihen, die auf den Kommandoposten an der Front des Schiffes ausgerichtet waren. Darauf steuerte Haax zu.

Haax setzte sich in einen der beiden Pilotensitze und legte einige Schalter um. Das Cockpit erwachte zum Leben. Lampen in verschiedenen Farben leuchteten an verschiedenen Stellen der Kontrollflächen auf. »Fasst *nichts* an!«, warnte er.

Ein weiteres Beben erschütterte das Schiff so heftig, dass die Außenhülle des Raumschiffs dem Druck nicht standhalten konnte und an einigen Stellen einbeulte. Stützbalken aus Metall fielen von der Decke und krachten zu Boden. Einer traf das zweite Erkundungsschiff und schrammte mit einem lauten Quietschen an dessen Seite hinab. Ein zweiter traf einen Anschluss zur Stromversorgung. Funken sprühten, als elektrische Verbindungen gekappt wurden. Eine davon hatte die magnetischen Halterungen mit Strom versorgt, die das Spaceshuttle hielten. Als eine weitere Erschütterung durch das Schiff hallte, rutschte das Erkundungsschiff mit dem durchdringenden Kreischen von Metall einige Meter über den Boden.

Diejenigen, die sich nicht an irgendetwas festgehalten hatten, stürzten zu Boden.

Haax drehte seinen Sitz und lächelte seine Passagiere an. »Sucht euch einen Platz und schnallt euch an. Ich habe das Gefühl, es wird eine holprige Fahrt.« Er wandte sich wieder nach vorn.

Jack glitt in den großen Sitz neben Haax, nahm die beiden Gurte, die von den Schultern des Sitzes hingen und klickte sie in die Schlitze an der Vorderkante des Sitzes. Sie zurrten sich automatisch fest. Da sie allerdings für eine andere und vor allem größere Spezies gedacht waren, nutzte das nicht viel. Er warf einen Blick zu Haax und sah, dass er seine überkreuzt hatte. Er löste seine Gurte, legte sie über Kreuz und ließ sie auf der jeweils anderen Seite einrasten. Sie schlossen sich passgenau um seine Brust.

Jane, Theo, Richard und Lucy, die sich für die vier Sitze in der Mitte entschieden hatten, waren gerade auf das gleiche Problem gestoßen. Ein kräftiger Ruck und sie würden aus den Sitzen geschleudert werden.

Jack lehnte sich seitlich über den Sitz. »Legt die Gurte über Kreuz.«

Die anderen taten wie geheißen.

Jack sah kurz durch das große Fenster nach draußen, als die starken Scheinwerfer des Erkundungsschiffes die Dunkelheit aufhellten, und dann zu Haax. »Also Captain, wie sieht der Plan aus?«

Haax grinste. »Sobald ich das weiß, wirst du der Erste sein, dem ich es verrate. Aber eins ist klar: Wenn das Eis bricht, habe ich nicht vor, tatenlos herumzusitzen. Falls es einen Weg aus dieser Gruft gibt, werde ich ihn finden.«

*****

Scott spähte durch die Windschutzscheibe der Pistenraupe und sah nichts als Weiß. Er fuhr einzig und allein nach Gefühl, so geradlinig wie es ihm die heftigen Böen, die versuchten ihn vom Kurs abzubringen, erlaubten. Einige Windstöße waren so stark, dass sie die Pistenwalze an der Seite erfassten und drehten; andere drohten, das Fahrzeug umzukippen. Scott dachte nicht einen Augenblick daran, umzukehren. Er spürte, dass seine Freunde in Schwierigkeiten steckten und Hilfe brauchten, und auch wenn er keine Ahnung hatte, wie er ihnen beistehen konnte, wenn sie noch mehr von diesen Monstern wie das, was ins Basislager eingedrungen war, begegneten, würde er alles in seiner Macht Stehende tun, um sie zu unterstützen.

Als er dachte, er sei in der Nähe der Spalte, drosselte Scott die Geschwindigkeit der Pistenraupe. Sein Blick suchte nach einer Lücke im Eis und in dem Schneetreiben, das gegen die Windschutzscheibe hämmerte, aber das Unwetter verbarg alles. Aus Sorge, er könne über die Kante fahren, hielt er das Fahrzeug an und parkte es mit der Vorderseite in Windrichtung, um eine möglichst geringe Angriffsfläche zu bieten. Er drückte die Tür gewaltsam gegen die Wucht des Windes auf und benutzte sie beim Aussteigen vorübergehend als Schutzschild gegen den Schneesturm. Er schnappte sich das Seil hinter dem Sitz und band es als Sicherungsleine an den Griff der hinteren Tür. Falls er die Stelle, wo die anderen in den Riss hinabgestiegen waren, nicht erreichte oder er sich nicht einmal in deren Nähe befand, würde ihn das Seil sicher zurück zur Pistenwalze bringen und er konnte einen neuen Versuch starten. Die Tür schlug zu, als er sich von dem Fahrzeug entfernte.

Ben Hammott

Als nun die volle Kraft des Windes an ihm zerrte, lehnte sich Scott dagegen, griff nach dem Haken, den er bereits mit einem Gurt an der Pistenraupe befestigt hatte, und ging ein Stück in den Wind hinein. Er hielt den T-Träger fest und schraubte den Haken ins Eis. Erst als er mit der Stabilität zufrieden war, steuerte er die Richtung an, in der er den Riss vermutete.

Ein paar Schritte führten ihn an den Rand der Gletscherspalte und er begriff, welch ein Glück er gehabt hatte. Hätte er nur einen Moment später gebremst, wäre er mitsamt der Pistenraupe in die Tiefe gestürzt. Nahezu blind wegen des Schneesturms folgte er dem Riss. Als er sich dem Ende seiner Sicherungsleine näherte, erreichte er zwei Seile, die über die Kante in den Spalt hingen. Er folgte ihnen über das Eis, bis er bei den Haken ankam, die die Seile sicherten. Nachdem er ihre Stabilität überprüft hatte, band er seine Sicherungsleine daran fest und hakte seinen Klettergurt an eines der Seile. Er ging zurück zum Riss und kletterte über den Rand.

Er ließ den kleinen Eisvorsprung hinter sich und kletterte weiter nach unten. Durch die heftigen Erschütterungen verlor er seinen Halt. Er schlug gegen das Eis. Die Beben wurden stärker und er prallte gegen den Vorsprung. Als die Vibrationen abgeklungen waren, setzte er seinen Abstieg fort.

*****

Das bislang stärkste Beben kippte das Schiff leicht zur Seite. Das bedeutete, das Eis löste sich. Das kleine Schiff rutschte zurück. Jack fiel auf, dass sich die anderen Raumschiffe ebenfalls bewegten, zusammenstießen und ineinanderkrachten. Falls Haax nicht schnell etwas unternahm, bestand die Möglichkeit, dass ihr Erkundungsschiff beschädigt wurde. Wenn das geschah, säßen sie hier fest.

In aller Ruhe aktivierte Haax einige der Schalter. Das Schiff hob sich sacht vom Boden und das Fahrwerk wurde eingefahren. Der Motor war so leise, dass niemand den Start gehört hatte. Jack wollte Fragen zu dem Schiff stellen, aber dies war nicht der richtige Zeitpunkt. Stattdessen konzentrierte er sich auf die Shuttles, die von dem sich lösenden Eis in Bewegung gesetzt wurden, und warnte Haax, wenn eines der größeren Transportschiffe zu nahe kam.

Geschickt manövrierte Haax das Schiff aus dem Weg, nur um sich gleich einem anderen gegenüberzusehen, das sich aus der entgegengesetzten Richtung näherte. Er tänzelte und schlängelte sich mit kaum einem Fingerbreit Platz zwischen ihnen hindurch, während sie wegen der ruckartigen Bewegungen des Eises ständig ihre Richtung änderten.

Haax steuerte das Raumschiff sicher zu dem großen Hangartor, das von vier stabilen Kolben fest verschlossen gehalten wurde. »Ist das der Ausgang?«, fragte Jack.

»Wenn es sich noch öffnen lässt, ja«, antwortete Haax. Er wendete das Schiff, sodass die Front ins Innere des Hangars gerichtet war. »Ich muss verhindern, dass die Schiffe, die nicht mehr gesichert sind, uns oder das Tor beschädigen, bis für uns der richtige Zeitpunkt gekommen ist, um abzuheben.«

Sie beobachteten, wie die hin und her schlitternden Schiffe aneinanderstießen. Wenn eins zu nah kam, schob Haax es behutsam beiseite.

*****

Kleine Eissplitter prasselten an Scott vorbei, als er an der bebenden Eiswand hinabstieg. Er sah kurz hinunter und erhaschte durch den Schnee und das Eis, die durch die Gletscherspalte wehten, einen Blick auf den Boden. Er seilte sich ab, bis seine Füße den Grund berührten. Dann löste er seinen Klettergurt vom Seil und ging zu dem großen Loch im Eis. Er ließ sich auf die Knie fallen und blickte angestrengt in die Tiefe. Eisbrocken, sowohl große als auch kleine, bedeckten den Boden der Höhle. Er schaute in die Richtung, wo er etwas Rotes hatte aufblitzen sehen. Er brauchte einen Moment, um zu begreifen, dass es eine Pistenraupe war. Das Eis gab nach, beinahe wäre er in das Loch gefallen. Ein lautes Knacken hallte durch den Riss. Er richtete sich auf und blickte die Gletscherspalte entlang. Das Geräusch von Eismassen, die auseinandergerissen wurden, schwoll an. Ein Spalt im Boden des Risses näherte sich zusehends. Scott nahm seinen Eispickel und wuchtete ihn gegen die Wand. Der Eispickel drang ins Eis ein. Scotts Füße fanden kleine Vorsprünge im Eis, die sein Gewicht stützten. Der Klang von tosendem Wasser überspülte ihn. Er spähte in den Riss, der sich unter ihm geöffnet hatte. Eisiges Meerwasser strömte hinein und füllte die Höhle, als die Massen, die sich vom Eisschelf gelöst hatten, plötzlich in die Tiefe sanken.

Scott streckte sich und griff nach einem Vorsprung im Eis. Er zog den Eispickel heraus, hob ihn so weit wie möglich und stieß ihn in die Wand. Er zog sich hoch. Diese Handlungsabfolge wiederholte er und bewegte sich auf diese Weise langsam die Klippe hinauf. Sehnsüchtig sah er nach dem Seil; es war zu weit weg. Er blickte nach unten. Meerwasser sprudelte aus der Höhle. So schnell er sich traute, kletterte Scott außer Reichweite. Wasser spritzte an seine Stiefel und lief an der Eiswand hinab. Die Wand hinter ihm versank im Meer. Er hob den Kopf. Eis stürzte über ihm in die Tiefe. Er drückte seinen Körper eng an die Klippe, um den herabfallenden Eisbrocken auszuweichen. Einige Trümmer krachten links und rechts neben ihm gegen die Wand, doch glücklicherweise streiften ihn nur kleinere Stücke, bevor sie ins Meer platschten. Ein furchterregendes Quietschen lenkte seinen Blick zum Himmel. Die abgebrochene Eismasse hinter ihm kippte unten gegen die Wand und kratzte an ihr hinab, wobei sie Scott mit gelösten Eissplittern überschüttete. Er konnte sie weder aufhalten noch fliehen. Hilflos beobachtete er das Eis, das ihn entweder zerquetschen oder ins immer näher kommende eiskalte Meer stoßen würde.

Das Eis erfasste die beiden Kletterseile und zerrte sie mit sich. Sie wurden zerrissen und durchgescheuert, als wären es Baumwollfäden. Scott schloss seine Augen, als die Eiswand kurz davor war, seinen Arm zu berühren, den er ausgestreckt hatte, um sich an dem Eispickel festzuhalten. Das Eis strich über den Rücken seiner gefütterten Jacke und dann war es weg. Scott öffnete die Augen. Das Eis hatte sich bei seiner Reise ins Meer aufgerichtet und ihn knapp verfehlt. Er wandte den Kopf. Die Eiswand hüpfte im Meer auf und ab und trieb langsam davon.

Falls die anderen noch lebten, waren sie nun auf dem wegtreibenden Eisberg gefangen. Scott konnte nichts mehr für sie tun, außer zu versuchen zum Lager zurückzukehren, um sich zu erkundigen, wann die Hilfe, die er angefordert hatte, ankommen würde – falls sie das überhaupt tat. Genau wie Pike war es ihnen schwergefallen, daran zu glauben, dass ein Monster existierte. Nicht einmal das Foto, das Scott geschossen hatte, konnte sie überzeugen, dass es real war und nicht nur ein dummer Scherz. Er blickte an der aufragenden Eiswand hinauf. Vor ihm lag eine lange und beschwerliche Klettertour.

*****

Haax hatte die Kontrollschalter so eingestellt, dass das Erkundungsshuttle reglos zwischen der Decke und dem Boden des Hangars schwebte, als der Eisberg das Raumschiff kippte und drehte. Alle an Bord spürten, wie das Eis unvermittelt sank und schlagartig wieder aufstieg, während es sich vom Schelfeis löste und allmählich wieder beruhigte, als es sich durch den Auftrieb auf einem bestimmten Niveau einpendelte.

Jane bestätigte, was alle vermuteten. »Das Eis ist frei.«

»Ich wünschte, wir wären es«, stöhnte Richard.

Jane sah zu Lucy, die auffällig still geblieben war. »Alles okay?«

Lucy nickte und ließ ein Lächeln aufblitzen. »Es geht mir gut. Ich will einfach nur runter von diesem Schiff, das ist alles.«

»Das wollen wir alle«, sagte Richard. Er schaute zu Haax und fragte sich, wie der Alien sie rausbekommen wollte.

Haax drehte das Raumschiff, bis es zum Hangartor zeigte. Er deutete auf die roten und grünen Tasten auf dem Kontrollpult zwischen ihnen. »Jack, drück auf den roten Knopf.«

Jack streckte eine Hand zur Steuerkonsole aus. »Was tut der?«

»Das Hangartor öffnen, hoffe ich.«

Jack behielt das Tor im Auge und drückte auf den Knopf. Nichts geschah. »Wahrscheinlich ist es vereist.«

Haax steuerte das Schiff zum Tor und lenkte es seitlich. Er führte eine Kante der Front behutsam an einen der Stützbalken des Tors und drehte den Motor etwas hoch. »Drück ihn noch einmal.«

Jack befolgte die Anweisung.

Das Schiff rutschte ab, ohne dass sich etwas am Tor getan hätte. Das Erkundungsschiff bekam lediglich einen weiteren Kratzer. Haax richtete das Schiff neu aus und versuchte es ein zweites Mal. Jack drückte auf den Knopf. Das Tor bebte und öffnete sich einen Zentimeter. Haax gab mehr Gas. Mit einem protestierenden Ächzen des Metalls glitt das Tor auf. Der Ausgang war von dichtem Eis blockiert.

Jack sah zu Haax.

Haax lächelte. »Hast du gesehen, wo ich die Waffe im Frachtraum verstaut habe?«

Jack nickte.

»Glaubst du, du bist imstande, sie zu bedienen?«

Jack löste seinen Gurt. »Ich werde es versuchen.«

»Um sie anzuschalten, musst du an der schwarzen Scheibe drehen, bis du ein Klicken hörst. Wenn sie an ist, dreh die rote Scheibe bis zum Maximalwert. Ich werde das Schiff wenden und die Heckklappe öffnen. Richte die Waffe aufs Eis und forme ein Rechteck aus nah beieinanderliegenden Löchern, das groß genug ist, damit das Schiff hindurchpasst. Das sollte das Eis ausreichend schwächen, damit ich das Stück herausdrücken kann.«

Jack lächelte den anderen zu, als er an ihnen vorbeieilte. Theo und Richard sahen ihm neidisch hinterher.

Haax wendete das Schiff. Ein Knopfdruck brachte die Aussicht, die man vom Heck des Schiffes aus hatte, auf den Bildschirm. Haax richtete die Kamera auf das Tor.

Die Heckklappe öffnete sich, als Jack den kleinen Frachtraum betrat. Er ging zu dem Schrank, in den er Haax die Waffe hatte legen sehen. Darin gab es mehr als eine. In der Annahme, dass jede sich eigne, griff er nach einer beliebigen und schaltete sie ein. Er stellte sich hinter das offene Tor und drehte die rote Scheibe, bis sie sich nicht mehr bewegte. Er hob die Waffe an die Schulter und zielte über den Lauf, bis sie auf eine Stelle nahe der oberen linken Ecke einige Meter entfernt von den Kanten der Toröffnung gerichtet war. Er drückte den Abzug. Eine kleine Kugel aus hellrotem Licht schoss hervor und schwoll rasch an, bis sie einen Durchmesser von einem Meter hatte. Die Schusswaffe hatte keinen Rückstoß, vibrierte nicht und war völlig geräuschlos. Die Kugel traf das Eis an der Stelle, die er anvisiert hatte. Das Eis verdampfte beim Kontakt mit der Lichtkugel, die ein perfektes rundes Loch hineinschnitt, bevor sie verschwand. Jack zielte erneut und feuerte eine weitere Kugel rechts neben die erste. Eine weitere Lichtexplosion drang in das Eis. Er fuhr fort, bis er eine Linie aus Löchern geformt hatte, die etwas breiter war als das Schiff. Dann fügte er an der linken und rechten Seite eine Linie aus Löchern senkrecht nach unten hinzu. Eine Linie quer darunter vervollständigte seine Aufgabe. Nur ein paar dünne Streifen Eis, wo sich die Löcher, die er geschossen hatte, nur knapp nicht berührten, hielten es an Ort und Stelle. Ein verschmitzter Ausdruck tauchte in Jacks Augen auf. Er feuerte noch einige Male und grinste über sein Werk. Er schloss die Heckklappe, schaltete die Waffe aus, verstaute sie in ihrem Fach und kehrte zum Cockpit zurück.

Als die Sensoren auf dem Steuerpult anzeigten, dass die Heckklappe geschlossen war, schaltete Haax die Rückansicht ab und wendete das Schiff, damit es frontal auf die durchlöcherte Eiswand zeigte.

»Diese Waffe ist genial«, teilte Jack mit, als er das Cockpit betrat. »Und es macht riesigen Spaß, sie abzufeuern.«

Jane betrachtete den Smiley, den Jack ins Eis geschossen hatte. »Ja, das haben wir gemerkt.«

Jack kehrte zu seinem Sitz neben Haax zurück. »Ich kann noch ein paar Löcher reinstanzen, wenn du das für notwendig hältst«, sagte er hoffnungsvoll zu Haax.

»Ich bin mir sicher, dass es ausreicht.« Haax führte das Schiff so weit nach vorne, dass die Nase in der Mitte der Löcher sanft gegen das Eis stieß, direkt unter dem Smiley, den Jack gemacht hatte. Er drehte den Motor etwas hoch und drängte mit stetig ansteigender Kraft gegen das Eis.

Alle Blicke waren auf den Eisblock gerichtet, der ihren Fluchtweg versperrte.

Ein Krachen hallte durch den Hangar. Die dünnen Eissäulen, die den Block stabilisierten, gaben dem Druck nach und brachen. Der Klotz fiel, bis er erneut auf Eis traf. Langsam schob der kraftvolle Motor ihn nach hinten. Das Shuttle flog durch das Hangartor in den Eistunnel. Der große Block bewegte sich durch die Wucht schneller und schneller. Das Eis, durch das das Schiff flog, rauschte vorbei. Plötzlich verschwand das Eis aus ihrem Sichtfeld und Tageslicht durchflutete den Tunnel. Als der Eisblock ins Meer klatschte, schoss das Raumschiff aus dem Loch und stieg in den Himmel. Der Wind schmetterte Eis und Schnee gegen die Frontscheibe.

Endlich waren sie frei.

Alle jubelten – außer Haax.

Jack starrte auf das Schelfeis, von dem sich der unfassbar große Eisberg gelöst hatte. Die übriggebliebene Seite des Risses war nun eine hohe eisige Klippe, die sich kilometerweit in beide Richtungen erstreckte. Schließlich würde auch sie irgendwann weiter ins Meer geschoben werden und abbrechen und mit der Zeit schmelzen und verschwinden, als hätte sie nie existiert. Als das Raumfahrzeug sich der Klippe näherte, entdeckte Jack etwas – einen kleinen roten Fleck. Er zeigte ihn Haax. »Ich denke, da ist jemand auf dem Eis.«

Haax hielt darauf zu, um ihn sich genauer anzusehen, und drückte einen Knopf auf dem Kontrollpult.

Ein Bild der rot gekleideten Gestalt tauchte vergrößert auf einem Teil des Bildschirms auf.

»Das ist Scott«, rief Jane. »Er sitzt am Eis fest.«

Jack wandte sich an Haax. »Was denkst du? Können wir ihn retten?«

Haax nickte. »Scheinbar tue ich nichts anderes mehr, als Menschen zu retten. Jemand muss nach hinten gehen und ihm helfen, an Bord zu kommen.«

»Das mache ich«, meldete sich Theo freiwillig. Er löste seinen Gurt und verließ das Cockpit.

Haax lenkte das Erkundungsschiff an die Küste und wendete es in einer fließenden Bewegung, sodass das Heck zur Klippe zeigte. Er schaltete die Rückansicht ein und brachte mit ihrer Hilfe die Heckklappe auf Höhe des Kletterers. Er ließ die Klappe hinunter, fuhr die Rampe aus und bewegte das Schiff näher an das Eis, bis sich die Rampe direkt unter Scott befand.

Theo kämpfte gegen den Wind, als er durch die Öffnung trat. Er legte sich die Hände trichterförmig um den Mund und rief: »Scott, alles in Ordnung?«

Scott umklammerte das Eis, damit die Windböen ihn nicht mit sich zerrten. Er blickte die steile Eisklippe hinauf. Noch immer lag über die Hälfte des Wegs vor ihm und er bezweifelte, dass er den Aufstieg bei diesem Wind schaffen würde. Er war mehr als überrascht, als er jemanden hinter sich seinen Namen rufen hörte. Obwohl er davon ausging, sich die Stimme eingebildet zu haben, drehte er seinen Kopf in die Richtung. Er war sogar noch überraschter, als er ein Raumschiff in der Luft schweben und Theo lässig grinsend im Türrahmen lehnen sah.

Theo winkte. »Hey, Scott, du hast dir aber nicht gerade das beste Wetter zum Klettern ausgesucht«, rief er.

Zu perplex, um etwas zu sagen, nickte Scott stumm.

»Was ist, kommst du an Bord?« Theo trat einen Schritt nach vorn, wobei er sich mit einer Hand am Türrahmen festhielt und die andere seinem Freund entgegenstreckte.

Scott schaute zu der Hand und der Rampe unter ihm. Er löste seinen unsicheren Griff an der Eiswand, nahm Theos Hand und sprang auf die Rampe. Er schwankte und beinahe hätte ihn ein Windstoß über die Seite geworfen. Als Theo ihn mit einem Ruck ins Schiff zog, strauchelte er und fiel hin. Theo schloss die Tür und sah Scott an.

Scott sah sich im Frachtraum um. »Ist das ein …?«

»Allerdings.« Theo half Scott auf die Beine. »Die anderen sind im Cockpit.«

Verblüfft folgte Scott ihm.

KAPITEL 20

Der Heimkehr

ALS DAS RAUMSCHIFF IM Sturzflug auf das Basislager zuschoss, fuhr das Fahrwerk aus und landete sanft auf dem Eis. Einige Augenblicke später öffnete sich die Heckklappe und die Passagiere verließen das Shuttle über die Rampe.

Pike war noch damit beschäftigt, seine Thermojacke anzuziehen, als er aus der Hütte rannte. »Ist das ein Raumschiff?«, fragte er ungläubig.

»Nur ein kleines«, antwortete Jack lässig.

»Das Mutterschiff, das wir unter dem Eis gefunden haben, war wesentlich eindrucksvoller«, meinte Jane.

»Ja, es war riesig«, fügte Theo hinzu, »und voll von außerirdischen Monstern.«

Pike war sprachlos und neidisch zugleich. »Ihr habt so ein Glück.«

»Am Leben zu sein, ja, das haben wir«, entgegnete Jane. »Nicht alle von uns haben überlebt.«

Pike fiel auf, dass Henry, Max und Eli fehlten. »Sie sind tot!«

Jane nickte.

Pike war aufs Neue verblüfft, als eine kleine fremdartige Gestalt aus dem Raumfahrzeug trat. »Ist das ein Alien?«

»Nur ein kleiner«, antwortete Jack mit einem Lächeln. »Die anderen waren viel größer und deutlich bösartiger.«

»Keine Sorge, er ist freundlich. Er hat uns das Leben gerettet«, sagte Jane.

Pike bemerkte, dass Jack zitterte. »Lasst uns reingehen. Dort ist es warm und ihr könnt mir alles erzählen.«

Jack wandte sich an Haax. »Kommst du mit?«

»Nein, ich werde gehen. Ich habe genug Zeit auf diesem Planeten verbracht.«

»Wo willst du hin?«, fragte Jane.

Haax zuckte mit den Schultern und sah zum Himmel. »Mit dem Erkundungsschiff kann ich überallhin. Mir steht das ganze Universum zur Auswahl. Das ist eine gute Gelegenheit für einen von euch Menschen, mich zu begleiten und etwas von der Galaxie zu sehen. Sie ist gigantisch und faszinierend. Es gibt Dinge zu entdecken, die ihr euch weder vorstellen noch glauben könnt.« Haax betrachtete Lucy, die ebenfalls zitterte, obwohl sie ihre Kälteschutzkleidung trug. »Was ist mit dir, Lucy? Es gibt so viel zu sehen und neue Spezies kennenzulernen und die meisten sind nicht so bösartig wie die, denen ihr an Bord begegnet seid. Das wird interessant und lustig.«

Lucy wirkte unsicher.

»Was hast du sonst vor? Nach allem, was du in dem Raumschiff gesehen hast, wird dir die Erde viel zu klein erscheinen. Na los, komm mit mir. Lass mich dich von diesem kalten Planeten wegführen und zu wesentlich gastfreundlicheren mitnehmen. Ich bringe dich zurück, falls es dir nicht gefällt. Wenn du hierbleibst, wie lange wird es dann wohl dauern, bis du deine Entscheidung bereust?«

Lucy betrachtete Haax eingehend. Da lag etwas in seinen Augen; ein hartnäckiger Blick. Er wusste Bescheid. Sie zitterte. Sie konnte diese Kälte nicht viel länger ertragen. »Okay, Haax. Ich werde dich begleiten.«

»Aber das kannst du nicht«, wandte Jane ein, überrascht, dass Lucy es überhaupt in Betracht zog. »Wie willst du im Weltall und auf fremden Planeten überhaupt überleben?«

»Sie wird zurechtkommen«, entgegnete Haax. »Ihr könnt euch nicht vorstellen, wie fortschrittlich unsere Technologie ist, und es gibt viele Planeten, deren Atmosphären jener der Erde gar nicht so unähnlich sind.«

»Aus welchem Grund sollte ich nicht gehen?«, sagte Lucy. »Das ist die Chance meines Lebens. Überleg doch, was ich alles lernen kann. Wir wissen nun, dass es dort draußen andere Spezies gibt und nicht alle sind friedlich. Vielleicht kann die Erde in Zukunft ein paar außerirdische Freunde gebrauchen. Ich habe meine Entscheidung getroffen. Ich werde gehen.«

Jane verstand, dass Lucy fest entschlossen war. »Nur damit du es weißt, Lucy, ich halte dich für verrückt, aber wenn du dir sicher bist, dass es das ist, was du willst ...«

»Das ist es.«

Jane umarmte Lucy. »Pass auf dich auf dort draußen, dort oben.«

Lucy lächelte. »Das werde ich.« Sie verabschiedete sich vom Rest des Teams und ging an Bord des Schiffes.

Als Richard sich abwandte und sich auf den Weg zur Hütte machte, drang ein Schnurren aus seiner Jacke.

Haax starrte auf die kleine Beule in Richards Jacke. »Richard, ich glaube, du hast etwas, das du mir geben möchtest.«

Richard blieb stehen und drehte sich um. Er blickte dem kleinen Außerirdischen direkt in die Augen. »Nein, Haax, ich habe nichts, was ich dir geben möchte, außer meinen Dank dafür, dass du uns das Leben gerettet hast, und ich wünsche dir eine gute Reise.«

Haax legte eine Hand beiläufig auf den Griff seiner Pistole, die im Halfter steckte. »Willst du wirklich, dass es so läuft? Was du genommen hast, gehört nicht hierher. Gib es mir und wir werden als Freunde auseinandergehen, denn ich versichere dir, ich werde nicht ohne es gehen. Ansonsten, wenn du es unbedingt behalten willst, kannst du mit mir kommen.«

Die Gruppe blickte verwundert zwischen Richard und Haax hin und her.

Jane musste bei dem Gedanken grinsen, wie lange es wohl dauern würde, bis Haax von Richard genervt wäre, wenn er mitkäme, und ihn durch eine Luftschleuse ins Weltall spülen würde. »Du solltest mitgehen, Richard.«

»Mit ihm werde ich nirgendwohin gehen«, stellte Richard klar.

Jane funkelte ihn böse an. »Dann gib zurück, was auch immer du genommen hast.«

Richard sah kurz zu Jane, zum Alien und zu der Hand, die auf der Waffe ruhte, und seufzte traurig. Als er den Reißverschluss seiner Jacke öffnete, bebte der süße Außerirdische vor Kälte und öffnete die Augen, als Richard ihn hochhob.

Alle waren erstaunt, die kleine Kreatur zu sehen.

Richard ging auf Haax zu, hob Luzifer an sein Gesicht und blickte in seine großen Augen. »Mein Freund, es ist Zeit, dass wir uns trennen. Pass gut auf dich auf, dort draußen.«

Das kleine Wesen schnurrte und schmiegte sich an Richards Wange.

Richard übergab es Haax. »Ich würde gern ein Foto machen, wenn das okay ist?«

Haax nickte und hielt die kleine Kreatur in seinen Armen.

Richard schoss einige Fotos von Luzifer und achtete darauf, dass auch Haax und das Raumschiff auf den Bildern waren. »Pass gut auf ihn auf.«

»Das werde ich.« Haax verabschiedete sich und stieg an Bord des Raumschiffs.

Sie traten zurück und beobachteten, wie das kleine Raumfahrzeug sich mühelos vom Eis hob und in den Himmel stieg, bis die Wolken ihnen die Sicht versperrten.

Richard fotografierte weiter, bis es verschwunden war.

»Es erstaunt mich, dass Lucy beschlossen hat, Haax zu begleiten«, meinte Jack.

»Ich bewundere sie«, sagte Theo. »Hätte ich keine Familie, hätte ich vielleicht auch in Betracht gezogen, mit ihnen zu gehen.«

»Wie sie schon sagte, es ist die ideale Gelegenheit, freundschaftliche Beziehungen mit einer außerirdischen Spezies zu knüpfen.« Jane sah zum Himmel. »Ich habe das Gefühl, die Erde wird in Zukunft alle Freunde im Weltall brauchen, die sie kriegen kann.«

»Ich halt es nicht mehr aus«, sagte Pike. »Ihr müsst mir erzählen, was in dem Riss passiert ist, und von dem Raumschiff berichten und von den außerirdischen Monstern und allem.«

»Mach uns was Warmes zu essen und wir erzählen dir alles«, schlug Jane vor.

»Aber zuerst brauch ich ein Bier«, verkündete Jack.

»Und Richard hat eine Dusche nötig. Ich kann nichts essen, solange er so schlimm stinkt.«

Richard lächelte Jane an. »Diesmal stimme ich dir zu. Aber jemand muss mir ein paar saubere Klamotten leihen. Meine liegen in der Höhle unter Tonnen von Eis.«

Pike musterte Richard. »Du hast ungefähr meine Größe. Du kannst etwas von mir haben. Lasst uns reingehen. Ich kann es kaum erwarten, alles über eure Zeit an Bord des Raumschiffs zu hören.«

*****

Das kleine Raumfahrzeug trat ins Weltall ein; nicht mehr als ein Staubkorn im Universum.

Haax warf Lucy einen Seitenblick zu, die sich im Sitz des Kopiloten niederließ, nachdem sie ihre Kälteausrüstung ausgezogen hatte. »So angenehm diese Gestalt für meine wertschätzenden Augen auch sein mag, du kannst die Verkleidung nun ablegen.«

Lucy sah ihn mit einem wissenden Blick an. »Ich dachte mir schon, dass du es weißt.«

»Allerdings nicht von Anfang an. Versteh mich nicht falsch, deine Fähigkeiten als Gestaltenwandlerin sind die besten, die ich je gesehen habe – nicht, dass ich viele gesehen hätte. Irgendwo dort draußen könnte es bei weitem bessere geben und verglichen damit könntest du furchtbar sein – aber du hast mich dennoch beeindruckt.«

»Du weißt offensichtlich, wie man einer Frau schmeichelt.«

»Nur, dass *du* keine Frau bist – weiblich vielleicht, aber keine Frau.«

Lucy lächelte. »Der Punkt geht an dich. Also ... wenn du wusstest, dass ich es bin, warum hast du zugestimmt, mich mitzunehmen, und was hat mich verraten?«

»Ich konnte dich nicht auf der Erde lassen, nicht mit all diesen verletzlichen, ahnungslosen Menschen, die du fressen würdest, nicht wahr? Es war dein Geruch, der dich verraten hat. Ich habe eine sehr feine Nase. Du riechst nicht wie die anderen.«

»Geruch ist etwas, das ich nicht nachahmen kann.« Die Gestaltenwandlerin musterte Haax. »Du bist ein ziemlich cleveres Kerlchen.«

Haax grinste. »Meine fehlende Bescheidenheit hält mich davon ab, das zu bestreiten.«

»Also, Haax, was ist dein Plan? Du weißt, dass ich dich im Bruchteil einer Sekunde töten könnte.«

»Eine Tatsache, der ich mir absolut bewusst bin. Ich bin mir auch darüber im Klaren, dass du nicht weißt, wie man dieses Schiff navigiert.«

Die Gestaltenwandlerin ließ ihren Blick über die Bedienflächen streifen. »Das könnte ich lernen.«

Haax schüttelte den Kopf. »Das mag zwar sein, aber es würde dir nicht viel bringen. Während du deine Jacke abgelegt hast, habe ich das Pult so eingestellt, dass es nur meine Befehle akzeptiert. Falls der Computer aus welchem Grund auch immer – einschließlich der Option, dass du mich auf jene zweifellos unerträglich schmerzhafte Art tötest, die dir am meisten Freude bereitet, und dich an meinem kleinen, aber leckeren Kadaver labst – keine Lebenszeichen mehr von mir registriert oder ich nicht in regelmäßigen Abständen einen Code eingebe, wird er auf die nächste Sonne zusteuern und nicht stoppen, ehe das Schiff zerstört ist. Töte mich und du tötest dich selbst.«

Einen Moment lang wog die Gestaltenwandlerin ab, was sie eben gehört hatte, und lächelte. »Wie gesagt, clever.«

»Es wird dich vermutlich nicht überraschen, dass ich das immer wieder gern höre.«

»Aufgrund dieser hinterhältigen Eigenschaft nehme ich an, dass du mit meiner Anwesenheit auf diesem Schiff eine andere Absicht verfolgst, als die menschliche Rasse zu retten.«

»Das tue ich, aber das hängt sehr von dir ab.«

Die Gestaltenwandlerin hob Lucys wohlgeformte Augenbrauen.

»Im Gegensatz zu dir habe ich viele Planeten besucht und viele Spezies getroffen. Glaube mir, für Wesen wie uns und für dein außerordentliches Talent, deine Gestalt zu verändern, gibt es dort draußen eine Menge Möglichkeiten, wie wir das ausnutzen und davon profitieren können.«

»Illegale Möglichkeiten«, ergänzte die Gestaltenwandlerin.

»Der feinsten Sorte«, antwortete Haax. »Ich weiß, du stammst wahrscheinlich aus einer bösartigen Welt, wo nur die Stärksten und Gerissensten überleben, aber damit wir zusammenarbeiten können, musst du deine mörderischen Gewohnheiten ablegen. Sie werden dich nicht weit bringen. Sieh mich an. Ich bin der Captain meines eigenen Raumschiffs.«

»Gestohlenen Raumschiffs«, erinnerte ihn die Gestaltenwandlerin.

»Gerettet ist der Ausdruck, den ich bevorzuge. Jedenfalls will ich darauf hinaus, dass ich niemanden getötet habe, um es zu bekommen. Wenn du die ganze Zeit mordend, aufschlitzend und rohes Fleisch fressend umherziehst, kommst du nicht weit. Auf die Art erreichst du nichts.«

»Außer einen gefüllten Magen.«

»Den kannst du auch ohne Mord haben. Du glaubst gar nicht, wie viel köstliches Essen dir dort draußen zur

Verfügung steht. Nichts davon wird sich wehren oder versuchen, dich zu beißen oder zu kratzen, während du es isst. Es wird dir gefallen.«

»Ich bin mir nicht sicher, ob das zu mir passt, aber ich werde es versuchen.«

Haax strahlte. »Großartig. Du wirst es nicht bereuen.«

»Es wäre zu deinem Besten, dass ich es nicht bereue.«

»Immer diese Schwarzmalerei. Du solltest alles etwas positiver sehen und versuchen ein bisschen Spaß zu haben.«

»Das wird schwierig, aber ich werde es versuchen.«

»Eins nach dem anderen. Zuerst sollten wir dein Aussehen in etwas Passenderes verwandeln; und damit meine ich keine wilde Bestie mit Klauen, die ihre riesigen Zähne fletscht. Wähle etwas, das weniger aggressiv ist und besser aussieht.«

Die Gestaltenwandlerin betrachtete Haax eine Weile, bevor sie sich in ein verführerisches Weibchen seiner Art verwandelte. »Wie wär's damit?«

Haax musterte das sexy Weibchen anerkennend. »Wow! Hervorragende Wahl. Als hättest du meine Gedanken gelesen.«

»Keine sonderlich schwierige Aufgabe«, sagte die Gestaltenwandlerin.

Haax starrte auf ihre kleinen Brüste. »Dennoch gäbe es da ein paar Verbesserungen, die ich vornehmen würde.«

Die Gestaltenwandlerin seufzte. Die Brüste wuchsen. »Besser?«

Haax lächelte. »Besser? Sie sind perfekt.« Er drückte auf den Knöpfen herum und drehte an den Scheiben des Kontrollpults. »Bist du bereit, meinen Plan zu hören?«

»Ich bin ganz Ohr.«

Haax sah zur Gestaltenwandlerin und brach in Lachen aus.

Sie hatte sich gigantische Ohren wachsen lassen.

»Das ist sooooo witzig.« Er wischte sich Tränen aus den Augen. »Ich muss zugeben, dass ich so meine Zweifel hatte, aber jetzt denke ich, dass wir ganz ausgezeichnet miteinander auskommen werden.«

Während ihre Ohren wieder auf normale Größe schrumpften, streckte Haax eine Hand aus und legte sie auf ein Bein der Gestaltenwandlerin.

Sie schlug sie weg. »Das kannst du vergessen!«

Haax grinste. »Das sagst du jetzt, aber warte, bis du mich erst einmal besser kennengelernt hast.«

»Im Warten bin ich besonders gut.«

Haax lachte und warf einen Blick nach hinten zu Luzifer, der eingerollt auf einem Sitz schlief. »Wir werden sehen. Kein Weibchen kann Haax' Charme lange widerstehen.«

Haax betätigte einen Hebel. Das kleine Raumschiff beschleunigte auf eine unfassbare Geschwindigkeit und einen Moment später war es verschwunden.

LUCY ERWACHTE IN TIEFSTER Dunkelheit.

Sie kramte nach ihrer Taschenlampe, fand sie, schaltete sie ein und schloss ihre Augen, um sich vor dem hellen Licht, das sie blendete, zu schützen. Sie legte eine Hand über die Lampe, um die Helligkeit abzuschirmen, und öffnete die Augen, damit sie sich langsam an das Licht gewöhnen konnten. Ihr Blick folgte dem Lichtkegel, den sie durch den Raum lenkte. Sie befand sich in einer der Besatzungskabinen, erinnerte sich jedoch nicht daran, wie sie hierhergekommen war.

Schmerz schoss ihr durch den Schädel, als sie aufstand. Behutsam ertastete sie eine Beule an ihrem Kopf. Ein kurzer Blick auf ihre Finger zeigte, dass sie nicht blutete. Der Strahl der Taschenlampe ruhte auf der Tür, während sie darüber nachdachte, wie lange sie wohl bewusstlos gewesen war. Sie zitterte. Ihre Kälteschutzkleidung war verschwunden. Sie fragte sich, wer so etwas tun würde.

Sie taumelte zur Seite, als sie sich der Tür näherte. Es fühlte sich an, als hätte sich der Fußboden bewegt. Die

Erinnerung an einen ähnlichen Eindruck erschien in ihrem Kopf. Damals war sie an Bord eines Kreuzfahrtschiffes gewesen. Sie erreichte die Tür, drückte den Schalter und war überrascht, dass sie sich nicht öffnete. Sie betätigte die Taste mehrmals, doch die Tür blieb verschlossen.

Panik machte sich allmählich bemerkbar.

Sie hämmerte mit der Faust gegen die Tür. Innerhalb der begrenzten Kabine hörte es sich laut an und sie hoffte, dass das auch draußen der Fall war. Sie fragte sich, wo die anderen waren. Sicherlich machten sie sich Sorgen und suchten wie verrückt nach ihr. Sie schlug noch einmal gegen die Tür und rief: »Ist da jemand? Ich bin hier drin eingesperrt und kann nicht raus!«

Augenblicke vergingen ohne Anzeichen, dass sie gehört worden war.

Sie klopfte stärker und schrie lauter. »Hilfe! Bitte, helft mir doch!«

Es kam niemand.

Sie fing an zu weinen.

Ein Geräusch draußen im Korridor gab ihr Hoffnung. Sie legte ein Ohr an die Tür. »Ist da jemand?«

Die Jagdbestie folgte dem Geräusch.

Sie blieb vor dem Raum stehen, aus dem das Geräusch gedrungen war. Sie drückte den Knopf, doch die Tür öffnete sich nicht. Sie starrte auf die Tür, als etwas auf der anderen Seite anfing zu sprechen.

Sie kratzte mit den Krallen am Türblatt entlang.

Ein metallisches Quietschen erfüllte den Raum. Lucy wich von der Tür zurück.

Draußen kreischte etwas.

Lucy bebte vor Entsetzen und schrie.

*****

Jane und Jack verließen die Haupthütte und blickten hinauf in den blauen Himmel. Der Schneesturm hatte drei weitere Tage angehalten, bevor er abgeklungen war. Jane hatte die NASA kontaktiert, um dem Bericht, den Scott ihnen bereits gegeben hatte, noch weitere Informationen hinzuzufügen. Die NASA, die schon die Existenz eines Monsters kaum glauben konnte, fand die Entdeckung eines im Eis eingekesselten Raumschiffs ebenso unbegreiflich. Schließlich waren es die Fotografien und das Videomaterial des Forschungsteams, die sie überzeugten, dass die Geschichte der Wahrheit entsprach.

Die NASA verschwendete keine Zeit, einen Bergungsversuch vorzubereiten. Da das Schiff so gigantisch war, wussten sie, dass sie es unmöglich retten konnten, doch in der kurzen verfügbaren Zeit wollten sie so viel von der Technologie bergen wie möglich, bevor alles im Meer versank. Zu diesem Zweck hatten sich die NASA, die Navy und das Militär zusammengeschlossen. Eine Einsatzgruppe war bereits auf dem Weg.

Jane und Jack gingen bis zum Rand des Basislagers und beobachteten den Helikopter, der auf das Meer hinausflog. Er gehörte zu dem Aufklärungsteam der Navy SEALS, zu deren Aussendung Scott die NASA hatte überreden können, und die nun versuchen würden, durch den Tunnel, den Haax zur Flucht von dem Schiff genutzt hatte, an Bord zu gelangen.

»Ich beneide sie nicht um die Aufgabe, die sie erwartet. Nie wieder will ich einen Fuß an Bord dieses Raumschiffs setzen«, sagte Jane.

Jack stimmte ihr zu. Auch er wollte diesen Albtraum vergessen. »Sie wurden vor den Bestien an Bord gewarnt und mit Sicherheit haben sie die Waffenklausel des Antarktischen Vertrags ignoriert und sind mit der angemessenen Schusskraft ausgestattet, um mit allem, was ihnen begegnet, fertigzuwerden. Doch genau wie du bin ich froh, wenn ich nie wieder einen Fuß an Bord eines außerirdischen Raumschiffs setzen muss.«

Der Helikopter wurde zu einem Punkt am Himmel.

Jane zog ein Stück Papier aus ihrer Tasche.

Jack sah sie besorgt an. »Bist du dir sicher, dass du das tun willst?«

Jane nickte. »Es ist an der Zeit.« Sie faltete den oft gelesenen Brief auseinander und überflog die Worte ein allerletztes Mal.

Hallo mein Liebling,

dass du das hier liest, bedeutet, dass ich nicht mehr länger bei dir bin, etwas, das ich mir beim Schreiben dieses Briefes nicht einmal vorstellen kann. Dieser Brief ist das Schwierigste, was ich jemals geschrieben habe, weil ich nicht aufhören kann zu weinen, denn ich weiß, wenn du das liest, werde ich nicht bei dir sein, um dich zu trösten. Die Traurigkeit überwältigt mich und Tränen laufen über mein Gesicht. Es bedeutet auch, dass ich nie die Zeit hatte, dir zu zeigen, wie sehr ich dich wirklich liebe.

Ich will, dass du weißt, dass unsere gemeinsame Zeit für mich die wunderschönste und glücklichste Zeit meines Lebens war, und ich danke dir dafür, dass du mir gezeigt hast, was wahre Liebe ist. Jedes Mal, wenn wir uns küssten, konnte ich deine Liebe spüren. Es war ein magisches Gefühl und ich hoffe, auch du konntest meine Liebe spüren. Du warst der Grund für mein Lächeln und meine Fröhlichkeit. Du hast mir so viel Liebe gegeben und ich will, dass du weißt, wie viel du mir bedeutest. Du bist meine Welt und ich liebe dich von ganzem Herzen.

Ich wollte den Rest meines Lebens mit dir verbringen, mein Schatz, aber es hat nicht sollen sein. Doch bis du jemand anderen findest, dem du deine Liebe schenken kannst – ich wäre traurig, wenn das nicht geschähe – werde ich immer bei dir sein, an deinem hellsten Tag und in deiner dunkelsten Nacht. Wenn ein lauer Wind deine Wange streift, wird das mein Atem sein; wenn du ohne Grund lächelst, wird es meine Seele sein, die vorüberzieht. Bitte, Jane, trauere nicht zu lange um mich. Dein ganzes Leben liegt noch vor dir. Richte den Blick auf die Zukunft und all die Freuden, die dir eine liebevolle Beziehung geben kann. Du verdienst es, geliebt zu werden und zu lieben. Wenn du jemanden findest, lass dich von dem Gedanken an mich nicht zurückhalten. Es wäre kein

Betrug, sondern etwas, das ich dir von ganzem Herzen wünsche. Wenn du diesen wundervollen Menschen gefunden hast, der darauf wartet, dass du in sein Leben trittst, dann lass mich gehen und ich werde gerne weiterreisen mit dem Wissen, dass du die Liebe und das Glück, das wir geteilt haben, wiedergefunden hast. Bis zu diesem Tag werde ich immer über dich wachen, um sicherzugehen, dass es dir gut geht.

Leb wohl, meine Liebste. Ich werde niemals aufhören, dich zu lieben.

Kyle

Nachdem sie sich die Tränen weggewischt hatte, küsste sie den Brief und hielt ihn in die Luft. Das Papier flatterte. Auch wenn sie wusste, dass es der Wind war, der versuchte, ihn ihrem Griff zu entreißen, stellte sie sich vor, dass Kyle dafür verantwortlich war, glücklich darüber, dass sie jemanden gefunden hatte, und als Zustimmung zu ihrem Glück. »Auf Wiedersehen, Kyle.« Sie ließ den Brief los.

Der Wind trug ihn in die Höhe und wehte ihn davon.

Jack legte tröstend einen Arm um sie.

Sie drehte sich zu ihm. »Du kannst mich jetzt küssen.«

Sie küssten sich.

Als sich ihre Lippen trennten, schaute Jack ihr in die Augen. »Alles in Ordnung?«

»Ja, ich denke schon.« Sie legte eine behandschuhte Hand in seine und ließ ihren Blick über das Basislager streifen. »Ich habe für eine Weile genug von der Kälte und dem Eis.«

Jack seufzte. »Ich weiß, was du meinst. Sonne, Sand und Cocktails klingen wirklich einladend.«

»Die Expedition wurde ja nun vorzeitig abgebrochen. Sobald wir eingehend befragt wurden, fliegen wir nach Neuseeland. Wie wäre es, wenn wir daraus einen Urlaub machen? Wir suchen uns einen schönen Strand und entspannen für ein paar Tage.«

Jack lächelte sie an. »Das klingt perfekt.«

Hand in Hand kehrten sie zur Hütte zurück.

*****

Der Computer des Raumschiffs registrierte die Gefahr, in der sich das Schiff und seine Ladung befanden. Gemäß dem Protokoll weckte er in einem letzten verzweifelten Versuch, die kostbare Fracht zu retten, die Kreaturen aus ihrem langen Hyperschlaf und entließ jene, die überlebt hatten, frei ins Raumschiff.

*****

Das Ende von *Riss im Eis*

Ben Hammott

Demnächst: Der Riss im Eis -2

Wenn du meinem E-Mail-Verteiler hinzugefügt werden möchtest und Benachrichtigungen zu *Der Riss im Eis – Die Bergung* oder zu meinen neuen Büchern, eine beschränkte Anzahl kostenloser Rezensionsexemplare und gelegentlich kostenlose Bücher erhalten willst, ein Feedback oder einfach ein paar Zeilen schicken möchtest, kontaktiere mich bitte per Mail: **benhammott@gmail.com**

Vielen Dank, dass du mein Buch gekauft und gelesen hast. Ich hoffe, es war für dich eine angenehme Erfahrung. Falls ja, sag es bitte weiter und vielleicht kannst du auch darüber nachdenken, eine Rezension bei Amazon oder der Plattform, wo du es gekauft hast, zu schreiben. Das ist eine sehr wirkungsvolle und hilfreiche Sache, die du für mich tun kannst. Es erhöht meine Sichtbarkeit und noch mehr Leute werden auf mein Buch aufmerksam.

Ich danke dir für deine Unterstützung.

Ben Hammott

www.benhammottbooks.com

Ben Hammott